W0221286

HEIDI PITLOR

Die Heldin der Geschichte

HEIDI PITLOR

DIE HELDIN DER GESCHICHTE

ROMAN

Aus dem amerikanischen Englisch
von Andrea O'Brien

eichborn

Dieser Titel ist auch als E-Book erschienen

Die Bastei Lübbe AG verfolgt eine nachhaltige Buchproduktion.
Wir verwenden Papiere aus nachhaltiger Forstwirtschaft und verzichten darauf, Bücher einzeln in Folie zu verpacken. Wir stellen unsere Bücher in Deutschland und Europa (EU) her und arbeiten mit den Druckereien kontinuierlich an einer positiven Ökobilanz.

MIX
Papier aus verantwortungsvollen Quellen
FSC® C014496

Eichborn Verlag

Titel der amerikanischen Originalausgabe:
»Impersonation: A Novel«

Für die Originalausgabe:
Copyright © 2020 by Heidi Pitlor
Published by arrangement with Algonquin Books of Chapel Hill,
a division of Workman Publishing Co., Inc., New York

Zitat Virginia Woolf, aus: Zum Leuchtturm. © 1927 Angelica Garnett, Virginia Bell and Cressida Bell. Aus dem Englischen von Karin Kersten.
© S.Fischer Verlag GmbH, Frankfurt am Main 1991.

Für die deutschsprachige Ausgabe:
Copyright © 2022 by Bastei Lübbe AG, Köln
Lektorat: Ann-Catherine Geuder, Lübeck
Umschlaggestaltung: Manuela Städele-Monverde unter Verwendung eines Designs von © Workman Publishing; Illustration: © Patrick Leger
Einband-/Umschlagmotiv: Illustration © Patrick Leger
Satz: ·two-up, Düsseldorf
Gesetzt aus der Warnock
Druck und Einband: GGP Media GmbH, Pößneck

Printed in Germany
ISBN 978-3-8479-0100-6

1 3 5 4 2

Sie finden uns im Internet unter eichborn.de

Für Amelia und Milo

Hinsichtlich sonstiger Nutzungsrechte verzichtet der AUTOR/die AUTORIN auf Anerkennung aller »Urheberpersönlichkeitsrechte«, die am WERK entstehen.

(Vertrag Ghostwriting, § 5 »Geistiges Eigentum«)

TEIL 1

2016

Kapitel 1

In einer Bibliothek habe ich mal gesehen, wie eine Frau die Biografie von Mutter Teresa in die Hand nahm und sie Sekunden später ins Regal zurückstellte. Als Nächstes griff sie zu den Memoiren von Peter Kennedy, JFKs Neffen. *The House That Uncle Jack Built,* stand in pseudokrakeliger Schrift auf dem Cover, darunter prangte der Autorenname in fetter Baskerville, doppelt so groß wie der Titel. Das Buch hätte genauso gut *Warum ich Hosen mag* heißen können, ausschlaggebend für die Verkaufszahlen war nicht, wie das Buch hieß, sondern wer es geschrieben hatte. Die Frau überflog den Klappentext auf der Rückseite, strich sich elegant eine Strähne hinters Ohr und blätterte schließlich darin herum.

Ich schätzte sie auf Anfang vierzig, ungefähr in meinem Alter also. Sie trug Jogginghose, Fendi-T-Shirt und rosa Sneakers, machte also vermutlich in den Berkshires Sommerurlaub. Ich blieb ein paar Meter vor ihr stehen, denn ich wollte ihre Reaktion sehen, wenn sie las, wie der kleine Peter Kennedy »die Hand an die Ewige Flamme hielt« und sich dabei drei Finger verbrannte. »Der Friedhofsverwalter kam angelaufen, nannte mich einen ungezogenen Rotzlöffel und verwies unsere kleine Gruppe des Ortes. Offensichtlich hatte er keine Ahnung, dass ich mit dem Verstorbenen verwandt war.«

Welche feinstofflichen Eigenschaften muss ein Text haben, um seine Leserschaft nach nur einem oder zwei Sätzen zu fesseln? Als ich mir diese Frage stellte, las ich selbst gerade einen dieser Ratgeber, wie man Babys zum Schlafen brachte. Meine Erwartung daran war klar: Mein Sohn und ich sollten nachts mehr als drei Stunden Nachtruhe bekommen, und das am Stück. Parallel dazu hatte ich mich schon zur Hälfte durch ein Buch für Alleinerziehende durchgeackert.

Wie es der Teufel wollte, spuckte mein Sohn just in diesem Moment seinen Schnuller aus und begann zu zetern, ein rhythmischer Klagelaut, der mich stark an das Meckern einer Ziege erinnerte. Die Frau blickte von ihrem Buch auf und musterte mich, eine kompakte Person mit schulterlangem, wirrem, bräunlich-grauem Haar, die einen jammernden, nur mit Red-Sox-T-Shirt und Windel bekleideten Säugling auf dem Arm hielt. Mein linkes Hosenbein war nass, weil Cass mir kurz zuvor auf die Jeans gespuckt und ich auf der Toilette versucht hatte, den Fleck zu entfernen. Die Frau starrte uns an, während ich krampfhaft versuchte, Cass zu beruhigen, ihn wiegte, ihm ins Ohr pustete, alles vergeblich.

Um sie nicht weiter zu belästigen, hastete ich ins Foyer, wo ich glücklicherweise den Schnuller im Ausschnitt meines Kapuzenpullis wiederfand und ihn meinem Sohn erleichtert in den Mund stopfte. Als Cass sich wieder beruhigt hatte, sah ich, wie die Bibliothekarin an der Ausleihe der Frau die Kennedy-Memoiren zurückgab. Das erfüllte mich mit großem Stolz, ein kleiner Triumph. Auf dem Weg zum Ausgang wich sie einem Mann aus und stieß dabei gegen mich.

»Verzeihung«, sagte ich, als wäre es meine Schuld gewesen. »Ich hoffe, das Buch gefällt Ihnen. Es soll gut sein, habe ich gehört.«

»Ich habe kein Geld dabei«, erwiderte sie, den Blick fest auf meine ausgelatschten Flipflops gerichtet.

»Was?«

»Ich kann Ihnen nichts geben.«

»Was? Nein!« Ich lachte kurz auf, was Besseres fiel mir in diesem Moment nicht ein.

Die Frau zog ihr Handy aus der Tasche und verschwand durch die Tür.

Ich sah ihr verdattert hinterher, Cass auf dem Arm.

Hätte ich keine Geheimhaltungsvereinbarung unterschrieben, wäre ich der Frau vielleicht anders begegnet, hätte sie womöglich gebeten, ihre Vorurteile zu überdenken, vor allem, was meine vermeintliche Zugehörigkeit zu einer bestimmten gesellschaftlichen Schicht betraf. Keine Ahnung, was genau ich ihr gesagt hätte, aber zumindest hätte ich sie darauf hingewiesen, dass ich die Autorin des Buches war, das sie da gerade in Händen hielt.

Allerdings hätte sie mir wohl kaum geglaubt, wieso sollte sie auch? Und überhaupt: Begegnete ich ihr nicht ebenfalls mit Vorurteilen? Vielleicht gehörte sie sogar selbst zur Familie der Kennedys oder hatte in der Vergangenheit schlechte Erfahrungen mit Bettlerinnen gemacht. Möglicherweise hatte sie selbst finanzielle Probleme, wobei das eher unwahrscheinlich war – kurz darauf sah ich sie in einem Mercedes SUV vorbeigleiten.

Zu dem Zeitpunkt hatte ich bereits ein halbes Dutzend Bücher für diverse zweitklassige VIPs geschrieben, die allesamt unter ihrem Namen erschienen waren, darunter ein reicher Ölbaron, einige Verwandte von echten Berühmtheiten und ein paar abgehalfterte Stars. Die wenigsten meiner Autorinnen und Autoren besaßen schriftstellerisches Talent, aber sie waren mir alle auf ihre ganz eigene Weise ans Herz gewachsen. Sie hatten sich mir anvertraut, ein paar hatten sogar intimste Geheimnisse preisgegeben, und im Gegenzug dafür hatte ich mich bemüht, weniger schmeichelhafte Charakterzüge zu kaschieren und alles zu betonen, was ihr Image verbesserte. Mit manchen hatte ich noch Jahre später Kontakt. Nach dem Tod des ehemaligen Astronauten Clyde Elliott schickte ich seiner Frau einen Strauß Schwertlilien, ihre Lieblingsblumen. Sie bedankte sich mit einer herzlichen Karte: *Sie haben aus den ausschweifenden Erinnerungen eines alten Mannes eine wohlklingende Ballade gemacht.* Ich antwortete ebenfalls mit einer Karte: *Ihre Worte haben mich sehr bewegt, genau wie meine Zeit mit Elliott.* Natürlich verschwieg ich ihr, dass ihr Mann, trotz meiner Abfuhren, beharrlich mit mir geflirtet und einmal zu mir gesagt hatte, er sei dafür, dass man seiner Gattin zur Sicherheit der anderen Verkehrsteilnehmer das Fahren verbieten solle. »Frauen am Steuer«, hatte er kopfschüttelnd gemurmelt. Wenn ich im Zuge meiner Arbeit die Wahrheit verschleierte oder sie neu erfand – was mir mittlerweile in Fleisch und Blut übergegangen war –, musste ich mich oft über die Grenzen des gedruckten Wortes hinausbewegen.

Vielleicht sollte ich an dieser Stelle erwähnen, dass sich die im Folgenden geschilderten Ereignisse lange vor der #MeToo-Bewegung und Brett Kavanaughs höchst umstrittener Bestätigung als Richter am Obersten Gerichtshof der USA ereigneten. Das alles fand statt, bevor man unzählige Kinder an der mexikanischen Grenze von ihren Eltern trennte und vier weibliche Kongressabgeordnete of Colour vom Präsidenten der Vereinigten Staaten dazu aufgefordert wurden, »dahin zurückzukehren, wo sie hergekommen sind, und zu helfen, ihre total kaputten und von Kriminalität verseuchten Länder wieder in Ordnung zu bringen«. Im Rückblick betrachtet sehen viele Dinge natürlich oft anders aus, so auch jetzt, im Jahr 2018, da ich diese Worte schreibe. Obwohl das alles noch nicht so lange her ist, lebten wir damals doch in einem anderen Land. Das soll allerdings keine Rechtfertigung sein.

Im Januar 2016 rief mich mein Agent an, es ging um ein neues Buchprojekt. Für mich war dieser Auftrag wie ein Lottogewinn, denn das angebotene Honorar überstieg alles, was ich je für ein solches Buch bekommen hatte. Dazu kam, dass Nick Felles locker mein berühmtester Autor sein würde. Ich konnte meinem Agenten deshalb anfangs kaum glauben.

»Es stimmt aber«, sagte Colin. Er selbst würde ebenfalls fünfzehn Prozent einstreichen. »Und jetzt gönn dir erst mal ein Wellness-Wochenende.«

Ich verriet ihm nicht, dass es in meinem Leben Dringenderes gab als eine Maniküre und Gesichtsmassage. Mein letztes Buchprojekt, die Memoiren der Kongressabgeordneten Betsy McGrath, lag schon fast zwei Jahre zurück, und mein Erspartes war nahezu aufgebraucht. Ich arbeitete zwar nebenbei noch bei einer Landschaftsgärtnerei und als Aushilfslehrerin, aber es fiel mir trotzdem schwer, meine laufenden Kosten zu decken. Mein Wagen hatte vor Kurzem den Geist aufgegeben. Jeden Morgen erwachte ich mit dem unheilvollen Gefühl, dem Untergang geweiht zu sein.

Als ich aufgelegt hatte, lief ich sofort zu Cass. »Wir können dir endlich ein Bett für große Jungs kaufen!« Ich schloss ihn fest in die Arme, als könnte ich meine Erleichterung in seinen kleinen Körper drücken, in sein weiches Gesicht.

»Okay. Das tut weh. Ich muss Pipi«, sagte er.

Wir versuchten gerade, die Windeln wegzulassen, daher war Eile geboten. Ich sauste mit ihm ins Bad.

Ungefähr einen Monat später fuhr ich mit einem wunderschönen gebrauchten Toyota Tacoma mit Rückbank vom Parkplatz eines Autohändlers, und Janis Joplin röhrte »Get It While You Can« aus dem Lautsprecher. Zehn Jahre zuvor hatte ich mich von der Festanstellung als Texterin bei einer Agentur in Manhattan befreit, um in meine Heimatstadt in den Berkshires zurückzuziehen und als Freiberuflerin mein Glück zu versuchen. Ich arbeitete am Küchentisch, wann und wie ich wollte. Wenn mir der Sinn danach stand, trug ich einfach nur T-Shirt und Schlafanzughose. Mit einer mittelmäßigen Beziehung hatte ich mich nie aufgehalten, stattdessen erzog ich meinen süßen, liebenswerten Sohn ganz allein. Ich war die Herrin in meinem Leben. Und jetzt, als ich mit meinem neuen Wagen an einer roten Ampel hielt, hatte ich das Gefühl, das Blatt würde sich endlich zu meinen Gunsten wenden.

Offenbar war ich die Einzige in meinem Bekanntenkreis, die Nick Felles' Erfolgsserie *Skinwalker Ranch* über Gestaltwandler, UFOs, geopferte Rinder und supersexy Hexen noch nie gesehen hatte. Vor unserem Treffen zog ich mir also gleich die ganze Staffel rein und war tatsächlich gefesselt von der *Ranch*, wie Nick sie nannte. Die Serie war zwar brutaler als meine übliche Fernsehkost, überzeugte jedoch durch Cliffhanger, die besondere Mischung von Archaik und Futurismus und die attraktiven, oft nackten Darsteller – vor allem Darstellerinnen.

»Woher hatten Sie die Idee für die Serie?«, fragte ich ihn bei unserem ersten Telefonat.

»Ich habe mich schon immer für Übernatürliches interessiert«, sagte er. Wie vereinbart, zeichnete ich unser Gespräch auf. »Als Kind war ich völlig gebannt von Tolkien. Den Aspekt der primitiven Gewalt fand ich schon immer faszinierend. Damit meine ich tatsächlich diese nackte Brutalität zwischen zwei Menschen, Unterwerfung, Bestrafung, wissen Sie? Mich reizt die Frage, ob jemand ein echter Krieger ist oder nur den Knopf drückt beziehungsweise den Befehl erteilt, eine Bombe abzuwerfen. Also habe ich gedacht: Lass die Waffen weg, die Bomben und die Drohnen. In meiner Serie geht es um die rohe Gewalt zwischen Menschen. *Auge um Auge*. Und ich fand es wichtig, Gewalt mit einer Menge Sex zu verflechten.« Eigentlich hätte ich ihn gern gefragt, warum, aber er sprach einfach weiter. »Darf ich ehrlich sein? Rein objektiv betrachtet … was ist ästhetischer als zwei attraktive Menschen, die's miteinander treiben? Hallo? Warum malen wohl so viele Künstler Akte? Picasso hat einmal gesagt, dass Sexualität und Kunst praktisch dasselbe sind. Er ist übrigens eine meiner Musen.« An dieser Stelle legte Nick eine kurze Pause ein, als wollte er mir die Gelegenheit geben, zu fragen, wer die anderen waren, doch dann gab er die Antwort einfach selbst. »Picasso, Tolkien, Bukowski, Kerouac. Ach ja, und natürlich auch Frauen. Kann ein ganzes Geschlecht als Muse gelten? Warum nicht? Aber ich bin nicht blöd. Wenn Sie mich fragen, mit welcher Schauspielerin ich's treiben würde, wäre es auf keinen Fall eine von denen, die heute so in Filmen zu sehen sind, also klare Absage an Dakota Fanning und Kristen Stewart, bevor die zum anderen Team gewechselt hat, selbstverständlich. Her mit Linda Harrison als Nova in *Planet der Affen*. Her mit Mia Farrow in *Rosemarys Baby*.« An dieser Stelle räusperte er sich.

Ich tat dasselbe, während ich mir krampfhaft überlegte, wie ich ihn dazu bringen könnte, ein bisschen weniger ungefiltert über solche Dinge zu plappern. Vielleicht hätte ich es mit Humor versuchen sollen, aber er schien mir nicht der Typ, der über sich selbst lachen konnte.

»Ich glaube, ich wollte einfach diese Grenze zwischen Sex und Gewalt ausloten, weißt du, Liebe und Hass. Mir geisterte eine Geschichte im Kopf herum, Mann gegen Frau gegen Tier gegen sich selbst gegen das Okkulte in einem wilden, heißen Durcheinander. Ich hatte am Anfang so eine Idee für die *Ranch:* Altes Rom trifft auf so eine Art futuristisches Grenzgebiet. Die Bilder hatte ich schon genau vor mir, bevor ich mich mit den Schlipsträgern im Studio getroffen habe. Der Rest, wie man so schön sagt, ist Geschichte.«

Ich dachte an Cass. Wir brauchten was zu essen und ein Dach über dem Kopf. Von dem Honorar für dieses Buch würden wir ein Jahr leben können, und zwar gut, selbst wenn ich sparsam wäre. Außerdem sprach Nick schon jetzt mit mir wie mit einer guten Freundin, und diese Offenheit würde meine Arbeit erheblich erleichtern.

Man konnte nicht gerade behaupten, dass es Nick Felles an Risikobereitschaft oder Glück mangelte. Zuerst hatte er einen Riesenerfolg mit seinem Videospiel *Honor Code,* das sogar einige Megaseller wie *Grand Theft Auto* überholte, dann war er kurz darauf beim Fernsehen eingestiegen. In der Hoffnung, bei meinem neuen Kunden eine Seite mit etwas mehr Tiefgang zu finden, hatte ich mich bei einem Freund an der PlayStation seines Sohnes an *Honor Code* versucht, war aber nicht mal übers erste Level hinausgekommen. Innerhalb von Sekunden erschien die erste Soldatin in schwarzem Bikini auf der Bildfläche – die Worte *sexy cherry572* waberten über ihrem Kopf – und riss mir die Arme aus, knallte meinen Kopf gegen die Festungsmauer, wo er wie eine reife Melone explodierte. Danach stampfte sie auf meiner Hirnmasse herum.

»Deine Eltern erlauben dir dieses Spiel?«, fragte ich Connor, gerade mal elf Jahre alt. »Wie kann man dabei gewinnen?«

»Vielleicht musst du länger üben oder einfach jünger sein?«, lautete seine Antwort.

Im Alter von siebenundzwanzig besaß Nick bereits drei Video Game Awards, drei Emmys und zwei Hugos und hatte sich eine moderne Villa in Malibu gekauft, mit Infinity-Pool und Blick über die Santa Barbara Islands bis nach Point Dume.

Als Rohmaterial schickte er mir einen extrem schlanken Entwurf zu, in dem er noch schamloser rüberkam als am Telefon. Ich machte mich an die Arbeit, versuchte ihn liebenswürdiger zu machen, wo ich konnte, stattete ihn mit einer gewissen Dankbarkeit für sein Riesenvermögen aus, betonte seine Beziehung zu seiner Mutter und spielte die vielen öffentlichen Skandale mit einem südamerikanischen Model herunter. Seinen Monolog über die ideale Größe von Brustwarzen ließ ich weg.

In den darauffolgenden Wochen entdeckte ich zu meiner Erleichterung tatsächlich eine andere Seite an Nick, eine erstaunlich großzügige sogar. Wie sich herausstellte, spendete er größere Summen an die schwarze Bürgerrechtsorganisation NAACP und an Non-Profits wie Boys Town und Planned Parenthood. Er begegnete mir mit Interesse, wollte wissen, wie ich zur Ghostwriterin geworden war, erkundigte sich sogar nach Cass. Schon bald unterhielten uns ausgiebig darüber, wie wichtig es für manche Kinder wäre, mehr Diversität in ihrem Leben zu haben. Meine Kundschaft behandelte mich oft wie eine Therapeutin, eine Person ohne Eigenleben, der man getrost seine intimsten Geheimisse offenbaren konnte. Die wenigsten erkundigten sich nach meinem Sohn oder meinem Leben.

Nachdem ich ihm ein paar Kapitel gemailt hatte, um sicherzugehen, dass meine Arbeit in seinem Sinne war, bekam ich eine Nachricht: *Alter, bei dir klinge ich wie ein echter Lauch.*

Darf ich fragen, was genau du mit ›Lauch‹ meinst?

Seine Antwort kam prompt: *Ein Weichei. Loser. Ich bin ehrlich, Allie, wir sind doch Freunde, oder? Du würdest nie so was wie Lauch sagen, ich weiß, aber genauso wenig würde ich Sachen sagen wie: »In meinem Leben habe ich viele unschätzbare Geschenke erhalten« oder »Während ich mit einem Glas Wein in der Hand den Sonnenuntergang auf dem Meer betrachte …« Hab dir doch erzählt, dass ich auf Whiskey steh. Kannst du mehr auf dicke Hose machen?*

Rückmeldungen zum eigenen Schreiben, die nicht gerade Begeisterung ausdrücken, können ziemlich verletzend sein. Nachdem ich seine wenig subtile Kritik einigermaßen verarbeitet hatte, dachte ich über eine angemessene Antwort nach. Ich hatte in der Vergangenheit für Bob Smelnick gearbeitet, dessen Ölunternehmen später dafür verklagt wurde, wissenschaftliche Erkenntnisse über den Klimawandel vertuscht zu haben. War Nick so viel schlimmer als dieser unehrliche Unternehmer? Nach einer Weile schrieb ich zurück: *Dicke Hose, schon in Arbeit.*

Nick und ich hatten so gut wie nichts gemein: Ich war eine neuerdings solvente Dreiundvierzigjährige und mochte lieber britische Fernsehkrimis als die *Ranch*, lieber Gras als Whiskey, lieber Dylan als Kanye, lieber Bücher als Videospiele, lieber Privatsphäre als Selbstdarstellung. Aber Ghostwriting ist eher so was wie Theater, Method Acting oder Improvisation. Du übernimmst die Hauptrolle, spielst Kennedy, eine Kongressabgeordnete oder einen Typen, der auf Anarcho-Primitivismus und jugendliche Hipstersprache steht.

Ich musste einfach denken wie ein Mann. Niemand erwartete Anmut oder Bescheidenheit. Ich hatte einen Sohn durchzufüttern, und mich selbst dazu. Außerdem hatte ich noch nie mit Nicks Lektor gearbeitet, und womöglich war der aus demselben Holz geschnitzt.

Also trank ich meinen Kaffee und kehrte zurück an meinen so genannten Arbeitsplatz.

Ich lebe so, wie ich es mir immer gewünscht habe. Man hat mich als Wunderkind bezeichnet, als Quotenkönig. Meine Sendung wird in Japan ausgestrahlt, in Australien, in Flugzeugen und auf US-Militärstützpunkten im Irak. Ich besitze einen kirschroten Ferrari Enzo, eine Erstausgabe von Dracula, *und Axel, meine Netzpython, hat ein eigenes klimatisiertes Zimmer mit atemberaubendem Blick über den Pazifik. Aber für mich war dieser Reichtum nie selbstverständlich. Ich nehme mir für jeden Fan Zeit, jeder bekommt von mir ein Autogramm. Es ist wichtig, am Boden zu bleiben.*

Das ganze Buch über auf dicke Hose zu machen, wäre eine ziemliche Herausforderung. Vielleicht sollte ich mich nochmal bei Nick melden und ihm vorschlagen, ab und zu den Lauch raushängen zu lassen, denn damit täte er seinen Memoiren einen echten Gefallen. Natürlich war die dicke Hose ein Teil seiner Persönlichkeit, und ob man es nun mochte oder nicht, der Mann hatte damit Erfolg.

Ich dachte reumütig an andere Persönlichkeiten zurück, für die ich geschrieben hatte. Viele von ihnen hatten mich aus Angst vor unschönen Enthüllungen komplett an die Kette gelegt. Sie alle hatte auch nur die Vorstellung, sie könnten zu großspurig wirken, zu erfolgreich, vulgär oder eingebildet, bereits in helle Aufregung versetzt. Unsichtbare Elektrozäune, überall. Die Memoiren der Kongressabgeordneten Betsy McGrath hatten mich am meisten frustriert. Ihren Reichtum musste ich herunterspielen, ihre Schwester durfte ich tunlichst nicht erwähnen, denn die hatte betrunken am Steuer jemanden totgefahren, ihre ersten beiden Ehen sollte ich unbedingt aussparen, und eine langatmige Kritik des Prostituiertenschutzgesetzes musste ich ersatzlos streichen. Es war mir vorgekommen, als würde ich eine Marketingbroschüre für den Bundesstaat Connecticut verfassen.

Offen gestanden fand ich die dicke Hose nach einer gewissen Gewöhnungsphase ziemlich befreiend. Es gab eigentlich keinen Bereich in Nicks Leben, der für mich tabu war; meine Arbeit erschöpfte sich weitestgehend darin, seine Aussagen während unserer Unterhaltungen zu Papier zu bringen. Er war enthusiastisch, gesprächig und so authentisch, dass ich seine Antworten bald vorhersagen konnte. Es gefiel ihm, mit mir über die Natur des Menschen zu philosophieren, und zwar unter inflationärer Verwendung der Begriffe »primitiv« und »transformativ«. Wir hatten lange Gespräche über Abraham Lincoln, Kreativität, Familienbeziehungen, Hautpflege und die Vielseitigkeit von Avocados.

Ich kam so schnell voran, dass ich schon nach einigen Wochen mehrere Kapitel fertig hatte. Vor lauter Begeisterung schickte Nick mir eine pinke Handtasche von Gucci und ein Samuraischwert für Cass, und obwohl ich Rucksäcke benutzte, und zwar in allen Farben außer Pink, und mein Sohn sich mit dem Schwert fast enthauptete, war ich von dieser Geste gerührt.

Als die erste Hälfte seines Buches fertig war, lud Nick mich zum Kaffee ein. Die Leute, für die ich schrieb, traf ich so gut wie nie persönlich, aber Nick war zufällig wegen einer Gaming-Konferenz in Albany, ungefähr eine Stunde Fahrzeit von mir entfernt.

Wann und wo?, schrieb ich.

Kaum hatte ich die Nachricht abgeschickt, überkam mich so ein zwiespältiges Gefühl. Ich würde ihn persönlich kennenlernen, aber er ebenfalls mich. Peinlicherweise hatte ich mein wahres Alter etwas kaschiert – ja, ich weiß, nicht toll, aber ich dachte, er wäre mir gegenüber offener, wenn er mich für jung und möglicherweise sexy hielte. Als er vorgeschlagen hatte, mit mir zu skypen, hatte ich behauptet, meine Webcam sei kaputt. Eine Google-Suche hätte ihn auch nicht weitergebracht, dafür sorgte ich schon seit zehn Jahren, also seit ich mit dem Ghostwriting begonnen hatte. Davor hatte ich als Marketingtexterin für ein Private-Equity-Unternehmen in New York gearbeitet. Damals führte ich ein komplett anderes Leben, und jemand wie Nick hätte wunderbar hineingepasst.

Zu der Zeit zog ich oft mit meinen männlichen Kollegen um die Häuser, denn mit denen kam ich erheblich besser klar als mit den Frauen im Büro. »Meine« Jungs und ich, wir gingen regelmäßig aus und tranken um die Wette. Irgendwann luden sie mich sogar mal zum Mittagessen in ein nobles Bistro ein. Ich war die einzige Frau am Tisch. Während sie sich über klassische Setlists bei Bruce-Springsteen-Konzerten, die Fickwürdigkeit berühmter Schauspielerinnen, Enron, die Achse des Bösen und die New York Knicks unterhielten, verdrückte ich still und leise mein Club Sandwich mit Süßkartoffelpommes.

»Du bist das erste Mädel in meinem Bekanntenkreis, das nicht nur Salat zum Mittagessen bestellt«, sagte einer anerkennend.

Eine von den »Jungs« zu sein, verschaffte mir eine besondere Sicherheit, denn in meinem Beisein würden sie sich wohl kaum über meine Fickwürdigkeit unterhalten. Außerdem muss ich zugeben, dass ich es genoss, sie bei ihren Männergesprächen zu belauschen. Als mich die anderen Frauen im Bistro verstohlen musterten, wurde ich gleich einen Kopf größer, denn ich besaß etwas, das sie begehrten. Dieses Gefühl war so neu für mich, dass ich es möglicherweise zu sehr auskostete, die Annäherungsversuche zwar abwehrte, aber nicht mit der nötigen Deutlichkeit. Sie verpassten mir den Spitznamen *Little Tiger*, denn so hieß der Gin, den ich gern trank. Nicht mal einen Monat später bekam ich eine Gehaltserhöhung, ein eigenes Büro und durfte sogar die Korrespondenz und kleinere Rechercheaufgaben für einen der Geschäftsführer erledigen. Mein Leben war ziemlich klasse, zumindest in jenem Moment.

Am heranbrechenden Morgen meines Treffens mit Nick in Albany trug ich meinen schlafenden Sohn durch meinen Vorgarten. Allerdings scheiterten meine Versuche, Cass nicht zu wecken, beinahe daran, dass ich über eine Baumwurzel stolperte und der Nachbarshund prompt losbellte. »Bitte schlaf weiter!«, flüsterte ich, denn mein Sohn würde mit Sicherheit ein Mordsgeschrei anstimmen, wenn er merkte, was anlag. Mit Trennung konnte er überhaupt nicht umgehen.

Bertie empfing uns an ihrer Fliegengittertür. »Ich nehm ihn«, sagte sie leise, noch ohne Gebiss, und streckte die Arme aus. Sie war zu gebrechlich, um ihn zu tragen, daher bedeutete ich ihr, die Tür aufzuhalten, damit ich Cass ins Haus bringen und ihn aufs Sofa legen konnte.

Ich ließ meinen Sohn nicht gern bei meiner Nachbarin

zurück, aber es gab keinen Vater, der auf ihn hätte aufpassen können. In Berties Haus stank es nach Urin, und in ihrer Fliegengittertür prangte ein großer Riss. Aber mein Haus war auch nicht besser in Schuss: An der Treppe vor meiner Haustür bröckelten die Stufen, es war nur eine Frage der Zeit, bis sich jemand verletzte, außerdem regnete es durchs Dach. Jimmy Pryor, mein Vermieter und Nachbar, ließ sich frustrierend viel Zeit mit solchen Reparaturen. Dank Nicks Buch konnte ich mich jetzt vielleicht nach etwas Besserem umsehen.

Cass sah so verletzlich aus in seinem zu kleinen Tigger-Sweatshirt. Ich strich ihm sanft über die Wange. »Bertie, du bist ein Goldschatz«, sagte ich.

Wieder zu Hause, verzwirbelte ich mein Haar zu einem halbwegs ordentlichen Knoten und schlüpfte in das Profi-Outfit, das ich mithilfe meiner Freundin Maggie bei Ann Taylor ergattert hatte. Der Futterstoff streichelte meine Haut wie Seide, das Knopfloch war robust gearbeitet, der Reißverschluss funktionierte einwandfrei. Das alles erinnerte mich an exklusivere Kleidungsstücke, die ich in New York getragen hatte. Wieder ärgerte ich mich darüber, die edlen Teile zu Beginn meines Freiberuflerinnendaseins kurzerhand der Altkleidersammlung übergeben zu haben. Aber damals war ich heilfroh gewesen, die steifen, engen Businesskostüme und zwickenden Absatzschuhe loszuwerden, die mir zunehmend fremd erschienen waren und am Ende überhaupt nicht mehr zu mir gepasst hatten.

Nach fast einer Stunde traf ich endlich in Albany ein und fand Nick in einer privaten Nische im Hinterzimmer vom *Wellington's*, dem edlen Restaurant seiner Nobelherberge. Ein bulliger Typ in Nicks Alter saß neben ihm, beide tippten auf ihren iPhones herum. Mit seiner Lakers Cap auf dem

Kopf wirkte Nick erheblich jünger als auf allen Fotos, die ich von ihm gesehen hatte, und sein Gesicht war flacher, breiter. Ein blonder Dreitagebart spross auf seinem Kinn. Er betrachtete mich mit blitzenden blauen Augen und sagte: »Bist du Allie?«

Ich nickte. »Hi, Nick.«

»Setz dich doch!«

Der Gorilla neben ihm sah nicht mal von seinem Handy auf, hustete aber in seine Faust.

»Nette Location«, sagte ich und versuchte, es mir auf dem seltsamen Stuhl bequem zu machen, der aussah wie eine Metallschüssel.

Nick musterte mich mit schmalen Augen. »Alter, du bist ja noch heißer, als ich dachte!«

»Oh, danke.« Gut möglich, dass ich kicherte und an meinen Fingernägeln herumzupfte. »War dein Flug okay? Wann bist du gelandet?«

»So vor einer Stunde. Hab die meiste Zeit geschlafen.« Nicks Blick ruhte immer noch auf mir. »Es ist so krass! Ich hatte mir dich irgendwie trutschig vorgestellt. Größer und, du weißt schon, rundlicher. Vielleicht, weil ich die ersten Sachen, die du geschrieben hast, so lahm fand. Tja, der erste Eindruck bleibt wohl hängen.« Er schüttelte den Kopf.

Ich spähte zu ihm rüber und rang mir ein Lächeln ab. Auf keinen Fall wollte ich verklemmt wirken.

»Aber nichts für ungut.«

»Kein Problem. Vielleicht sollten wir mal zusammen ein Buch schreiben«, scherzte ich.

Unser Geplänkel verstummte, als eine klassische Schönheit mit rotem Bob und jadegrünen Augen an unseren Tisch trat, um meine Bestellung aufzunehmen.

»Nur einen Kaffee, bitte«, sagte ich.

»Soso, du heißt also Shannon«, sagte Nick mit Blick auf das Namensschild unterhalb ihrer rechten Brust. »Shannon, hast du noch ein bisschen Heißes für mich?« Er hielt sich den Becher an die Lippen und schleckte mit einer kleinen Zungenbewegung über den Rand.

»Aber gern doch.« Sie strahlte ihn an, ihr Gesicht leicht gerötet, dann wandte sie sich einem anderen Tisch zu.

Der Gorilla nickte anerkennend. »Lecker«, sagte er.

Nick wandte sich wieder mir zu. »Also, Allie. Ich habe die Kapitel gelesen, die du mir geschickt hast. Ziemlich krass. Fast, als hätte man mich geklont und dieser Klon hätte ein fantastisches Buch über mich geschrieben. Hat mich richtig angeturnt, wie du mir in den Kopf gekrochen bist. Dabei ist mir fast einer abgegangen.«

»Super«, sagte ich, den Blick auf die Tischplatte gerichtet, während ich meinen Notizblock hervorkramte.

Er schlug ein paar kleinere Änderungen vor; ich sollte die Geschichte von dem cholerischen Nachbarn streichen, der ihn als Kind auf dem Kieker hatte, und auch sein Kaninchen namens Buttercup wollte er nicht mehr im Buch haben. Den genauen Namen seines Geburtsortes, ein Spießerkaff in der Nähe von Chicago, bräuchte auch niemand zu wissen. »So langweiliges Zeug interessiert keine Sau«, meinte er.

Ich notierte mir alles.

Danach unterhielten wir uns über seinen Python, die nächste Staffel der *Ranch* und die neugeborenen Zwillinge seiner Schwester. Am Tag zuvor hatte ich eine Szene zwischen ihm und seiner Mutter angefangen, die gerade ihren Job verloren hatte. Nick wollte ihr eröffnen, dass er ihr ein Apartment kaufen würde.

»Wie geht es deiner Mutter mit ihrem Lupus?«, fragte ich.

»Sie hatte letzte Woche wieder einen Schub, hat ein paar Tage auf meinem Sofa verbracht. Jetzt hab ich einen Masseur für sie engagiert. Maurice kümmert sich sonst um die älteren Damen am Set. Er ist mein Geburtstagsgeschenk für sie.«

Als Nächstes fragte Nick mich nach Cass' Trennungsangst und wollte wissen, ob ich sein Rezept schon ausprobiert hatte: Avocadotoast mit Koriander und Spiegelei.

Sein Kumpel machte unvermittelt den Mund auf. »Felly, ich mach mal 'nen Abgang. Bin mit Jim und Jim am Stand.« Sie verabschiedeten sich mit Ghettofaust, einen Moment später waren Nick und ich allein.

Er erklärte mir, dass Curtis und die beiden Jims angereist seien, um *Honor Code: Execution Time* zu promoten, den sechsten Teil der Serie. »Momentan tue ich nicht genug für mein Game«, sagte Nick und klang dabei wie ein geschiedener Vater, der von seinem Sohn spricht. »Ich bin völlig am Rotieren. Aber hey, ich hab dir was mitgebracht.« Er öffnete eine Ledermappe. »Ich hab Cass ein Autogramm von Fufu Muhammad besorgt. Das ist die Schauspielerin, die Doc McStuffins spricht.« Er drückte mir eine handgeschriebene Nachricht an Cass in die Hand: *Lieber Cass, immer schön dehnen und strecken! Deine Freundin Doc.*

»Wow!«, sagte ich.

»Kein Ding.«

Mein Sohn glotzte täglich mindestens drei Folgen von *Doc McStuffins, Spielzeugärztin* und sang andauernd die Titelmusik vor sich hin. Cass sah nicht oft Leute im Fernsehen, die aussahen wie er, aber ich glaube, es lag vor allem an den Stofftieren, dass er die Sendung so liebte. »Nick! Der wird sich nicht mehr einkriegen vor Freude! Unglaublich, echt.«

Nick zuckte die Achseln.

»Das ist der verdammte Hammer«, sagte ich.

Er strahlte. »Jetzt klingst du wieder wie ich.«

»Hm, ja, ich bin wie ein Schwamm. Das ist schließlich mein Job.«

Zwei Monate nach unserem Treffen in Albany sah ich Cass zu, wie er mit seinem neuen Laufrad auf dem leeren Schulparkplatz hin und her gurkte. Wir hatten gerade ein frisch renoviertes Haus mit zwei Schlafzimmern und zwei Bädern in Stockbridge besichtigt: Es hatte eine überdachte Veranda und einen Dachboden, den wir als Spielzimmer oder Büro nutzen konnten, und lag in unmittelbarer Nähe zum Beartown State Forest. Sogar eine süße kleine Pergola an der Hausmauer gab es, mitsamt üppiger Clematis. »Ich bin verliebt«, sagte ich zur Maklerin, die mir versicherte, sie würde sofort den Mietvertrag aufsetzen.

»Du schaffst das! Lehn dich nicht zu weit zur Seite!«, rief Kurt Cass zu und ergriff meine Hand. Kurt und ich waren seit ungefähr vier Monaten so gut wie zusammen. Er hatte seine Fehler – zum Beispiel hatte er dem Ehrgeiz und dem Streben nach Geld vollkommen abgeschworen –, konnte aber prima mit Cass umgehen, der lieber malte und Musik hörte, als mit seinen Freunden zu raufen oder Fangen zu spielen. Kurt war außerdem eine echte Augenweide und offen gestanden eine ziemliche Granate im Bett, weswegen ich ihm auch erlaubte, kostenlos in meinem Keller zu wohnen. Momentan arbeitete Kurt ein paar Stunden die Woche bei seinem Freund Pete im Eisenwarenladen und versuchte sich nebenbei als Bildhauer.

»Nicht so schnell!«, brüllte ich, als Cass direkt in den Fahrradstand bretterte.

Sofort flitzten wir los, um ihn zu trösten. Da klingelte mein Handy. Es war Colins Nummer, also musste ich rangehen. Kurt bedeutete mir, dass er sich allein um Cass kümmern würde.

»Ich glaube, du solltest dich setzen«, sagte Colin statt einer Begrüßung. »Ich hab schlechte Nachrichten.«

»Oh … ja, okay.« Ich sah mich um, fand aber keine Bank.

»Nick Felles hat ein ziemliches Problem.«

Kayla Hokin war aus der *Ranch* bekannt, wo sie die Hauptrolle spielte, aber die anderen sagten mir nichts. Gegen Nick gab es mehrere Anzeigen wegen sexuellen Missbrauchs, und drei anonyme Opfer bezichtigten ihn des versuchten sexuellen Missbrauchs.

»Moment mal«, sagte ich. »Vergewaltigung?«

Colin erklärte mir, dass Nicks Buch abgesagt wurde. Die Dreharbeiten zur nächsten *Ranch*-Staffel wurden bereits eingestellt, und gerade lief eine Pressekonferenz mit den Anwälten der Klägerinnen.

Instinktiv fragte ich mich, ob die Polizei den Richtigen erwischt hatte. Das war zwar unverzeihlich, lag aber daran, dass ich nicht nur für Nick, sondern vor allem *als* Nick geschrieben hatte – und das seit fast sechs Monaten. Nur deshalb empfand ich neben dem ersten Schock zunächst auch eine Art Mitgefühl, das allerdings zusehends verflog.

»Die Titelseite der *New York Post* willst du morgen nicht sehen«, sagte Colin.

Ich stöhnte gequält auf. Vor meinem geistigen Auge sah ich Kayla, in ihrer Rolle als Mai, die älteste Tochter von Ahiga, eine der beiden Gestaltwandler. Eine sehr hübsche junge Frau mit schwarzen Kringellocken und gelbgrünen Augen. Kayla war sicher nicht älter als dreiundzwanzig. Mir fiel die Kellnerin namens Shannon aus dem Nobelrestaurant in Albany wieder ein und Nicks anzügliche Bemerkung, ihm sei »einer abgegangen« bei der Vorstellung, wie ich mich in seine Denkweise einfühlte. Ich wünschte mir mit jeder Faser meines Körpers, dass das Offensichtliche nicht wahr sein möge.

Neben meinem Fuß lag ein Stein, den ich jetzt aufhob und mit voller Wucht über den Parkplatz schleuderte. Ich hatte das seltsame Gefühl, an der ganzen Sache eine gewisse Mitschuld zu tragen, aber welche genau, konnte ich zu diesem Zeitpunkt noch nicht festmachen. »Geht es Kayla einigermaßen?«, fragte ich vorsichtig. »Und den anderen? Wie geht es ihnen?«

»Keine Ahnung. Ich glaube, das alles ist vor ein oder zwei Jahren passiert.«

»Ach, na dann geht es ihnen jetzt bestimmt wieder blendend«, ätzte ich.

»Hey, ich kann doch auch nichts dafür«, erwiderte Colin, was mich nur noch mehr ärgerte.

Ich war nicht naiv, natürlich wusste ich, dass Nick weder Unschuldslamm noch Kostverächter war. Welche Männer im Showbusiness konnten das schon von sich behaupten? Eigentlich in jedem Business. Sogar Clyde Elliott mit seinen sechsundachtzig Jahren hatte mir mitten in seinem Vortrag über seine erste Mondumkreisung Komplimente gemacht, ich würde am Telefon klingen wie Lauren Bacall, und er würde wetten, dass ich genauso eine Figur hatte wie sie. Männer reizten gern Grenzen aus. Aber Nick hatte jemanden *vergewaltigt?* Mehrere Frauen? Mir drehte es den Magen um.

»Wir bezahlen dich natürlich für das, was du bis jetzt geschrieben hast, Allie«, fuhr Colin fort.

»Das Buch war fast fertig.«

»Ah, okay. Na, wir zahlen dir die Hälfte. Ich wusste nicht, dass du schon so weit warst. Aber das ist doch trotzdem nicht schlecht, oder? Assembly hatte das Buch als Spitzentitel im Frühjahrsprogramm eingeplant. Die machen jetzt einen Riesenverlust. Wir sollten dankbar sein, dass sie dich überhaupt bezahlen, findest du nicht?«

»Dankbar? Assembly kann das locker verkraften.« Ich hingegen konnte mich gleich mal von dem Haus in Stockbridge verabschieden.

In der vergangenen Woche hatte ich Cass in einem privaten Kindergarten angemeldet, den er bald besuchen sollte, und endlich eine gute Krankenversicherung für uns abgeschlossen. Sogar eine Reise nach Disney World hatte ich gebucht, weil ich davon ausgegangen war, dass das eingehende Honorar solche Extravaganzen locker abdecken würde. In ein paar Tagen ging der Flug nach Orlando. »Ich habe Mordfantasien«, sagte ich.

»Ja«, erwiderte Colin nur. »Aber Kopf hoch. Ich verhandle gerade ein neues Buchprojekt für dich. Ist noch zu früh, um dir Genaueres zu verraten, aber wenn es klappt, wirst du froh sein, dieses Schlamassel hinter dir zu lassen. Und damit meine ich nicht nur das Geld.«

»Für ein neues Buch habe ich jetzt wirklich nicht den Kopf.«

»Jetzt reiß dich zusammen«, sagte er, halb im Scherz.

»Dein Mitgefühl bewegt mich, ehrlich. Für mich, für Kayla und die anderen.«

»Ich glaube, du musst die Nachricht erst mal in Ruhe verdauen.«

»Ja.« Innerlich verfluchte ich mich dafür, ausgerechnet den Menschen angepampt zu haben, der für den Löwenanteil meines Einkommens verantwortlich war. »Danke, und … 'tschuldige wegen, du weißt schon. Bitte ruf mich an, wenn du mehr weißt über den neuen Auftrag.«

Ich schob mein Handy in die Hosentasche. Mit Schaudern erinnerte ich mich plötzlich an eine bestimmte Szene aus *Skinwalker Ranch*. Sie fand auf einer Hochebene statt: Kayla, in Menschengestalt, hatte bei einer Orgie mit Hexen und Werwölfen so gut wie alle Hüllen fallen lassen müssen. Das Auge der Kamera wanderte über jeden Zentimeter ihres Körpers, widmete sich mit besonderer Hingabe der sanften Wölbung ihrer Hüfte und der Rundung ihrer Brust, tastete sich weiter vor bis zur Kehle und landete schließlich auf Kaylas jungem, vor Angst und Ekstase verzerrtem Gesicht, während sich ein Werwolf und eine höchst attraktive, weißhaarige Hexe im durchsichtigen Kaftan über sie hermachten. Das Kameraauge wanderte zu Kaylas Fingern, die sich fest an die Hand ihrer Mutter Ahiga klammerten, dann weiter zum unteren Rücken der Hexe, dem flachen Bauch eines Beteiligten und zurück zu Kayla und Ahiga, die sich gerade in knurrende Füchsinnen verwandelten.

Ich musste an all die von mir geschriebenen Passagen denken, in denen ich Nicks Auslassungen über die Schönheit des nackten weiblichen Körpers verarbeitet hatte, seine Bemerkungen über Picasso und Bukowski, die Schauspielerin in *Planet der Affen*, die enge Verbindung zwischen Sex und Gewalt (hatte ich das wirklich so übernommen?), den ganzen Mist über seinen Reichtum, den er unbedingt drin haben wollte, seine Model-Freundin, seine verwöhnte Schlange. Diesen ganzen Müll hatte ich tatsächlich geschrieben, freiwillig.

»Alles klar bei dir?«, fragte Kurt. »Du siehst seltsam aus.«

»Ja.« Gern hätte ich ihm erzählt, was gerade passiert war, aber ich hatte schon vor langer Zeit gelernt, Geheimhaltungserklärungen zu respektieren. Außerdem war es besser, wenn Kurt nicht wusste, dass ich für einen Typen wie Nick schrieb, ja sozusagen seine Stimme war. »Ich habe nur gerade einen lukrativen Auftrag verloren.«

Cass fuhr im Kreis herum, brummte dabei wie ein Motor und drückte auf die Hupe am Lenker. Bald würde ich ihm sagen müssen, dass das neue Haus und Disney World abgeblasen waren. Er hatte schon genau geplant, wo seine Stofftiere in seinem neuen Zimmer wohnen würden. Wir hatten eine Papiergirlande gebastelt, die einzelnen Glieder waren die Tage bis zum Flug nach Orlando. Wahrscheinlich wäre es einfacher, ihm zu eröffnen, dass ich an einer fleischfressenden Krankheit litt.

»Du kriegst das schon hin, Süße«, sagte Kurt.

»Kann sein.« Vielleicht sollte ich Kayla einen Brief schreiben und mich bei ihr entschuldigen, aber diese Idee war natürlich Blödsinn. »Ich muss erstmal durchrechnen, ob ich mir die neue Krankenversicherung trotzdem noch leisten kann.«

»So schlimm wird's schon nicht sein«, sagte er. »Wie wär's, wenn ich heute Abend koche? Ich könnte euch Pizza machen oder so was.«

Später, als ich Cass ins Bett gebracht hatte und Kurt zu einem Treffen mit seinem Kumpel Pete verschwunden war, lief ich unruhig in der Küche auf und ab, aß dabei noch ein paar Pizzareste und schob zwei Eis-Sandwichs hinterher, bedauerte es prompt, verschlang dann aber trotzdem noch das letzte Lieblingseis meines Sohnes. Wie widerlich konnte man eigentlich sein? Ab jetzt war Schluss mit Zucker, ich würde mir einen richtigen Job suchen, und zwar in Festanstellung, ich würde Sport treiben, mit Cass ins Museum gehen, ihm mehr Gemüse vorsetzen, selbst mehr Gemüse essen und öfter lesen. Wann hatte ich das letzte Mal ein gutes Buch in der Hand, irgendwas, das mir Bodenhaftung vermittelte? Wahrscheinlich, bevor mein Sohn in mein Leben getreten war. Ich zog mein Lieblingsbuch aus dem Regal, *Die Fahrt zum Leuchtturm* von Virginia Woolf. *»Doch, bestimmt, wenn es morgen schön ist«, sagte Mrs Ramsay. »Dann musst du aber schon ganz schön früh aus den Federn«, setzte sie hinzu.* Doch meine Gedanken wanderten sofort zurück zu Nick und Kayla Hokin und der Orgie auf dem Hochplateau. Ich würde die Gucci-Handtasche verbrennen. Oder noch besser, ich würde die Tasche und das Schwert an eine Wohltätigkeitsorganisation spenden, die Frauen und anderen Opfern häuslicher Gewalt ihre Hilfe anbot. Aber das Autogramm von Doc McStuffins hing schon in einem Rahmen in Cass' Zimmer, und ich war deswegen in seinem Ansehen erheblich gestiegen. Vielleicht würde ich das einfach hängenlassen.

Am nächsten Morgen erfuhr ich durch einen Anruf bei der Fluggesellschaft und im Hotel, dass die hohen Stornogebühren einen Rücktritt von der Reise wenig ratsam machten. Ich ging meine Ausgaben durch: Den Toyota brauchte ich für meine Arbeit als Landschaftsgärtnerin, doch das abgespeckte Honorar für Nicks Buch würde kaum reichen, um meine Schulden, die laufenden Unterhaltskosten und die monatlichen Gebühren für Cass' neuen Kindergarten zu decken. Und auf Colins angekündigten neuen Auftrag konnte ich mich auch nicht verlassen.

Dank Nicks Buch hatte ich Kurts mangelnden Beitrag

zur Miete kompensieren können. Er entschädigte mich auf vielerlei andere Weise, nicht zuletzt, indem er unser Leben mit Ruhe erfüllte und stets ein Auge auf Cass hielt. Ich dachte zurück an den Morgen, als ich Kurt das erste Mal gesehen hatte, auf einer Bank in der Nähe der Bushaltestelle in Great Barrington. Damals war ich mir sicher gewesen, dass dieser langbeinige Mann in Nadelstreifenanzug und burgunderroter Krawatte entweder ein Geschäftsmann oder ein Meth-Dealer war. Als er ein Auge öffnete, sagte ich: »Sie sind aber sehr fein angezogen für diese Bank.« Er hatte makellose Zähne und strahlend blaue Augen. Auf meine Bemerkung hin erzählte er mir, dass er gerade seinen Job als Finanzberater bei einem New Yorker Unternehmen verloren hatte. Er und seine Frau hatten seit mehr als zehn Jahren dort gearbeitet, aber nur Birgitte war zur Leiterin der Abteilung für Globale Marktstrategien ernannt worden, ihm hatte man lediglich eine minderwertige Stelle in einer Tochterfirma in Newark angeboten. Seine Kunden hatte ihn zu jeder Tages- und Nachtzeit auf dem Handy vollgejammert, schon bei kleinsten Kursschwankungen. Sein aggressiver, perfektionistischer Vorgesetzter hatte ihm nach und nach sämtliche Boni gestrichen. Dann hatte Kurt seinen wichtigsten Kunden verloren, und zwar am selben Tag, als er erfuhr, dass Birgitte seit sechs Monaten mit dem CIO Globale Investitionsgeschäfte schlief. Da hatte der arme Kurt die Fassung verloren, hatte seinen Chef als Geizkragen, Gierschlund und Arschloch beschimpft, bis man ihn aus dem Gebäude komplimentiert hatte. Am selben Tag verließ er nicht nur sein Apartment in Murray Hill, sondern auch seine Siamkatze, fast all seine Besitztümer und schließlich auch Birgitte und nahm den nächstbesten Greyhound-Bus nach Port Authority, stieg an der letzten Haltestelle, Great Barrington, aus und irrte ziellos durch die Nacht. Sein Geld überließ er Birgitte, »um von der Wall Street und dieser kranken Gier nach Reichtum loszukommen. Ich will nichts mehr zu tun haben mit diesem fragwürdigen Konsum, der unser Land zerstört«, sagte er damals auf der Bank zu mir. Ich hatte genickt und ihm zu dieser Entscheidung gratuliert.

Mittlerweile wünschte ich allerdings, er hätte ein wenig von seinem Besitz behalten.

Ich rief die Maklerin an und teilte ihr mit, dass wir das perfekte Haus in Stockbridge nun doch nicht mieten würden. Dann packte ich unsere Koffer.

Weil Disney World unser Traumurlaub sein sollte, hatte ich ein Zimmer in einem Deluxe-Hotel gebucht. Als Cass und ich aus dem Shuttlebus vom Flughafen stiegen, begrüßte uns ein attraktiver Hotelpage und stellte sich als Slate vor – oder war es Slade? Jedenfalls nahm er unser Gepäck und führte uns in die riesige hummersuppenfarbige Lobby. Im Hintergrund lief »There's a Great Big Tomorrow«. Ich entspannte mich sofort und genoss das behagliche Gefühl, in einem explizit kinderfreundlichen Ambiente gelandet zu sein. Selbst wenn Cass plötzlich einen Tobsuchtsanfall bekommen oder eine Vase zerbrechen sollte, würde sich hier niemand darüber aufregen – zumindest theoretisch nicht. Auf den zahlreichen gemütlichen, aber exklusiven Sitzgruppen tobten Kinder mit Mickey-Maus-Ohren herum und brüllten auf ihre leicht verstrahlten Eltern ein. Riesige Blumengestecke in blauen Schalen standen auf marmornen Beistelltischen. Über allem waberte der Geruch von Zuckerwatte.

Obwohl ich als Kind immer wieder darum gebettelt

hatte, war ich noch nie in einem Disney-Resort gewesen. »Sei froh, dass wir uns Disney World nicht leisten können«, hatte meine Mutter stets gesagt. »Es ist kitschig.«

Damals, ich war acht oder neun Jahre alt, hatte ich gleich gefragt: »Warst du denn schon mal da, Mom?«

»Dein Opa ist tatsächlich mit uns zur großen Eröffnung geflogen, da war ich ungefähr so alt wie du jetzt. Es war so laut, sogar in dem geschmacklosen Hotel, und die Warteschlangen waren elend lang. Er hat es lieb gemeint, das muss man ihm zugutehalten.« Sogar damals wusste ich bereits, dass mein Großvater, ein Kleinstadtanwalt, Schürzenheld und professioneller Black-Jack-Spieler, ein mittelgroßes Vermögen angehäuft und es kurz vor seinem Tod wieder verloren hatte. Damals war meine Mom gerade erst achtzehn Jahre alt gewesen. Über die Jahre hatte sie Strategien entwickelt, um die Schande ihrer finanziellen Beschränkungen zu verdrängen, darunter fielen auch Leugnung, Verklärung und Snobismus.

Bis jetzt hatte ich hier nichts entdeckt, das den grässlichen Beschreibungen meiner Mutter entsprach. Unser Hotelzimmer war auf neutrale Weise geschmackvoll eingerichtet, so wie die Wartezimmer gewisser Ärzte. Ich schloss die Tür, um die musikalische Beschallung aus dem Flur zu dämpfen. An den Wänden hingen diverse Aquarelle – schlafende Kinder inmitten von Blumen, die komischerweise alle wie Mohnblumen aussahen. Zwei hohe Betten waren mit weißen Tagesdecken und Federkissen drapiert, und der hellbraune Teppich war so flauschig, dass Cass sofort einen Purzelbaum darauf schlug. »Der Teppich ist klasse. Das Bett ist klasse. Das Zimmer ist klasse«, rief er.

»Ich finde unser Haus genauso schön«, log ich. Wenigstens hatte ich nicht noch mehr Geld für die Aussicht aufs

Wasser verpulvert. Unser Zimmer war mit Blick auf Parkplatz und Mülltonnen.

Ich hatte mir vorgestellt, wie Cass und ich Hand in Hand an Cinderellas Schloss vorbeischlenderten, an Eiswaffeln knabberten und Goofy oder Doc McStuffins zuwinkten, während Cass mir versicherte, dass er noch nie so glücklich gewesen sei. Doch kaum waren wir am Magic Kingdom eingetrudelt, stolperte Cass gegen einen blassen, langgesichtigen Jungen mit einem riesigen Putenschenkel in der Hand. Der Junge trat direkt auf Cass zu und knurrte: »Pass auf, wo du hinläufst, Arschloch!«

Cass versteckte sich sofort hinter mir. Ich wies den Jungen darauf hin, dass er sehr unhöflich war und sich mit seinem widerlichen Fleisch vom Acker machen sollte.

Buzz Lightyear kam auf uns zu, wir grüßten ihn, dann schlenderten wir weiter, an den Laden auf der Main Street, USA, vorbei, wo Cass mich nacheinander um einen Lolli, kleine Bonbons, ein T-Shirt, Mickey-Maus-Ohren und Fotos von uns für nur 200 Dollar anbettelte.

»Wir sind hier, um uns zu amüsieren, nicht um lauter Zeug zu kaufen«, erklärte ich ihm.

»Wieso können wir nicht beides machen?«

Ich zeigte auf einen Mann mit Celtics-T-Shirt. »Hey, schau mal, da ist noch jemand aus Massachusetts«, versuchte ich Cass abzulenken. Erst bei genauerem Hinsehen erkannte ich, dass der Typ ebenfalls an einem riesigen Putenschenkel nagte.

Am Abend wollte Cass wissen, warum wir noch immer nicht Doc McStuffins gesehen hatten.

»Gute Frage«, sagte ich und konsultierte gleich mal Google. Bei unseren Runden durch den Park waren uns tatsächlich so gut wie keine Figuren begegnet, und wie ich jetzt erfuhr, verbargen sich die meisten an bestimmten zugeteilten Treffpunkten, weil sie früher ständig von Touristen belästigt worden waren, die zusammen mit ihnen Fotos machen wollten. War das nicht ihr Job? Doc McStuffins konnte man nur treffen, wenn man an einem Riesenfrühstücksevent teilnahm, und das natürlich nur mit Reservierung. Die Ressortleitung empfahl, mindestens sechs Monate im Voraus zu buchen. Die Planungs- und Organisationsfähigkeit anderer Eltern erstaunte mich immer wieder.

Ich beschloss, kurz vor Ende des Einlasses mit Cass zum Riesenfrühstück zu gehen und draußen zu warten, in der Hoffnung, vielleicht doch kurz mit Doc reden zu können, wenn sie das Event verließ.

Aber kaum waren wir am Ausgang angekommen, hastete eine Hostess mit kurzem beigefarbenem Haar auf uns zu und rief: »Hier ist kein Aufenthaltsbereich, Leute!«

Ich entdeckte Doc ganz hinten an der Omelett-Station; ihr großer Plastikkopf, die braunen, geflochtenen Zöpfe und der weiße Kittel waren unverkennbar. Sie umarmte ein kleines Mädchen. Gleichzeitig hörte ich dutzende Babys weinen, die die Sendung wahrscheinlich nie gesehen hatten und sich außerdem nie im Leben an die Begegnung mit Doc erinnern würden.

»Ach, bitte!«, bettelte ich »Wir sind extra wegen Doc McStuffins hergeflogen. Sie ist die Lieblingsfigur meines Sohnes. Schau, Cass, da drüben steht sie!«

»Leider nicht möglich«, sagte die Frau. »Gehen Sie jetzt weiter.« Sie trat hinter ihrem Stand hervor und baute sich vor uns auf, als wollten wir die Veranstaltung stürmen. Ihr Gesicht war viereckig wie ein Karton, und ihre Ohrläppchen erst! Beeindruckend.

»Können wir nicht warten, bis das Frühstück vorbei ist,

und kurz Hallo sagen? Wollen Sie uns tatsächlich verbieten, hier zu stehen?«

»Sie könnten eine Reservierung machen, für einen anderen Tag.« Ihr Blick wanderte von Cass zu mir und wieder zurück.

»Das verdammte Frühstück ist bis zum nächsten Jahr ausgebucht.«

Die Frau funkelte mich an.

Cass fing an zu jammern. Mir wurde heiß. »Na gut, was muss ich zahlen?« Ich zog meine Geldbörse hervor. Wir würden sicher nie wiederkommen, was hatte ich schon zu verlieren?

»Sie und Ihr Junge müssen jetzt gehen, Ma'am.«

Nein, sagte meine innere Stimme.

Die Frau wandte sich ab und rief etwas.

»Doc! Hey, Doc!«, brüllte ich.

Aber Doc hörte mich nicht, stattdessen tauchte eine andere Frau neben mir auf, krallte mir ihre Finger in den Arm und stieß mich zurück.

»Blöde Drecksau!«, fluchte ich.

Cass fing an zu weinen.

Ich schubste die erste Frau aus dem Weg, die prompt rückwärts in ihren Stand krachte.

Ihre Kollegin half ihr wieder auf die Beine. »Ma'am«, sagte die zweite Frau, während sie ihren Kragen aufrichtete. »Sie gehen jetzt freiwillig oder wir entfernen Sie und Ihren Sohn mit Gewalt aus dem Park. Haben Sie mich verstanden?«

Später erfuhr ich, dass Fluchen bereits reichte, um aus dem Park zu fliegen. Absurde Regel, wie ich fand, denn es schien mir unmöglich, bei einem Aufenthalt mit kleinen Kindern in einem Vergnügungspark kein einziges Mal »Scheiße!« zu sagen.

»Doc!«, flehte Cass verzweifelt. »Bitte!«

Endlich reagierte Doc McStuffins, sie kam sogar auf uns zu. Wir hatten die herzlosen Frauen besiegt! Doc würde den beiden sicher gleich Bescheid stoßen, und danach würden wir alle über diese kleine Aufregung lachen. Sie würde Cass in die Arme schließen, ich würde ein Erinnerungsfoto schießen, und mein Sohn würde diesen Augenblick nie vergessen, den magischen Tag, als er in Disney World seine Lieblingsfigur getroffen hatte. Doc, in ihrem übergroßen Plastikkostüm, watschelte auf uns zu. Ich beugte mich zu meinem Sohn hinunter und flüsterte: »Mach dich bereit, Cass, gleich ist sie da!« Vor lauter Aufregung sprang er auf und ab. »Was soll ich ihr sagen?«, fragte er.

»Was du willst!« Ich war selbst ganz aufgekratzt. »Sag ihr, dass sie deine Lieblingsfigur ist!«

Doc blieb stehen. Sie hob die Hand, um eine Jugendliche abzuklatschen, doch die wich zurück und hob ihr iPhone. Docs Plastikgesicht erstarrte zu einem Plastikgrinsen, dann wandte sie sich ab und wackelte zurück zur Omelett-Station.

»O Gott«, sagte ich.

Cass rief ein letztes Mal mit tränenerstickter Stimme.

»Doc!«, rief ich mit. »Wir wollen nur kurz Hallo sagen!«

Die zweite Frau hob ihr Walkie-Talkie. »Michael? Code sechs beim Play 'n Dine.«

Ich nahm Cass an die Hand und machte einen raschen Abgang. Vor lauter Wut erklärte ich ihm, dass Doc sowieso nicht echt sei, nur ein verkleidetes Arschloch, und dass es in bestimmten Billigrestaurants Kellnerinnen gab, die sich an ihrer beschränkten Macht aufgeilten.

Ich muss niemandem erklären, dass das die Angelegenheit nicht besser machte.

»Du hast alles kaputtgemacht!«, brach es aus Cass hervor. »Du hast Doc kaputtgemacht, unsere Reise kaputtgemacht, mein ganzes Leben hast du kaputtgemacht!«, schleuderte er mir entgegen. Er war untröstlich, den ganzen Weg zurück zum Hotel. »Ich will nach Hause!«

»Kommt nicht infrage. Wir werden uns hier amüsieren«, sagte ich. »Morgen ist ein neuer Tag«, fügte ich hinzu. Vermutlich hatte mich dieser Song inspiriert, der schon wieder in der Lobby dudelte.

Schweigend trotteten wir zurück zum Zimmer. Allerdings muss ich gestehen, dass wir vorher einen kleinen Abstecher zum Souvenirladen machten, wo ich ihm einen Lolli kaufte, der größer war als sein Gesicht, nur um ihn zu trösten – was wunderbar funktionierte.

In den darauffolgenden Tagen verdarb ich ihm mit ständigen Absagen den Spaß – Nein zur teuren Typhoon Lagoon, Nein zur eigenen Strandhütte am Pool, Nein zu allem, was die Minibar hergab – und riet ihm stattdessen, das zu genießen, was wir hatten. Wir waren schließlich in Disney World. Wie viele Kinder konnten das behaupten? (Er so: »Jedes Kind.« Ich so: »Ich war vorher noch nie da.« Er so: »Du zählst nicht. Du bist kein Kind.«)

Am Ende unseres Aufenthalts kam es dann doch noch zu einem Treffen mit Cinderella. Und mit Dornröschen – es war spontan noch ein Slot freigeworden. Beide Prinzessinnen waren freundlich und liebenswürdig und spielten ihre Rollen.

»Ich bin der einzige Junge hier!«, bemerkte Cass nach der letzten Begegnung. Er hatte recht. Um uns herum tummelten sich massenweise Mädchen mit ihren Freundinnen, Schwestern, Müttern. Sogar die Angestellten waren weiblich.

»Na und?«

»Gibt es hier keine Prinzen?«

»Mal sehen, ob wir welche finden«, sagte ich und wandte mich an eine jüngere Frau in gestärkter weißer Bluse und einem Rock, der aussah wie aus einem Zirkuszelt geschneidert.

»Hm«, machte sie. »Prinz Naveen aus *Küss den Frosch* hält in Tianas Garten Hof. Oh, und Gaston ist gerade auf Belles Dorfplatz.«

»Aber das liegt alles im Magic Kingdom, oder?« Unsere Pässe für den Bereich waren bereits abgestempelt. »Wir reisen morgen ab. Gibt es hier in Epcot keine Prinzen?«

Sie musterte Cass verständnisvoll. »Wie wäre es mit Chip und Dale? Die kommen später noch hierher.« Sie erklärte, dass es sich um die Ahörnchen und Behörnchen aus älteren Zeichentrickfilmen handelte.

Cass schüttelte gelangweilt den Kopf. Was sollte er mit Figuren aus irgendwelchen uralten, verstaubten Serien bitte schön anfangen?

Als die Frau gegangen war, bettelte er darum, zum Magic Kingdom zurückzukehren.

Ich weigerte mich, aber er quengelte weiter. Irgendwann reichte es mir. »Hör auf, mich ständig anzubetteln! Du musst lernen, mein Nein zu akzeptieren. Hast du mich verstanden?« Als ich sah, dass ihm die Tränen kamen, gab ich nach. »Hast du Lust auf was Süßes?«, fragte ich und manövrierte uns kurzerhand zum Crêpes-des-Chefs-Stand.

Nach dem Mittagessen sahen wir uns den nachgebauten Dogenpalast und die Säulen vom Markusplatz an und landeten schließlich im Bel Cristallo Shop, der aussah wie die Sixtinische Kapelle. »Irgendwann kann ich dir vielleicht die echte Sixtinische Kapelle zeigen«, sagte ich zu Cass. Das war mein größter Traum: Reisen mit meinem Sohn. »Man weiß ja nie.«

Die Stimmung nach unserer Rückkehr war ungefähr so toll wie saure Milch. Ich hatte einen Gartenjob ergattert, aber nur für ein paar Tage. Jetzt, in den Sommerferien, fiel auch mein Nebenverdienst als Aushilfslehrerin aus.

Kurt übernahm mehr Schichten im Eisenwarenladen, was etwas half, aber es dauerte nicht lange, bis er seine Arbeit an einer neuen Skulptur begann und seine Stunden wieder herunterfuhr. Er hatte die Müllcontainer vor ein paar frisch renovierten Häusern nach interessanten Hinterlassenschaften abgesucht und war fündig geworden: Stücke herausgerissener Vinylböden, mehrere abgeliebte Furbies, eine defekte Küchenmaschine, ein altmodischer Fernseher mit Riss im Bildschirm. Aus dem Müll wollte er einen drei Meter hohen Stuhl bauen, der allerdings zu wackelig war, um sich draufzusetzen, was genau der Sinn der Übung sei, wie er mir erklärte. Er nannte sein Machwerk »Müllthron«. Wie bei seinen anderen Skulpturen, die halb fertig in meinem Garten herumlagen, vergab er den jeweiligen Namen schon, bevor er mit der Arbeit begonnen hatte. Eines Abends erklärte er mir beim Essen, dass er mit dem neuesten Projekt gegen den Materialismus, die Erderwärmung und die menschliche Gier Stellung beziehen wollte.

»Okay, cool«, sagte ich beim Tischabräumen. »Aber mal was anderes: Wenn Miete und Nebenkosten rausgegangen sind, ist mein Girokonto leer.«

»Jimmy verlangt eine viel zu hohe Miete für dieses Haus. Wir sollten alle auf Tauschhandel umsteigen. Wusstest du, dass der Wert solcher Tauschgeschäfte letztes Jahr bei fünfzehn Milliarden Dollar lag, allein in den USA? Es dreht sich alles um die Gemeinschaft und um die Wertschöpfungskraft des Einzelnen, nicht um den individuellen Besitz. Geld ist Gift für alle zwischenmenschlichen Interaktionen.«

»Vielleicht sollten wir eine deiner Skulpturen gegen die Miete tauschen, wenn du sie mal fertigstellst?«, rutschte es mir heraus.

»Ich meine, wir könnten ...«, setzte er an. »Ich versuche, ein paar Stunden mehr im Laden zu bekommen.«

»Das wäre gut.«

Ich fragte Colin in einer Mail, ob es schon was Neues über das angekündigte Projekt gebe, bekam aber keine Antwort. Eine Woche später schickte ich eine weitere Mail, diesmal unter dem Vorwand, ein bisschen mit ihm plaudern zu wollen. *Kannst du dir vorstellen, dass der Moderator von* The Apprentice *tatsächlich als Präsidentschaftskandidat der Republikaner aufgestellt wurde?*, schrieb ich. *Tanya hat gesagt, sie sucht schon nach einer Wohnung in Toronto.* Vor Jahren hatte ich für Tanya Dawson, Comedienne und Charakterdarstellerin, ein Buch geschrieben, und wir hielten immer noch Kontakt.

Colin antwortete nicht.

Ich startete einen erneuten Versuch, die *Fahrt zum Leuchtturm* zu lesen. Aber es fiel mir schwer, mich auf die Ramsays zu konzentrieren.

Mein Leben hatte so vielversprechend begonnen. In der Highschool hatte ich ein paar nationale Schreibwettbewerbe gewonnen, als Zweitbeste den Abschluss gemacht und ein volles Stipendium am Dartmouth College bekommen. Ich war nach Hanover gezogen, hatte gute Noten und ein paar Gedichte in der College-Literaturzeitschrift veröffentlicht. Mein Tutor, ein jüngerer Professor für Britische

Literatur und Fakultätsberater für die Zeitschrift, ermutigte mich zum Schreiben. Auf einem Campus mit einer Studentenschaft, die größtenteils von den Prep-Schools aus New England stammte und super Skifahren und noch besser Lacrosse spielen konnte, fand ich in Professor McCoy einen Seelenverwandten, denn er kam aus Pittsfield und war wie ich Außenseiter. Im selben Diner in White River Junction, wo ich meine Hausaufgaben machte oder schrieb, korrigierte er unsere Essays. Manchmal saßen wir zusammen und plauderten über Western Massachusetts oder Shakespeare. Dann, mitten in meinem Abschlussjahr, tätschelte er mir nach einem Seminar den Hintern und murmelte was von »sehnt der Hirsch sich nach den Hinden«. Ich redete mir ein, seine Berührung sei Zufall gewesen und ich hätte sein Gemurmel falsch verstanden. Doch als ich die Woche darauf seine laut und deutlich ausgesprochene Einladung ablehnte, die »prall bestückte Bibliothek« bei ihm zu Hause zu bestaunen, verpasste er mir am Ende des Seminars die Note D. Verstört schrieb ich eine Beschwerde an die Fakultätsleitung, erhielt aber keine Antwort. Mein Notendurchschnitt rauschte in den Keller, nicht nur wegen dieser einen schlechten Bewertung, sondern auch, weil mich der Vorfall zutiefst verunsichert hatte. Infolgedessen verlor ich sogar einen Teil meines Stipendiums. Ich war nach alldem dermaßen entmutigt, dass ich nie wieder richtig Freude an Lyrik empfand oder Stolz auf das Dartmouth College.

Als Colin mich schließlich zurückrief, plapperte er dermaßen überschwänglich über die neue Kundin und ihr geplantes Buch, dass sich seine Stimme überschlug. »Und es ist eines von Gins Projekten!«, rief er. Mit »Gin« meinte er eine Lektorin namens Virginia, mit der ich bereits an Tanyas

Buch gearbeitet hatte. »Du warst ihre erste Wahl«, fügte er eifrig hinzu.

»Echt?«, erwiderte ich gebauchpinselt. Ich hatte sie als extrem kritisch erlebt; damals musste ich meinen Text mehrmals grundlegend überarbeiten, bis sie einigermaßen zufrieden war. Diese Frau war nicht der Typ für Lobeshymnen. In der Branche genoss sie den Ruf einer Legende, und unter ihrer Ägide standen verschiedenste Autoren und Autorinnen – provokante Entertainerinnen wie Tanya, Frauen und Männer aus den obersten Rängen der Demokraten und diverse mit dem Pulitzer-Preis für Sachbuch ausgezeichnete Schriftsteller. Erst vor Kurzem hatte Gin ein eigenes Imprint beim exklusiven Countenance-Verlag übernommen. Ich hingegen arbeitete normalerweise für weniger anspruchsvolle Häuser, daher war ich von Colins enthusiastischen Lobhudeleien einigermaßen überrascht: Ich sollte die Memoiren von Lana Breban schreiben, eine aufregende, schillernde Persönlichkeit, und das auch noch für Gin und den Countenance-Verlag. »Wow, wenn das nicht Karma für Nick Felles ist«, sagte ich.

»Ja, nicht wahr? Wir machen einen Vertrag mit den üblichen Konditionen.«

»Okay«, sagte ich, doch dann kam mir ein Gedanke. »Sollten wir nicht um einen höheren Vorschuss bitten? Als Absicherung? Du weißt schon, falls das Buch aus unerfindlichen Gründen nicht veröffentlicht werden kann.«

»Ist dir je ein anderes Buch abgesagt worden, Al? Bei dieser Frau brauchst du dir keine Sorgen zu machen. Und die Konditionen sind hervorragend. Komm schon!«

»Es klingt ziemlich verlockend«, sagte ich, während ich im Kopf das Honorar für das abgesagte Buch mit dem verglich, was ich hier verdienen würde. Nun gut, das jetzige

Honorar war zumindest noch höher als das, was ich normalerweise verdiente, und ich konnte es mir nicht leisten, gierig zu sein. »Okay, ich mach's«, sagte ich. »Natürlich mache ich es.«

Kapitel 2

Lana Breban war mir seit ungefähr einem Jahr ein Begriff, genauer gesagt seit ihrem Auftritt in *The Late Show*. Sie war mir auf Anhieb sympathisch. »Unser nächster Gast ist eine engagierte Anwältin, die im Kongress die Task Force *Frauen und Armut* ins Leben gerufen hat, sie ist außerdem Kolumnistin bei der *New York Times*, streitbare Feministin und eine Person, mit der man sich auf Twitter besser nicht anlegt. Begrüßen Sie mit mir Lana Breban!«, hatte Stephen Colbert damals gesagt. Lana hatte die Bühne betreten, groß und aufrecht in schiefergrauem Anzug und mit dicker Brille, das Haar raspelkurz und königsblau gefärbt. Ich musste sofort an Annie Lennox denken. Lana kam auf Colbert zu wie ein alles vernichtender Sturm. Doch nachdem sie sich gesetzt hatten, begannen die beiden zu plaudern, und ich erfuhr, dass Lana die Urheberin eines Spruches war, den ich seit Kurzem auf T-Shirts und Aufklebern gelesen hatte: *Never Apologize! Never Compromise! Never Rationalize!* »Mein Schlachtruf stammt von Julia Child. Sie hat sich nie entschuldigt, selbst wenn ihr ein Gericht misslungen war. ›Eine Köchin muss lächeln und dazu stehen‹, hat sie immer gesagt.« Lana war als Jugendliche aus Rumänien in die USA eingewandert, aber ihr Akzent war immer noch zu hören, wenn auch nur leicht.

Colbert befragte sie nach ihrem Film »Ein Tag im Leben von Wanda Lesko« für *60 Minutes*. Den hatte ich zufällig gesehen, er war eine Woche zuvor im Fernsehen gelaufen. Lana lächelte. »Wanda ist eine junge obdachlose Frau, die allein einen Sohn großzieht. Für die Doku habe ich sie gebeten, eine in ihrer Brille versteckte Kamera zu tragen. Ich wollte, dass die Leute die Welt aus Wandas Perspektive sehen. Wir betrachten Armut meist von außen, und zumindest einige von uns tun das aus einer privilegierten Position heraus. Wir sollten lernen, Armut aus der Innenperspektive zu betrachten.« In dem Film erlebte man hautnah mit, wie es ist, auf dem Times Square als »dreckige Nutte« beschimpft zu werden, jeden Tag mit der Angst zu leben, dass das Jugendamt einem das Kind wegnimmt, mit einer angebissenen Pizzascheibe fast das Auge ausgestochen zu bekommen, dann von der Bowery Mission weggeschickt zu werden, im Z Train einzuschlafen und schließlich noch mit vorgehaltener Waffe ausgeraubt zu werden. Der Film war schockierend und ergreifend zugleich. Ein solcher Tag musste Wanda doch schmutzig und mit unzähligen Blessuren zurücklassen, dachte man, doch als sie schließlich die Kamera auf sich selbst richtete, war da immer noch dieselbe grünäugige Obdachlose mit dem gleichmütigen Gesicht, die sich zu Beginn des Films vorgestellt hatte. »Denken Sie immer daran«, sagte sie, ihren Sohn Christian fest an die Brust gedrückt. »Ich sitze nicht im Gefängnis, und mein Baby lebt. Man muss den Blick gen Himmel richten, um keinen Regenbogen zu verpassen.« Dieser Tag hatte sie nicht anders zurückgelassen als jeder andere; für sie war jeder Tag gleich schrecklich.

Ich freute mich darauf, dass ich für eine Frau schreiben durfte, die sich mehr für weibliche Armut interessierte als für weibliche Brustwarzen. Meine oberflächliche Recherche hatte ergeben, dass Lana vor fünfundvierzig Jahren in Bukarest auf die Welt gekommen und sechzehn Jahre später nach New York ausgewandert war, gemeinsam mit ihrer Mutter, ihrer Schwester und dem zweiten Mann ihrer verwitweten Mutter, einem amerikanischen Reporter.

Heute hatte Lana einen zwölfjährigen Sohn und war mit einem Wissenschaftler verheiratet, Lester Harding. Er hatte das große Pharmaunternehmen seines Vaters geerbt und entsprechend ausgesorgt. Viel mehr konnte ich nicht über ihn in Erfahrung bringen, da er die Öffentlichkeit mied; nur, dass er durchschnittlich aussah, einen Kinnbart trug, an Zebrafischen neue Möglichkeiten zur Therapie von Depression erforschte und viel in China gearbeitet hatte.

Lana war nicht nur Anwältin, sondern auch Dozentin an der Columbia University, momentan allerdings im Sabbatical. In ihrer regelmäßigen Kolumne in der *New York Times* setzte sie sich für schärfere Gesetze gegen Diskriminierung und besseren Schutz für Frauen in Heimarbeit ein, dazu hatte sie diverse Interviews gegeben, sowohl auf CNN als auch auf MSNBC. Eine progressive Zeitschrift, die früher, als ich noch Zeit und Kraft dafür hatte, zu meiner Lektüre gehörte, hatte sie unlängst zur Person des Jahres gekürt. Und auf Twitter besaß sie mehr als dreihunderttausend Follower, dazu kamen unzählige Trolle. Erst am Tag zuvor hatte sie einen arroganten Steuerberater mit folgender Antwort mundtot gemacht: *Mansplaining blockiert – warum gibt es dafür eigentlich kein Emoji?* Das »gefiel« ungefähr zwanzigtausend Leuten.

Im Vorfeld der Präsidentschaftswahlen hatte sich Lana als Stimme der Entrechteten etabliert und sogar Hillary Clinton auf der Wahlkampfreise bei ihrem Halt in New Hampshire auf der Bühne begrüßt. Auch Wanda Lesko war dabei gewesen, eigens von Lana eingeladen. Mittlerweile war Wanda verheiratet, hatte zwei eigene und vier Stiefkinder und lebte in Hoboken. Wanda wirkte erschöpft, sie hielt ihr Neugeborenes auf dem Arm, während Christian um sie herumwuselte, doch als Lana ans Podium trat, bekam sie einen ganz verklärten Blick. »Jede einzelne Frau in diesem Land«, begann Lana, »verdient es, ein so wunderbares Leben zu führen wie meine Freundin Wanda. Jede einzelne.« Christian schob sich den Finger in die Nase und popelte drauflos. Als er endlich fündig geworden war, zog er seinen Fang heraus und schnippte ihn in Lanas Richtung. Diese Szene ging viral, weil sie so witzig war. Aber als bestimmte antifeministische Fraktionen sich auf Twitter darüber ausließen, dass Wandas Leben »nicht besonders *wunderbar*« wirkte und Lana »die arme Frau missbraucht, um sich in den Medien besser darzustellen«, nahm die Angelegenheit eine neue Wendung.

Lana hatte bereits ein Buch veröffentlicht, eine abgehobene und, wie ich damals fand, unnötig dicke Schwarte über die unzähligen Missstände in der Sozialgesetzgebung, die Frauen of Color benachteiligten. Doch das lag schon neun Jahre zurück, und der akademische Verlag, bei dem das Buch erschienen war, hatte es nicht mehr neu aufgelegt.

Jetzt sollte ich ein zweites Buch für sie schreiben, eine Art Neuanfang, ihre Erinnerungen an ihre Mutterschaft mit dem Arbeitstitel *Junge, Junge! Wie ich als Feministin einen Sohn erzog.* Jemand vom Marketing fand das Wort »Feministin« problematisch, daher wurde der Titel gerade neu überdacht. Mir erschien es ziemlich absurd, jemanden wie Lana nicht als Feministin zu bezeichnen, aber ich hatte da nicht groß mitzureden.

An einem Dienstag im September sollte unser erstes Treffen stattfinden, in ihrer Wohnung in Manhattan. Ich wollte den Bus von Great Barrington nehmen, Kurt würde an diesem Tag auf Cass aufpassen. Am Morgen zog ich mich an und suchte nach meinen Schuhen, die ich schließlich unter Kurts Bett hervorzog. Ich schnappte mir *Fahrt zum Leuchtturm* vom Nachttisch, für die lange Busfahrt. Endlich würde ich mich so richtig in die Geschichte vertiefen können. In Gedanken war ich bereits bei unserem Treffen. Hoffentlich tappte ich nicht in irgendein Fettnäpfchen über Frauen oder Genderpolitik. Vor langer Zeit hatte ich mal für eine kleine feministische Zeitschrift gearbeitet, aber selbst damals wäre ich nicht in der Lage gewesen, zwischen materialistischem und marxistischem Feminismus zu unterscheiden. Bevor ich ging, kramte ich die armseligen Reste meines Joints hervor, die ich mir extra für die Fahrt aufgespart hatte, und begab mich auf die Suche nach einem Feuerzeug. In Poughkeepsie hatte der Bus einen längeren Aufenthalt, dort würde ich mir einen versteckten Winkel suchen und in Ruhe rauchen.

Kaum hatte ich den Motor meines Trucks gestartet, schallte die Stimme von Charlie Barleycorn aus dem Lautsprecher, ein kanadischer Kinderliedersänger, der inzwischen in Vermont lebte. *»Red, yellow, brown or black? You're my pal, I've got your back! Puerto Rico, Mexico? My mom's from Ontario!«* Nachdem er das geklärt hatte, arbeitete sich Charlie eine Weile an Banjo und Mundharmonika ab. Als schließlich noch eine Autoharp hinzukam, fiel mir ein, dass Cass ja nicht auf dem Rücksitz mitfuhr. Ich warf die CD kurzerhand aus. Maggie hatte sie uns geschenkt – in allen Songs ging es um ethnische Gruppen –, nachdem ich ihr erzählt hatte, dass Cass' Vater indischer Abstammung war. Damals war mir ihre unverhohlene Geste etwas unangenehm gewesen, aber Cass liebte die Musik und konnte jedes Wort mitsingen.

Der Teil der Berkshires, in dem ich lebte, zeichnete sich

durch seine krassen Gegensätze aus, die heutzutage noch schlimmer waren als früher. Sogar in meiner Stadt gab es direkt neben McDonald's ein veganes Café, und gegenüber vom Subway ein peruanisches Restaurant. Zwei durchtrainierte Frauen joggten am Secondhandladen vorbei, vor dem ein Mann auf einer Bank seinen Rausch ausschlief, die Kippe noch im Mundwinkel. Ich könnte gut und gern auf die Mütter verzichten, die mit ihren Kindern hier Urlaub machten und mich auf dem Spielplatz mit bösen Blicken bedachten, wenn Cass sich über seine Doritos oder Oreos hermachte, die einzigen Snacks, die er momentan überhaupt aß, aber in solchen Momenten versuchte ich, mich an den vielen Bäumen und Wildblumen zu erfreuen, die im Frühling hier sprossen, an der fluffigen Weide am Ende unseres Viertels und an dem Laub, berühmter Bestandteil unserer Landschaft, das sich schon jetzt gelb und orange verfärbte und in der Sonne leuchtete. Hier wirkte der Horizont näher und der Himmel größer, als ich es irgendwo sonst gesehen hatte. Leider wurden diese laubgrünen Hügel von dem gigantischen Mass Pike zerschnitten, auf dem ich jetzt auf den marmorierten Morgenhimmel zufuhr. Nein, ich hatte kein nettes Häuschen, aber ich wohnte in einer wunderschönen Gegend, die zur Kunst, zur Musik und zum Schreiben inspirierte und Werke wie *Moby Dick* und *Haus der Freude* hervorgebracht hatte.

Im Bus nach New York kramte ich mein Buch hervor und versuchte es ein weiteres Mal. *»Doch, bestimmt, wenn es morgen schön ist«, sagte Mrs Ramsay. »Dann musst du aber schon ganz schön früh aus den Federn«, setzte sie hinzu.* Mein Blick wanderte zum Lesezeichen, ein Foto von Cass und mir – unsere winzige Familie – auf einem Heutraktor, das im vergangenen Jahr entstanden war. Deutlich erkennbar seine ausdrucksstarken Brauen, die vollen Lippen, das seidige Haar. Meine Liebe für meinen Sohn fühlte sich bisweilen an wie Trauer, bedrohlich und intensiv. Meine Gedanken verselbstständigten sich. Was, wenn Kurt einen Moment nicht aufpasste und etwas passierte? Was, wenn Cass allein nach unten lief und auf Kurts »Müllthron« kletterte, der mittlerweile bis zur Decke reichte? Kurt hatte kein Auto. Wenn er irgendwohin musste, lieh er sich meinen Truck, der jetzt natürlich am Busbahnhof in Great Barrington stand. Wusste er überhaupt, wo das nächste Krankenhaus war?

In Poughkeepsie stieg ich aus und verzog mich hinter einen Müllcontainer. Da stand bereits ein sehniger Mann im grauen Anzug und rauchte seine Zigarette. Ich beschloss zu warten, bis er fertig war, nur hatte er es offenbar nicht eilig. Nun, die Vorzüge überstiegen die Risiken, dachte ich und kramte in meiner Tasche nach dem Feuerzeug. Als er mich auf eine Art musterte, die mir noch nie bei einem meiner Mitraucher begegnet war – mit Missbilligung –, fühlte ich mich bemüßigt, ihn darauf hinzuweisen, dass sein Hosenstall offen stand. Mir blieb nur noch Zeit für einen einzigen tiefen Zug, aber da es sich um das exzellente Purple Haze meines Freundes Virgil handelte, war ich schon bald überzeugt, dass Kurt klarkommen würde. Er war schließlich erwachsen und Cass kein Baby mehr, sondern bereits im Kindergarten. Und auch die feministische Theorie, die ich einst gelernt hatte, würde mir schon rechtzeitig wieder einfallen. Wieso machte ich mir überhaupt Sorgen darüber, wie ich auf Lana wirkte? Schließlich war ich einigermaßen intelligent und beherrschte die Regeln des menschlichen Miteinanders. Es würde alles ganz geschmeidig laufen. Der Busfahrer hupte, es ging weiter.

In Manhattan angekommen, traf ich vor dem Eingang zu

Lanas Apartment auf Colin – attraktiv, stahlblauer Anzug, wuschelig gegelte Haare –, der gerade aus dem Taxi stieg. Wir umarmten uns wie alte Freunde.

»Mann, Mann, du bist ja voll im Business-Look!«, sagte er. »Bei unserem letzten Treffen sahst du aus wie eine Friedhofsgärtnerin.« Unser letztes Treffen hatte zwischen Sträuchern und Stauden stattgefunden, damals hatte Colin mich direkt von der Arbeit zum Mittagessen abgeholt. Ich arbeitete zu der Zeit an einem Gartenprojekt in der Nähe des *Canyon-Ranch-Spa-Hotels*, in dem er abgestiegen war. Bevor ich ihm jetzt eine passende Antwort geben konnte, öffnete ein Portier in Uniform die gläserne Tür zum Foyer. Er hatte eine dermaßen frappierende Ähnlichkeit mit Captain Kangaroo, dass ich mir fest vornahm, bei Google nachzuforschen, ob der Schauspieler noch lebte und sein Dasein jetzt vielleicht als Portier in New York fristete.

Colin und ich traten an den Empfangstresen aus weißem Marmor. Dahinter rauschten drei Wasserfälle über die Wand. Ich blieb neben einer riesigen Yuccapalme stehen, während Colin dem Concierge, einem ernst dreinblickenden Mann mit Stupsnase, mitteilte, dass wir einen Termin mit Lana Breban hatten.

Im Aufzug wagte ich mich mit meiner drängendsten Frage aus der Deckung. »Kannst du schon sagen, wann ich die erste Rate für das Buch bekomme?« Eigentlich hätte ich das Geld direkt nach der Vertragsunterzeichnung erhalten sollen, und die war jetzt schon zwei Wochen her.

»Dein Vorschuss kommt, wenn er kommt«, lautete seine kryptische Antwort.

Manchmal hatte ich das Gefühl, er fand es regelrecht unziemlich, über Geld zu reden.

»Da seid ihr ja beide!«, sagte Lana zur Begrüßung. »Amy,

hi! Ich bin Lana Breban.« Ihr Händedruck war warm und fest.

Vor Aufregung schlug mir das Herz bis zum Hals. Ich wollte sie nicht gleich bloßstellen, daher wies ich sie nicht darauf hin, dass mein Name Allison lautete und die meisten mich Allie nannten. Wie es schien, sah Colin das genauso, denn er schwieg ebenfalls.

Lana hatte lebendige, warmherzige Augen und ein starkes Kinn. Allerdings sah sie in natura ganz anders aus als auf den Bildern. Sie trug zwar immer noch diese dicke Brille, war aber nicht so groß, wie sie im Fernsehen wirkte, was möglicherweise an ihren flachen Schuhen lag. Ihr blau gefärbtes, dichtes Haar trug sie mittlerweile in einem kurzen Bob, was ihr eine gewisse Ähnlichkeit mit Prinz Eisenherz verlieh. Nur jemand wie Lana konnte so etwas tragen, dachte ich wohlwollend.

Sie führte uns durch einen luftigen Flur, vorbei an dem Porträt eines Mannes, dem das Gesicht zu entgleiten schien, und einer gerahmten Zeichnung, die Ceaușescu mit einem Zauberstab vor einer Gruppe schreiender Kinder zeigte. Wir betraten ein schmales Esszimmer mit gemauertem Kamin und Erkerfenster zum Central Park. Eine exklusive Adresse, aber wenn es jemand verdient hatte, hier zu wohnen, dann war es Lana – auf jeden Fall mehr als Nick mit seiner Protzvilla in Malibu. In diesem Moment an Lana Brebans mächtiger Eichentafel, wo ich unter einem kunstvoll aus Draht und Federn konstruierten Kronleuchter meine dicke Serviette ausrollte und sie mir über den Schoß legte, während Colin die große Aufregung beschrieb, die Lanas neuer Buchvertrag in der New Yorker Verlagswelt ausgelöst hatte, sah ich meiner Zukunft auf einmal mit neuer Hoffnung entgegen.

Für mich bedeutete die Arbeit mit Lana auch eine Rückkehr zu den unverfälschten Werten meiner Jugend. Vor Jahren, nach Dartmouth, war ich einfach mit Freundinnen nach San Francisco gefahren und hatte dort prompt einen Job als Redaktionsassistentin bei einer kleinen feministischen Zeitschrift gefunden. Damals hatte ich für einen Artikel alles über Bill Clinton, Monika Lewinsky und öffentlichen Voyeurismus recherchiert. Es war leicht, sich in San Francisco zu verlieben, dieses charismatische, wenn auch mittlerweile von der fortschreitenden Gentrifizierung gezeichnete Relikt eines freieren, idealistischen Jahrzehnts. Meine Mittagspausen genoss ich im Kreis meiner hochintellektuellen, engagierten Kolleginnen, meist in einer Taquería im Mission District, doch mein Verdienst ging gegen null. Seitdem sind meine Prinzipien leider zugunsten eines stabilen Einkommens in den Hintergrund geraten, schließlich habe ich Rechnungen zu zahlen.

Eine attraktive, zarte Person um die sechzig mit kinnlangem schwarzem Haar und silbergrauen Strähnchen rauschte ins Zimmer. Gin. Wir kannten uns nicht persönlich, hatten nur ein paarmal telefoniert. Sie trug eine elfenbeinfarbene Bluse, darüber einen Schal in Schwarz und Gold. »Tut mir leid, dass ich so spät komme«, sagte sie. Ihr kleiner Finger war in Gips, und sie wirkte gehetzt. »Der Verkehr in Midtown ist ein Albtraum.«

»Zu viel korrigiert?«, scherzte Colin mit Blick auf ihren eingegipsten Finger.

»Zu viel Gartenarbeit mit meiner Enkeltochter«, erwiderte Gin. »Aber ich will euch nicht unterbrechen. Macht einfach weiter, ich finde mich schon zurecht.« Sie setzte sich. Ich konnte mir diese penibel gepflegte Dame beim besten Willen nicht beim Buddeln in Gartenerde vorstellen, noch dazu zusammen mit einem Kind.

»Ich würde wirklich gern erfahren, wie diese ganze Sache vonstattengeht«, sagte Lana. »Aber bevor wir anfangen, muss ich euch sagen, dass ich nur eine Stunde Zeit habe. Sobald wir hier fertig sind, muss ich schnell rüber zu einem Meeting in Lower Manhattan. Irgendwann lerne ich es noch, auch mal eine Bitte abzulehnen – die Frage ist nur, wann.« Als sie lachte, entfuhr ihr ein lautstarkes Grunzen, und ihre Hand flog an den Mund, als wollte sie den uneleganten Ton dorthin zurückschieben, wo er hergekommen war. »Ich weiß, dass wir diese Angelegenheit bereits vor Vertragsunterzeichnung geklärt hatten, aber ich möchte nochmal betonen, dass alles, was hier heute – und in Zukunft – besprochen wird, unter uns bleiben muss. Nicht auszudenken, wenn die Öffentlichkeit erführe, dass ich jemanden dafür bezahle, mein Buch zu schreiben! Und dann auch noch über das Thema Kindererziehung und Mutterschaft, du liebe Zeit.«

»Aber sicher«, sagte Colin. »Darauf kannst du dich verlassen.«

»Immer doch«, sagte Gin.

Sie wandten sich mir zu, und ich sagte: »Definitiv«, hatte jedoch das starke Gefühl, dass sie mehr von mir erwarteten. »Diskretion ist Ehrensache. Mit meiner zehnjährigen Erfahrung als Ghostwriterin ist es für mich selbstverständlich, über meine Kunden Stillschweigen zu bewahren«, fügte ich daher eifrig hinzu.

Colin nickte mir zu. »Sie ist quasi unsichtbar. Sie hat keine Internetpräsenz und auch nichts unter ihrem Namen veröffentlicht. Eigentlich existiert sie gar nicht.«

»Wunderbar«, sagte Lana und ließ so offensichtlich die Schultern fallen, als hätten sie vorher an einem Bügel gehangen.

Eine hübsche, jüngere Frau mit brauner Cat-Eye-Brille erschien am Tisch und füllte unsere Kelche mit Wasser auf. Lana hatte ein Hausmädchen? Ausgerechnet sie? Oder handelte es sich bei dieser jungen Frau um die Köchin? Während sie uns das Mittagsmenü beschrieb, das wir gleich genießen würden, fummelte sie an ihrem Ohrläppchen herum. Ich nickte wissend, als hätte ich die genannten Köstlichkeiten – *Quenelles de poissson* mit *Sauce à l'armoricaine* – schon zigmal gegessen.

Als die Frau wieder gegangen war, wandte Lana sich an mich. »Wie wollen wir anfangen?«

»Es wäre gut, wenn Sie mir Ihr gesamtes Rohmaterial zur Verfügung stellen könnten, alles, was Sie haben«, sagte ich. »Manchmal schreiben meine Kunden mir eine lange Mail oder einen Brief, andere skypen oder telefonieren mit mir, und ich mache mir umfangreiche Notizen. Sie erzählen mir einfach von Ihrem Alltag mit Ihrem Sohn, von Ihren Erlebnissen als Mutter, als feministische Mutter eines Jungen, natürlich … alles, was Sie in den letzten Jahren gelernt haben, was Sie überrascht hat. Machen Sie sich keine Sorgen, dass es zu viel sein könnte – das passiert eigentlich immer.« Ich bemühte mich, wie ein alter Hase zu klingen.

Sie ergriff ihr Glas. »Können wir in dem Buch auch noch ein paar neueste Erkenntnisse zum Thema Eltern und Erziehung unterbringen? Ich meine die Studien über wirtschaftliche Verhältnisse und kindliche Genderidentität. Ich kenne da eine wunderbare Soziologin in Oakland. Sie untersucht gerade die Auswirkungen eines gendergerechten Lehrplans an öffentlichen Schulen.«

»Selbstverständlich«, sagte ich. Wie sehr sehnte ich mich danach, nicht ständig über persönliche Befindlichkeiten zu schreiben, die Dinge mal von außen zu betrachten!

»Hast du die Bücher gelesen, die ich dir geschickt habe?« Gin wedelte mit ihrem eingegipsten Finger herum.

»Es ist völlig klar, warum sie Bestseller geworden sind. Ich fand sie ganz wunderbar!«, sagte Lana.

Mir war aufgefallen, dass sie innerhalb kürzester Zeit mehrfach das Wort »wunderbar« verwendet hatte. Das merkte ich mir schon mal fürs Buch. »Diese Frauen haben so viele Geschichten zu erzählen«, fuhr sie fort, »und, ähm, so klar definierte Lebensziele. Sie haben ihren Alltag dem Mutterdasein gewidmet.«

Ich nahm an, dass sie sich auf die beiden Bücher bezog, die Gin mir ebenfalls geschickt hatte: die Memoiren einer amerikanischen Mutter, die mit ihrer achtköpfigen Familie nach Amsterdam gezogen war, und zwar auf ein verfallenes Hausboot, sowie die teilweise satirische Geschichte einer Frau aus Maine, die es sich zur Aufgabe gemacht hatte, ihren Familienalltag wie ein militärische Ausbildungslager zu gestalten.

»Findest du nicht, dass du auch Lebensziele hast?«, fragte Colin.

»Oh ja, natürlich. Ich strotze nur so vor Lebenszielen! Aber ich bin auch ein Workaholic. Und eine absolute Null im Haushalt. Mir brennen sogar Nudeln an. Letztes Jahr habe ich es nicht geschafft, an Weihnachten zu Hause zu sein. Beim Wäschewaschen versage ich regelmäßig. Man braucht tatsächlich ein ganzes Dorf, hab ich recht?« Bei dieser letzten Bemerkung wandte sie sich an mich. »Ich gebe offen zu, dass ich bei Elternabenden durch Abwesenheit glänze und meinem Sohn auch nicht täglich seine Lieblingskekse backe.«

»Beim Wäschewaschen bin ich auch eine Niete«, erwiderte ich. Sie wurde mir mit jedem Wort sympathischer.

Wieso wollte sie überhaupt ein Buch über ihre Mutterschaft schreiben? Die Leute engagierten mich oft aus den ungewöhnlichsten Beweggründen. Für die Kongressabgeordnete hatte ich ein Buch über ihr Leben am Connecticut River geschrieben. Für Jenna Rose, die siegreiche Kandidatin einer Hochzeitsshow, hatte ich einen Ratgeber verfasst: *Wie schlaue Mädchen die ewige Liebe finden*. Die Kongressabgeordnete gestand mir, dass ihr Buch eine Art Brief an ihre Enkel sein sollte, Jenna Rose wollte unbedingt, dass die Öffentlichkeit sie als intelligente Frau wahrnahm, aber das hätte sie niemals offen zugegeben. Ich verstand die Motivationen meiner Kundinnen und fand jede auf ihre Weise lobenswert.

»Jedes Leben ist faszinierend. Hat das nicht mal jemand gesagt?«, fragte Gin. »Du musst dein Licht nicht unter den Scheffel stellen. Mutter zu sein, Eltern zu sein – das ist mehr als Kochen oder Ehrenamt. Wenn das jemand weiß, dann du. Jedenfalls hast du es nicht nötig, dein Buch mit Forschungsergebnissen zu polstern. Darf ich ehrlich sein?«

Lana nickte.

»Die Leute *wollen* das Persönliche lesen, das Chaotische. Sie interessieren sich garantiert mehr fürs echte Leben und den täglichen Kampf als für wirtschaftliche Studien. Es ist ihnen wichtiger, darüber zu lesen, wie *du* die Forschungsergebnisse und dein Wissen im Alltag umsetzt.«

»Wir wollen sehen, wie sich deine Ideale manifestieren«, mischte Colin sich ein. »Wie es aussieht und sich anfühlt, als Feministin einen Jungen zu erziehen.«

Bei seinen Worthülsen bekam ich Ausschlag.

»Ja, ihr habt wahrscheinlich recht.« Lana wandte sich erneut an mich. »Hast du Kinder, Amy?«

»Ich habe einen Sohn, genau wie Sie. Aber er ist vier.«

»Großartig!« Sie sah mich unverwandt an.

Colin sprach weiter. »Hör zu, die Leute werden alles mit großem Interesse lesen, egal, was du ihnen von deinem Leben erzählst. Sie wollen mehr wissen über diese tolle Frau, die für sie kämpft. Und sie möchten lesen, dass auch diese Person Schwächen hat, genau wie sie. Wir wollen kein neues *Jahr auf dem Hausboot* oder *Bootcamp Mama*. Vergiss nicht, das ist *dein* Buch. Es sollte dich und deine Familie widerspiegeln, deine Werte, deine Erfahrungen – alles, was du durchgemacht hast, mit allem, was dazugehört, in seiner ganzen wunderbaren Lanahaftigkeit. Wir hätten niemals jemand anderen gebeten, dieses Buch zu schreiben.«

Lanas Vorschuss, das hatte ich nach meiner Vertragsunterzeichnung gelesen, bewegte sich »zwischen einer höheren sechsstelligen und einer niedrigen siebenstelligen Summe«. Colin und Lana hatten beide erwähnt, dass zwei Prozent davon an Planned Parenthood gehen sollten. Vielleicht hätte ich härter mit Colin verhandeln sollen. Wenn jemand für faire Bezahlung für Frauen Verständnis hatte, dann doch wohl Lana.

Die Unterhaltung wandte sich anderen Themen zu, dann erwähnte Lana, dass ihr Sohn gerade die sechste Klasse begonnen hatte.

»Wie heißt er denn?«, fragte ich, sauer auf mich selbst, weil ich es vorher nicht gegoogelt hatte.

»Norton«, sagte Lana.

»Mein Sohn heißt Cassidy«, erwiderte ich.

»Er ist so ein toller Junge«, behauptete Colin, der meinen Sohn noch nie getroffen hatte.

»Vier ist ein wunderbares Alter«, sagte Lana.

Die jüngere Frau kam mit vier Tellern herein, auf denen mundgerechte Portionen angerichtet waren: etwas, das wie Kartoffelpüree aussah, auf einem Haufen Grünzeug, vielleicht Rucola, und winzige, lässig verteilte Erbsen. Sie füllte auch unsere noch fast vollen Kelche nach.

»Du solltest dir ein paar Ratschläge für die gendergerechte Erziehung von Jungen überlegen«, sagte Colin. »Was, wenn du deinen Jungen nicht blau anziehen willst oder dein Mädchen kein Rosa tragen soll? Für viele Eltern ist Wettkampfsport das einzige akzeptable Hobby für ihre Söhne. In ihrer Erziehung sind Aggression und Leistung wichtiger als Frieden und ein gesunder Lebensstil.« Ich sah Nick vor mir, mit seinem rundlichen Gesicht. »Mein Neffe, der ist jetzt so ... zehn? Der sitzt ungelogen jeden Tag acht Stunden vor dem Computer, denn – ich zitiere: ›Ich bin kein Sportler, will niemanden mobben, und mein Laptop macht sich nicht über mich lustig, weil ich die Yankees nicht kenne.‹ Wer macht unseren Jungen eigentlich weis, dass ihre Gefühle keine Berechtigung haben, oder erzählt ihnen, dass sie sich nicht ausweinen dürfen? Seine Mutter, meine Schwägerin, arbeitet für einen dieser Direktvertriebe. Holzschmuck oder so was. Sie erzählt ihm – und sich selbst –, dass es ihre freie Wahl wäre, von zu Hause aus zu arbeiten. Obwohl sie nach sechs Jahren Kindererziehung nie im Leben einen richtigen Job finden würde. Und Ryan wächst mit dem auf, was sie ihm vorlebt: eine Frau, die den ganzen Tag zu Hause ist und ihm den Hintern nachträgt, wenn sie nicht gerade ihre Freundinnen einlädt, um ihnen überteuerten Schmuck anzudrehen und den damit erzielten Gewinn an Dritte weiterzugeben.«

Das Kartoffelpüree entpuppte sich als zerstampfter Fisch mit irgendeinem Gemüse, vielleicht Aubergine.

»Frauen, die aus dem Beruf ausscheiden, um ihre Kinder großzuziehen, und danach wieder einsteigen wollen, haben es wirklich nicht leicht«, sagte Lana. »Erst gestern wurde ich gebeten, bei der NYCLU an einer Paneldiskussion über Altersdiskriminierung und Sexismus im Beruf teilzunehmen. Ich schwöre, eigentlich müsste ich mich klonen lassen.« Sie trank einen ausgiebigen Schluck Wasser. »Wisst ihr, es gibt viele Alternativen zu den großen Ketten, in der Stadt findet man viele wunderbare Lädchen, die Spielzeug und Kleidung verkaufen, alles genderneutral.«

Da mich die völlig überteuerten Kinderboutiquen in Manhattan nicht im Geringsten interessierten, versuchte ich, das Thema zu wechseln. »Ich könnte über *Free to Be ... You and Me* schreiben...«

Colin stöhnte auf. »Die olle Kamelle? Von wann ist die nochmal, 1975?«

»1972«, sagte ich mit heißen Wangen. Mein Geburtsjahr. Als Kind kannte ich fast jede Geschichte und jedes Lied auswendig.

»Marlo Thomas ist eine wunderbare Frau«, sagte Lana. »Vor ein paar Jahren habe ich mit ihr zusammen eine Spendengala geleitet. Die Leute spielen ihr Album immer noch ihren Kindern vor, müsst ihr wissen. Sie selbst hat mir gesagt, dass sich das Ding immer noch verkauft.«

»Es ist ja auch heute noch relevant«, sagte ich, froh, dass sie auf meiner Seite stand. »›William's Doll‹? ›It's All Right to Cry‹? Mein Sohn ist total begeistert davon.«

»Schau dir nur an, wen die Republikaner nominiert haben«, bemerkte Colin. »Und wer ihn unterstützt: arbeitslose Bergarbeiter, Fabrikarbeiter, die ihren Job verloren haben. Sie geben den Einwanderern die Schuld, weil die ihnen angeblich die Jobs klauen. Hillary Clinton wird von ihnen verteufelt. Im Prinzip fühlen sie sich entmännlicht, wenn Frauen nach der Macht greifen. Mit mehr Bildung in Sachen Empathie, Gleichberechtigung und Respekt würden diese Leute vielleicht anders empfinden.«

Lana runzelte die Stirn.

»Glaubst du tatsächlich, dass ein einzelnes Buch so viel bewirken kann?«, fragte ich Colin.

Gin funkelte mich an.

»Was, wenn deren Eltern ein Buch gelesen hätten, wie wir es jetzt veröffentlichen werden?«, sagte Colin. »Was, wenn sie tatsächlich verstehen würden, was es heißt, sein Kind feministisch zu erziehen? Und was, wenn wir als Gesellschaft echte männliche Gefühle akzeptieren würden? Ich glaube, wir haben hier die Chance, den Heiligen Gral zu erschaffen – einen Bestseller mit Herz. Und Hirn und Seele.«

Ich konnte mir kaum vorstellen, dass auch nur einer von diesen »entmännlichten« Typen das Buch kaufen würde, um darin etwas über die Erziehung seiner Söhne zu lernen. »Uns musst du nicht überzeugen«, sagte ich.

»Nein, das ist nicht nötig«, stimmte Lana mir zu. »Können wir jetzt vielleicht über Logistisches sprechen?« Sie strich sich den Pony aus der Stirn. »Das Buch geht von Nortons Geburt bis … was, bis heute?«

»Ich fände eine chronologische Struktur am besten«, sagte Gin. »Du beginnst mit der Schwangerschaft, dann kannst du auch was über Selbstwertgefühl, körperliche Veränderungen und solche Sachen mitnehmen. In jedem Kapitel solltest du eine Phase aus Nortons Kindheit behandeln, Geburt, Säuglingsalter, frühkindliche Entwicklung. Dabei würde ich mich auf deine Rolle als Mutter konzentrieren, die versucht, ihren Sohn zu einem guten, empfindsamen Menschen zu erziehen. Allie, du schickst mir die ersten Kapitel, sobald du sie fertig hast, ja?«

Ich nickte.

Lana betrachtete ihre rechte Hand. Colin und ich tauschten Blicke. Für einen Moment war es seltsam still. Ich musterte sie genauer. Ihre ausdrucksstarke Haarfarbe in Kombination mit der einfachen Bluse und ihrer Silberkette. Zum ersten Mal fielen mir ihre Ohrringe auf, zwei kleine Silbervögel, die dicht unter ihren Ohrläppchen hingen.

»Nun gut«, sagte sie schließlich. »Wir beide können uns kapitelweise vorarbeiten. Ich möchte auch was über die Teenagerphase unterbringen, aber mit Norton kommen wir da nicht hin, also vielleicht dann im Nachwort oder so.« Sie versprach, mir bald ein paar Gedanken zum ersten Kapitel zu mailen, wiederholte aber, dass sie jedes Kapitel erst freigeben wollte, bevor sie mit dem nächsten begann. »E-Mail funktioniert für dich?«, fragte sie.

»Klar«, sagte ich. Normalerweise arbeitete ich erstmal allein vor mich hin, sobald das Material eingegangen war. Ich stellte mir vor, wie Lana und ich Freundinnen wurden, uns regelmäßig austauschten, Hand in Hand arbeiteten, Frust abließen über die patriarchalischen Strukturen, in denen wir leben mussten.

»Wenn du ein Kapitel fertig hast, kannst du zu mir kommen, dann überarbeiten wir es gemeinsam, bis es so ist, wie es sein sollte. Gloria könnte sogar auf deinen Sohn aufpassen, wenn du ihn mitbringen musst.«

Gloria? Ich wollte Lana gerade darüber informieren, dass ich nicht in New York wohnte, als ein Geräusch mich unterbrach. Es klang, als striche jemand über eine Harfe. Lana griff nach ihrem iPhone und erhob sich.

»Ich muss mal ins Bad«, sagte Colin und folgte ihr nach draußen.

Gin tippte auf ihrem Handy herum.

Während ich aus dem Erkerfenster auf die grüne Pracht im Central Park blickte, kam mir Robert Benchley in den

Sinn, der den Park mit einem bombastischen Garten verglichen hatte, den kein New Yorker Kind besitzt.

Ich hatte gelesen, dass das Pharmaunternehmen von Lanas Schwiegervater, Harding White, nicht nur Acclivia entwickelt hatte, eine Art Viagra mit weniger Nebenwirkungen, sondern auch ein Produkt namens Fortia, das männlichen Haarausfall bekämpfen sollte. Gegenwärtig forschte man an einem Mittel gegen Zeugungsunfähigkeit. Es schien mir durchaus erwähnenswert, dass Lana den größten Teil ihres Vermögens männlichen Ängsten zu verdanken hatte. Nur dank ihnen konnte sie den Central Park als ihren Vorgarten betrachten.

Ich dachte an meine Küche mit ihrem Esstisch von Ikea und dem Ausblick auf den mickrigen Hinterhof. In jenem Augenblick saß Cass vermutlich im Wohnzimmer, malte oder sah sich *Die Oktonauten* an – *Doc McStuffins* war seit unserem Urlaub nicht mehr angesagt. Ich dachte daran, dass er auch den morgigen Tag in Berties Obhut verbringen musste, während ich mit der Arbeit an Lanas Buch beginnen würde. Bertie passte regelmäßig auf ihn auf, auch wenn sie schon lange nicht mehr als Tagesmutter arbeitete. Ihr geliebter Mann war kurz nach ihrem Ruhestand gestorben, und ihr Sohn, ein überheblicher Kerl, lebte mit Frau und Kindern in Wichita. Seit einiger Zeit hatte sie Probleme mit dem Gedächtnis, was mir Sorgen bereitete, wenn ich es nicht gerade erfolgreich verdrängte.

Neben Bertie wohnte Jimmy, ein einsamer, adipöser Mann. Seine Frau hatte ihn bereits vor Jahren verlassen, seine beiden Kinder waren erwachsen und ausgezogen. Ihm gehörten ein paar kleine reparaturbedürftige Häuser in Lee und Pittsburgh, die er vermietete, so wie meines. Sein Schäferhund-Mischling Bruin litt unter Diabetes. Vor ein paar

Tagen, als ich gerade meinen Müllsack an die Straße wuchtete, fuhr Jimmy in seinem Buick Encore vorbei und rief: »Hey! Die Müllabfuhr hat letzte Woche mit deiner Recycling-Box voller alter Konservendosen eine Riesensauerei auf meinem Rasen angerichtet.« Das war sein Lebensmotto: *Jemand hat eine Riesensauerei angerichtet, und niemand weiß es. Niemanden interessiert's.*

Vor Lanas Fenster entdeckte ich jetzt einen ungewöhnlich großen Mann, der zusammen mit einer Frau die Straße überquerte. Der Mann tippte wie wild auf seinem Handy herum, dann blieb er stehen und hob das Gesicht mit gequälter Miene zum Himmel. Die Frau wich zurück. Ein anderer Mann warf seine Zigarettenkippe achtlos auf den Gehweg, ein dritter zeigte ihm hinter seinem Rücken den Stinkefinger. Manchmal fragte ich mich, ob es Männern schwerer fiel, glücklich zu sein. Ich machte mir Sorgen um Cass.

Als Mutter wäre Lanas Buch für mich Pflichtlektüre, selbst wenn ich keinen Anteil daran hätte. Wie oft hatte ich es schon erlebt, wie Jungs sich gegenseitig als »Mädchen« bezeichnet hatten, was bei ihnen offenbar ein Schimpfwort war. Auf dem Spielplatz hatte ich gesehen, wie sie rauften, aufeinander einhieben wie Tigerkinder auf Speed. Cass war das, was manche als »Mamasöhnchen« bezeichnen würden, und tief im Herzen war ich froh darum, aber damit zu leben, war eine andere Nummer. Er hing mir ziemlich am Rockzipfel, und andere Kinder würden ihn später vermutlich dafür mobben.

In unserem ersten Telefonat nach dem Treffen umriss Colin mir, was der Verlag erwartete: »Du sollst versuchen, Lana Breban einem breiteren Publikum zugänglich zu machen, gestalte sie liebenswürdiger, als sie ist, damit sich auch Leute mit ihr identifizieren, die sie noch nicht kennen. Sie soll nicht so provokant und streng rüberkommen, eher warm und gütig, und dass sie Ausländerin ist, dimmst du am besten auch runter. Sie soll feminin wirken, das kommt von Shirley, nicht von mir. Shirley ist Beraterin oder Managerin, keine Ahnung, aber sie wollte alles über dich wissen. Als ich ihr sagte, dass du auch einen Sohn hast, war sie froh. Sie will, dass du eine Lana beschreibst, die vom Gericht nach Haus kommt, sich in ihre Mamaklamotten wirft, ihrem Sohn das Badewasser einlässt, du weißt schon, ihm Gutenachtlieder vorsingt, ihn auf die Stirn küsst, mit ihm Basketball spielt, einen Hotdog isst oder irgendein anderes amerikanisches Zeug mit ihm macht. Würz das Ganze einfach mit ein paar traditionellen amerikanischen Mutterzutaten. Das sollte nicht allzu schwer sein.«

Derlei unverblümte Anweisungen waren mir nicht fremd. Vor Jahren, als ich die Memoiren eines Supermodels schrieb, hatte Colin mich gebeten, alles intellektuell »runterzudimmen«: »Die Leute wollen lesen, was für Make-up das Mädel benutzt, die interessieren sich nicht für ihre Meinung zu Nehru oder Indiens Unabhängigkeit«, hatte er gesagt. Ich hatte mich zwar dagegen aufgelehnt, aber vergeblich; auch damals schon hatte er behauptet, er leite »nur die Anweisungen eines Managers weiter«.

»Alles klar«, sagte ich jetzt am Telefon. »Mehr Mütterlichkeit, weniger Provokation. Hältst du mich eigentlich für feminin?«, fragte ich und bedauerte es sofort. Früher hatten wir öfter so miteinander gesprochen, aber das lag schon Jahre zurück.

»Ja. Nein. Ich meine, keine Ahnung.« Dann schlug er einen freundschaftlichen Ton an. »Ich halte dich für eine ziemliche Chaotikerin. Aber süß. Attraktive Hippiebraut, so Richtung bekiffte MILF.«

»*MILF?*« Trotz meiner Entrüstung fühlte ich mich geschmeichelt. »Was willst du damit sagen?«

»Ist doch egal«, erwiderte er. »Wen interessiert es schon, was ich von dir denke.«

Ich konzentrierte mich wieder auf mein aktuelles Projekt. »Gott«, sagte ich, »Lana Breban ist neuerdings überall.« Die Vorstellung, dass ich mit ihr arbeiten durfte, erfüllte mich erneut mit Stolz.

»Wenn du fertig bist, kannst du Nick Felles eine handsignierte Ausgabe zuschicken.«

Ich lachte bitter. »Hey, Col? Hättest du mir das Buch auch ohne diese Vollkatastrophe gegeben?«

»Ja. Gin wollte dich. Sie wollte eine Mutter.«

»Warum hat sie sich nicht eine Edelfeder gesucht, so eine wie Polly McCardle? Wollte die nicht das neue Buch für Sheryl Sandberg schreiben? Ich hab gehört, Polly hat auch hinter der Lyrikanthologie des dänischen Botschafters gesteckt.« Für seine Gedichte eine Ghostwriterin zu beauftragen fand ich irgendwie bizarr und unseriös. Polly wohnte allein in einer kleinen Wohnung in Boerum Hill. Ich war ihr nur ein einziges Mal begegnet, im Beisein von Colin. Damals hatte sie mir umgehend klargemacht, dass sie keinerlei Interesse an einer beruflichen Freundschaft hatte. Vielleicht deswegen, weil ich offen zugegeben hatte, dass ich den Modedesigner am Nachbartisch des Cafés nicht kannte und auch Patrick Modiano mir nichts sagte, obwohl der gerade den Literatur-Nobelpreis gewonnen hatte.

»Erstens hat sie gerade eine Vollzeitstelle bei *New York Now* angenommen, zweitens hätten wir sie für dieses Projekt nicht angefragt«, sagte Colin. »Ich habe schon seit einiger Zeit versucht, was Besseres für dich zu finden. Kannst du dich noch an unser erstes Treffen erinnern?«

»Der Abend in der Billard-Bar?«

»Genau. Du hast über deinen Job bei diesem Equity-Unternehmen gejammert. Hast mir diese grässliche Geschichte von deinem College-Professor in San Fran erzählt. Und dass dein Vater gestorben ist, als du noch ein Baby warst. Wir hatten es nicht leicht, beide nicht.«

»Das habe ich dir alles erzählt? Daran kann ich mich gar nicht erinnern.«

»Aber ich.«

An jenem Abend waren meine Freundin und ich an der Bar von ein paar Typen angequatscht worden. Sie gaben uns Daiquiris aus und forderten uns zu einer Billardrunde heraus. Damals hatte Colin noch dichtes schwarzes Haar, bleiche Haut und sehr helle, fast transparente Augen und war wie wir vorher auf einem Joni-Mitchell-Tribute-Konzert gewesen. Uns verband, dass wir beide auf Joan Didion und Mary Gaitskill standen.

»Du hast immer das Gefühl gehabt, mir was schuldig zu sein«, sagte ich.

»Möglich.«

Obwohl ich mich nicht erinnern konnte, ihm Intimitäten anvertraut zu haben, hatte ich natürlich nicht vergessen, dass wir am Ende des Abends in seinem riesigen, baufälligen Loft an der Lower East Side gelandet waren und mit der Leidenschaft zweier Menschen übereinander hergefallen waren, die unbedingt ihre Jugend abstreifen wollten. Zuerst trieben wir es in seiner Dusche, danach vor dem Fenster mit Blick auf einen Judaika-Laden. Obwohl Colin mich um ein paar Zentimeter überragte, war er schmal und blässlich. Seine Handgelenke und Finger waren zart wie meine, seine Bewegungen extrem präzise, und er reagierte mit einer seltsamen Schicklichkeit auf mich, die mir nie zuvor begegnet war. Im Hintergrund lief Patti Smith, sein Haar roch nach Strand, ich bin damals sicher zehnmal gekommen.

Früh am nächsten Morgen bekam er einen Anruf von seinem Vater, der ihm mitteilte, seine Mutter sei gerade gestorben. Sie litt an Eierstockkrebs. Nachdem er aufgelegt hatte, lagen wir stumm nebeneinander in seinem Bett.

Ich hatte keine Ahnung, was ich tun sollte, ich lag wie erstarrt da. Colin weinte nicht. »Soll ich gehen?«, fragte ich, doch er schüttelte den Kopf.

Schließlich zogen wir uns an und liefen ziellos durchs Viertel, Müllwagen fuhrwerkten wie Ungeheuer durch die Straßen, die Sonne erhellte den Asphalthimmel. Irgendwann waren Colin dann doch die Tränen gekommen, er bereute es bitter, seine Mutter während ihrer letzten drei Monate nicht besucht zu haben. Sie hätten sich nie nahegestanden, erklärte er mir. Sie stammte aus Irland, war streng katholisch und hatte seinen älteren Bruder mehr geliebt als ihn. Wir gingen zum Duane Reade. In den East River Park. An einen Zeitschriftenkiosk. Er wollte immer weitergehen – aber irgendwann war er durch. Wir kehrten zurück in seinen Loft, er kroch ins Bett. Ich legte mich neben ihn, bis er eingeschlafen war, dann stand ich auf, räumte ein bisschen auf und kochte Kaffee.

Manchmal landet man ohne Vorwarnung direkt an einem kritischen Punkt im Leben eines anderen Menschen. Eine Woche später hatte Colin sein Coming Out.

Gin seufzte kurz, bevor sie weitertippte. Lana kehrte zurück und setzte sich wieder auf ihren Platz. Wir lächelten einander zu, aßen weiter. Ich verspürte den Drang, ihr zu gestehen, dass ich mir zwei Staffeln *Desperate Housewives* reingezogen hatte, aber nicht über die erste Seite von *Die*

Fahrt zum Leuchtturm hinauskam, keinen Kontakt mehr zu Cass' Vater hatte und seit sechs Monaten mit einem Mann schlief, der eigentlich obdachlos war und sich nicht ausreichend an unseren Unterhaltskosten beteiligte. Dass ich meinen Sohn nach einem Song von den Grateful Dead benannt hatte und sich unter meiner Rayonbluse eine Textzeile dieses Songs verbarg, sie zog sich quer über meinen unteren Rücken und die rechte Hüfte, ein Tattoo, von einem alten Schulfreund gestochen, der sich damals mehrfach entschuldigt hatte, weil er für die letzten Worte meine deutlich sichtbare Bauchwölbung hatte plattdrücken müssen. Am liebsten hätte ich dieser Frau meine ganze unvollkommene, meist, aber nicht immer feministische Persönlichkeit offenbart und sie um ihren Segen gebeten, bevor wir gemeinsam weitergingen auf diesem Weg und gemeinsam mit einer Stimme sprachen. Mir war die Vorstellung ein Graus, dass mir später etwas herausrutschen könnte, das man mir dann als Lüge oder Betrug auslegen würde, irgendein Teil von mir, der ihr Vertrauen in mich untergraben könnte.

»Mir gefallen Ihre Kolumnen«, sagte ich stattdessen.

»Schön, das freut mich«, erwiderte sie.

Als mein Teller leer war, legte ich die Gabel weg und begann, die Hände zu kneten. »Ihre Arbeit ist so wichtig. Ich glaube, ich freue mich mehr über Ihr Buch als je über irgendein anderes Projekt. Wir haben es bitter nötig … ich meine, in Anbetracht der momentanen Situation in diesem Land.«

»Oh, ja, gut.« Sie wirkte überrascht, dass ich offenbar auch andere Projekte hatte. »Ich sollte dich darauf hinweisen, dass ich seit Kurzem zunehmend Gegenwind bekomme. Ich habe mir nie die Mühe gemacht, meine Botschaft zu beschönigen, und manche Leute fühlen sich dadurch bedroht, obwohl das gar nicht meine Absicht ist. Jemand wie ich, unter Ceaușescu aufgewachsen, kann nicht einfach tatenlos zusehen. Amerikaner wissen wahrscheinlich nicht viel über den wahren Kommunismus. Tatsächlich hat er zum Ziel, Frauen von ihren häuslichen Pflichten zu befreien, womit ich nicht behaupten will, dass der gute alte Nicolae schlussendlich irgendjemandem zu mehr Freiheit verholfen hätte. Aber meine Mutter war eine starke Frau, ist es immer noch. Sie hat mir beigebracht, für das zu kämpfen, was richtig ist.« Ich hätte schwören können, dass sie haargenau dieselben Worte bereits bei einem Interview geäußert hatte. »Aber Shirley, meine Beraterin, und ich natürlich, wir haben beschlossen, dass wir mein Image schärfen müssen. Ich sollte … wärmer rüberkommen. Wenn ich ein bisschen, nun ja, verletzlicher wirke, erreiche ich mehr Menschen. Ich möchte es nur ungern ›weiblicher‹ nennen, verstehst du?«

Ich nickte enthusiastisch. »Wieso sollten Wärme und Verletzlichkeit gleichbedeutend sein mit Weiblichkeit?«

»Genau richtig.«

Vor Freude über diese Bestätigung wurde mir ganz heiß im Gesicht. »Ich bin keine Expertin, aber nach dem, was ich so gesehen und gelesen habe, bewirken Sie doch schon ziemlich viel.«

Sie bedankte sich.

»Haben Sie vor, für ein politisches Amt zu kandidieren?« Diese Frage hatte ich mir nicht verkneifen können. Auch die Kongressabgeordnete hatte davon gesprochen, ihr Image zu »schärfen«. Vielleicht hatte sie dieselbe Beraterin.

»Sag doch bitte du. Nein. Jedenfalls momentan nicht.« Lana faltete ihre Serviette und legte sie in die Mitte ihres Tellers. »Darf ich dich was fragen? Du hast vermutlich eine Nanny, die auf deinen Sohn aufpasst, oder?«

Das konnte eine Testfrage sein. »Manchmal, ja, aber nicht jeden Tag.«

»Aber du weißt auch, wie es ist, sich zu Hause um ihn zu kümmern?«

Ich nickte.

Gin legte endlich ihr Handy weg.

»Nehmen wir mal an – rein hypothetisch natürlich –, dass ich Norton nicht selbst beigebracht hätte, auf die Toilette zu gehen. Und nehmen wir außerdem an, dass es mit dem Stillen nicht so gut gelaufen wäre. Könntest du in dem Buch bei solchen Themen etwas aus eigener Erfahrung beisteuern? Du weißt schon, die Lücken füllen?«

»Lücken füllen?«

»Du lebst doch vom Schreiben«, sagte Lana. »Und bist Mutter. Du bist die Expertin!«

»Klar«, sagte ich, immer noch verwirrt, aber froh, dass sie offenbar glaubte, ich hätte irgendwelches Fachwissen. »Du könntest dich auch einfach ein bisschen einlesen, Mom-Moiren sind gerade voll im Trend«, scherzte ich.

»Wer hat denn bitte für so was Zeit?« Wieder entfuhr ihr beim Lachen ein Grunzlaut, aber diesmal sah sie darüber hinweg.

Gin kicherte, als wäre sie nicht diejenige gewesen, die uns gleich zwei solcher Bücher aufs Auge gedrückt hatte.

»Ich glaube, wir sollten nur über Windeln und Toiletten schreiben, wenn es etwas mit Nortons feministischer Erziehung zu tun hat«, schlug ich vor.

»Ja, ja, natürlich.« Dann schwieg sie, weil die Frau, die vermutlich Gloria hieß, hereinkam, um unsere Kelche ein weiteres Mal aufzufüllen. Erst, als sie gegangen war, sprach Lana weiter. »Ich bin froh, dass du verstehst, wie wichtig mir Diskretion ist.«

»Wenn es dich beruhigt, kann ich dir versichern, dass die Geheimhaltungserklärung absolut wasserdicht ist.« Der Vertrag verbot mir explizit, Lanas Namen während des Projekts auch nur zu erwähnen. Ich war verpflichtet, mich zu verhalten, als hätte ich noch nie von Lana Breban gehört.

Ich hatte es in meiner Karriere schon mit einigen paranoiden Menschen zu tun gehabt, aber angesichts dessen, wie gegen Lana auf Twitter gehetzt wurde und wer sich nach ihrer Arbeit mit Wanda Lesko gegen sie in Stellung gebracht hatte, konnte ich gut verstehen, dass sie einige Dinge für sich behalten wollte.

Als Colin zurückkehrte, sagte Lana: »Wir sollten langsam zum Ende kommen, das besagte Meeting fängt bald an.«

Also packten wir unsere Sachen zusammen und traten auf den Flur. Ein extrem schlanker, dunkelgrauer Hund scharwenzelte an uns vorbei und verschwand dann in einem der vielen Zimmer. Seltsam, dass wir ihn erst jetzt zu Gesicht bekamen.

»Na, ich bin überzeugt, in guten Händen zu sein«, sagte Lana an der Eingangstür.

»Lana? Ich muss sagen, du bist genauso mega, wie ich es mir vorgestellt hatte«, sagte Colin.

»Ach komm, hör auf!« Sie legte eine Hand auf seinen Arm.

»Glaub mir, Darling, ich könnte stundenlang …«

»Stundenlang? Moment, morgen habe ich noch nichts vor«, sagte sie lachend.

Dieses Geturtel überraschte mich nicht weiter, ich hatte bei Colin schon öfter erlebt, dass er sich bei seinen Autorinnen wie ein verliebter Fanboy aufführte.

Gins Handy klingelte, sie sah aufs Display. »Oh, da muss

ich rangehen«, sagte sie. »Wir sprechen uns bald.« Sie berührte Lanas Arm, dann verschwand sie in Richtung Lift.

Nachdem auch wir uns verabschiedet hatten und Lana die Tür hinter sich geschlossen hatte, wandte Colin sich zu mir um. »Dieses Buch wird einschlagen wie eine Bombe, Allie.«

»Du meinst sicher Amy, oder?«

Er schnitt eine Grimasse. »Sie wird es schon noch merken.«

Im Lift, umringt von extrem geschniegelten attraktiven Menschen, schwiegen wir. Während die Frau zu meiner Linken versuchte, ihr heulendes Baby zu beruhigen, fiel mir auf, dass sich einige Leute diskret die Ohren zuhielten. Die Frau folgte uns mit dem immer noch heulenden Baby zum Ausgang, wo Captain Kangaroo uns die Tür aufhielt.

»Taxi!«, rief Colin und streckte den Arm aus. »Ist es okay, wenn ich das nehme?« Das Taxi machte einen Schlenker und hielt ein paar Meter vor uns. »Abschiedsküsschen?«, sagte er, küsste mich rasch auf die Wange und joggte auf den Wagen zu.

Ich blieb noch eine Weile vor Lanas Gebäude stehen, musste erst mal alles verarbeiten. Es roch nach Grillfleisch und Zigarren, eine Pferdekutsche zuckelte vorbei, gefolgt von einer zweiten. Das Licht schimmerte honigsommerlich, hier war es heißer als bei mir auf dem Land, vor allem, da ich in der relativen Frische des frühen Morgens aufgebrochen war. Eine Limousine hielt vor mir, und Captain Kangaroo begrüßte den Mann, der ausstieg. Er kam mir irgendwie bekannt vor, doch es dauerte einen Moment, bis der Groschen fiel: Alec Baldwin! Ich senkte rasch den Kopf und machte mich davon.

Ich hatte gelesen, dass Lana und ihre behinderte Schwester damals in Bukarest mitbekommen hatten, wie ihr Vater in der Küche an einem Herzinfarkt gestorben war. Kurz danach war ihre Mutter mit den beiden Mädchen zu einer fremden, vierköpfigen Familie gezogen. Lanas Mutter war Lehrerin an einer Schule am anderen Ende der Stadt, was bedeutete, dass Lana sich die meiste Zeit allein in der Wohnung um ihre Schwester und die anderen Kinder kümmern musste. Zu dieser Zeit standen die Menschen in Rumänien vor den Läden Schlange, um an die zugeteilten Rationen zu kommen, Sardinen in Büchsen und Brot. Wegen der Sparmaßnahmen hatten sie nur zeitweise Strom und Heizung, was viele dazu zwang, Kohle zu verfeuern. Bald hing dichter Smog über der Stadt, vor allem im Winter. Es war verboten, Büroräume auf mehr als dreizehn Grad zu erwärmen. So vieles war verboten. Unzählige Frauen starben an den Folgen heimlicher Abtreibungen, tausende Waisenkinder wurden in stillgelegten Lagerhallen untergebracht, manche an Bettrahmen festgekettet. In einer ihrer Kolumnen hatte Lana die damaligen Zustände in ihrer Heimat als »eine Hölle in der Hölle« beschrieben.

Im vergangenen Jahr hatte man sie eingeladen, im Rahmen der Reihe »Frauen in der Geschichte« in der Library of Congress einen Vortrag zu halten. Vor zwei Monaten hatte sie für den *New Yorker* ein Interview mit Ruth Bader Ginsburg geführt.

Gern hätte ich noch mehr über Lanas Kindheit erfahren, diese dunklen Zeiten in Bukarest und ihren Umzug nach New York. Für Memoiren war solches Material Gold wert. Ich fragte mich auch, wie es ihr, ihrer Mutter und ihrer Schwester ergangen war, als der neue Stiefvater sie schon Monate nach ihrer Ankunft in den USA wegen einer anderen Frau verließ. Wie sie es geschafft hatten, nicht nur zu überleben, sondern regelrecht aufzublühen. Lana ergatterte einen Platz an der Yale University, studierte danach Jura in Stanford, arbeitete in einer Kanzlei, die sich auf Diskriminierung und sexuelle Belästigung am Arbeitsplatz spezialisierte, heiratete Lester, veröffentlichte Kolumnen, erst in regionalen Zeitungen und schließlich in der überregionalen Presse. Im Grunde genommen hatte sie auf allen Ebenen triumphiert, und das aus eigener Kraft, trotz blauer Haare, angebrannter Spaghetti und mangelnder Wäschekompetenz.

Kapitel 3

Fast vier Wochen später las ich Lanas erste Mail mit ihren Anmerkungen zu »Kapitel 1: Schwangerschaft und Geburt«.

Hallo! Ich hoffe, du und dein Sohn seid wohlauf. Bitte weise zu Beginn des Kapitels darauf hin, dass Frauen mit Hebammen, Doulas und Geburtsplänen arbeiten sollen (wir hatten Hebamme, Geburtsplan). Danach: Kritischer Diskurs zu Kommerzialisierung/Pathologisierung der Geburt in den USA. Für weitere Info mit Statistik s. Studie von Cahill und Drum @ Stanford, 2013. Meine Assistentin Valerie Val@LanaBreban.com schickt dir die nötigen Links. Viel Spaß beim Schreiben. Beste Grüße, Lana

Seit Wochen hatte ich jeden Morgen meine Mails gecheckt, weil ich hoffte, endlich Rohmaterial von Lana zu erhalten, damit ich mit der Arbeit beginnen konnte. Meine erste Rate war auch noch nicht auf dem Konto. Angeblich hatte der Verlag gerade einen Arbeitsrückstau. Die Schulen brauchten offenbar auch keine Aushilfskräfte, genau wie die Landschaftsgärtnereien, und das schon seit einem Monat.

Ich las die Mail erneut. Das war wohl die dürftigste Materialsammlung, die ich je von einem Auftraggeber erhalten hatte. *Schön, von dir zu hören*, tippte ich. *Ich kann es kaum erwarten, mit dem Buch zu beginnen. Prima wären noch ein paar Anekdoten und persönliche Eindrücke von Nortons Ge-*

burt und deiner Schwangerschaft. Normalerweise kriege ich am Anfang viel zu viel Material! Falls du dir immer noch Sorgen wegen meiner Diskretion machst, möchte ich dir versichern, dass du in guten, professionellen Händen bist. Ich dachte, wir waren uns alle einig, dass das Buch eher persönlich sein sollte und nicht so akademisch?

Lana meldete sich prompt über Messenger. *Ich habe das Kind neun Monate lang ausgetragen, es war eine schnelle, natürliche Entbindung. Wenn du willst, kann ich dir Nortons Gewicht und Körpergröße raussuchen. Er war ein großes Baby.*

Vielleicht wäre sie in einem persönlichen Gespräch weniger zugeknöpft. *Können wir skypen oder telefonieren?*

Sorry, hektischer Tag. (Hektisches Leben!)

Als ich erneut ihre Mail las, stellte ich mir vor, wie Gin auf eine ausführliche Abhandlung über die Kommerzialisierung und Pathologisierung der Geburt reagieren würde: *Schnarch!*

Okay, schrieb ich zurück. *Nur ein paar kurze Fragen: Wie hast du die Schwangerschaft erlebt? Hast du dich auf die Entbindung vorbereitet? (Kurse oder Ähnliches?)*

Lana: *Keine Kurse. Ständige morgendliche Übelkeit, Krampfadern, Schlaflosigkeit, aber ich hab's überstanden.*

Ich: *Hast du vorher gewusst, ob es ein Junge oder Mädchen wird?*

Lana: *Ja. Bitte denk daran, die Wichtigkeit eines Geburtsplans zu betonen. Sehr ermächtigend für Frauen. Leg einfach los. Freue mich auf Kap. 1. Viel Glück!*

Das war's.

Auf meiner Frühstückstheke lag *Bootcamp Mama.* Hinten war ein Foto der Autorin abgedruckt, eine attraktive, athletische Rothaarige in Cargohose und Basecap. Auf einem Arm hatte sie ein weinendes Baby, auf dem anderen einen schlafenden, rothaarigen Knirps. Eine silbrige Trillerpfeife hing ihr vom Hals, nur ein paar Zentimeter über dem Dekolletee.

Für gewöhnlich lehne ich es ab, beim Schreiben Google zu Rate zu ziehen, schließlich bezahlt man mich dafür, über das zu schreiben, was die Leserschaft noch nicht weiß oder leicht nachschauen kann. Aber aus lauter Verzweiflung suchte ich jetzt im Netz nach Norton, Lester und seiner Familie. Das brachte mich allerdings auch nicht weiter. Lana hatte ihr Kind bekommen, bevor sie so richtig berühmt wurde. Fast alles, was ich fand, hatte mit Lanas oder Lesters Arbeit zu tun, oder es ging um Harding White. Im Internet gab es so gut wie nichts über Norton, außer ein paar Bildern von ihm auf Facebook, die auf Geburtstagspartys anderer Kinder entstanden waren. Auf einem war eine Frau zu sehen, die Ähnlichkeit mit Gloria hatte, aber der Schnappschuss war zu verschwommen, um sie sicher zu erkennen.

Ich selbst war allein zu Hause gewesen, als ich von meiner Schwangerschaft erfahren hatte. Da waren nur ich und der Teststab, auf den ich kurz zuvor gepinkelt hatte. Jener winterliche Tag lag mittlerweile fünf Jahre zurück. Jimmy hatte ich als Erstes davon erzählt. Er kauerte gerade auf seinem Dach und versuchte, es mit einer Axt vom Eis zu befreien. »Von wem?«, wollte er wissen. »Ein Typ, den ich letzten Sommer kennengelernt hab. Ist nicht wichtig.« Er ließ die Axt sinken. »Holla, Al, das würde ich mir aber gut überlegen.« Zwei Eiszapfen landeten direkt neben mir in einer Schneewehe. Als Nächstes erzählte ich Maggie davon, die mich prompt fragte, ob ich Witze machte. Jimmy hatte ich bereits klargemacht, dass ich das Kind behalten würde.

Zu Maggie sagte ich: »Warum sollte ich darüber Witze machen?« Und zu meiner entsetzten Mutter: »Schluss! Schluss jetzt! Ich will nichts mehr darüber hören, wie hart es wird oder was deine Freundinnen dazu sagen. Teile ihnen einfach mit, dass der Vater in unserem Leben keine Rolle spielen wird. Wie wäre es übrigens mit: ›Gratuliere‹?« Danach hatte ich einen wochenlangen Zyklus aus Angst, Hochstimmung und aggressiven Selbstzweifeln durchlaufen.

Nachdem meine Google-Suche zu Norton so mager ausgefallen war, überlegte ich, ob ich vielleicht noch nach rumänischen Sinnsprüchen über Liebe, Schwangerschaft oder Kindererziehung suchen sollte. Aber bei Lana würden solche Stereotype sicher nicht gut ankommen, also ließ ich es bleiben und überlegte mir eine andere Strategie. Da kam mir Tanya Dawson in den Sinn. Tanya hatte Jahre zuvor bei *Saturday Night Live* mit ihrer verblüffend echten Parodie von Scary von den Spice Girls und Janet Jackson Furore gemacht und mich gebeten, sie in ihrem Buch witziger, lässiger darzustellen. »Versuch vor allem, nicht zu sehr wie eine Weiße zu klingen, die sich als Schwarze ausgibt«, hatte Tanya mir geraten. Die Situation war mir so peinlich gewesen, dass ich sie sofort gefragt hatte, ob sie lieber eine Schwarze als Ghostwriterin wollte, doch Tanya hatte mir versichert, dass durchaus schlechtere Imitationen von ihr existierten. »Und die einzigen schwarzen Ghostwriterinnen, die überhaupt bekannt sind, arbeiten gerade an anderen Büchern. Dein Agent hat behauptet, du wärst ein Chamäleon, aber wenn du aus unerfindlichen Gründen zu weiß klingen solltest, hat er gesagt, dürfte ich dich sofort darauf hinweisen. Was ich hiermit tue.« Nach einer Weile hatte ich den Bogen raus: Ich klang wie sie und schaffte es, ihren Humor zu reproduzieren – hatte sie mir zumindest gesagt.

Als ich jetzt in meiner Küche saß, kam ich mir vor wie in einem Ruderboot mitten im Meer, ohne Karte oder Kompass.

Es war Zeit für unsere erste Ultraschalluntersuchung, schon bald würden wir erfahren, ob ich ein Mädchen oder einen Jungen in mir trug. Während ich versuchte, es mir auf der Untersuchungsliege bequem zu machen, kam die Röntgenassistentin ins Zimmer, verteilte eine Menge Gel auf meinem Bauch und schaltete das Gerät ein. Nachdem ich bereits diverse Schlachten geschlagen hatte – morgendliche Übelkeit, Krampfadern, Schlaflosigkeit –, fühlte ich mich

Tja, fühlte sie sich … wie genau? Klar konnte ich bestimmte Situationen ausschmücken, aber normalerweise lieferten mir meine Leute zumindest ein Grundgerüst der jeweiligen Situation. In der Vergangenheit hatte ich mich lang und breit darüber ausgelassen, wie es sich anfühlte, mit Plateauschuhen über den Laufsteg zu spazieren, im Kongress zu sitzen und sich die Rede zur Lage der Nation anzuhören. Ja, es war mir sogar gelungen, zu beschreiben, was in einem jungen Mann vorgeht, wenn die Nippel eines Mädchens beim ersten Kuss hart werden.

Ich zwang mich, weiterzuschreiben.

Nachdem ich bereits diverse Schlachten geschlagen hatte – morgendliche Übelkeit, Thrombose, Schlaflosigkeit –, hoffte ich, dass ich das Schlimmste hinter mir hatte. Sofort fühlte ich mich

Ich löschte das Wort »fühlte« und rief mir ins Gedächtnis, wie es mir damals ergangen war, als ich erfuhr, dass ich einen Jungen bekommen würde.

Zu den grauen Wolken auf dem Monitor hörte ich den rhythmischen Klang des kindlichen Herzschlags, es war, als hätte unser Baby seinen eigenen Soundtrack. Unmöglich, in diesem Gewirr irgendwas zu identifizieren. Die Röntgenassistentin nickte, denn mit ihrem geschulten Blick erkannte sie ziemlich rasch das Geschlecht unseres Kindes. Lester und ich wussten, dass diese Frau uns selbstverständlich nichts verraten würde, daher warteten wir ungeduldig auf unseren Arzt, der nach einer halben Ewigkeit endlich auftauchte.

»Es ist ein Junge!«, sagte er. Ich lachte, weil ich aus unerfindlichen Gründen auf ein Mädchen gewettet hätte. »Und er sieht gesund aus«, fügte der Arzt hinzu.

Ein Junge wuchs in mir heran! Was wusste ich über kleine Jungen? Ich hatte keinen Bruder, keinen

»Ich hab geträumt, dass wir per Anhalter nach Neufundland gefahren sind.« Kurt stand hinter mir und ließ die Fingerknöchel knacken.

»Falls du vorhast, länger als eine Woche zu verschwinden, gib mir bitte vorher Bescheid«, sagte ich.

Seit einiger Zeit hatte er eine Vorliebe für Roadtrips entwickelt, allein mit seinem Zelt, und wenn ihn das Reisefieber packte, verschwand er manchmal tageweise. Dieses Arrangement war gar nicht mal so ungünstig: Wenn ich mich so richtig in die Arbeit vertiefen musste, machte er sich vom Acker. Und nach ein paar Tagen, wenn er mich vermisste, kehrte er zurück und half mir mit Cass. Vielleicht lag es an dem Umstand, dass wir unser Zusammenleben nie genau benannten oder definierten, dass ich letzten Monat seinen Geburtstag vergessen hatte. Nicht nur das. Statt morgens nackt mit Kurt im Bett zu kuscheln, sah ich oft lieber nach Cass oder verzog mich unter die Dusche, was ihn dazu inspirierte, mich als »den Kerl« in unserer Beziehung zu bezeichnen. Ich erklärte ihm, dass diese Aussage sexistisch war. »Was ich damit sagen wollte: Nach Birgitte finde ich es erfrischend.« Offenbar war seine Ex recht verschwenderisch mit seiner Zeit und seinem Geld umgegangen, obwohl es natürlich ganz nett wäre, auch mal ihre Seite der Geschichte zu hören. Mir kam der Verdacht, dass sich viele Männer insgeheim wünschten, Frauen würden sich öfter verhalten wie sie selbst.

Nachdem Kurt in der Küche verschwunden war, versuchte ich, mich wieder zu konzentrieren. Wie könnte ich Lanas Wünsche für das erste Kapitel umsetzen?

Schon viel zu lange wird der weibliche Körper wie öffentliches Eigentum behandelt. (Hier etwas historischen Hintergrund ergänzen.)

Doch die Entscheidung, eine Schwangerschaft privat oder in der Öffentlichkeit auszutragen, obliegt allein der Schwangeren selbst. Nicht selten kommen völlig Fremde auf Schwangere zu und betatschen ihren Bauch, ohne vorher zu fragen. Es ist vielleicht ratsam, sich für solche Situationen eine Standardreaktion zu überlegen, so was wie: »Hände weg! Das ist meins!«, oder einfach mit einem Lächeln zurückzuweichen und zu behaupten, kitzelig zu sein.

Niemand hat das Recht, einen anderen Menschen ohne seine Erlaubnis zu berühren. Wenn wir während der

Schwangerschaft Grenzen setzen, stärken wir uns damit selbst.

Der Ton war völlig daneben. Bootcamp-Mama sah mich kritisch an. *Mehr Schnauze, mehr Herz!*, schien sie zu fordern.

Kurt kam erneut vorbei, drückte mir die Schulter und streckte seine langen, sommersprossigen Arme genüsslich zur Decke. Er zog sich um und verschwand dann, um Jimmy mit seinem Carport zu helfen, als Gegenleistung für die halbe Miete.

Ich schrieb die Ultraschallszene zu Ende, dann brachte ich Cass rüber zu Bertie. Aber Cass hatte es nicht eilig; er blieb vor einer leeren Happy-Meal-Schachtel stehen, die auf unserem Rasen herumlag.

»Los, trödle nicht rum!«, rief ich und nahm ihm die Schachtel weg. »Ich muss arbeiten.«

»Trödel, Dödel, Blödel«, sagte er. »Kann ich heute nicht zu Hause bleiben?«

»Nein, tut mir leid.« Ein Pathfinder fuhr so schnell durch eine Schlammpfütze, dass er uns vollspritzte, düste aber ungerührt weiter. »Danke, Ron! Super gemacht«, murmelte ich. Ron Garbella und seine Frau waren vor Kurzem gegenüber eingezogen. Ich rubbelte an Cass herum, um den Schlamm abzuwischen, bis er prompt zu quengeln begann.

»Ist doch nur Wasser«, sagte ich, nahm ihn an die Hand und zog ihn hinter mir her. »Bitte, Schatz, geh weiter, ich hab noch so viel zu tun.«

»Ich kann heute nicht zu Bertie. Das Auto hat mir Schlamm in den Mund gespritzt!«, behauptete Cass.

»Dann spuck ihn aus.«

»Du sagst immer, Spucken ist verboten«, entgegnete er.

Mein Sohn würde sicher mal Anwalt werden. Gut, dann könnte er mich finanziell unterstützen.

Aus lauter Verzweiflung versprach ich ihm ein Happy Meal von McDonald's, wenn wir es zu Bertie schafften, bevor ich bis zwanzig gezählt hatte. Bei zehn standen wir vor ihrer Tür. Als Bertie uns mit dem Kochlöffel im Eingang zuwinkte, ließ ich Cass los und machte mich auf den Rückweg, erleichtert, aber auch mit schlechtem Gewissen, weil ich meinen Sohn bestochen hatte, und das auch noch mit ungesunden Pommes und Plastikspielzeug.

Wieder zu Hause, klappte ich meinen Laptop auf.

Ich wusste zwar damals nicht viel über Jungen, aber eines war mir sonnenklar: Wir würden unserem Sohn unsere ganze Liebe schenken und ihn so annehmen, wie er war, bedingungslos. Unser Sohn. *Wie wunderbar das klang!*

Nachdem der Arzt und die Assistentin uns verlassen hatten, wandte ich mich an Lester. »Was, wenn er sich nur für Sport interessiert? Was, wenn er aggressiv ist?«, fragte ich.

Er kritisierte mich sofort dafür, dass ich jetzt schon meinte, unser Sohn könnte bestimmte Vorlieben oder Verhaltensweisen an den Tag legen.

»Du hast recht«, sagte ich.

Wir beschlossen, es mit einer natürlichen Entbindung zu versuchen. In unserem Land wird der Geburtsvorgang übermäßig und unnötig von der Medizin kontrolliert, er findet in Krankenhäusern statt, von Ärzten überwacht. Wir wünschten uns eine Erfahrung, die

Ich suchte im Internet nach einer Website über natürliche Entbindung und klickte mich durch die Seiten. Einige Erfahrungsberichte erzählten in entsetzlichen, verstörenden Einzelheiten von unnötigen, entstellenden Dammschnitten und Kaiserschnitten, die Frauen für immer verstümmelten. Ich starrte wie gebannt auf die Fotos – wie viel Ungerechtigkeit mussten Frauen eigentlich ertragen? Wer hatte diese Bilder gemacht? Welche Frauen hatten dazu ihre Erlaubnis erteilt?

Wir wünschten uns eine Erfahrung, die unseren Werten entsprach, die

Noch eine Sackgasse.

Durchs Fenster sah ich, wie Jessica Garbella sich im Schlafzimmer gegenüber auf ihre Yogamatte legte und in die Kobra ging. Ich beobachtete sie eine Weile. Man hatte ihren Mann Ron vor Kurzem aus New York angeworben, er sollte als Intendant das neue Sommertheater betreuen – nicht, dass die Berkshires noch ein kulturelles Event für die Sommergäste brauchten. Die Garbellas hatten das Haus im Cape-Cod-Stil von den Newtons gekauft, die damals hergezogen waren, weil ihre Kinder hier am College studierten, oder besser gesagt, von einem Bauunternehmer, der das Haus auf eigene Faust renoviert hatte, um es dann gewinnbringend zu verkaufen. Maggie und ich hatten es uns beim offiziellen Besichtigungstermin angeschaut und waren völlig geflasht gewesen von den glänzenden Granitarbeitsflächen in der Küche, der schwarzen Badewanne mit Füßen im großen Schlafzimmer und dem eingelassenen, von Chinaschilf und blauen Hortensien gesäumten Pool. Damals wäre ich fast erstickt vor Neid. Jessica unterrichtete Ashtanga-Yoga im Hinterzimmer eines Bioladens. Wir hatten uns einmal zum Kaffee getroffen, damals hatte sie mir einen Zehn-Prozent-Gutschein für eine Yogastunde bei ihr geschenkt. Sie war lieb und nett, quatschte aber eindeutig zu lange über Rons kontrollsüchtige Mutter. Während ich über ihre Worte nachgedacht hatte, war sie in der Kobra geblieben, mit eindrucksvoller Hingebung verharrte sie in dieser Position. Die Garbellas hatten keine Kinder.

Muttersein krempelt einem das Leben um. Dann ist's vorbei mit Yoga, oder zumindest mit regelmäßigem Üben – ja, Regelmäßigkeit an sich wird unberechenbar. Man kann nicht mehr ständig kiffen oder Milch aus dem Karton trinken, schließlich ist man als Mutter Vorbild für sein Kind. In der Küche kann man nicht einfach Janis Joplin aufdrehen, ohne dass der Sohn losbrüllt wie angestochen. Für kleine Kinder klingt Janis Joplin offenbar einfach nur laut und grässlich. Man kann nicht mehr mitten in der Nacht mit seinem Untermieter/Partner nackt im Goose Pond schwimmen gehen, es sei denn, jemand anderes passt zu Hause aufs Kind auf, und selbst wenn dich das warme Wasser umschließt, am Himmel Millionen Sterne funkeln, die schwarzen Pinien nach Freiheit duften, sogar wenn du dich sanft im dunklen Wasser wiegst, dieser Mann in dir, der flüstert, wie gut du dich anfühlst, wie richtig, wie ihn deine Haut in den Wahnsinn treibt, ja auch dann denkst du an deinen Sohn, der in seinem Bettchen liegt, während die alte Nachbarin vermutlich auf deinem Sofa eingeschlafen ist, und dir fällt ein, wie schlimm sie hustet, als hätte sie einen Stein in der Kehle, und dass sie neulich den Namen deines Sohnes nicht mehr wusste, was, wenn sie stirbt, in deinem Haus, was dann?

Als Kurt zum Mittagessen heimkam, war ich froh um die Unterbrechung meiner vergeblichen Bemühungen, das erste Kapitel in Lanas Buch zu schreiben. Er zog mich vom Stuhl, und wir küssten uns lange, was mich dazu animierte, die Hand hinten in seine Jeanstasche zu schieben. Da steckte etwas, das sich, als ich es herauszog, als Karte von Northern Maine entpuppte.

»Die gehört Pete«, sagte er, nahm sie mir aus der Hand und beugte sich wieder zu mir vor. Aber ich war nicht mehr in der Stimmung. Auf einmal fiel mir der Ausschlag auf seinem Rücken auf, fette rote Pusteln.

»Du warst in den Himbeersträuchern«, sagte ich.

»Nein. Bei Jimmy drüben gibt es nur ein paar verdorrte Bäume.«

»Doch«, beharrte ich. Als Landschaftsgärtnerin hatte ich öfter an Himbeerbüschen herumgezerrt als er. Überhaupt hatte ich viel härter gearbeitet als er. »Schau es dir im Spiegel an. Das kommt von den Himbeeren.«

»Ist doch egal.«

»Du solltest dich mit warmem Wasser und Seife abwaschen.« Ich sah ihn an. »Du denkst nicht ernsthaft daran, in Neufundland herumzureisen, oder?«

»Keine Ahnung, war so 'ne Idee. Aber gut, oder? Pete und Sandra waren letzten Sommer da und meinten, es wäre der Hammer. Man kann Eisberge und manchmal sogar Polarlichter sehen. Willst du mit?«

Er hätte es besser wissen sollen. »Ich muss Cass abholen. Und später kommen Mom und Ed vorbei.«

Kurt reagierte mit einem Achselzucken. Ich sah ihn auf einer Klippe mit Blick über den weiten Atlantik stehen, weiße Eisschollen, darüber die riesigen, grün-lilafarbenen Lichter der Aurora Borealis, eine zünftige Fischerin an seiner Seite. Nein, ich war nicht eifersüchtig auf sie, ich wollte *sie* sein – schuldenfrei, frisch verliebt, an einem exotischen Ort irgendwo auf der Welt. »Du kannst mit uns essen gehen, wenn du willst«, sagte ich.

»Ich hab meinen Jungs versprochen, dass ich heute ein paar Körbe mit ihnen werfe. Soll ich später noch dazukommen?«

»Wenn du magst«, sagte ich. »Aber kein Problem, ist nicht so wichtig.«

Meine Mutter und Ed (eigentlich mein Stiefvater, aber ich nannte ihn nur »Ed«) würden bald zu ihrer Cousine nach Sebastian, Florida, ziehen, tausendvierhundert Kilometer von hier entfernt. Lottie wohnte in einem Doppelhaus, und ihre langjährigen Mieter waren gerade ausgezogen. Kurt hatte weder meine Mutter noch Ed kennengelernt, sie wussten nur, dass er als Untermieter im Keller wohnte und sein Name laut Ed nicht im Strafregister für Sexualtäter gelistet war. Es war extrem schwer, mir diese drei Personen an einem Tisch vorzustellen.

»Meinst du, du könntest Pete um ein paar Stunden in seinem Laden bitten? Du weißt schon, wenn du mit Jimmys Carport fertig bist?«

»Er hat gerade genug Leute. Wie geht es mit dem neuen Projekt voran? Besser als mit dem letzten?«

»Das wäre nicht schwer, die Messlatte ist extrem niedrig.« Ich zwang mich, ihm nicht mehr zu verraten. »Aber ja, es läuft okay.«

»Soll ich meinen Jungs für heute Abend absagen?«, fragte Kurt plötzlich.

Ich sah ihn an.

»Vielleicht sollte ich deine Mutter und Ed kennenlernen, bevor sie wegziehen? Oder was meinst du?«

»Ich will nicht … ich meine …« Das war unser Tanz, aber keiner von uns wagte den nächsten Schritt. Vielleicht fürchteten wir uns insgeheim davor, vom anderen einen Korb zu kassieren und dann wieder allein zu sein, in unserem Alter gab es eine Menge zu verlieren. Es war nämlich gar nicht so einfach, jemanden zu finden, bei dem die Chemie stimmte, der nicht drogenabhängig oder in Wahrheit noch verheiratet oder ein schwanzloser Loser war, um es mit Nicks Worten auszudrücken. Doch mir war klar, dass Kurt seine neuentdeckte Freiheit viel zu sehr genoss, um Verpflichtungen einzugehen, und ich wollte nicht, dass Cass eine Beziehung zu jemandem aufbaute, der uns jederzeit verlassen könnte. »Meine Mom und Ed sind ziemlich anstrengend«, sagte ich.

»Wie lange sind sie schon zusammen?«

»Sie haben sich kurz nach dem Tod meines Vater kennengelernt.« Kurt wusste, dass mein Vater Schreiner gewesen war, wir früher in Brattleboro gewohnt hatten und ich zwei war, als er starb. »Ein paar Monate danach sind wir nach Lenox gezogen.«

»Das ging aber schnell.«

»Ja«, sagte ich. »Ich habe keinerlei Erinnerung an meinen Vater.«

»Du bezeichnest Ed nicht als deinen Vater?«

»Nein.« Vermutlich hatte ich meinen leiblichen Vater als Kind komplett idealisiert, daher war die Bezeichnung für immer besetzt, und Ed blieb Ed.« Mein Vater klang wie ein echter Held. Er hatte in Washington gegen den Vietnamkrieg demonstriert, in einer Bluegrass-Band Banjo gespielt und regelmäßig in einer Suppenküche ausgeholfen.

Ich bückte mich nach der Verpackung eines Schokoriegels, die Cass auf dem Boden liegengelassen hatte, und richtete mich wieder auf, betrachtete kritisch unser Heim: die schmutzigen Teller und Schüsseln auf der Arbeitsplatte, die Plastikbecher, die überall aufgestellt waren, um Regenwasser aufzufangen, das durchs undichte Dach tropfte.

Wie würde es erst hier aussehen, wenn Mom und Ed

nach Florida gezogen waren und ich nicht mehr ihrem kritischen Urteil unterlag? Außerdem hatten sie montags regelmäßig auf Cass aufgepasst. Manchmal, wenn sie konnte, steckte Mom mir Geld zu, nicht viel, aber genug, um mir über Durststrecken hinwegzuhelfen. Was würde passieren, wenn Bertie nicht mehr auf Cass aufpassen konnte und Kurt weiterzog?

Ich hörte den alten Mercury Sable schon in der Auffahrt. »Sie sind hier, sie sind hier!«, raunte ich Cass mit Vampirstimme zu – meine Art, etwas gute Laune zu verbreiten, bevor es unlustig wurde. Ich jagte ihn durch die Zimmer, tat, als wollte ich ihm in den Hals beißen, nahm das Spiel aber wohl zu ernst, denn Cass fing schon bald an zu weinen.

»Was ist denn mit ihm?«, fragte Ed zur Begrüßung. Er war ein rechthaberischer Mann mit Knautschgesicht, in dessen Falten sich irgendwo ein Hauch von Attraktivität verbarg. Ed war Versicherungssachverständiger und jammerte am liebsten über die zu hohen Steuern und seine Nachbarn, ein Künstlerpaar, das in ihrem Apartmenthaus regelmäßig Trommelkurse abhielt. »Hat er sich verletzt?«

»Alles gut«, sagte ich.

»Sieht aber nicht so aus.« Code für: *Du bist seine Mutter, sorg dafür, dass der Junge nicht so eine Heulsuse ist. Sieh zu, dass endlich ein ordentlicher Kerl ins Haus kommt. Du hast selbst Schuld, dass dein Sohn sich so mädchenhaft aufführt.*

»Können wir los?«, fragte ich.

»Vielleicht braucht er einfach was zu essen«, sagte meine Mutter. »Hat er seinen Mittagsschlaf gehabt?«

Ich schob sie alle nach draußen. »Auf geht's!«

Ed fuhr mit uns nach Lenox, durch die Church Street, wo es eine Patisserie gab, eine Weinbar und einen Laden namens *Gifted Child*, ein Fachgeschäft für das hochbegabte Kind, und parkte schließlich vor einem kürzlich von einem Sternekoch aus New York eröffneten Restaurant namens *Tabitha's*, das seine Zutaten direkt von regionalen Bauernhöfen bezog. Es befand sich in einer ehemaligen Bankfiliale, was man allerdings nicht mehr erkennen konnte. Alles hatte etwas Markantes, Elementares: die mit unbehandeltem Holz vertäfelten Wände, der nackte Betonboden, die Metalltische, sogar die Kunst an den Wänden (schwarze Leinwand mit einem Streifen Blau oder Grün in der Mitte).

Eine junge, überaus gesund und munter wirkende Frau führte uns an unseren Tisch, über dem eine Industrielampe strahlte. »Ich heiße Serafina«, sagte sie beim Verteilen der Speisekarte, die an einer schweren Schiefertafel befestigt war. Sie trug ein langes Kleid, das ebenfalls an abstrakte Malerei erinnerte.

»Könnt ihr euch diesen Laden wirklich leisten?«, fragte ich, nachdem sie gegangen war und ich einen Blick auf die Preise geworfen hatte. Die beiden hatten jeden Cent umgedreht, um den Umzug in den Süden bezahlen zu können.

»Heute ist ein besonderer Abend«, sagte meine Mutter. »Schließlich ziehen wir nicht jeden Tag nach Florida.« Sie strich sich das kastanienbraun gefärbte Haar glatt. Meine Mutter war eine gepflegte, attraktive Frau. »Hattest du nichts Schickeres zum Anziehen?«, fragte sie, den Blick auf die Armeejacke gerichtet, die ich schon an der Uni getragen hatte.

»Zum Essengehen zieht sich niemand mehr schick an«, erwiderte ich.

»Vielleicht könnte ich einen Blazer oder eine elegante Bluse für dich finden, bei den Outlets haben sie gerade ganz süße Sachen.«

So drückt deine Mutter ihre Liebe aus, redete ich mir gut zu. Ich machte es ja ganz ähnlich.

»Wie läuft's in dem neuen Kindergarten?«, erkundigte sich Ed bei Cass.

»Er hat gerade erst angefangen, da kann er wahrscheinlich noch nicht viel sagen«, erklärte ich.

»Hast du schon viele Freunde gefunden?«, bohrte Ed weiter.

»Nein«, sagte Cass.

»Nicht mal einen? Manchmal braucht man nur einen, Junge«, sagte Ed.

Die Kindergärtnerin hatte mir berichtet, dass Cass an seinem ersten Tag ein kleines Mädchen namens Maribel mit Sand beworfen und im Sandkasten alle Schaufeln für sich beansprucht hatte.

»Bald darfst du töpfern und malen, das gefällt dir sicher.« Ich knuffte Cass sanft in die Seite, um ihn zu ermutigen.

»Ja, Töpfern mag ich. Und ich hab mit Fingerfarben gemalt. Einen Elefanten.«

»Großartig!«, rief meine Mutter. »Was für einen Elefanten?«

»Weiß nicht.«

»Wie hieß er denn? Hatte er einen Beruf?«, versuchte sie es erneut. Ich sah sie verdattert an. Meine Mutter war wirklich nicht in der Lage, auf natürliche Weise mit einem Vierjährigen zu sprechen.

»Habt ihr schon was ausgesucht?«, fragte ich in die Runde.

»Ich glaube, ich nehme die Wachteln«, sagte meine Mutter. Ihr Mund war noch faltiger geworden. Eines Tages würde auch ich diese Falten bekommen; ich hatte ja jetzt schon welche.

Cass kuschelte sich auf meinen Schoß, obwohl es ohnehin sehr eng war auf unserer Bank. Trotzdem umschloss ich ihn fest und genoss seine Wärme. Ich würde es vermissen, wenn er zu groß war für meinen Schoß, zu groß, um ihn zu umarmen und so zu tun, als wollte ich sein Haar anknabbern.

Er nahm sich den Salzstreuer und verteilte den Inhalt auf dem Tisch. Der Mann am Nachbartisch wandte sich um und beobachtete ihn.

»Cass! Das macht man nicht!« Ich nahm ihm das Ding aus der Hand und stellte es zurück.

»Willst du unser Bett haben?«, fragte meine Mutter unvermittelt. »Bei Lottie steht schon eins, da müssen wir unseres ja nicht auch noch mitschleppen.«

Das alte Doppelbett würde vermutlich nicht in mein Schlafzimmer passen. »Ihr solltet es an Habitat for Humanity spenden.«

»Habiwas?«, fragte Ed. »Der Sohn von den Vadhrises nimmt es sicher, wenn du's nicht willst. Er zieht bald nach Boston.« Die Vadhrises wohnten schon eine Ewigkeit neben ihnen. Das Einzige, was die beiden Paare verband, war das Jammern über die trommelnden Nachbarn.

»Cass, was magst du denn essen?«, fragte meine Mutter.

Auf der Kinderkarte standen zwei Gerichte. Zum Glück war eines davon Makkaroni, allerdings mit Greyerzer Käse, was wahrscheinlich nichts für meinem Sohn war, denn er mochte nur Scheibletten, sonst nichts. Ich hatte die Hoffnung allerdings noch nicht ganz aufgegeben. »Er nimmt die Makkaroni mit Käse«, sagte ich. Wenn er das »Greyerzer« nicht hörte, würde es vielleicht funktionieren.

»Und ein bisschen Gemüse dazu?«, fragte meine Mutter, immer noch an Cass gewandt.

»Unwahrscheinlich«, antwortete ich.

»Cass, wann hast du das letzte Mal Gemüse gegessen? Lass mal sehen … Es gibt grüne Bohnen vom Bauernhof direkt um die Ecke. Oder Blumenkohlgratin. Oder leckere Zucchini aus dem Ofen?«

Cass grapschte sich den Salzstreuer, warf ihn über den Tisch und traf Ed direkt an der Schulter.

»Hey!«, rief ich. »Kein Werfen!«

»Hab ich gar nicht«, log Cass mit gesenktem Kopf. Vielleicht hatte er eigentlich auf meine Mutter gezielt.

Ed schlug mit der Faust auf den Tisch. »Er hätte mich im Gesicht treffen können.«

Diese letzten Bilder würden sie mitnehmen nach Florida: Cass, der sich in einem piekfeinen Restaurant wie ein Flegel aufführte, ich, die ihren Sohn nicht im Griff hatte. Kurz überlegte ich, ihm eine Auszeit zu verordnen, aber wo? Ich zerrte ihn von der Bank und suchte die Kellnerin. »Haben Sie vielleicht Stifte und Papier oder so was?«, fragte ich Serafina, die ein junges Paar an einen Tisch führte.

»Ja, sorry, okay«, sagte sie, vielleicht eher zu dem Paar als zu mir. Nachdem sich die beiden gesetzt hatten, blieb sie noch eine Weile an ihrem Tisch stehen und plauderte. Der Mann, um die zwanzig, trug eine Form der Gesichtsbehaarung, die ich als ironisch verstehen wollte, der lange Bart umwallte seine Brust wie eine haarige Wolke. Die Frau hatte sich eine Glatze rasiert, und die deutlich sichtbare, dunkle Lücke zwischen ihren Vorderzähnen machte ihr Gesicht auf seltsame Weise attraktiv. Beide trugen Jeans und unförmige, zu große Sweatshirts. Vielleicht waren die beiden die Bauern, die das Restaurant mit Lebensmitteln versorgten, und deshalb musste Serafina sich besonders intensiv um sie kümmern. Die erbetenen Stifte kamen nicht, genauso wenig wie das Papier.

Der Abend setzte sich auf ähnliche Weise fort. Ed bekam ein Ribeye-Steak statt dem bestellten Schwertfisch. Meine Mutter beschwerte sich, ihre Wachteln seien auf »brutale Weise« verkocht. Ed fragte Cass weiter über den Kindergarten und seinen Loser-Status aus. Ich verschüttete mein Glas Zitronenwasser. Ed wollte wissen, wie es um Berties Gesundheit stehe, ob Cass Freunde in der Nachbarschaft habe, wie es mit der Partnersuche laufe und ob ich wieder als Aushilfe arbeiten würde.

Als die Kellnerin fragte, ob wir Dessert oder Kaffee wollten, antwortete ich für uns alle mit einem klaren »Weder noch!«

»Allie, du wirkst gestresst«, bemerkte meine Mutter. »Hast du momentan keinen Job?«

»Es ist keine Schande zuzugeben, wenn die Dinge nicht gut laufen«, sagte Ed, während er sich die Stelle rieb, wo ihn der Salzstreuer erwischt hatte.

»Ich will nach Hause«, jammerte Cass.

»Wir müssen warten, bis die Rechnung kommt«, erklärte meine Mutter. »Darauf steht, wie viel wir für unser Essen bezahlen müssen. Dann zahlen wir und bekommen etwas, das man Beleg nennt, und danach können wir nach Hause gehen. Was hast du noch gemalt im Kindergarten?«

»Hab einen Löwen gemalt.«

»Was für einen Löwen?«, fragte sie.

»Mom, lass gut sein!«

»Allie!«, schimpfte Ed.

Serafina brachte eine Flasche Wein ohne Etikett an den Tisch der Bauern und warf sich elegant das lange Haar über die Schulter, bevor sie drei Gläser einschenkte.

»Hat der Löwe auch Löwenfreunde und einen Beruf?«, setzte meine Mutter das Verhör fort.

»Der Löwe hat sehr viele Freunde. Er ist Architekt und seine Lieblingsfarbe ist Blau«, antwortete ich.

»Nicht in diesem Ton!«, mahnte Ed.

Cass grapschte wieder nach dem Salzstreuer, den ich ihm rasch wegschnappte. »Ich habe ein neues Projekt«, sagte ich. Morgen wären sie fort, und ich wollte nicht, dass wir uns im Streit voneinander verabschiedeten. Außerdem war es mir ein Gräuel, dass sie mich für eine mittelmäßige Mutter hielten, die mal wieder auftragslos war. »Ein neues Buch.«

»Ach ja?«, fragte meine Mutter.

»Ich schreibe für eine der momentan wichtigsten Frauen des Landes.« Ehe ich den Satz beendet hatte, war mir klar, dass ich zu viel verraten hatte. Sie wussten, dass ich als Ghostwriterin arbeitete, aber so gut wie nie verriet, für wen, und das, obwohl Ed mich ständig löcherte. Manchmal gab ich ihnen vage Hinweise, aber das auch eher, weil ich unter der ständigen Isolation litt, zu der mich die Geheimhaltungsverpflichtung verdammte, und nicht, um ihre Neugier zu befriedigen.

»Hillary Clinton?«, fragte meine Mutter allen Ernstes.

»Sie hat ›wichtig‹ gesagt, nicht ›nervig‹«, bemerkte Ed lachend.

Ich funkelte ihn böse an. Zwar mochte er den »Dampfplauderer« nicht besonders, aber Clinton hasste er inbrünstig. Ich fürchtete, dass er mit dieser Einstellung zur Mehrheit gehörte, die am Ende gewinnen würde. Zum Glück sagten die Umfragen einen Sieg für Hillary voraus. »Glaubst du allen Ernstes, sie würde zwei Monate vor ihrer Wahl ein Buch schreiben lassen?«, fragte ich.

»Meine Güte, hast du wieder eine Laune heute«, pampte meine Mutter.

Laute, aber sanfte Musik erklang, langsame Klassikgitarre

und Cello, vermutlich eigens zur Entspannung der Restaurantgäste komponiert. Glücklicherweise hatte sie auf Cass genau die gewünschte Wirkung. Er wandte sich von Salz- und Pfefferstreuer ab und kuschelte sich an meine Schulter.

»Nicht, dass mich jemand gefragt hätte, aber ich glaube, ich werde dieses Jahr nicht zur Wahl gehen«, sagte Ed. »Ehrlich gesagt finde ich beide Kandidaten unerträglich.«

»Was? Du *musst* wählen!«, rief ich.

Er winkte ab.

Endlich legte uns Serafina einen kleinen, hölzernen Ordner mit der Rechnung auf den Tisch.

»Und, um was geht's in dem Buch?«, fragte meine Mutter.

»Mom!«

»Wäre es wirklich so schlimm, wenn du uns was verraten würdest? Wer soll es denn herausfinden?«

»Es geht um die Lebensgeschichte einer bestimmten Person und … um Kindererziehung.« Ich musste dringend das Thema wechseln. »Wen habt ihr eigentlich mit dem Umzug beauftragt?«

»Adam Carmichael. War der nicht eine Klasse oder zwei unter dir? Er hat jetzt sein eigenes Umzugsunternehmen.«

Ich nickte. Adam war mein Koksdealer gewesen, als ich sechzehn war. Die Vorstellung, dass er nun mit meiner Mutter plauderte, war wirklich absurd.

Ed betrachtete mich genauer. »Ich hoffe, diese extrem wichtige Frau bezahlt dich angemessen«, sagte er.

»Ist es Michelle Obama?«, fragte meine Mutter. »Oder die Frau, die jetzt bei Facebook das Sagen hat? Klingt jedenfalls spannend, egal, wer es ist.«

»Es ist ein gutes Projekt«, sagte ich.

Dann standen wir auf, gingen an den Bauern vorbei, die

sich gerade über einen Teller Schrumpelpilze hermachten, und verließen das Restaurant.

Der Abendhimmel war tiefblau, der Mond marmoriert und korallenrot. Ich drückte die weichen Finger meines Sohnes und pfiff ein Liedchen. »Oh, my darling, Clementine«, unser Gute-Nacht-Lied, das ich ihm als Baby vorgesungen hatte.

»Bald musst du nicht mehr in letzter Minute für mich als Babysitterin einspringen«, sagte ich zu meiner Mutter, als ich Cass in den Kindersitz schnallte.

»Hast du jemanden, der über Nacht bei ihm bleibt, wenn du reisen musst?«, fragte Ed. »Freunde?« Das alte Lied.

»Bertie. Sie hat letzten Monat auf ihn aufgepasst, als ich nach New York musste.«

»Sonst noch jemand?«, drängte meine Mutter sanft. Sie wusste genau, wie es um Berties Gesundheit und Gedächtnis bestellt war.

Klar, es gab Kurt, aber ich hatte keine Lust, meinen Eltern zu erklären, was er war und was nicht, schließlich wusste ich es selbst nicht genau. »Wir kriegen das schon hin«, sagte ich.

Auf dem Weg nach Lee sausten wir an einer Reihe dunkler, spitzer Bäume vorbei, danach kam der Laurel Lake, wo die Straße voller Schlaglöcher war. Ich erinnerte mich an eine Reise mit meinen Eltern, damals, als ich ungefähr elf Jahre alt war, mein erstes Mal im Flugzeug. Wir waren zu dritt zur Hochzeit meines Onkels nach Jamaika geflogen. Onkel Nathan hatte das College abgebrochen, um den Grateful Dead zu folgen, und war jahrelang abgetaucht. Irgendwann rief er meine Mutter aus heiterem Himmel an und erzählte ihr, er sei jetzt Reiseleiter in Jamaika und mit einer Touristin verlobt, die er dort getroffen habe. Wir übernachteten in der Nähe von Montego Bay im Wald, nur eine Straße trennte uns vom kleinen Strand. In dem großen Zelt, das meine Eltern mit mir bewohnten, gab es eine Luftmatratze, einen Weinkarton und ein Plastikbeutelchen mit Weihrauch.

Nathan und Setti, seine Braut, hatten für den ersten Abend ein Picknick am Strand organisiert. Noch jetzt konnte ich mich daran erinnern, dass jemand Gitarre gespielt und ein versprengter Haufen Leute »Kinky Reggae« und »Jah Love« gesungen hatte. Erwachsene tanzten am knisternden Feuer, streunende Hunde jagten einander durch die sanften Wellen, Menschen mit Dreadlocks schwammen nackt im Meer, während die Sonne einen lila- und kupferfarbenen Lichtschwall über das Wasser goss.

Nathan und Setti saßen vollständig bekleidet am Feuer. Ich konnte meinen Blick nicht von ihnen abwenden, ihr langes, wirres, sonnengebleichtes Haar, ihre Finger und Zehen, die sich unablässig berührten, Settis kristallklare Augen, Nathans dunkle Wimpern.

»Schlafenszeit«, rief meine Mutter, kaum dass ich den letzten Bissen gegessen hatte.

Als ich mich weigerte, bot Setti an, auf mich aufzupassen und mich bald zu unserem Zelt zurückzubringen. Meine Mutter schlang sich die Strickjacke enger um den Körper, dann gingen sie und Ed Arm in Arm über die Straße davon.

Setti kam zu mir rüber, beugte sich dicht zu mir vor und sang leise »Freedom«, Richie Havens' hypnotisches Lied über die Gefühle eines Kinds ohne Mutter.

Dann kehrte sie zu Nathan zurück, setzte sich zwischen seine Beine, den Rücken an seinen Bauch gelehnt. Er fütterte sie von hinten mit gegrillter Brotfrucht. Als er ihr mit dem Daumen übers Kinn wischte, schleckte sie seinen Finger mit der Zunge ab und steckte ihn sich schließlich in den Mund. Aus den Wellen ertönte Gelächter, der Himmel war jetzt mit schwarzen Sprenkeln übersät. Jemand schaltete ein Radio ein. *Sugar Magnolia, blossoms blooming.* Die Leute rauchten alles Mögliche – einer hielt sein Feuerzeug sogar an eine Ananas –, und der Geruch von saurem Schweiß lag in der Luft. Irgendetwas wurde ins Feuer geworfen, es knackte und spotzte. *Singin' sweet songs of melodies pure and true.* Als ich mich umsah, stellte ich fest, dass ich jetzt das einzige Kind unter lauter Erwachsenen war. Sogar meine Cousins, schon im Teenageralter, waren verschwunden. Ich war entzückt.

Zur Trauung am nächsten Morgen versammelte sich eine lustige Kombo. Nathans schlaksiger Freund, den man vor Kurzem zum Trauungsbeauftragten ernannt hatte und den alle Stone nannten, machte in orangefarbenem Seidenhemd, Leinenhose und Flipflops seine Aufwartung. Nathan hatte sich das lange Haar gebürstet; mit seinem himmelblauen Hemd und der schweren Perlenkette wirkte er wie ein kleines Mädchen. Setti erschien in einem blaugrünen Wickelkleid. Das gebleichte Wallehaar umspielte ihr gebräuntes Gesicht, und auf ihren immerlächelnden Lippen lag nur ein Hauch dezenter Gloss. »Ja, ich will«, sagten sie beide, dann küssten sie sich so leidenschaftlich, dass ich dachte, sie wollten einander verzehren.

Später erfuhr ich, dass sie nur wegen meiner Großmutter geheiratet hatten, die Magenkrebs hatte und einen Monat später tatsächlich starb. Sie hatte Nathan angefleht, endlich irgendwo Wurzeln zu schlagen. »Wäre sie nicht gewesen und hätte Nathan Setti nicht kennenlernt«, hörte ich meine Mutter damals zu Ed sagen, »hätte er jeder Frau ein Kind gemacht, die du hier siehst.«

Für die anschließende Feier am Strand hatten sie einen Ziegenbock gehäutet, der nackt und glänzend am Spieß hing. Junge Mädchen, einige mit langen, hübschen Dreadlocks, wiegten sich langsam und lasziv wie Erwachsene zur Musik. Meine Mutter und Ed blieben sitzen, bis sie jemand zur Band zog. Ich sah zu, wie sie höflich tanzten, sah auch Nathan und Setti beim Tanzen zu, Brust an Brust, Schoß an Schoß. Nach nur drei Stücken waren die beiden verschwunden. Meine Mutter, wieder am Tisch, sagte: »Warum sind sie nicht einfach miteinander durchgebrannt?«

Damals stand mein Entschluss fest. Wenn ich groß war, würde ich leben wie Nathan und Setti. Ich würde nicht werden wie meine Mutter, müde, verdruckst und bitter. Nie im Leben würde ich jemanden wie Ed heiraten, der so voreingenommen und launisch war. Vielleicht würde ich einfach gar nicht heiraten.

Kaum waren wir zurück in Lenox, hörte ich auf, mir die Haare zu bürsten, weil ich Dreadlocks wollte. Ich verlangte von meiner Mutter, Papaya und Kokosnüsse zu kaufen. Eines Abends verkündete ich meiner Mutter und Ed, dass ich nur noch auf den Namen Marley hören würde. »Bob Marley war ein Rasta, der Reggae gesungen hat. Setti hat mir von ihm erzählt. Sie hat gesagt, er glaubte, dass wir alle heilig sind, dass die Menschen sich einfach entspannen und sich nicht so viele Gedanken ums Geld machen sollten und auch nicht darüber, was andere von ihnen denken, Mom.«

Ed blies langsam Luft aus. »Holla. Mein lieber Schwan.«

Meine Mutter hatte den Hackbraten vom Vortag aufgewärmt. Das Abendessen in unserer dreiköpfigen Familie war schon immer eine unaufgeregte Sache gewesen, eine Pflichtübung, die es schleunigst abzuhaken galt.

»Ist Fleisch okay?«, fragte meine Mutter jetzt.

»Fleisch ist gut, Lauren«, sagte Ed.

»Mehr habt ihr nicht zu sagen?«, fragte ich. Bei meinen

Freunden verlief das Abendessen völlig anders, sie hatten Geschwister, die sich am Tisch stritten und dem Hund unterm Tisch Häppchen zuwarfen, sie beschwerten sich, verdrehten die Worte, rissen Witze, während die Erwachsenen anzügliche Anspielungen austauschten und die Kinder um Nachtisch bettelten. »Warum habt ihr beiden eigentlich keine Kinder? Ich meine, miteinander?«

Meine Mutter sah mich an. »Unsere Familie ist gut so, wie sie ist.«

»Das ist keine Familie. Nur eine Ansammlung von Leuten.«

»Sag nicht so was«, erwiderte meine Mutter in gekränktem Ton.

»Ist doch wahr.« Jamaika war so weit weg. Ich hatte keine Ahnung, wann ich je wieder dort sein würde, wenn überhaupt. »Ich wünschte, ich hätte einen Bruder oder eine Schwester.«

»Tut mir leid, aber das kommt nicht infrage, Allie.« Meine Mutter tröpfelte sich noch mehr Dressing auf den Salat.

»Marley«, sagte ich.

»Du bist nicht schwarz, falls es dir noch nicht aufgefallen sein sollte.«

Gern hätte ich etwas dagegen gesagt, aber was?

Für den Rest des Abendessens redeten wir kein Wort mehr. »Du kannst abräumen und das Geschirr spülen«, sagte meine Mutter schließlich.

»Will ich aber nicht. Ich will heute Abend kein Geschirr spülen. Ich will nie wieder Geschirr spülen.«

»Wie bitte?«

Ich rannte in die Küche, nahm mir eine Packung Salzstangen und verschwand im Garten. Zuerst würde ich die

Nacht im Wäldchen am Ende unserer Straße verbringen und mir dort einen Plan überlegen, wie ich diese höflichen Erwachsenen und ihr adrettes, leidenschaftsloses Eigenheim verlassen würde. Vielleicht könnte ich ja sogar nach Jamaika zurückkehren. Irgendwie würde ich es schon bewerkstelligen, dass Nathan und Setti mich als Kind annahmen. Das alles ging mir durch den Kopf, während ich an den anderen Eigenheimen unseres Viertels und den davor geparkten Autos vorbeirannte.

Eine überschaubare Weile später fand mich meine Mutter zwischen Farnen auf einer Lichtung sitzen. »Komm schon, Allie – ich meinte, Marley. An deiner Stelle würde ich mich in der Schule nicht so nennen, meine Liebe. Die anderen Kinder könnten sich darüber aufregen.«

»*Du* regst mich auf! Ihr seid solche Spießer!«

Meine Mutter verzog genervt das Gesicht. »Schätzchen, ich bin müde. Ich muss noch ein paar Anrufe erledigen und heute früh ins Bett.«

»Du musst noch mit deinen *Freundinnen* telefonieren?« Die wohlhabenden »Freundinnen« meiner Mutter kamen immer den Sommer über nach Lenox und halfen bei der Organisation und Durchführung des Tanglewood-Sommerfestivals. Darüber hinaus riefen sie täglich bei uns an, um über ihre Männer und die jeweils anderen zu lästern, was mich wahnsinnig aufregte. Warum es das tat, hätte ich allerdings nicht sagen können. Meine Mutter selbst arbeitete im Souvenirladen von Tanglewood und für eine Cateringfirma am Ort. »Du hast mir immer noch nicht geantwortet«, fuhr ich fort. »Warum willst du keine Kinder mehr?«

»Wir sehen uns zu Hause, wenn du dich wieder zu benehmen weißt.«

»Da kannst du warten, bis du schwarz bist, weil ich nicht

vorhabe, mich für dich wie ein kleines, braves Püppchen zu benehmen!«

»Ich glaube nicht, dass irgendwer das von dir erwartet.«

»Du Fotze!« Das war das schlimmste Wort, das ich kannte. Ich hatte es von meiner Babysitterin aufgeschnappt, die es einmal auf der Straße zu einem anderen Mädchen gesagt hatte, eine echte Pissnelke, die sie damit so richtig beleidigt hatte.

»Was hast du da gerade gesagt? So eine Gossensprache kommt mir nicht ins Haus! Meine Tochter redet nicht so.«

»Tut sie wohl, und zwar ab jetzt.« Insgeheim war ich froh, dass sich bei ihr endlich etwas regte.

»Willst du wirklich wissen, warum du keine Geschwister hast? Ed ist … Ed kann keine Kinder zeugen. Zufrieden?«

Ich schluckte. »Warum hast du ihn dann geheiratet?« So leicht gab ich mich nicht geschlagen.

»Weil ich ihn liebe.«

»Na supi!«, zischte ich, fragte mich aber, ob sie ihn vor allem deswegen liebte, weil er dafür sorgte, dass wir ein Dach über dem Kopf und genug zu essen hatten.

»Hör mir gut zu, Allie! Du musst anfangen, diesen Mann Vater zu nennen. Er ist Teil unserer Familie. Ich habe ihn vor fast acht Jahren geheiratet, er ist dein Vater. Du verletzt seine Gefühle, wenn du ihn immer noch Ed nennst.« Sie wartete meine Antwort nicht ab, sondern stürmte zurück nach Hause.

Ich war fuchsteufelswild. Warum interessierte sie sich nicht für die Gefühle ihres eigenen Kindes? Wieso war es ihr egal, dass sie meinen leiblichen Vater verriet? Lange nachdem es vielleicht angemessen gewesen wäre, den Mann in unserem Haus »Vater« zu nennen, beharrte ich darauf, ihn mit »Ed« anzusprechen, und natürlich blieb ich für die beiden stets »Allie«. Noch heute flammten die Gefühle, die ich damals als Elfjährige hegte, sofort wieder auf, sobald ich mich länger in ihrer Nähe aufhielt.

Als Ed in meiner Einfahrt parkte, warf das Licht aus dem Kellerfenster einen schmalen Streifen auf den Rasen. Kurt war wieder da, und ich froh, nicht in ein leeres Haus zurückzukehren.

Wir stiegen aus, und nachdem ich meinen fest schlafenden Sohn aus dem Rücksitz gehoben hatte, sagte ich zu meiner Mutter: »Tja, jetzt heißt es wohl Abschied nehmen.«

»Ich werde ihn vermissen«, erwiderte sie, die Finger nach Cass Kopf ausgestreckt. »Euch beide werde ich vermissen. Geh, bring ihn ins Bett.«

Ed trat vor. »Wir telefonieren.« Dann umarmte er uns beide.

»Das ist kein Abschied«, sagte meine Mutter.

»Nicht?«, fragte ich.

Sie befeuchtete ihren Daumen mit der Zunge und wischte Cass damit über die Wange.

Die beiden stiegen wieder ein, diese beiden mittlerweile über siebzig Jahre alten, durchschnittlich großen, vorsichtigen, im Grunde wohlwollenden Menschen, die mich aufgezogen hatten, mich und Cass so liebten, wie sie es vermochten – diese Menschen schlossen jetzt ihre Autotüren und fuhren davon.

Kapitel 4

Ich schickte Lana eine Rohfassung des ersten Kapitels. Es war mit Informationen und Zahlen gefüllt, die belegten, dass Frauen erheblich stärker von den körperlichen, psychischen und wirtschaftlichen Auswirkungen einer Schwangerschaft und Geburt betroffen waren als Männer. Selbstverständlich war der Gedanke an eine Entbindung für jede Frau überwältigend, daher bemühte ich mich, meinen Zeilen auch ein wenig Hoffnung auf eine undogmatische Erfahrung ohne Schuldgefühle beizumengen. Dazu zitierte ich die Autorin Elizabeth Noble, die betont, wie einzigartig jede Geburt ist. Ich beendete das Kapitel mit Worten, die, wie ich hoffte, das Staunen der Eltern wiedergaben.

> *Als wir unseren kleinen Sohn zum ersten Mal in unser Haus trugen, verstand ich erst, was für eine große Aufgabe mir bevorstand. Wir hatten Norton Breban-Harding gezeugt und zur Welt gebracht, und jetzt war es an uns, ihn durch diese Welt zu führen. Wir mussten ihm beibringen, zu essen und zu schlafen, zu sitzen und zu krabbeln, gütig und respektvoll zu sein, sich in den patriarchalischen Strukturen der amerikanischen Gesellschaft zurechtzufinden, ohne sich davon kooptieren zu lassen, egal, wie attraktiv sie auch auf ihn wirken mochten. Selbst, wenn ihn diese Gesellschaft für seinen Widerstand bestrafen oder ihn für seine Kooperation belohnen würde. Aber in diesem*

Augenblick war Norton nur ein Säugling in seiner Babyschale, und wir waren nur ein frisch gebackenes Elternpaar. Ich stellte ihn ab und ging zu Lester.

Es war mir schwergefallen, Lanas Erfahrung authentisch zu beschreiben, und das nicht nur, weil sie mir so gut wie nichts darüber erzählt hatte. Vom Schwangerschaftstest und ersten Ultraschall bis zum Einsetzen der Geburtswehen war ich mit den vielen Blessuren, Entwürdigungen und Freuden der Schwangerschaft allein gewesen. Ich hatte mich für eine natürliche Geburt entschieden, doch in der Klinik angesichts der entsetzlichen Schmerzen schnell das Handtuch geworfen. An unsere Heimkehr konnte ich mich noch bestens erinnern. Ed stand mit einer Videokamera parat, die er sich eigens von einem Freund geliehen hatte, um den großen Moment zu filmen. Kaum hatte ich mit Cass das Haus betreten, rief er: »Halt! Stopp! Ich krieg die verdammte Klappe nicht ab. Herrje! Okay, jetzt. Geh nochmal raus und komm wieder rein.« Ich tat wie geheißen, aber diesmal klemmte der Aufnahmeknopf. »Ed! Du meine Güte!«, sagte meine Mutter, nachdem er festgestellt hatte, dass die Batterie leer war. Bis Ed das Ding endlich zum Laufen gebracht hatte, krümmte ich mich vor Schmerzen von meiner quer über den Unterbauch verlaufenden, frischen Kaiserschnittwunde und konnte Cass nicht mehr halten. Zum Glück war meine Mutter rechtzeitig zur Stelle, um ihn mir abzunehmen. Das war die einzige Aufnahme von Cass' Ankunft.

Wie anders wäre es gelaufen, wenn ich einen Partner und alle notwendige Unterstützung gehabt hätte. Vielleicht hätte auch ich dann die Energie aufgebracht, direkt nach der Ankunft aus der Klink über die Rolle meines Sohnes in einer Welt der Jungen und Männer zu dozieren.

Ich war nicht stolz auf mein Gejammere. Und obwohl ich Neid und Selbstmitleid gewohnt war, wusste ich, dass ich diese Gefühle als Ghostwriterin unterdrücken musste, wenn ich den Job durchziehen wollte.

Leider war mir nichts eingefallen, womit ich Lanas erstes Kapitel weiblicher oder amerikanischer machen könnte. Sollte ich wasserfeste Make-up-Marken für den Kreißsaal empfehlen, die auch auf dem schweißnassen Gesicht der Gebärenden nicht verliefen? Den Frauen Ratschläge erteilen, wie sie es ohne lautes Stöhnen hinbekamen, sich das Äquivalent eines Sacks Kartoffeln aus dem maximalstrapazierten Geburtskanal zu pressen? Hier und da ein bisschen Heimatliebe einfließen lassen – vielleicht sollte ich Lana mit dem frisch entbundenen Säugling auf dem Arm den Treueschwur leisten lassen? Wohl kaum. Aber eines stand fest: Aus dem bisschen, was mir zur Verfügung stand, hatte ich das Beste gemacht.

In den darauffolgenden Tagen durchforschte ich das Internet, um herauszufinden, was Lana eigentlich so trieb, wenn sie nicht gerade mein Probekapitel las und mit mir kommunizierte. Was beides zurzeit nicht auf ihrer Prioritätenliste zu stehen schien. Und tatsächlich: Sie hielt bei einem Gipfeltreffen von CEOs in Chicago einen Vortrag über Gendergerechtigkeit am Arbeitsplatz, sprach am Wellesley College und am MIT. Außerdem verbrachte sie, wie es schien, viel Zeit beim Frisör. Es tat mir richtig weh zu sehen, dass ihre charakteristischen blauen Haare neuerdings langweilig dunkelbraun waren.

Einen Tag später war sie auf einer Spendengala in Washington D.C., wo sie eine Begrüßungsrede für die Präsidentin von NARAL Pro-Choice America hielt. Meine Mutter wäre vor Stolz geplatzt (sie war politisch ein bisschen weiter links als Ed und hatte einst mit einer Gruppe Kolleginnen bei einer Spendengala von NARAL teilgenommen). Kurzerhand richtete ich einen Google Alert ein, der mich benachrichtigen würde, wenn es im Internet was Neues über Lana Breban gab.

Wieder schlug ich *Fahrt zum Leuchtturm* auf und ließ mich durch den Text treiben, genoss die angenehme Vieldeutigkeit, die nicht lineare Handlung und den unzuverlässigen Erzähler. Virginia Woolf zu lesen hatte ich schon immer für eine gute Achtsamkeitsübung gehalten.

Eine Woche verstrich.

Meine Freundin Maggie hatte zwei Söhne, Connor und Liam. Letzterer war ungefähr so alt wie Cass. Obwohl die beiden sich nicht sonderlich mochten – was Maggie und ich nie offen ansprachen –, verabredeten wir uns mal wieder zu einem Treffen auf dem Spielplatz. Liam flitzte mit ein paar anderen Kindern herum, schwang sich mühelos von Klettergerüst zu Klettergerüst, marschierte selbstsicher die langen Metallrutschen hinauf und erklomm alles, was sich dazu eignete. Cass dagegen blieb im Sandkasten, wo er mit dem Spielzeugbagger eine Burg baute.

»Tut mir leid, dass er nicht mit Liam spielt«, wagte ich es diesmal, das Thema anzusprechen.

»Das muss es nicht. Wir kriegen Liam nie dazu, sich einfach mal still zu beschäftigen. Er ist ständig in Bewegung.« Maggie war fünfzehn Jahre jünger als ich, hatte hüftlanges rotes Haar und trug heute ein buntes Strickcape über schwarzen Leggings. Kurz darauf ließ sie mich stehen, um sich einer Gruppe Mütter anzuschließen, deren ältere Söhne mit Liam ein Eichhörnchen über die Spielwiese jagten.

Dreizehn Tage waren mittlerweile vergangen, seit ich

Lana das erste Kapitel geschickt hatte. Langsam machte ich mir Sorgen, dass sie es tatsächlich schon gelesen hatte und völlig daneben fand. Für Autorinnen und Autoren war der Moment, wenn ihr neues Buch erstmals auf ihre Leserschaft traf, sicher ähnlich nervenaufreibend. Aber als Ghostwriterin, die auf die ersten Reaktionen ihrer Kundin wartete, trieben mich andere Fragen um: Habe ich den richtigen Ton getroffen? Dich so geschildert, wie du es dir wünschst? Oder in Lanas Fall: Habe ich richtig geraten? Hast du deinen Sohn tatsächlich in einer Klinik geboren?

Einer von Liams neuen Freuden, ein Junge mit roten Wangen und Hasengesicht, hatte sich mittlerweile im Sandkasten vor Cass aufgebaut, es sah aus, als wollte er die Sandburg zerstören. Cass wirkte völlig verängstigt. »Hey!«, brüllte ich. Der Junge hob den Fuß und zertrampelte das Kunstwerk in Sekundenschnelle. Ich wusste, was als Nächstes kommen würde: Cass würde weinen. »Hey!«, rief ich erneut und stapfte auf die beiden zu. »Cass, ist nicht so schlimm, du kannst eine neue Burg bauen.«

Mein Sohn gab einen seltsamen Laut von sich, eine Mischung aus Schluchzen und Schluckauf.

Der Junge, der so zwischen neun und zehn Jahre alt sein musste, begann zu kichern. Er hatte fedrige, wildwachsende Augenbrauen.

»Kannst du mir mal sagen, was dein Problem ist? Wo ist deine Mutter?«, fragte ich und korrigierte mich sofort: »Wo ist deine erwachsene Begleitperson?«

Er zuckte die Achseln und kickte Cass Sand ins Gesicht.

»Lass das!«, sagte ich, aber er grinste nur verschlagen auf Cass hinunter, der jetzt jammerte und sich den Sand aus dem Haar schüttelte. Ich nahm den Fiesling ins Visier. »Jetzt kommst du dir wohl besonders stark vor, hm? Willst du nicht lieber abhauen und ein paar arme Eichhörnchen terrorisieren, du kleiner Scheißer?«

Maggie kam auf uns zu. »Allie, er spielt doch nur.«

Cass kletterte aus dem Sandkasten und stellte sich neben mich. »Solche Spiele müssen wir aber nicht kritiklos hinnehmen, oder?«, erwiderte ich.

»Doch, ich glaube schon. Das sind Jungs. Die finden es nun mal klasse, Sachen kaputtzumachen.«

»Nicht alle.« Ich klopfte Cass den Sand von den Schultern.

»Da hast du recht. Gott sei Dank, hm? Wir brauchen auch ein paar, die gutmütig sind, damit sie später Künstler werden und Ärzte und …« Sie ließ den Satz in der Luft hängen. Liam und die anderen verprügelten einander jetzt mit Stöcken. »Bei Liam wird jeder Gegenstand zur Waffe. Vor ein paar Tagen haben Connor und er Maiskolbenhalter in unsere Schwimmnudeln gestochen. Dann haben sie ihre Wasserblaster mit Steinchen beladen und sich damit fast umgebracht. Liams Hintern ist grün und blau. Ich bin so stolz auf ihn.«

Obwohl sie die letzte Bemerkung ironisch meinte, klang sie dabei tatsächlich ein bisschen stolz. Denn dieses Verhalten war, wie sie gerade selbst erklärt hatte, völlig normal, und für die meisten Eltern, und dazu gehörte auch ich gelegentlich, war Normalität das höchste Gut.

Jemand hämmerte wie wild an meine Haustür. Ich war gerade aus der eiskalten Dusche gekommen und hastete jetzt, Verwünschungen murmelnd, auf der Jagd nach sauberen Klamotten in meinem Schlafzimmer herum. Das Hämmern hörte nicht auf. Schließlich zog ich ein T-Shirt und eine Schlafanzughose an.

Jimmy Pryor stand auf dem Absatz, in offener Regenjacke und zu knappem Patriots-T-Shirt. Hinter ihm versank die Welt in einem massiven Regenschauer. »Wo ist Kurt? Er hat versprochen, heute meinen Schuppen zu streichen. Es ist Viertel nach neun. Habt ihr eigentlich beide keine Arbeit? Es ist mitten in der Woche!« Er sprach mit Bostoner Akzent, bei ihm klangen alle Konsonanten weich.

»Es gießt in Strömen da draußen!« Ich zog Jimmy in den Flur und schloss die Haustür.

»Er kann doch schon mal drinnen anfangen«, sagte er, während ihm die Regentropfen übers Gesicht rannen.

»Er streicht auch innen? In deinem Werkzeugschuppen?«

»Willst du den Rest der Miete für diesen Monat zahlen, Al?«

Ich hatte endlich die erste Rate für Lanas Buch bekommen. Nachdem Colin seinen Anteil abgezogen, ich einen nicht unerheblichen Teil davon für die Steuer beiseitegelegt und Bertie einen neuen Kühlschrank gekauft hatte – das war einfach fällig, denn ich zahlte ihr einen Hungerlohn fürs Kinderhüten –, war nach Zahlung meiner sonstigen Verpflichtungen und laufenden Kosten so gut wie nichts mehr übrig. Also ja, Kurt musste diesen Job machen. Aber wie um alles in der Welt war es nur so weit gekommen, dass jemand wie Jimmy Pryor Macht über mich hatte, ein Typ, der sich auf YouTube Hundekämpfe reinzog und das sauer verdiente Geld seiner Mieter regelmäßig in irgendeinem Casino in Schenectady auf den Kopf haute?

»Ich geh ihn wecken«, sagte ich. »Wenn er fertig ist, schick ich ihn rüber.«

»Die Müllabfuhr hat deine Box wieder auf meinem Rasen stehenlassen.«

»Tonne«, korrigierte ich, »es ist eine Recyclingtonne.«

Cass kam herbei, doch als er Jimmy sah, versteckte er sich rasch hinter mir.

»Ruf bei der Stadt an. Wie oft muss ich dir das noch sagen? Mach denen endlich die Hölle heiß, verdammt!« Jimmy beugte sich vor und tätschelte Cass an der Schulter.

»Wann geht er endlich? Ich will Frühstück. Ich hab Huuunger!«, jammerte der.

»Sei kein Mädchen«, sagte Jimmy.

»Hey! So redest du nicht mit ihm!«, rief ich.

»Wieso nicht?« Er schnitt eine Grimasse. »Sag Kurt, dass ich warte.«

Cass und ich sahen zu, wie Jimmy im strömenden Regen durch meinen Garten eierte, eine Seite wiegte sich bei jedem Schritt, der andere Arm schwang nach hinten aus, um das Gleichgewicht zu halten. Jimmy wohnte allein mit seiner Schäferhündin Bruin, die täglich ihre Insulinspritze brauchte. Es war das vierte Mal in den Jahren, seit ich hier wohnte, dass er die Miete in Naturalien akzeptiert hatte. Eigentlich konnte man ihm nicht lange böse sein, aber manchmal trieb er mich zur Weißglut.

»Warum hat er ›Mädchen‹ zu mir gesagt?«, fragte Cass.

»Weil Mädchen wunderbar sind.« Ich küsste ihn auf die Stirn, froh über meine Geistesgegenwart. »Jetzt machen wir dir erst mal Frühstück.«

Während er aß, checkte ich meine Mails. Lana hatte sich endlich gemeldet.

Ich muss zugeben, es gefällt mir, einen Profi für mich schreiben zu lassen. Ich würde nicht behaupten, dass ich Schreibtalent besitze. Das ist sicher nicht leicht.

Das erste Kapitel ist dir gut gelungen. Ich habe mich nur über deine passive Haltung gewundert und besonders über das Zitat von Elizabeth Noble. Wie du sicher weißt, ist Hand-

lungsmacht das Hauptgebot einer jeden Feministin – sich zur Herrin im eigenen Leben zu machen, wichtige Lebensentscheidungen selbst zu treffen und sich von den Zwängen des Patriarchats zu befreien. Ein großer Teil unseres Gesundheitsapparats ist männlich besetzt.

Eine Bitte: Gehe unbedingt auf das Geschäft mit dem unerfüllten Kinderwunsch ein! Und es wäre gut, wenn du die Geschichte der Pathologisierung der Geburt einfließen lassen könntest – dieses Thema gibt so viel her! Ich würde mir wünschen, dass du dich selbstbewusster für Heimgeburt und natürliche Entbindung einsetzt. Außerdem könnte sich das Kapitel etwas intensiver mit Hebammen, Doulas und Geburtsplänen beschäftigen. Geburtspläne sind das Mittel zur Kontrolle und Selbstermächtigung.

Apropos: Könntest du darüber schreiben, wie sehr die Geburt zur Selbstermächtigung beiträgt? Das erscheint mir peppiger und lesbarer. Gibt es nicht sogar Frauen, die bei der Entbindung einen Orgasmus bekommen?

Am liebsten hätte ich ihr geantwortet, dass ich das Beste aus ihrem spärlichen Material herausgeholt hatte und mein Auftrag nicht lautete, sie akademischer wirken zu lassen, sondern zugänglicher. Außerdem hätte ich sie gern wissen lassen, dass mir Geschichten von Frauen, die bei der Entbindung zum Höhepunkt kamen, ungefähr so glaubwürdig erschienen wie die Behauptung, dass manche Frauen beim Ertrinken Opern sangen. Nichtsdestoweniger würde ich natürlich jeder von uns ein solches Geburtserlebnis gönnen. Lana sollte wissen, dass niemand eine Entbindung als »peppig« bezeichnen würde.

Meine Finger schwebten über der Tastatur.

Weil mein Arzt es mir so empfohlen hatte, blieb ich nach Einsetzen der Geburtswehen zu Hause, quälte mich vier entsetzliche Stunden lang. Irgendwann hatte ich genug, setzte mich hinters Steuer und fuhr selbst ins Berkshire Medical, wo ich mich am Boden des Wartezimmers krümmte und den Laden zusammenbrüllte. Als endlich eine Schwester kam, flehte ich sie an, mir eine Rückenmarkspritze zu geben, aber sie konnte keinen Anästhesisten auftreiben. Ich drückte der Frau meinen Geburtsplan in die Hand, der daraufhin in der Versenkung verschwand. Als man mich in den Kreißsaal schob, fiel mir siedend heiß ein, dass ich meinen MP3-Player vergessen hatte, auf dem ich extra irgendwelche entspannenden Selbstermächtigungssongs zusammengestellt hatte. Wenigstens hatte ich den Zerstäuber mit dem beruhigenden Lavendelduft mitgenommen. Den zeigte ich der Schwester, die nur nickte und davonrannte, um einer anderen Patientin zu helfen. Bald kehrte sie zurück, massierte mir ein wenig den Rücken und erzählte mir ausführlich, wie sie vor Jahren auf dem Boden der Fähre nach Bloc Island entbunden hatte. Ich sagte ihr, sie solle den Anästhesisten suchen, wenn ich nicht sofort eine Spritze bekäme, würde ich krepieren. Da erschienen meine Mutter und Ed auf der Bildfläche. Ich hatte das Gefühl, mein Körper wurde in zwei Teile gerissen. Geschlagene vierzig Minuten brauchte der gute Mann – vierzig Minuten unter brennenden, reißenden Schmerzen, während Mutter und Ed sich darüber stritten, wie sie mir helfen könnten, ich vergeblich nach einer Schwester suchte, die den Arzt anfunken würde, und schließlich die versammelte Mannschaft wiederholt lautstark zur Hölle wünschte. Irgendwann befand man, dass Cass zu groß sei und ich zu schmal, daher schob man mich in den OP, holte das Kind mit einem Kaiserschnitt. Ich verlor das Bewusstsein, verpasste den großen Moment und begrüßte meinen Sohn erst eine gute Viertelstunde später, nachdem mich jemand wieder wachgerüttelt hatte. Ich erlebte das Ganze eher wie eine Schlacht. Zu keiner Zeit dachte ich über Ermächtigung nach, es ging mir einzig und allein ums Überleben.

Kurt klapperte hinter mir an der Küchenspüle herum. »Bist du fast fertig?«

Wieso schrieb ich das alles? »Ja«, sagte ich. Ich hatte Kurt – der kein Auto besaß – versprochen, ihn heute in die Stadt zu bringen, und Cass musste bald in den Kindergarten. »Jimmy war vorhin hier, er wollte wissen, ob du heute an seinem Schuppen arbeitest.«

»Aber da draußen gießt es wie blöd!«

»Ja, stimmt, aber er will, dass du auch innen streichst.«

»Voll die Arbeitsbeschaffungsmaßnahme!«

»Ich weiß. Aber auch eine Möglichkeit, die Miete zu begleichen.«

»Schon klar.«

Mein Handy klingelte. Meine Mutter. »Ich hab nur kurz Zeit«, sagte ich.

»Es gibt wieder was Neues von der Besserkönnerin.« Meine Mutter hatte mir bei unserem letzten Telefonat alles über Patty Copeland erzählt, die alle in der Wohnanlage ständig von ihrer Familie vollquatschte. Sie hatte zwölf Enkel und empfand das offenbar als Statussymbol. »Erinnerst du dich noch an meine Freundin Louise? Ist vor einem Jahr hierhergezogen?« Danach folgte eine detailreiche Schilderung des frisch ausgebrochenen Zickenkriegs zwischen Patty und Louise.

Kurt zeigte auf seine Uhr. Cass musste in fünf Minuten im Kindergarten sein.

Ich hob einen Finger – *noch eine Minute* –, und er schob Cass schon mal zur Tür. »Mom, ich muss los. Kann ich dich später zurückrufen, wenn ich mit der Arbeit fertig bin?«

»Arbeitest du noch an dem Buch für diese wichtige Frau? Ich weiß ja, dass du es mir nicht verraten darfst, aber wenn ich richtigliege, könntest du einfach so was sagen wie: ›Das kann ich weder bestätigen noch dementieren.‹ Ist es Meryl Streep? Du weißt ja, ich habe alle ihre Filme gesehen.«

»Ich ruf dich später zurück.«

Ich legte auf und sauste zum Truck, wurde aber trotzdem nass bis auf die Haut, weil ich mich neben Kurt in den Wagen quetschen musste.

Kaum hatte ich den Zündschlüssel gedreht, stimmte Charlie Barleycorn sein munteres Liedchen an, und Cass sang mit. *Sing it now, sing it wow, black and brown together, pow! In the land of Canada, I have friends from Africa!*

Während ich so am Steuer saß, bedauerte ich es zutiefst, dass ich weder meiner Mutter noch Kurt davon erzählen durfte, dass Lana mir fast nichts an die Hand gegeben hatte und ich Stroh zu Gold spinnen sollte. Ich hatte keine Kollegen, niemanden, der mich moralisch unterstützen könnte. Im Geiste listete ich all die Dinge auf, über die ich seit Jahren Stillschweigen bewahrte. Nicht nur über die Identität meiner Kundschaft, sondern auch über meine prekäre finanzielle Lage. Vor meinen Eltern musste ich sogar die Beziehung mit Kurt geheim halten, genau wie meine Ängste, keine gute Mutter zu sein, meinen seltenen, aber regelmäßigen Cannabiskonsum und meine Befürchtung, dass ich zur Narzisstin werden könnte, weil ich allein arbeitete und allein meinen Sohn erzog.

Wären Sorgen auf dem Röntgenbild erkennbar, würde sich mein Innerstes als eine dunkle, dichte Masse präsentieren.

Auf dem engen Parkplatz vor *Kleine Regenbögen* bettelte Cass darum, noch ein Lied hören zu dürfen, um den Abschied hinauszuzögern. Ein paar Mütter trotteten mit Baby, Brotdose, Rucksack, Jacken, Stiefeln und Windeltaschen bepackt durch den Regen, ihre Töchterchen im Schlepptau. Manche Frauen beeindruckten mich mit ihrer Fähigkeit, alles unter einen Hut zu bringen.

Die Leiterin des Kindergartens, eine fromme Frau Mitte sechzig mit raspelkurzem grauem Haar, stand vor der Tür und winkte uns zu. Ich verrenkte mich, um die Seitentür aufzustoßen. »Cass, mein Schatz!«, rief die Frau. »Hallo! Komm, der Stuhlkreis wartet schon auf dich!« Sie trug einen lilafarbenen Cord-Pullover und ihre typischen Häschen-Pantoffeln. Ihr Name war Susan Ferrell, aber die Kinder nannten sie Suze. Allein ihr Anblick genügte, um mich sofort zu entspannen. Doch ich wusste, dass es ein Fehler wäre, zu lange hier zu verweilen und womöglich zu warten, bis Cass Anschluss fand. Das hatte Suze mir beigebracht: Meine Anwesenheit machte ihn nur nervöser.

Eigentlich hatte ich Cass in den Montessori-Kindergarten schicken wollen, der lag nur zwei Straßen von unserem Haus entfernt in einem roten Bauernhäuschen, wo Kinder auf Maulbeerbäume kletterten und im Schneidersitz im Gemüsegarten saßen. Eine kleine Gruppe mit individuellem Konzept wäre vielleicht besser für einen kreativen Jungen wie Cass. Hatte ich zumindest gedacht. Beim Schnuppertag waren mir zuerst die niedrigen Tische mit thematisch angeordneten Werkzeugen, Bastelbedarf und Landkarten aufgefallen. Die zehn Kinder der Gruppe widmeten sich still ihrer jeweiligen Beschäftigung, die sie sich nach Lust und Laune ausgesucht hatten. Danach folgten Cass und ich der Leiterin ins Büro und unterhielten uns ein wenig. Erst am Ende erkundigte ich mich nach den Kosten, die sie mir nannte, ohne mit der Wimper zu zucken. Daraufhin versprach ich ihr, mich zeitnah zu melden, und machte mich schleunigst vom Acker. Am Ende meldete ich ihn bei den langweiligen *Kleinen Regenbögen* an, die ihren Namen völlig zu Unrecht trugen, denn in diesem Kindergarten, der sich in den weit verzweigten Kellerräumen einer Methodistenkirche befand, waren nur weiße Kinder zugegen. Es gab offenbar kein richtiges Konzept, nur gelegentlich wurden kleine Projekte gestartet, ansonsten tobten die Kinder herum, wie es ihnen gefiel. Ich hatte gehofft, dass Cass die entspannte Atmosphäre gefallen würde, aber bis jetzt hielt sich seine Begeisterung in Grenzen. Klar, das Malen und Basteln machten ihm Freude, und er mochte Suze sehr, aber er hatte Probleme mit Barton Haller, einem Jungen, der seine Hände nach dem Pieseln an den Wänden abwischte, und mit den Kräckern, die Suze ihnen gab, denn die rochen nach »Füßen und Furzen«. Nun, irgendwann würde er sich sicher einleben bei den *Kleinen Regenbögen*, und während der übrigen Zeit konnte Bertie ihn hoffentlich für lau beaufsichtigen. Zumindest so lange, bis das Buch fertig wäre.

Als Nächstes hielt ich vor Petes Laden, Kurt stieg aus. Ich beobachtete einen blonden Typen, den ich noch von der Highschool kannte und der Kurt folgte: Sean Strum, oder Strummy, wie wir ihn genannt hatten, war mit demselben Schulbus wie ich gefahren und der erste Junge gewesen, von dem ich üble Flüche und grässliche sexistische Sprüche gehört hatte. Seine Anwesenheit hatte sich damals angefühlt wie eine geladene Waffe. Wohnte er etwa immer noch hier?

Ein streunender Hund blieb vor dem Laden stehen, hinterließ einen großen Scheißhaufen und trottete weiter.

Eigentlich hätte ich schon längst nicht mehr hier sein sollen. Nach Dartmouth hatte ich geglaubt, der Literaturmarkt würde nur auf mich warten, ich würde Bücher unter meinem Namen veröffentlichen, nach Barcelona ziehen oder nach Paris, durch die Welt jetten, tauchen lernen und Gitarre spielen. Ich würde einen ausländischen Schriftsteller kennenlernen, wir hätten ein, zwei Kinder, so hatte ich mir das vorgestellt.

Doch dann bekam Ed einen Herzinfarkt. Ich kündigte meinen Job in New York und zog zurück nach Hause, um meiner Mutter zu helfen. Es hieß, er würde es vielleicht nicht schaffen, und ich wusste genau, dass sie meine volle Unterstützung bräuchte, wenn er nicht mehr da wäre.

Während ich mit Cass schwanger war, malte ich mir manchmal aus, wir würden irgendwo am Meer leben. Er würde im Sand herumbuddeln und in den Wellen toben, surfen lernen und später vielleicht mit dem Schnorchel Fische beobachten. Wir wären Teil einer Gemeinschaft von intellektuellen, intelligenten, kreativen Leuten, die ebenfalls Kinder hatten. Einige wären alleinerziehend wie ich. Wir alle wohnten nah beieinander, in kleinen Strandhäusern, die Kinder waren stets im Pulk unterwegs, die Älteren passten auf die Jüngeren auf, die Erwachsenen wechselten sich beim Kinderhüten ab, so würden wir sie alle miteinander erziehen, sofern das überhaupt nötig war, denn die meiste Zeit erzogen sie sich selbst. Uns bliebe noch genug Zeit für andere Dinge. Work-Life-Balance wie aus dem Bilderbuch.

Und tatsächlich suchte ich manchmal immer noch im Internet nach Orten, wo Cass und ich besser leben könnten. Doch je länger ich allerdings Mutter war und je älter Cass wurde, desto komplizierter und unrealistischer erschien mir ein Umzug. Klar war allerdings auch, dass ich einen Teufel tun und in meiner Heimatstadt versauern würde, wo ich auf Schritt und Tritt Leuten aus meiner Schule in die Arme laufen würde, von denen einige jetzt arbeitslos waren, sich wie ich oft mit Gelegenheitsjobs durchschlugen oder auf tragische Weise von Schmerzmitteln abhängig waren und mir mit Verachtung begegneten, weil sie offenbar glaubten, ich hielte mich für was Besseres. Dabei traf das überhaupt nicht zu. Wenn einer von ihnen vorschlagen würde, sich mit Cass und mir zu treffen, ich wäre sofort dabei. Mit fast allen würde ich mich treffen. Okay, nur nicht mit Strummy. Aber ein paar Freunde würden mir sicher guttun.

Kurt hievte drei Eimer Benjamin-Moore-Farbe auf die Ladefläche des Trucks und kletterte wieder auf den Beifahrersitz. Als ich ihm übers regennasse Gesicht wischte, sah ich, dass sein Ausschlag fast abgeklungen war.

»Ich hab einen Eimer Weiß zum Schnäppchenpreis gekriegt«, sagte er. »Hab mir überlegt, dass ich die Decke im Flur neu verspachteln und dann streichen könnte. Vielleicht stimmt das Jimmy milde.« Er berührte meine Hand.

»Danke, Kurt.« In diesem Moment war ich froh, so froh, ihn zu haben, dass mir fast die Tränen kamen. »Das wäre toll.«

»Und ich frage ihn, ob er noch mehr Arbeit für mich hat. Vielleicht kann ich so die Hälfte der Miete für November abarbeiten.«

»Das wäre eine Riesenhilfe«, sagte ich. »Du weißt schon, dass die Farbe von Benjamin Moore ziemlich teuer ist, oder?«

»Jimmy meint, die billigeren Farben halten nicht lange.

Diese Diskussion habe ich schon beim Carport mit ihm geführt. Sein klappriger, selbst zusammengezimmerter Carport.« Kurt fuhr sich mit den Fingern durchs mittlerweile fast schulterlange Haar. »Diese Arbeit – eigentlich dachte ich, das Leben hier wäre gut für die Seele.«

»Ja.« Seele? Ich konnte mich nicht erinnern, wann ich dieses Wort das letzte Mal verwendet hatte.

Aber dann rief ich mir ins Gedächtnis, dass Kurt über zehn Jahre lang achtzig Stunden die Woche abgerissen hatte, mit einem Stall voller Anspruchskunden und einer borstigen, hintertriebenen Dänin als Frau. Er hatte sich offenbar immer noch nicht ganz davon erholt.

Im Truck roch es nach Erde, ein Duft, den ich mittlerweile sehr mochte. Wir saßen trocken und kuschelig hier drin, während es draußen in Strömen goss. Jedes Mal, wenn ich durch eine Riesenpfütze pflügte, erfüllte mich eine tiefe Zufriedenheit.

»Lass uns später Pizza bestellen und mit Cass den Muppets-Film angucken«, sagte Kurt. »Cass hat noch nie die Muppets gesehen, oder?«

Ich schüttelte den Kopf.

»Und wenn er im Bett ist, du und ich?«

»Abgemacht!« Ich lächelte ihn an und stellte mir den Tag vor: Kurt draußen bei der Arbeit an Jimmys Schuppen, während ich gemütlich mit einem Becher Kaffee Lanas Buch weiterschrieb.

Bei meiner Rückkehr las ich als Erstes meine Tirade über Cass' Geburt, markierte den gesamten Absatz und drückte auf »Löschen«.

Kapitel 5

Manchmal lief bei mir in der Küche im Hintergrund das Radio, irgendein Nachrichtensender. Auf diese Weise erfuhr ich von dem Beitrag in *Access Hollywood.* Ich spielte gerade mit Cass *Fische angeln. »Wenn du ein Star bist, lassen sie dich alles machen. Du kannst ihnen an die Pussy fassen, alles kannst du machen.«*

»Was ist?«, fragte Cass.

Ich hoffte, dass er gerade nicht zugehört hatte, und falls doch, dass er zu jung war, um diese Worte zu verstehen. »Ich fasse … nichts, alles gut«, stieß ich hervor, aber meine Wangen brannten, und ich beeilte mich, das Radio abzuschalten. »Du bist dran!«

An diesem Nachmittag sah ich Strummy erneut, diesmal an einer Tankstelle. Er fuhr einen alten Ram-Pick-up-Truck mit anzüglichen Mudflap-Aufklebern am Heck, diesen Silhouetten nackter Frauen, die ich schon so oft gesehen hatte und die mir jetzt so richtig widerlich vorkamen. Bei Price Chopper sah ich mir jeden Kunden genauer an. Hatten sie den Beitrag auch schon gehört? Der Kassierer, ein alter Mann, zwinkerte mir zu und betatschte meine Hand, als er mir den Kassenzettel gab. Ich zuckte zurück und floh aus dem Laden.

Ich reicherte Lanas erstes Kapitel mit einer Abhandlung über Unfruchtbarkeit an und übte in diesem Zusammenhang auch Kritik an der Medizin, die stur darauf beharrte, den weiblichen Körper zu »reparieren«, obwohl dreißig Prozent der Fortpflanzungsprobleme beim männlichen Partner lagen.

Wir Frauen sind unsere besten Anwältinnen. Wir kennen unsere Körper besser als jeder andere. Wir *bekommen die Kinder, nicht die Ärzte, nicht die Anästhesisten, nicht unsere Partner. Mit einem Geburtsplan konnte ich dieses Ereignis so gestalten, wie ich es mir vorstellte, zumindest behielt ich auf diese Weise ein bisschen Kontrolle über eine Situation, die sich oft als chaotisch präsentiert, und das ist noch gelinde ausgedrückt. Es ist wichtig, dass wir unsere Geschichten selbst schreiben.*

Das schickte ich an Lana, und da ich nichts von ihr hörte, bat ich sie ein paar Tage später, mir zu bestätigen, dass sie meine E-Mail erhalten hatte.

Ja, danke, kam von ihr zurück. *Schaue es mir an, sobald ich Zeit habe.*

Dank Google Alert wusste ich genau, wo sie sich so rumtrieb: Sie hielt die Keynote bei einer Spendengala für EMILY's List in Miami und bot auf Twitter einem streitbaren Kongressabgeordneten aus Texas Paroli. Bei einem Lunch der Organisation Planned Parenthood hielt sie in Seattle eine Rede, die auszugsweise in den sozialen Medien kursierte. In diesem Ausschnitt sprach sie über die Anfänge der modernen Geburtenkontrolle vor hundert Jahren. »Eine junge Schwangere namens Sadie Sachs, die bereits drei Kinder hatte und sich kein viertes leisten konnte, versuchte, das ungewollte Kind selbst abzutreiben. Ihre Kinder fanden sie bewusstlos im eigenen Blut liegend auf dem Boden. Als

Margaret Sanger Sadie kennenlernte, sagte sie: ›Ich fasste den Beschluss, das Übel an der Wurzel zu packen und etwas zu tun, um das Schicksal von Müttern zu ändern, deren Leid so unendlich war wie der Himmel. So unendlich wie der Himmel‹«, wiederholte Lana und legte sich beide Hände aufs Herz. Und ohne es gemerkt zu haben, hatte ich dasselbe getan. Statt ihrer Brille trug Lana jetzt Kontaktlinsen, was wohl der Grund dafür war, dass sie die ganze Zeit über blinzelte. »Wir können nicht warten, bis Männer uns Frauen das Leben erleichtern. Wir müssen *jetzt* handeln, um das Übel an der Wurzel auszureißen. Diese Wurzel gräbt sich nämlich jeden Tag tiefer, wird immer stärker. Jede Einzelne von uns muss handeln. Jede Einzelne von uns muss wählen gehen. Wir müssen unseren Töchtern beibringen, dasselbe zu tun.«

Was für ein großartiges Geschenk, dachte ich, dass ich in einem solchen Moment ein Buch für diese Frau schreiben durfte.

Ein paar Tage später erschien von ihr eine große Kolumne über das Geschäft mit dem unerfüllten Kinderwunsch. Im ersten Satz wiederholte sie meine Kritik an der »Medizin, die stur darauf beharrte, den weiblichen Körper zu ›reparieren‹« – und zwar Wort für Wort. Der Rest war eine schlecht kaschierte Abschrift meiner Rohfassung, die ich ihr fürs Buch geschickt hatte. Sie beendete die Kolumne mit folgenden Worten: *Wir Frauen sind unsere besten Anwältinnen. Es ist wichtig, dass wir unsere Geschichten selbst schreiben.*

Ich klickte auf die Website der *New York Times*, doch im Geiste formulierte ich bereits eine passiv-aggressive Mail an sie, mit der ich ihr zu ihrer «intelligenten und so wunderbar formulierten Kolumne« gratulieren würde. Am Ende beschloss ich, einfach so zu tun, als hätte ich das Ding nie gelesen, und weiterhin auf ihr Feedback zu warten. Wenn das so weiterging, könnte ich froh sein, das Buch vor Cass' Einschulung fertigzustellen.

»Komm, wir beide suchen Bären«, sagte ich zu Cass, als ich ihn bei Bertie abholte. *Wir gehen auf Bärenjagd* war gerade sein Lieblingsbuch. Neben der Vogeltränke im Vorgarten der Myersens fanden wir ein paar Stöcke, und los ging's. Wir marschierten durch die Gegend, in Habachtstellung. Cass schlug vor, dass wir uns besser schützen sollten. »Wir brauchen einen Plan«, sagte er. »Ein Bär kann überall sein. Diese Leute im Buch hätten sich einen Plan überlegen sollen.« Die Figuren in dem Buch kämpften sich durch allerlei schwieriges Terrain, stießen aber am Ende nur auf einen einzigen Bären.

Wir rannten an der Wildblumenwiese der Scanellos und der Auffahrt der Myersens vorbei und versteckten uns hinter Bruins Mini-Blockhütte aus Plastik. Dabei überlegten wir, ob es besser wäre, sich totzustellen, anzugreifen oder wegzulaufen, falls wir einem Grizzly begegneten. In der Ferne bellte ein Hund, und Bremsen quietschten.

»Ich hab Angst!«, sagte Cass.

»Das war doch nur ein Hund, und ein Auto.«

Wir versteckten uns hinter einem vertrockneten Rhododendronstrauch.

»Was, wenn nicht? Was, wenn es ein Bär war?« Cass sah völlig verängstigt aus.

Ich stellte mir vor, wie es sein würde, wenn er in ein paar Jahren vor älteren Jungen – und Mädchen – genauso reagierte und die ihn verspotteten. »Das ist doch nur ein Spiel«, sagte ich. »Hab keine Angst. Sei mutig!«

»Wie?«

»Tu einfach so, als wärst du es. Mach ich auch.«

Maggie fuhr vorbei, doch als sie uns entdeckte, hielt sie an und stieg aus. »Was macht ihr denn hier hinter dem Busch?«, fragte sie.

»Wir verstecken uns vor den Bären«, erklärte ich augenzwinkernd.

»Aha!«, sagte sie. »Gute Idee! In dieser Stadt lauern die überall.«

Ich bedeutete ihr zu schweigen.

»Wollt ihr beiden zum Abendessen kommen?«, fragte sie. »Kurt ist natürlich auch willkommen. Liam hat ein paar Freunde zu Besuch, und Brian macht Quesadillas.«

Obwohl es sich gemütlich anhörte, in Maggies hübschem Wohnzimmer voller Keramik und südamerikanischer Teppiche, Decken und Kissen bei einem Drink zusammenzusitzen, während die Kinder irgendwo spielten, wusste ich genau, dass zumindest der letzte Teil dieser Vorstellung angesichts der letzten Begegnung zwischen Cass und Liam auf dem Spielplatz ziemlich unwahrscheinlich war. Brian stand auf die Celtics und auf Zigarren, hatte also so gut wie nichts mit Kurt gemeinsam. Als die beiden Männer sich zum ersten Mal getroffen hatten, waren sie sich während einer Diskussion über die Waffengesetze ziemlich in die Haare geraten. »Danke«, sagte ich. »Ich muss erst Kurt fragen.«

Irgendwo knallte eine Tür zu, und Cass krallte sich an mir fest.

»Komm, schnell!«, rief ich, nahm seine Hand und lief mit ihm hinter eine große Eiche, die so alt und weitverzweigt war, dass sie sich wie eine Wolke über uns ausbreitete. »Hier sind wir in Sicherheit.«

»Ich hab ganz doll Angst«, wimmerte er.

»Cass, hör zu, es gibt hier eigentlich keine Bären«, log ich, legte ihm eine Hand auf die Schultern und begann zu singen, »Rock Around the Clock«, eines seiner Lieblingslieder.

Maggie, die eine beeindruckende Stimme hatte, sang mit. Sie unterrichtete Musik an der Mittelschule, wo ich manchmal aushalf, und die Schüler vergötterten sie regelrecht. Dann tanzten wir alle um den Busch herum, pflückten Pusteblumen und bliesen die Samen in die Luft. Ich genoss diese Momente, wenn andere mir beim Muttersein unter die Arme griffen.

Cass sah mich froh an. Ich schickte ihm einen Luftkuss.

»Wer ist mein Dad?«, fragte er auf einmal.

Es war, als wäre eine Platte mitten im Lied steckengeblieben.

»Ach.« Wie es schien, durfte man sich mit einem Kind keine Minute zurücklehnen und entspannen. Ich angelte nach einem handtellergroßen Blatt und zerdrückte es in meiner Hand.

»Ich muss heim, Brian beim Essen helfen«, sagte Maggie taktvoll. »Gebt mir einfach Bescheid, ob ihr kommen mögt.«

»Machen wir.« Sie kehrte zurück zu ihrem Wagen, ich ging mit Cass rüber in unseren Garten. »Erinnerst du dich noch an den Mann, der uns mal besucht hat, als du noch ganz klein warst?« Bis jetzt hatte ich Cass folgende Geschichte aufgetischt: *Deine Mom und dein Dad haben sich neun Monate vor deiner Geburt kennengelernt. Wir haben uns einen Moment lang geliebt und dann beschlossen, zwar nicht zusammenzuleben, dich aber immer liebzuhaben.*

Cass stocherte mit der Spitze seiner ausgeblichenen Keds an einer Baumwurzel herum.

»Dein Vater lebt jetzt in Chicago. Er ist ein sehr netter Mann. Wir haben uns neun Monate vor deiner Geburt …«

»Warum können Jungs keine Kinder kriegen? Was, wenn ein Junge ein Kind will?«

»Wenn sie das wirklich wollen, gibt es heute auch schon Möglichkeiten …«

»Wie heißt mein Vater?«

»Daniel«, sagte ich. Der Name fühlte sich seltsam an auf meiner Zunge. Ich hatte ihn über die Jahre gelegentlich gegoogelt, aber immer nur seine kleine Marketingagentur gefunden. »Daniel Sikdar. Wenn du noch mehr wissen möchtest, frag nur.«

»Kommt er irgendwann zurück?«

»Das weiß ich nicht«, behauptete ich. Doch dann gab ich nach. »Vielleicht können wir ihn irgendwann ja mal treffen«, fügte ich hinzu.

»Wann?«

»Hey, wie wär's, wenn wir heute Abend zu McDonald's gehen und nicht zu Liam?«

Cass nickte enthusiastisch.

Ich sprach eigentlich nie über Daniel.

Als wir uns das erste Mal trafen, verbrachte er gerade einen Sommer in den Berkshires. Zuerst hatte ich ihn für älter gehalten. Ich war siebenunddreißig und arbeitete als Landschaftsgärtnerin bei seinen Großeltern, die ein Haus im Queen-Anne-Stil besaßen, mit atemberaubendem Blick über die Berge.

Ich sah ihn auf dem Rasen liegen, mit *Aus der Welt* von Knausgård in der Hand. Er hatte einen kahlrasierten Kopf und trug eine Brille mit Drahtgestell, Laufshorts, aber kein Top. Wir beäugten einander, ich auf der Leiter über der Pergola, wo ich an der Japanischen Wisteria herumzerrte, er wie hingegossen auf der Sonnenliege, und mein erster Gedanke war: Der ist attraktiv. Objektiv attraktiv. Er war athletisch. Seine Brust war glatt und durchtrainiert. Peinlicherweise lief ich rot an, als er mir zulächelte. Zur Mittagessenszeit stieg ich von der Leiter und nickte ihm zu.

Er sagte: »Hey!«

Spontan kam mir der Gedanke an Sex. Das war mir nie zuvor passiert, und seitdem auch nie wieder.

Zunächst setzte ich mich auf eine Hängematte in seiner Nähe. Während ich mein Sandwich aus der Frischhaltefolie wickelte, bemerkte ich, dass er mich beobachtete. Was nun? Es war ein wolkenloser Tag im Juli, und ich hatte seit über einem Jahr keinen Sex mehr gehabt. Er legte sein Buch beiseite und setzte die Brille ab. In meinem Bauch kribbelte es so stark, dass ich mein Sandwich nicht mehr essen konnte, beim besten Willen nicht. Nach einer Weile stand er auf und kam näher, und dann fielen wir übereinander her, am Boden neben der Hängematte, zwischen zwei Ulmen. »Sind deine Eltern nicht da?«, fragte ich, als ich kurz Atem holte. Er schüttelte den Kopf, ich betrachtete sein Gesicht, die gütigen Augen, die tiefen Grübchen. Wir küssten uns mit feuriger Leidenschaft, ich erforschte seinen nackten Oberkörper, er schob mein schmuddeliges Hemd hoch, zog mir die Jeansshorts aus, dann streifte er auch seine Shorts ab.

»Hast du ein Gummi?«, flüsterte ich ihm ins Ohr. Über uns quäkte eine Grackel.

»Nein, sorry. Sollen wir aufhören?«

»Nein«, sagte ich, weil ich ehrlich gesagt kurz davor war, zu kommen. Es erschien mir völlig richtig, in diesem Augenblick und auch danach.

Wir umschlangen einander, hielten den Atem an, und ich dachte, das ist der beste Sex, den ich je hatte, und das ohne feste Beziehung. Eine fluffige Raupe schob sich über meinen

Bauch, er zupfte sie mir sanft von der Haut und setzte sie mit großer Sorgfalt ins Gras. Ich streichelte seinen Bizeps.

Nach einer Weile erklärte ich ihm, dass ich versprochen hatte, meine Arbeit bis Ende der Woche fertigzustellen, und deshalb am besten weitermachen sollte, was ich dann auch tat. Die ganze Zeit über tauschten wir Blicke, grinsend, kopfschüttelnd. Wie alt er wohl war? Und wie er hieß? Was, wenn ich schwanger werden würde? Bisher hatte ich immer Glück gehabt, obwohl ich zeitweise sehr nachlässig mit der Verhütung umgegangen war. In meinem Bekanntenkreis gab es Paare, die gern Kinder gehabt hätten, aber keine kriegen konnten – und was war mit Geschlechtskrankheiten? Nun, dachte ich, jetzt konnte ich eh nichts mehr ändern. Was geschehen war, war geschehen.

Am nächsten Morgen war er wieder da, dieses Mal mit einer Picknickdecke und einem Kondom, das allerdings riss, was der Sache an diesem Tag ein jähes Ende setzte.

Als ich mit dem Garten fertig war, verabschiedeten wir uns voneinander und wünschten einander einigermaßen verlegen einen guten August. Ein paar Monate später stellte ich fest, dass ich schwanger war. Nach dem ersten Schock freute ich mich kurz, dann war ich völlig durcheinander. Ich machte ihn ausfindig, diesen Jungen, einen Studenten, Gott steh mir bei. Ich hatte ihn auf Ende zwanzig geschätzt, und er erzählte mir später, dass er mein Alter ähnlich geschätzt hatte. Ich schrieb ihm einen Brief – irgendwie hatte ich das Gefühl, dass eine E-Mail nicht ganz passend wäre für so eine ernste Angelegenheit – und teilte ihm mit, was geschehen war und dass ich das Kind behalten wolle, aber nichts von ihm erwartete. Es gab keinen Grund, mich zu erklären, aber ich tat es trotzdem: Meine Entscheidung sei so ausgefallen, weil in Anbetracht meines Alters das durchaus meine letzte

Chance sein könnte. Ich würde Kinder sehr mögen, erklärte ich, sie gut verstehen, manchmal sogar besser als Erwachsene. Und ich wollte erleben, wie es war, Mutter zu sein. Tatsächlich hatte ich mich bereits mit der langwierigen, nicht gerade angenehmen Möglichkeit auseinandergesetzt, meine Eizellen einfrieren zu lassen, sogar eine Adoption hatte ich in Betracht gezogen. Für mich sei das alles also ein glücklicher Zufall. Ich versicherte ihm, dass ich bereit sei, mich der Herausforderung zu stellen, ein Kind ohne Vater großzuziehen. Mehr als bereit – ich sei überglücklich.

Daniel reagierte zögerlich. »Wenn meine Eltern oder Großeltern davon wüssten, würden sie mich sofort enterben. Es ist deine Entscheidung, und ich respektiere sie, aber wenn du deine Meinung änderst, hast du meine Unterstützung. Wie die Entscheidung auch ausfallen mag, bitte lass mich wissen, wie ich mich verhalten soll.« Manchmal dachte ich an diesen Brief zurück und fragte mich mit einer gewissen Wehmut, ob er damals mit »Unterstützung« mehr gemeint hatte.

Ich teilte ihm mit, dass meine Entscheidung feststand. Er bedankte sich für die Antwort. Außerdem erkundigte er sich, ob ich was von ihm brauchte, woraufhin ich ihm erklärte, dass es mir wichtig wäre, mehr über ihn zu erfahren, damit ich eine Ahnung hatte, was mich bei dem heranwachsenden Kind erwartete. So ging es eine Weile hin und her, immer mit Briefen, weil er, wie er mir sagte, nichts von E-Mails hielt, Briefe schreiben sei für ihn eine »aussterbende Kunst«, und er freue sich, etwas anderes als Rechnungen in seinem Briefkasten zu finden. Ich war entzückt. Wir schrieben einander alles über unser Leben und über unsere Familien. Seine Großeltern stammten aus Guwahati, eine Stadt in Assam, und kamen jedes Jahr in die USA, um seine Familie zu besuchen. Daniels Vater war aus Indien nach Amerika gekommen, um dort an der Yale zu studieren, wo er Daniels Mutter kennenlernte, deren Eltern vor ihrer Geburt aus Westbengalen nach Toronto ausgewandert waren. Daniels Eltern waren Anwälte, sie hatten ihn streng, aber mit Liebe erzogen, ihm die Grundlagen der Veden, Upanishaden und die Riten der Samskaras beigebracht, obwohl sie nie einen Hindutempel besucht hatten und auch keine Räucherstäbchen anzündeten. (»Mom findet, Sandelholz stinkt wie faules Obst.«) Daniel war in Greenwich, Connecticut, aufgewachsen. Er war allergisch gegen Nüsse und stand nicht auf scharfes Essen, nur das Pangasius-Curry seines Großvaters mochte er. Ansonsten hatte Daniel noch einen Bruder, Michael. Am Ithaca-College studierte er im Hauptfach Betriebswirtschaft. Eine Zeitlang hatte er erwogen, sein Hauptfach zu wechseln und Politikwissenschaften zu studieren, um sich so die Möglichkeit offenzuhalten, sich später bei einer Jurafakultät zu bewerben, doch es war ihm schnell zu viel geworden. Eine Freundin hatte er noch nie gehabt. Vor ein paar Wochen hatte er Ayn Rand entdeckt. Er besaß ein Moped. Kürzlich hatte er sich eine neue Kommode gekauft. Ich wusste irgendwann nicht mehr, wie ich auf seine intimen Geständnisse reagieren sollte.

Daniel war für mich wie ein Samenspender, ein lieber, sanfter, eigenwilliger Gratis-Samenspender.

Die Schwangerschaft verlief zum Glück ohne große Probleme. Ich hatte mich schon bald an die ständige Fragerei nach dem Kindsvater gewöhnt und regte mich nicht mehr darüber auf, sondern reagierte darauf mit einem unverständlichen Murmeln und wechselte dann rasch das Thema.

Als der Geburtstermin näher rückte, gestand Daniel mir, dass ihn die Vorstellung, Vater zu werden, völlig überfordere. Ich versicherte ihm daraufhin, er müsse nicht mitkommen, um meine Hand zu halten – ehrlich gesagt konnte ich mir Daniel in dieser heftigen, sehr intimen Situation überhaupt nicht vorstellen. Auch danach müsse er uns nicht besuchen, beruhigte ich ihn. Doch dann plagte mich das schlechte Gewissen. Hatte ich ihn nur benutzt? Ließ ich ihn jetzt fallen wie eine heiße Kartoffel? Verdiente mein Kind keinen Vater?

Um die Zeit herum, als Cass gerade allein aufrecht sitzen konnte, stattete Daniel uns tatsächlich einmal einen Besuch ab. Er wirkte so jung in seinem pastellgelben Button-Down-Hemd über den Chinos. Sein schwarzes Haar, jetzt länger, war fein säuberlich gescheitelt. Mit skeptischem Blick inspizierte er mein kleines Wohnzimmer, als hätte dort eine ganze Horde Säuglinge ihr Lager aufgeschlagen. Klar, ich hatte vorher aufräumen wollen, aber ich musste mich um Cass kümmern, ein Buch für Jenna Rose schreiben und Lehrerinnen vertreten, mir fehlten einfach die Zeit und Kraft für größere Putzaktionen. Daniel hielt mir ein kleines Geschenk hin, das Papier erkannte ich aus dem Fachgeschäft *Gifted Child* in Lenox. Er beäugte Cass, der auf einem Handtuch saß und an einem Löffel herumlutschte. Cass ähnelte seinem Vater viel mehr als mir, und ich sah genau, wie auch Daniel diesen Umstand registrierte. »Ist er das?«, fragte er.

Um die ihm so offensichtlich unangenehme Situation zu erleichtern, quasselte ich einfach drauflos, erzählte ihm haarklein von Cass' Ernährung und Schlafgewohnheiten und säuselte dem Kleinen ins Ohr, um ihm eine Reaktion auf diesen Mann zu entlocken oder zumindest irgendein Zeichen, dass das Kind die Anwesenheit seines Vaters bemerkte. »Willst du ihn begrüßen?«, fragte ich Daniel.

»Sicher.« Er tastete sich bis zur Zimmermitte vor und

ging vor Cass in die Hocke. »Hallo!«, sagte er. Es sah aus, als hätte er noch nie ein Kleinkind getroffen.

Cass wandte sich ab und musterte die Wand.

»Na, dann wollen wir mal dein Geschenk aufmachen«, flötete ich.

Wir halfen Cass, das glänzende Papier aufzureißen, und schälten schließlich eine blaue Rassel in Form eines Hundes heraus. Gebannt sahen wir zu, wie Cass sie sich prompt in den Mund schob und gleich darauf wegwarf, als würde sie ihm nicht schmecken.

»Cass, nein! Das ist kein Essen«, sagte ich.

»Ach, schon gut«, sagte Daniel.

»Aber das war so ein schönes Geschenk!«

Daniel richtete sich auf, die Arme baumelten schlaff neben seinem Körper.

Nach diesem Treffen wurden seine Briefe seltener. Während ich ihm von den neusten Meilensteinen in der Entwicklung seines Sohnes berichtete, berichtete er mir von seiner neuen Stelle im Marketing und schließlich von seiner Verlobung mit einer netten jungen Frau aus der Personalabteilung bei Fidelity. Ihre Eltern seien Hindus, ihre Großeltern hätten in Westbengalen gelebt.

Das letzte Mal hatte ich Daniel vor ungefähr einem Jahr gesehen, da war er geschäftlich auf der Durchreise von Cambridge nach Los Angeles und ich zufällig am selben Tag in New York. Wir trafen uns in einer Sportbar im Flughafen LaGuardia, bestellten Nachos und tranken Sam Adams. Ich erzählte ihm, dass Cass sich zu einem richtigen Künstler entwickelte, Trennungsangst hatte und Musik liebte. Daniel lauschte und nickte geflissentlich.

»Ich habe auch Neuigkeiten«, sagte er schließlich.

»Ach ja?«

»Aadya ist schwanger.«

»Wie schön!« Langsam schwante mir, was es mit diesem Treffen auf sich hatte. »Sie weiß nichts von Cass?«

»Nein.«

»Oder von mir?«

Er schüttelte sanft den Kopf.

»Tja.« Ich trank mein Bier in schnellen Zügen leer.

»Ich stell mich dir nicht in den Weg. Du sollst wissen, dass ich nur das Beste will, für dich und für dein Kind«, sagte ich. Erst später kam mir der Gedanke, dass er meine Worte vielleicht gar nicht richtig verstanden hatte, denn im Fernseher hinter ihm lief in diesem Moment ein Spiel der Knicks, auf voller Lautstärke. Dann beugte ich mich näher zu ihm vor. »Du warst immer so lieb«, versicherte ich ihm.

»Ehrlich gesagt wusste ich die ganze Zeit über nicht genau, wie oder was ich eigentlich sein sollte«, gestand er.

»Wer weiß das schon? Ich freue mich jedenfalls für dich.«

»Wirklich?«

»Ja«, sagte ich, und das stimmte auch. Zumindest damals.

Doch schon bei unserem Abschied schwante mir, dass Cass eines Tages Sehnsucht nach diesem Mann verspüren und unter seiner Abwesenheit leiden würde. Ich hielt mich an meinem Bier fest und sah Daniel hinterher, als er zu seinem Gate eilte, die Lederaktentasche in der Hand.

Ich lag noch Stunden nach unserem Abendessen bei McDonald's wach und dachte darüber nach, dass Cass keine indischen Männer in seinem Leben hatte. Kurt war schon eine Stunde vorher eingeschlafen, nachdem wir uns zwei Episoden unserer Lieblingsserie über britische Geheimagenten reingezogen hatten. Jetzt wälzte er sich auf die andere Seite und schnorchelte sanft vor sich hin.

Ich tastete nach Virginia Woolf. *»Doch, bestimmt, wenn es morgen schön ist«, sagte Mrs Ramsay. »Dann musst du aber schon ganz schön früh aus den Federn«, setzte sie hinzu.*

Unkonzentriert legte ich das Buch beiseite und klappte meinen Laptop auf. Weil meine Mutter mich schon ewig bedrängt hatte, mich endlich auch auf Facebook anzumelden, wie sie es kürzlich getan hatte, richtete ich mir jetzt ein Konto ein – allerdings unter dem falschem Namen Amy Cassidy, um meine Kunden nicht zu beunruhigen – und schickte ihr eine Freundschaftsanfrage. Bei der Gelegenheit durchstreifte ich einige Profile und stieß recht schnell auf die Seite meines Exfreunds in San Francisco, der mittlerweile verheiratet war und drei Kinder hatte. Es war ein Schock, ihn so zu sehen, viel älter und dünner, obwohl ... warum eigentlich? Lana hatte auf ihrem öffentlichen Profil einen Artikel aus der *Washington Post* geteilt. Eine Gruppe, die sich *Frauen Vs. Feminismus* nannte, demonstrierte gegen eine in Washington, D.C., stattfindende internationale Wirtschaftskonferenz, bei der es um die Situation von Frauen und Kindern gehen sollte. Mehrere Vertreter aus anderen Nationen hatten die USA aufgefordert, ihre Sozialgesetzgebung zu reformieren, weil sie offensichtlich arme schwarze Mütter benachteiligte. Ein Abgesandter der österreichischen Regierung sagte: »Ihre rassistische Politik ist wie eine tödliche Waffe.« Auf einem Foto war eine Gruppe Frauen zu sehen, einige waren jünger und hatten Kinder dabei, andere bereits älter. Sie hielten Plakate in die Luft, darauf prangten Slogans wie: ECHTE MÜTTER BLEIBEN BEI IHREN KINDERN! und KEIN GELD FÜRS ESSEN? SETZ KEINE KINDER IN DIE WELT! Auf manchen Schildern stand sogar SPERRT SIE EIN. Lana hatte sich auf die Frage eines Reporters hin zu diesen Protesten geäußert. »Diese Frauen, die keine Feministinnen sind, verstehen vielleicht nicht, was das Wort ›Feminismus‹ bedeutet.«

Ich scrollte weiter runter und las ein paar Kommentare, jemand hatte ein anzügliches GIF gepostet, das Lana mit Hammer und Sichel zeigte, andere schrieben Dinge wie: *Hau ab dorthin, wo du hergekommen bist, Lana! Amerikanische Frauen haben keine Lust auf deine arroganten Sprüche!* oder *Fe-men wie Lana unterdrücken echte Männer* und *echte Frauen, weil keiner will mit Fe-men vögeln, Schlampe.* Angewidert klappte ich den Laptop zu, kroch ins Bett und versuchte sanft, Kurt zu wecken. Er rührte sich zwar, wachte aber nicht auf. Irgendwann drehte ich mich auf den Rücken und betrachtete den Wasserfleck an der Decke. Er war schon wieder größer geworden und sah mittlerweile aus wie ein Kleeblatt. Ich dachte an die Wahlprognose, die ich ein paar Stunden zuvor gesehen hatte. Es war knapp, aber Hillary Clinton lag vorn. Die Wahl konnte gar nicht schnell genug kommen.

Kapitel 6

Kapitel eins sieht *gut aus! Wenn ich endlich zum Nachdenken komme, schicke ich dir was für Kapitel zwei.*

Lana hatte nicht geschrieben: »Danke, dass du mir Material für meine Kolumne geliefert hast.« Auch nicht: »Vielleicht kann ich dich irgendwie beteiligen, schließlich habe ich deine Worte in der *New York Times* abgedruckt, ohne dich als Urheberin zu nennen.« Ich fragte mich, ob es einfach zum modernen Feminismus gehörte, sich nicht zu bedanken oder zu entschuldigen, sei es für ein Plagiat oder eine späte Antwort. War es überhaupt angemessen, zu glauben, wir wären irgendwem noch etwas schuldig, nach all dem, was wir durchgemacht hatten? Sollten wir uns nicht um Wichtigeres kümmern als um Höflichkeit und Pünktlichkeit? Besonders jetzt, da wir unseren neuen Präsidenten hatten?

Meine Mutter hatte mich seit der Wahl schon ein paarmal angerufen und mit mir über die Nachrichten gesprochen, wir hatten uns aufgeregt über die Ankündigung massenhafter Abschiebungen, über die jetzt nachgewiesene Verbreitung von Fake News auf Facebook vor den Wahlen, den Anstieg von Hakenkreuzschmierereien in Schulen und rassistischen Graffiti im öffentlichen Raum. Irgendein Gift war freigesetzt worden, es verbreitete sich unter den Menschen und stachelte sie weiter an. Ich machte mir ernsthaft Sorgen um Cass. War er noch sicher in einem Land, in dem

Rassismus salonfähig wurde? Auf einmal beäugte ich jeden misstrauisch, der meinen Sohn beim Supermarkt oder auf der Straße länger ansah.

Als prominente Feministin war Lana auf einmal sehr gefragt. Google Alert schickte mir ständig neue Links zu ihren Auftritten in Funk und Fernsehen, ihre Interviews wurden in Podcasts gesendet, sie schrieb weitere Kolumnen, und die Anzahl der verlinkten Videos ließ auf zwei bis drei Reden am Tag schließen. Sie sprach mit einer Art Überdruss, als hätte sie unsere gegenwärtige Situation schon lange kommen sehen, doch sie versuchte sich auch als Hoffnungsstifterin. »Am Ende werden wir uns alle zusammentun, arme Frauen und reiche, schwarze Frauen und weiße, sogar Frauen und Männer, wenn es sein muss«, sagte sie auf einer Versammlung in Burlington, Vermont. »Wartet es nur ab!« Erfreut stellte ich fest, dass sie doch wieder zu ihrer klobigen Brille gegriffen hatte, zumindest für diesen Auftritt. Sie tweetete regelmäßig. Überall war sie zugegen, täglich, in verschiedenen Zeitzonen. Sogar bei *Saturday Night Live* hatte sie einen Gastauftritt.

Ich erwähnte Colin gegenüber meine Sorge, dass sie vielleicht kein Buch mehr veröffentlichen wollte, weil ihr einfach die Zeit dazu fehlen könnte. »Ach, nee«, sagte er, »ich bin sicher, es hat sich nichts geändert. Aber wenn du willst, ruf ich ihre Agentin an und frage nach.« Kurze Zeit später meldete er sich zurück und versicherte mir, dass wir immer noch am Start seien. »Shirley hat sogar mit mir über eine mögliche Lesereise gesprochen.«

»Super!«, rief ich, fragte mich aber, wann ich wohl das Material für Kapitel zwei erhalten würde.

Wir hatten Mitte November, es war klirrend kalt, die Straßen waren eisglatt und aufgesprungen vom Frost. An einem stürmischen Mittwoch holte ich Cass nach meiner Arbeit als Aushilfslehrerin bei Bertie ab und rannte mit ihm auf dem Rücken durch den eisigen Wind nach Hause.

Am Frühstückstresen schenkte ich ihm ein Glas Milch ein und fragte ihn, wie sein Tag gewesen war.

»Bertie hat den ganzen Morgen geschlafen«, sagte Cass. »Ich habe Fernsehen geguckt.«

Wie sich herausstellte, hatte er sich zwei komplette Episoden von *Dora* angesehen und zwei weitere von *Caillou*, was insgesamt hundertfünfzehn Minuten Fernsehen entsprach, also fast zwei Stunden ohne Aufsicht. Danach sei er in Berties Waschmaschine gekrochen, erzählte Cass, habe aber nicht herausfinden können, wie man sie einschaltete, und deshalb lieber eine Pyramide mit »den ganzen orangenen Flaschen« gebaut, die Bertie »in der Küche rumstehen hat«, und sich danach ein bisschen Schokolade genehmigt. Cass war sichtlich stolz darauf, sich so lange eigenständig beschäftigt zu haben.

»Als sie aufgewacht ist, hat sie uns Spaghetti zum Mittagessen gekocht, und dann bist du gekommen.« Plötzlich blinzelte er hektisch, verzog das Gesicht und sauste ins Bad. Ich rannte ihm nach und bekam gerade noch mit, wie sich sein Darm in einem Rutsch entleerte. Er krümmte sich und jammerte, dann kam die nächste Ladung.

»Diese Schokolade … lag die neben den orangefarbenen Fläschchen?«, fragte ich.

»Wenn das Nachtisch war, will ich nie wieder welchen.« Sein Gesicht verzog sich unter Schmerzen. »Ich hab nicht alles gegessen.«

»Waren es rechteckige Stücke?«

Er nickte.

»Wie viele hast du gegessen?«

»Weiß nicht.«

Als das Schlimmste vorüber war, erklärte ich ihm, dass das, was er da gegessen hatte, gar keine Schokolade war. Er hörte mir mit verwirrter Miene zu, offenbar fand er es schwer zu begreifen, dass sich hinter einer köstlichen Süßigkeit ein solcher Schrecken verbergen konnte. »Das konntest du nicht wissen«, fügte ich rasch hinzu.

Ich rief im nächstgelegenen Gesundheitszentrum an und bekam dort die Nummer der Giftnotrufzentrale. »Wie viele Stücke hat er denn gegessen?«, fragte mich die Frau vom Notruf.

»Weiß ich nicht genau.«

»Sie wissen es nicht? Können Sie es nicht ungefähr schätzen?« Die Frau klang besorgt und schnaufte in den Hörer, als hätte sie Schnappatmung.

»Ich habe gearbeitet«, gestand ich.

»Warum haben Sie Ihr Kind unbeaufsichtigt in die Nähe von Medikamenten gelassen, Ma'am?«

»Ich war nicht dabei. Er war bei seiner Tagesmutter, und sie hat … sie hat … ist das jetzt wichtig?«

»Durchaus. Warum lässt Ihre Tagesmutter in Gegenwart eines Vierjährigen eine Schachtel Abführmittel offen liegen?«

»Können Sie mir bitte sagen, was ich jetzt tun kann, um ihm zu helfen?«

»Ma'am, Sie müssen ihn ins Krankenhaus bringen. Ich sehe an Ihrer Nummer, dass Sie aus Western Massachusetts anrufen. Soll ich Ihnen sagen, wo die nächste Klinik ist?«

»Nein, das weiß ich selbst, danke.« Mit unserer armseligen Krankenversicherung würde ein Besuch in der Notaufnahme ein Vermögen kosten.

»An Ihrer Stelle würde ich ein ernstes Wörtchen mit der

Tagesmutter reden. Sie müssen dafür Sorge tragen, dass Ihr Kind sich in der Obhut einer verantwortungsbewussten, erwachsenen Aufsichtsperson befindet, die eine Erlaubnis …«

Ich legte auf.

Cass lag zusammengekrümmt unter seiner gelben Bettdecke mit Giraffenmuster. »Geht es?«, fragte ich.

»Hm.«

»Hast du Lust auf einen kleinen Spaziergang?« Ich kramte eine saubere Unterhose und seine neue Jeans hervor, nahm ihn erneut Huckepack und joggte zurück zu Bertie.

In ihrer Küche erklärte ich ihr, was sich in der letzten halben Stunde ereignet hatte.

»Mir ging es heute Morgen nicht gut, ich musste mich hinlegen«, sagte sie. »So lange wollte ich ihn nicht alleinlassen.«

»Hast du aber.« Ich drückte Cass die Hand.

»Tut mir leid.« Da saß sie vor mir, ihr rostfarbenes Haar wie ein Nest auf ihrem Kopf aufgetürmt, darunter ihr kurzer Hals, der gedrungene Oberkörper. Unter ihrem schuldbewussten Blick hatte ich auf einmal das Gefühl, dass das alles meine Schuld war. Ich verließ mich auf ihre unterbezahlte Arbeit, ich hatte keine ausreichende Krankenversicherung für mich und mein Kind, das sich jetzt mit Abführmitteln vergiftet hatte. *Ich* war schuld.

»Wir sollten nachsehen, wie viele Stücke er gegessen hat. Ich glaube, ich habe vor ein paar Tagen ein oder zwei genommen«, sagte Bertie.

Wir zählten sechs fehlende Stücke, je nachdem, wie viele Bertie tatsächlich selbst eingenommen hatte. Ich schickte ein stummes Dankesgebet an den Erfinder von Sicherheitsverschlüssen, der meinen Sohn davor bewahrt hatte, auch noch aus den Medizinfläschchen zu trinken, die jetzt zur

Pyramide aufgeschichtet auf Berties Frühstückstresen standen.

Ich wandte mich an Cass. »Du darfst nie wieder eine Schachtel oder eine Flasche aufmachen, wenn niemand dabei ist! Mach einfach nie wieder eigenmächtig irgendwas auf!«

»Mein Bauch ist schon wieder so grummelig …«, sagte er mit verzogenem Gesicht.

Wir schafften es gerade noch rechtzeitig auf Berties Toilette, aber Unterhose und Hose blieben leider auf Halbmast hängen. Hinterher versuchte ich, die Sauerei mit dem von Bertie hervorgekramten Spitzenwaschlappen zu säubern, während ich Cass gut zuredete und tröstete. »Es tut mir so leid, so leid«, sagte sie und drückte mir eine Flasche Mundspülung in die Hand.

»Wozu soll die gut sein?«, fragte ich.

»Keine Ahnung, ich hab meine Brille nicht auf.«

»Hast du Papierhandtücher, Reinigungsmittel oder einfach ein paar Stoffhandtücher?«, fragte ich. Cass zog laut die Nase hoch. Sein Magen hatte sich vorübergehend beruhigt. Bertie trat von einem Fuß auf den anderen, als wäre ihr Hirn eingefroren. »Bleib hier, Cass«, sagte ich und verschwand in der Küche, wo ich ein paar Handtücher und Reiniger fand. Nachdem ich ihr Bad einigermaßen sauber hatte, murmelte ich etwas, was als Vergebung verstanden werden konnte, und brachte Cass wieder heim.

»Ich will Hippo«, sagte er, als wir im Wohnzimmer standen. Sein kleines grünes Stoffnilpferd hatte er schon, seit er ein Baby war. »Wo ist er?«

Gemeinsam durchsuchten wir die Wohnung. Irgendwann stieß sich Cass den Zeh, und als mir schwante, dass wir das Ding nie mehr finden würden, wurde mir kurzzeitig die ganze grausame Welt zu viel, doch am Ende sah ich eine weiche grüne Schnauze unter dem Küchenschrank hervorblitzen.

»Was? Cass wird immer noch von deiner Nachbarin gehütet?«, fragte meine Mutter. Ich hatte Cass auf das Sofa gebettet und sie dann gleich angerufen. Sie bot mir an, ihre Nachbarin zu fragen, die früher mal Notärztin gewesen war. Wir legten auf. Nach einer Weile rief sie zurück und riet mir, Cass genau zu beobachten. Er brauche viel Wasser. Falls er nochmal Durchfall bekäme, müsse ich mit ihm in die Notaufnahme.

»Okay.« Ich warf einen raschen Blick auf Cass, der Hippo etwas ins Ohr flüsterte. Mein Sohn hatte es verdient, in einem Krankenhaus betreut zu werden. Ich war eine echte Rabenmutter.

An die Reaktion meiner Mutter, als ich ihr sagte, dass ich schwanger sei und das Kind allein großziehen wolle, kann ich mich noch gut erinnern. Sie hatte den Kochlöffel so fest umklammert, dass ihre Fingerknöchel weiß wurden. »Nein«, war alles, was sie sagte.

»Doch.« Wir standen einander gegenüber, damals, in unserer schmalen, hellen Küche. »Ich weiß, es kam auch für mich überraschend.«

»Du hast keine Ahnung, nicht die leiseste, wie hart das sein wird.«

»Ja, aber du warst doch auch eine Zeitlang mit mir allein. Ich meine, nachdem Vater gestorben ist und du noch nicht mit Ed zusammen warst. Und du hast es geschafft.«

»Das waren nur sechs oder sieben Monate. Das war die schwerste Zeit meines Lebens, und das nicht nur, weil du ständig gequengelt und alle Nahrung wieder von dir gegeben hast. Zum Glück bin ich schnell mit Ed zusammengekommen.« Sie beugte sich vor und zupfte meinen Kragen zurecht.

Ich bemühte mich, sie optimistischer zu stimmen – schließlich wurde sie bald Großmutter! Ich trug ein Baby in mir, ein winziges Kind! Irgendwann lächelte sie traurig und sagte: »Na gut, es ist deine Entscheidung.« Beim Abschied wies sie auf mein Flanellhemd und sagte: »Kannst du dir nichts Vorteilhafteres anziehen? In ein, zwei Monaten ist deine Figur ruiniert, und Gott weiß, ob du sie je wieder so hinkriegst. Du hast eine gute Figur, Allie. Manchmal habe ich das Gefühl, du willst gar nicht gesehen werden.«

Jetzt stellte ich mir vor, wie meine Mutter Ed von dem heutigen Debakel berichtete. Ich konnte sie förmlich hören: »Ich hab ihr von Anfang an gesagt, wie hart das wird.«

Cass war auf dem Sofa eingeschlafen. Ich goss ihm ein Glas Wasser ein, stellte es neben ihn auf den Boden und schmierte mir ein Erdnussbutter-Sandwich. In der Küche war es still, ein friedlicher Moment, den ich sehr genoss. Draußen vor dem Fenster fielen jetzt Schneeflocken, glitzernde Kristalle, vom Wind verwirbelt.

Als ich meinen Laptop aufklappte, sah ich, dass Lana endlich ihre Anregungen fürs zweite Kapitel geschickt hatte.

Hi! Hier sind die Themen für Kapitel 2: Beschneidung; Stillen als feministischer Akt; die mit dem Stillen verbundene Schamkultur und Sexualisierung des weiblichen Körpers; Hilfe engagieren, unverzichtbar! Familienfreundliche Arbeitsbedingungen – hier und in anderen Ländern (wende dich an Val, wenn es sein muss). Gutes Gelingen und beste Grüße, Lana.

Ich seufzte. Lieferte sie mir vielleicht deswegen keine Details aus ihrem Alltag als Mutter, weil es keine gab? Sie arbeitete rund um die Uhr, vor allem jetzt. Vielleicht erwartete ich zu viel von ihr, schließlich hatte sie selbst zugegeben, dass sie sich nicht ständig um ihren Sohn kümmerte.

Am besten schubste ich sie sanft in die richtige Richtung. Ich schickte ihr eine Nachricht.

Hoffentlich sind die folgenden Fragen nicht zu persönlich, aber ich glaube, persönlich ist genau das, was alle von diesem Buch wollen, ob das nun gute Sachen sind oder schlechte. Ist Norton beschnitten, hast du ihn gestillt? Wie war das für dich als Mutter? Konntest du dir nach der Geburt eine Auszeit nehmen? Wie lange?

Ich könnte auch darüber schreiben, wie schwer es ist, Kinder zum Durchschlafen zu bewegen – damit kenne ich mich leider nur allzu gut aus –, und die beliebtesten Methoden dazu darstellen. Ferber oder Sears? (Beides Männer, war ja klar!) Wie man eine Methode findet, die für einen selbst und das eigene Kind am besten funktioniert. Hattest du ein magisches Einschlafritual für Norton? Oder gehörst du zu den wenigen Glückspilzen, deren Kind von Anfang an durchgeschlafen hat? Hilfe engagieren ist schön, kann sich aber nicht jede Frau leisten. Ich erwähne es trotzdem gern, vielleicht in Kombination mit Hilfe suchen in der Familie, bei Nachbarn, wenn möglich.

Noch eine Idee für dieses Kapitel: das Gewese um Rosa und Blau für Mädchen und Jungen, oder besser: Wie reagierst du auf Verwirrung bei neugierigen Fremden, wenn du deinem Sohn rosa Sachen anziehst? Wie hast du Norton als Baby angezogen?

Aus dem Wohnzimmer kam die Titelmusik von *Caillou*, was ich als gutes Zeichen wertete. Offenbar ging es Cass wieder besser, wenn er Lust auf Fernsehen hatte. Er stand total auf den dauerjammernden, glatzköpfigen Helden dieser Sendung, der mit seinen Eltern, einer Schwester und einer Katze in einem schönen Haus wohnte. Eine Gegenwelt zu seiner eigenen.

Lana saß offenbar am Computer, denn – o Wunder – sie antwortete sofort.

Ich habe ihn gestillt, am Anfang war es schwierig. Wir haben ihn in Gelb, Grün und Orange gekleidet.

Rasch schrieb ich zurück. *Bei Cass war es jedes Mal eine Katastrophe mit dem Anlegen – und diese Schmerzen! Wie viel Kraft in diesem winzigen Kiefer steckt. Welche Probleme hattest du genau? Wie lange hast du gestillt?*

Ha!, lautete ihre Antwort. *Nicht lange genug. Ich habe es versucht, aber es hat nicht sonderlich funktioniert! Gute Idee, die Sache mit dem Schlafenlernen, Gender und Farbwahl. Wo wir gerade beim Thema sind, ich gebe gleich einen Vortrag über »Das Recht auf freie Entscheidung bei der Abtreibung«. Ich freue mich aufs nächste Kapitel! Danke, Lana.*

»Nein! Noch nicht!«, rief ich, aber das Chatfenster war schon verschwunden.

Vor lauter Verzweiflung schrieb ich an Colin: *Lana gibt mir nichts! NULL Material über sich und Norton, nur generelle Vorschläge für die jeweiligen Kapitel. Ich hab es versucht, aber sie lässt mich abblitzen. SOS!*

Er schrieb zurück: *Bleib dran, lass dich nicht von ihr verrückt machen. Wenn es sein muss, schreib einfach was Allgemeines darüber, wie es ist, einen Jungen zu erziehen, damit kennst du dich doch aus. Vergiss nicht, sie soll unbedingt sympathisch rüberkommen.*

Nach einigem Zögern wandte ich mich an Gin, langsam wurde ich panisch. *Hab ein paar Probleme mit Lana, sie gibt mir keine Details. Hast du eine Idee? Vorschläge?*

Danach holte ich die Tierkekse aus dem Küchenschrank und stopfte sie alle in mich hinein, während ich Cass dabei zusah, wie er *Caillou* glotzte.

Kurz darauf kam Gins Antwort. *Lana ist es wahrscheinlich nicht gewohnt, Fremden ihre Lebensgeschichte zu erzählen. Das liegt außerhalb ihrer Komfortzone. Du könntest ihr mehr von dir erzählen, um ihr Vertrauen zu gewinnen.*

Ob das der richtige Weg war? Vielleicht hatte Gin ja noch eine andere Idee,

Ich habe schon versucht, über mich zu reden.

Gin: *Dann versuch was anderes. Du kriegst das schon hin. Viel Glück!*

Genervt startete ich einige Recherchen und verquirlte die Ergebnisse zu einer Rohfassung für Kapitel zwei.

Bei einer kürzlich durchgeführten Umfrage beschrieben zweiundsiebzig Prozent der Befragten den Anblick einer Frau, die auf einer Bank ihr Kind stillte, als »das Gegenteil von sexy«, »anzüglich« und/oder »völlig abstoßend«. Und dennoch ist die Ästhetik des Stillens seit Jahrhunderten ein Motiv der Kunst, das nicht nur im Werk von Frauen wie Mary Cassatt auftaucht, sondern auch bei Männern wie Édouard Pingret, Paul Gauguin und Henri Lebasque. Sie alle malten ergreifende, liebevolle Szenen von stillenden Müttern. Eines meiner Lieblingsbilder ist Kitagawa Utamaros Holzschnitt, der eine stillende Mutter vor einem Spiegel zeigt. Ein wundervolles Porträt.

Utamaro gehörte zu den Lieblingskünstlern meiner Mutter, und ich hatte in Lanas Flur einen ähnlichen Holzschnitt gesehen.

Das Wichtigste sei, so fuhr ich fort, sein Kind auf eine

Weise zu füttern, die für einen selbst stressfrei funktioniert, auf die individuellen Lebensumstände und Bedürfnisse passt, nicht krank macht und die eigene Brust schützt.

Ich verfasste eine E-Mail an Lana, in der ich sie um mehr Material bat, löschte sie aber gleich wieder, weil ich ihr nicht zu sehr auf die Nerven gehen wollte.

Trotz meiner Bemühungen klang das alles nicht nach Lana, es fehlte ihre Stimme, eine Art Essenz, die ich einfach nicht greifen konnte. Ihr früheres Image ließ sich eben nicht mit dem Anspruch vereinbaren, »amerikanischer« und »weiblicher« zu wirken. Doch vielleicht sollte ich weniger kategorisch denken. Eine Frau konnte weich sein und gleichzeitig hart, feministisch und feminin, oder etwa nicht?

Da ging die Tür auf, und Kurt kam mit Pete herein, beide völlig stoned. Pete trug ein ausgeleiertes John-Deere-T-Shirt und seine schmutzigen Arbeitsstiefel, mit denen er mir Dreck in die Küche schleppte. Als ich Kurt von dem Abführmittelunfall erzählte, krümmte er sich vor Lachen.

»Na, da bin ich aber froh, dass du das so lustig findest«, sagte ich böse.

»Tut mir leid, Al«, sagte er. »Das war bestimmt richtig … beschissen.« Er unterdrückte ein Grinsen. Ich funkelte ihn an.

Pete öffnete den Kühlschrank und nahm sich die Vorratsdose mit Käsemakkaroni vom Vortag.

»Los, her damit«, sagte Kurt und schnappte sich das Ding.

»Ich hab noch zu tun«, sagte ich. »Cass ist im Wohnzimmer. Verzieht euch, irgendwo anders hin.« Ich schob die beiden Richtung Kellertür. Kurze Zeit später hörte ich sie in Petes Wagen steigen.

Bei dem Gedanken an Lana und ihr Buch wurde meine

Wut über die beiden Kerle nur noch größer. Sollten sie mir doch alle den Buckel runterrutschen! Ich hatte Rechnungen zu bezahlen.

Als Norton noch klein war, freute ich mich jeden Tag auf die Heimkehr von der Arbeit. Ich stellte meine Aktentasche ab,

Drüben stand Jessica Garbella in der Berghaltung.

schlüpfte in die Yogahose und ging schnurstracks in sein Zimmer. Wenn ich Norton stillte, fühlte ich mich mit den Frauen der Urzeit verbunden. Zuerst fühlte es sich wild an, irgendwie unzivilisiert. Manchmal tat es weh, aber oft war es wunderbar. Es gab Momente, da weigerte sich etwas in mir, meinen Körper mit dem Kind zu teilen, dann wieder konnte ich Norton nicht weglegen. Meine Stimmungsschwankungen waren unbegreiflich, doch irgendwann fand ich heraus, dass mich ruhige Musik (Joni Mitchell, Neil Young) entspannte. Später, als ich den Dreh raushatte, entspannte mich dann sogar das Stillen selbst.

Ich löschte Joni Mitchell und Neil Young. Woher wollte ich wissen, auf welche Musik Lana stand?

Oft schob ich Norton in seinem Buggy durch den Central Park. Eine Gruppe Jugendlicher, vielleicht von der Highschool, sahen mir mal beim Stillen zu. Lester war Kaffee trinken gegangen. »Packen Sie Ihre Geräte wieder ein, Lady, mir wird gleich schlecht«, rief mir der Größte zu.

Zuerst war ich mir nicht sicher, ob ich richtig gehört hatte, daher fragte ich nach.

Er wiederholte seine Aufforderung.

Nun gut. Ich ging auf ihn zu, Norton auf dem Arm, die andere Hand in die Hüfte gestützt. Ich informierte den jungen Mann, dass er selbst vermutlich an den Brüsten seiner Mutter genuckelt hatte und kein Gesetz in diesem Land es verbiete, ein Kind öffentlich zu stillen. Außerdem wies ich ihn darauf hin, dass weibliche Brüste nicht dazu da waren, um ihm oder seinen Freunden das Leben schön zu machen.

Erst dann fiel mir auf, dass meine Bluse offen stand und meine rechte Brust deutlich sichtbar war.

Der Große machte eine abfällige Bemerkung über die Größe und Form meiner Brust. Die anderen lachten. Einer sagte: »Dein armer Sohn!«

»Offensichtlich hast du noch nie eine echte Frauenbrust gesehen oder in der Hand gehabt und kennst sie nur aus billigen Pornos. Die meisten Brüste sind weder starr noch perfekt geformt. Die Brüste einer normalen Frau sind weich, sehnig oder pickelig und immer vollkommen unvollkommen.«

Die Jungen verschwanden unter Würgegeräusche aus dem Park, und ich lachte hellauf los.

Als Cass noch im Säuglingsalter war, sollte ich in der Nähe der Stallungen von Edith Whartons Haus einen Garten anlegen und musste meinen Sohn zur Arbeit mitnehmen. Leider fehlte mir jenes Selbstbewusstsein, das ich Lana in der Szene im Central Park angedichtet hatte. Während des Stillens erregte ich die Aufmerksamkeit der gleichzeitig dort beschäftigten Malerkolonne, die prompt ein paar dumme Sprüche abließen. Genervt setzte ich Cass zurück in seine Babywippe, knöpfte mir das Hemd zu und murmelte etwas über den Geist von Lily Bart, eine Replik, die vermutlich nur ich verstand. Einer der Maler, in Khakishorts und besudeltem T-Shirt, hatte etwas über meine mit Erde bedeckten Hände und seinen Sack von sich gegeben, und seine Kumpel hatten im Vorbeigehen schallend gelacht. »Fickt euch doch«, hatte ich gemurmelt, leider nicht laut genug.

Jetzt stellte ich mir vor, wie es sich angefühlt hätte, wenn meine Reaktion so ausgefallen wäre wie in der Szene, die ich gerade geschrieben hatte. Rache war süß, auch wenn sie spät kam, und nur in der Fantasie.

Wie Lana wohl darauf reagieren würde, dass ich eine ganze Szene frei erfunden hatte?

Aus dem Wohnzimmer ertönte die Titelmusik einer weiteren Episode *Caillou.* Cass war auf dem Sofa eingeschlafen. Hoffentlich war das Schlimmste vorbei.

Vier Stunden später, nachdem wir eine Runde Magenauspumpen, einen Mega-Trotzanfall, einen Kohle-Cocktail und zehn Minuten heftigen Erbrechens in der Notaufnahme des Berkshire Medical hinter uns hatten, fuhren Cass und ich schweigend nach Hause. Ich versuchte angestrengt, nicht über die Kosten nachzudenken. Auf der Straße waren außer uns nur ein paar Trucker unterwegs. Die Herbstlaub-Glotzer waren schon wieder weg, und für die Skitouristen war es noch zu früh. Der Nachthimmel war bedeckt, keine Sterne zu sehen.

Zurück im Haus fand ich Kurt auf dem Sofa, eine Tüte Brezeln in der Hand. Er zog sich gerade die letzte Folge der Agentenserie rein.

»Du schaust das ohne mich? Ich fasse es nicht!«, rief ich und brach in Tränen aus.

Er richtete sich auf und stellte den Fernseher ab. »Ich

bringe Cass ins Bett«, sagte er und tätschelte mir sanft die Schulter.

Ich versuchte, die Fassung wiederzuerlangen, und rettete einen halben Joint aus der kleinen Spülmittelpfütze neben der Küchenspüle, aber das Blättchen war schon zu nass, er ließ sich nicht mehr anzünden. Das ganze Haus stank nach Durchfall. Mich überkam eine riesige Welle des Selbstmitleids. Wie ironisch, dass ausgerechnet ich mir die Geschichte einer selbstbestimmten, mächtigen Frau aus den Rippen leiern sollte!

Kurt kehrte zurück. »Ich habe nur die ersten zehn Minuten gesehen! Komm, wir schauen es nochmal von vorn.«

»Vergiss es. Ich bin viel zu erschöpft fürs Fernsehen. Sogar zu erschöpft, um aufzustehen.«

Er setzte sich mit gekreuzten Beinen vor mich auf den Boden. Seine Augen hatten die Farbe einer blassblauen Hortensie.

»Ach, Allie! Ach, Schätzchen«, sagte er, zog mir die Schuhe aus und massierte mir die Zehen. Als er mir mit seinen langen, warmen Fingern die Füße knetete, spürte ich förmlich, wie meine Muskeln sich entspannten. Er summte ein Lied, das ich nicht kannte, und ich schloss die Augen und genoss die liebevolle Zuwendung. Alles würde wieder gut werden. Der Tag war vorüber, morgen stand alles wieder auf null. Ein Neuanfang. Langsam dämmerte ich weg.

Kapitel 7

Am nächsten Morgen passte Kurt auf Cass auf und überließ mich meiner Arbeit. Ich blätterte in alten Büchern, die meine Mutter mir nach Cass' Geburt geschenkt hatte, Ratgeber über das Schlafenlernen: Eltern hatten die Wahl, sie konnten ihre Kinder systematisch länger und länger schreien lassen oder gleich neben ihrem schreienden Kind schlafen. Eltern konnten eine strikte Routine einführen, ihr Leben an den Schlaf- und Stillrhythmus ihres Kindes anpassen oder diverse ausgeklügelte Methoden anwenden. Ich dachte über das Wort »Wahl« nach. Manche Leute – ich – hatten sehr selten eine echte Wahl. Schlaftraining? Genderneutrale Farbwahl? Wenn Cass krank war oder ich keine Kraft hatte, mit ihm zu streiten, schlief er bei mir im Bett. Er trug, was Maggie uns vermachte, Kleidung, aus der ihre eigenen Kinder und ihre zig Neffen und Nichten herausgewachsen waren, rosa, blau, Club Med Aruba, völlig egal. Schlaf war Schlaf, Kleidung war Kleidung.

Es klingelte. Jessica Garbella stand vor mir, in blaugrüner Skijacke und Yogahose. Sie hatte Kringellocken und ein freundliches Gesicht mit kerngesunder Haut. »Hast du vielleicht etwas Olivenöl für mich? Ich hole meines immer vom Bauernmarkt, aber der hat im Winter geschlossen.«

»Sicher«, sagte ich und holte die Flasche Bertolli, die schon seit drei Jahren in der Küche rumstand. Als ich zurückkehrte, sah ich, wie sie mein Wohnzimmer beäugte. Cass hatte die gesamte Schmutzwäsche in einer Ecke des Wohnzimmers ausgeleert und saß gerade auf einem Haufen Unterhosen. Auf dem Boden, mitten im Zimmer, stand ein Sack voller Sperrmüll, neues Rohmaterial für Kurts »Müllthron«: eine Akustikgitarre, ein zerbrochener Klositz, eine Schreibtischlampe in Katzenform, der zwei Pfoten fehlten, ein paar ausgefranste Körbe. Jessica hatte unser Haus nie betreten, während ich ihres eingehend inspiziert hatte, damals mit Maggie bei der Besichtigung mit dem Makler und dann nochmal, als ich bei ihr zum Kaffee eingeladen war. Ihre Wände waren in Grau- und Meerestönen gestrichen. Die Einrichtung war teuer, aber nicht protzig. Und alles war blitzblank.

»Entschuldige die Unordnung. Ich habe den ganzen Vormittag gearbeitet.«

»Was gibt es da zu entschuldigen? Schließlich musst du Geld verdienen und hast Wichtigeres zu tun, als zu putzen. Frauen sollten sich nie für irgendwas entschuldigen.«

»Genau.« Ob sie Lana und ihren Standardspruch kannte? Ich hielt ihr das Fläschchen hin. »Ist das okay für dich?«

»Ich brauche es nur für eine Kopfhautpackung.« Sie nahm das Öl in Augenschein. »Weißt du was? Lass gut sein – ich kaufe einfach eine Flasche im Naturkostladen in Lenox. Kein Ding.«

»Sicher?«

»Vollkommen. Soll ich dir was mitbringen?«

»Nein danke.«

Sie spähte an mir vorbei in die Küche. »Wenn du den ganzen Tag arbeiten musst, soll ich euch was Kleines zum Abendessen mitbringen? Die haben da auch superleckere Tahini-Linsen-Wraps. Ich wette, Cass fährt total darauf ab.«

Cass hatte momentan genau drei Leibgerichte: Kraft Käsemakkaroni, fast alles von McDonald's und Papa Gino's

Käsepizza. Es gab noch ein paar andere Sachen, die er aß, wenn er unbedingt musste, aber damit hatte es sich, sosehr ich mich auch bemühte, ihn weniger einseitig zu ernähren. »Mach dir keine Umstände«, sagte ich.

»Ach, kein Ding! Ich fahr ja eh einkaufen!«

»Danke, aber Cass ist beim Essen ziemlich wählerisch.« Was sollte ich sonst noch sagen. Ich lächelte ihre Füße an. »Ich muss wirklich weiterarbeiten.«

»Aber sicher. Du bist im Stress, und ich nerve hier rum. Ach, und ... meine Yogastunden sind voll, aber wenn du es irgendwann mal ausprobieren willst, nehm ich dich noch mit rein. Sag einfach Bescheid, okay? Zum Freundschaftspreis.«

»Allie?«

Es war zwei Uhr morgens, als Kurt mich aus dem Tiefschlaf riss.

»Sorry, ist wohl nicht der beste Zeitpunkt«, sagte er, auf seinen Ellbogen gestützt. »Aber ich glaube ... ich meine ... ich muss dir was sagen.«

Ich öffnete ein Auge.

»Keine Sorge, ist nichts richtig Schlimmes.« Er setzte sich auf. »Ich habe nur beschlossen, per Anhalter den Norden von New England zu erkunden, bevor der Winter so richtig losgeht. Mein Cousin oben in Manchester hat mich eingeladen, ein paar Tage auf sein Haus aufzupassen. Und ich wollte mir mal Montpelier und Acadia ansehen. Vielleicht sogar Labrador und Neufundland, wenn ich irgendwie hinkomme. Fürs Wochenende haben sie Sturm vorhergesagt, deshalb würde ich erst in ein, zwei Tagen aufbrechen. Ich war schon wochenlang nicht mehr unterwegs, oder ist es schon Monate her?«

Kaum hatte er die Worte ausgesprochen, spürte ich einen harten Kloß im Magen.

»Hm.« Mein Blick wanderte zu seiner abgegriffenen Ausgabe von *Walden* auf dem Nachttisch, darunter lag *Wir gehen auf Bärenjagd.* Er hatte nicht nur Jimmys Schuppen fertiggemacht, sondern auch noch den Keller der Garbellas gestrichen. Das war allerdings schon vor einer Woche gewesen, danach war er jeden Tag spät aufgestanden, hatte mehrere Male Thoreaus Chronik der Selbstfindung gelesen und mich immer wieder mit Zitaten beglückt. In derselben Zeit hatte er Cass vielleicht insgesamt eine Stunde betreut, ansonsten hatte er mit Pete abgehangen, sich zugekifft, vor der Glotze gesessen und geschlafen. »Du solltest nicht per Anhalter fahren. Nimm den Zug oder was anderes.«

»Zugreisen sind heutzutage genauso teuer wie Fliegen. Ich will per Anhalter fahren, das hab ich noch nie gemacht.«

»Was ist mit dem *Müllthron* und den ganzen Sachen, die du dafür gesammelt hast?«

»Den mache ich fertig, wenn ich zurückkomme«, sagte er. »Komm doch mit!«

»Was? Mit Cass?«

»Warum nicht?«

»Weil er sich gerade mit Berties Medikamenten vergiftet hat, während sie im Nebenzimmer geschlafen hat, und weil ich arbeiten muss? Weil ich einen Job habe. Ich muss Miete zahlen und bin Mutter, und ich muss hierbleiben und die Rolle der Erwachsenen übernehmen. Weißt du, wir schulden Jimmy noch den Rest der Miete für November, und nächste Woche ist schon wieder Dezember.«

»Ich schau mal, ob ich ein bisschen was verdienen kann, während ich rumreise, okay?«

»Wie soll das gehen?«

»Das sehe ich dann.«

Am liebsten hätte ich ihm sein bescheuertes *Walden* um die Ohren gehauen. Genau genommen machte er nichts falsch. Er hatte mir nie mehr versprochen als das, was er uns momentan gab. Er und ich hatten uns klipp und klar auf dieselben Freiheiten verständigt, die er jetzt einfach nutzen wollte, weil er eben keine echten Verpflichtungen hatte außer denen, die sein Seelenleben einforderte. Ich war sehr versucht, seine beneidenswerte Situation auf sein Geschlecht zurückzuführen, obwohl ich natürlich wusste, dass das zu kurz gedacht wäre.

»Nicht per Anhalter. Das ist zu gefährlich«, versuchte ich es erneut.

Kurt kramte in der Nachttischschublade nach einem Joint.

»Ich könnte Hilfe mit Cass gebrauchen«, sagte ich. »Bertie sollte ihn nicht mehr so oft beaufsichtigen. Es ist wohl ziemlich klar, dass sie es nicht mehr schafft.«

»Was ist mit Sandra? Könnte sie nicht auf ihn aufpassen?« Petes Frau leitete in der nächstgelegenen Stadt eine Mikrobrauerei.

»Warum ausgerechnet sie? Weil sie eine Frau ist? Sie hat doch schon einen Job.« Sandra hatte mir einmal gestanden, dass sie keinen »Bock auf Kinder« hatte, sie wolle ein Leben ohne »Zwangsjacke« genießen.

»Nein! Wieso sagst du so einen Scheiß? Weil sie gut mit Cass klargekommen ist, als die beiden das letzte Mal hier waren. Sie hat mit ihm Verstecken gespielt.«

Ich zupfte ihm den Joint aus den Fingern. »Geh einfach«, sagte ich.

»Ist doch nicht für immer.« Er spähte zu mir rüber. »Noch einen schnellen Zug?«

Nach diesem Gespräch war er rasch wieder eingeschlafen, ich hingegen lag lange wach und grübelte. Irgendwann stand ich auf und sah aus dem Fenster. Die Welt da draußen war schwarz und kalt. Es wurmte mich tierisch, so bedürftig zu sein. Obwohl »bedürftig« das falsche Wort war, um mich zu beschreiben. An mir war nichts unverblümt oder fordernd. Ich schlug alles ab und verlangte nichts, deshalb saß ich nun da, so gut wie allein mit meinem Sohn, immer noch in Jimmys altem Haus, nur eine Stadt entfernt von der, in der ich aufgewachsen war.

Genervt nahm ich mir den Rest des Joints, der jetzt auf meinem Nachttisch lag. Es dauerte ein paar tiefe Züge, bis ich mich überzeugen konnte, dass ich mein Bestes tat, es Cass jetzt wieder gut ging und ich schleunigst schlafen sollte.

Als ich Bertie mitteilte, dass Cass nicht mehr an drei Tagen in der Woche bei ihr sein würde, sondern nur noch an einem, reagierte sie geknickt. »Du traust mir nicht mehr«, sagte sie.

Wir saßen am Klapptisch in ihrer Küche. »Nein, das stimmt nicht«, log ich. Eine bessere Mutter hätte ihren Sohn nach einer solchen Katastrophe gleich bei sich behalten, bis sie eine Lösung gefunden hätte, aber Kurt war schon auf dem Absprung und ich auf jede Hilfe angewiesen. »Ich arbeite jetzt an einem neuen Projekt und bin öfter zu Hause«, erklärte ich.

»Wenn du arbeitest, kannst du ihn nicht betreuen. Das hast du selbst zigmal gesagt.« Wenn Kurt weg war, blieb mir nur noch Bertie. Trotz allem liebte sie Cass, und Cass liebte sie.

»Es tut mir wirklich leid.« Mehr konnte ich nicht sagen.

»Alle Kinder haben kleine Unfälle. Wenn sie keine Pillen schlucken, vergreifen sie sich an Reinigungsmitteln oder Katzenfutter, glaub mir. In meinem Hort war mal einer, der hat einen ganzen Karton Hamsterfutter gegessen. Ein anderer hat meinen Gin probiert.«

Ich sah sie an.

»Der Hort war im ersten Stock unseres Hauses. Das Kind mit dem Gin hat sich zu mir in die Wohnung geschlichen. Egal. Außerdem hast du gesagt, Cass gehe es schon besser.«

Ich hatte ihr nichts von den Stunden in der Notaufnahme erzählt und würde es auch nicht tun. Wozu? Als ich ihren grünen, abgewetzten Linoleumboden betrachtete, erfasste mich eine große Wut, aber worauf, das konnte ich nicht sagen.

Ich begriff, dass wir Bertie nun nicht mehr so oft sehen würden und sie deswegen viel öfter allein wäre. Ich würde mich noch weniger um sie kümmern können. »Gib mir doch die Telefonnummer von deinem Sohn«, schlug ich vor. »Du weißt schon, für den Notfall.«

»Aber wir sprechen fast nicht miteinander. Ehrlich gesagt wäre ich überrascht, wenn er im Notfall überhaupt kommen würde. Er ist kein guter Mensch. Außerdem lebt er in Wichita.«

Am Abend stand Jimmy vor der Tür, um die Miete zu kassieren. »Mhm, das riecht aber lecker«, sagte er, an den Türrahmen gelehnt. Kurt kochte mexikanisch.

»Willst du mitessen?«, fragte ich, obwohl ich mich regelrecht überwinden musste, ihn einzuladen.

Jimmy warf mir einen seltsamen Blick zu. »Warum nicht?«, sagte er und folgte mir ins Wohnzimmer.

Zum Glück hatte Kurt das Sammelsurium für seinen

Thron kurz zuvor in den Keller geschafft. In der Küche spähte Jimmy über Kurts Schulter in den Topf mit der Chili-Schoko-Sauce, in der Zwiebeln und Tomatillos köchelten. Auf der Arbeitsplatte standen lauter neue Gewürzgläser, Anis, Koriandersamen, Nelken und Kreuzkümmel, und leere Verpackungen der dunklen mexikanischen Schokolade, die er gemahlen hatte.

»Sieht aus wie Schlamm«, bemerkte Jimmy.

»Ihr wisst das nicht, aber auf dem College habe ich ernsthaft darüber nachgedacht, Koch zu werden«, sagte Kurt.

»Es gibt vieles, was ich nicht weiß über dich«, sagte ich. Zum Beispiel, mit welchem Geld er die vielen Zutaten bezahlt hatte. Ich wusste nicht, wann er von seinem Roadtrip wiederkehren würde oder ob irgendein Irrer ihn ausrauben, zerstückeln und am Rand der Interstate 91 abladen würde.

Jimmy zog seine silbergraue Jogginghose hoch und setzte sich an den Tisch. Dort zog er einen Zahnstocher aus der Hemdtasche und pulte damit genüsslich in seinen Backenzähnen herum, während er die Küche genau in Augenschein nahm, den großen Stapel Geschirr in der Spüle, den überquellenden Mülleimer, die braunen Schlieren – Schokolade? – an der Schranktür. Das hier war sein Haus, es war sein Herd, auf dem wir unser Abendessen kochten.

Nach einer Weile zog er den Zahnstocher aus dem Mund und betrachtete seinen Fund neugierig. Ich holte meinen Laptop und ließ »Rock Around the Clock« auf voller Lautstärke laufen, um die vielen kleinen Sorgen zu vertreiben, die in meinem Hirn Fangen spielten. Cass und ich tanzten durchs Zimmer und sangen jedes Wort mit. Dieses Lied war unser Stimmungsretter. Das ging uns oft so mit Musik, wir beide mochten The Ramones, Jackson 5, Queen. Cass johlte vor Lachen, als ich ihn in die Luft wirbelte und dann in die

Küche schleifte, wo er fast gegen Jimmy gestolpert wäre. Als das Stück vorbei war, brachte Cass seine Wachskreiden an den Tisch und malte ein Bild vom Meer, mit Mondsichel und Wuschelwolken und einem – wie ich fand – meisterhaft getroffenen Delfin, der in hohem Bogen aus dem Wasser sprang.

»Kurt hat mir erzählt, dass er auf Reisen geht?«, bemerkte Jimmy. »Kannst du den Dezember denn allein stemmen? Hast du genug Arbeit?«

Ich nickte, den Blick fest auf meinen Sohn gerichtet, der ein bisschen Lila ins Meeresblau gab, ein bisschen Orange ins Mondgelb.

Damals, als er noch klein und ich völlig übernächtigt, überspannt und traumverloren mit ihm durch die Tage gedriftet war, hatte ich versucht, einen Essay über den Alltag als alleinerziehende Mutter zu schreiben. Darin ging es um die taktlosen und manchmal sogar beleidigenden Fragen von Fremden (»Aus welchem Land kommt Ihr Sohn denn?«), die ungebetenen Ratschläge, aber auch um meine beispiellose Zuneigung zu diesem kleinen Jungen, meinem Sohn. »Willkommen«, hatte ich zu ihm gesagt, und seine Fingerchen hatten meinen Daumen umklammert wie kleine Krabben. Acht Seiten lang ließ ich mich über meine Ängste aus, die niemanden außer mich je interessieren würden. *Lieber Cassidy, was, wenn mein Auto endgültig den Geist aufgibt oder mein Vermieter beschließt, sein Haus zu verkaufen, oder wenn du krank wirst und wir nichts mehr zu essen haben und niemand da ist, um auf dich aufzupassen, wenn ich zum Supermarkt renne?*

Cass präsentierte Kurt sein Bild, und Kurt, Gott segne ihn, legte den Kochlöffel weg und sagte begeistert: »Wow! Deine Werke hängen irgendwann in einer Kunsthalle,

Cass.« Die direkteste Art, mein Herz zu erobern, ging über meinen Sohn.

Jimmy dagegen knuffte Cass grinsend in die Schulter. Cass schrie auf, rannte zu mir und vergrub das Gesicht in meiner Brust.

»Sei kein Weichei!«, sagte Jimmy.

»Jimmy! Mensch!«, erwiderte ich.

»Du musst ihn härter anpacken.«

»Warum? Damit er so wird wie du?« Mein Sohn hatte niemanden außer mir, um für ihn einzustehen.

»So ist die Welt nun mal, Allie. Es muss ihn doch nicht jeder mit Samthandschuhen anfassen! Die Welt ist hart und brutal.«

»Die Welt kann mich mal.«

»Abendessen?«, sagte Kurt laut.

Wir setzten uns an den Tisch. Ich schenkte Wasser ein und hielt mich mit weiteren Äußerungen zurück. Die Mole war süß und scharf zugleich, das Hühnchen angenehm saftig.

»Nicht schlecht, Kurt«, sagte Jimmy. Dann erzählte er uns von seinen Plänen, ein Haus im Ranch-Stil zu kaufen. Es wäre seine vierte Immobilie, und dieses neue Haus wäre zumindest zum Teil von meiner Miete finanziert. »Man müsste ein bisschen was damit machen, die Büsche vor der Fassade schneiden und so. Vielleicht kannst du mir helfen?«, fragte er mich.

»Klar, sicher.«

»Hast du gehört, dass die Aktienpreise steigen? Vielleicht ist unser neuer Präsident doch nicht so schlecht, hm, Allie?« Manchmal machte sich Jimmy einen Spaß daraus, mich damit aufzuziehen, dass »seine Seite« die Wahl gewonnen hatte.

»Hast du gehört, dass er am Tag durchschnittlich zwanzig Lügen erzählt?«, konterte ich.

Kurt funkelte mich böse an.

»Gib ihm eine Chance«, sagte Jimmy. »Er ist noch nicht mal im Amt, und ihr Libtards seid schon am Rumjammern.«

»Wie bitte? *Libtards?* Was für ein kindischer, dummer Ausdruck, Jimmy.« Mir war schon klar, dass ich mit meiner oberlehrerinnenhaften Zurechtweisung genau dem Klischee von der so genannten »Küstenelite« entsprach, aber ich konnte mich nicht bremsen. Kurt entschärfte erneut die Situation. »Wer will mehr Wein? Oder einen Nachschlag?«, fragte er dazwischen. »Ich habe viel zu viel gemacht, also müsst ihr schon ein bisschen mehr essen.«

»Ich nehme noch was«, sagte Jimmy.

»Weißt du, was noch dumm ist?«, fuhr ich fort. »Dass er immer noch über Hillary redet. Der Drops ist gelutscht.«

»Hört mal.« Kurts Blick wanderte zwischen uns hin und her. »Ich will euch um einen Gefallen bitten. Sprecht mir nach: ›Ich werde mit dieser Person nicht über Politik diskutieren. Zumindest nicht, solange Kurt nicht hier ist.‹«

»Hier geht es nicht um alltägliche Politik«, sagte ich, »sondern um die Zukunft unserer gottverdammten Demokratie!«

»ALLIE!« Kurt warf mir einen fassungslosen Blick zu. Jimmy ist dein Vermieter, und du reitest dich gerade so richtig in die Scheiße, schien er mir kommunizieren zu wollen.

»Komm, wir tun ihm den Gefallen, Schätzchen. Beide zusammen.« Jimmy lachte.

Was ich viel lieber gefragt hätte: Warum genau bewunderst du unseren neuen Präsidenten? Weil er vor den Reportern Sprüche klopft wie: »Es ist ziemlich egal, was die Medien schreiben, solange du einen jungen, hübschen Arsch hast«, oder weil er behauptet, seine Gegnerinnen seien »zu hässlich, um Stimmen zu gewinnen«? Wegen Bemerkungen wie die, dass Mexikaner alle Frauen vergewaltigen, oder wegen der von ihm verbreiteten Verschwörungstheorie, dass Obama nicht in den USA geboren wurde und deshalb nie hätte Präsident werden dürfen? Oder gefallen dir seine anzüglichen Sprüche über seine eigene Tochter oder über Megyn Kelly?

Aber ich hatte einen Sohn, der ein Zuhause brauchte, und wir wohnten in einer Stadt mit steigenden Mieten. Mein Einkommen schwankte dermaßen, dass kein anderer Vermieter mich so lange geduldet hätte wie Jimmy. Also wiederholte ich mit ihm im Chor: »Solange Kurt nicht hier ist, werde ich mit dieser Person nicht über Politik diskutieren.«

Jimmy zückte seine Geldbörse. »Wir brauchen was Anständiges zum Trinken«, sagte er und drückte mir zwanzig Dollar in die Hand. »Holst du uns einen Sixpack Coors, eine Flasche Chardonnay und was du willst?«

Ich deutete das als Friedensangebot, auch wenn es mich nicht besonders überzeugte. »Klar. Bin gleich wieder da.«

Immer noch wütend blieb ich erst mal eine Weile vor dem Supermarkt im Truck sitzen und hörte Sarah Vaughan, »Mean to me«. Auch danach ließ ich mir Zeit, um erst mal wieder runterzukommen. Jimmy war wohl kaum der Einzige in diesem Land, der diesen Mann gewählt hatte. Wollte man als Frau im Alltag überleben, musste man beides schaffen, sich gegen das Patriarchat auflehnen und sich damit arrangieren.

Wieder zu Hause stellte ich das Sixpack Coors und ein Sixpack Guinness für mich und Kurt auf die Küchentheke.

»Herrje, trinkt ihr etwa dieses schwarze Zeug? Ich wette, du bist schon nach ein paar Schluck besoffen.«

Kurze Zeit später brachte ich Cass ins Bett. Ich hatte keine Ahnung, wie ich ihm die Nachricht schonend beibringen sollte, also spuckte ich es einfach aus: »Du gehst ab jetzt nur noch einen Vormittag die Woche zu Bertie. Und denk dran, dass Kurt ab morgen für eine Weile weg ist. Du und ich, wir werden viel mehr Zeit miteinander verbringen, aber manchmal muss ich arbeiten, so wie an den Montagen, an denen du sonst auch zu Hause bist.«

»Warum kann nicht Bertie dann auf mich aufpassen?«

»Es ist schwer für sie. Sie braucht ihre Ruhe.«

»Wieso muss Kurt weggehen?« Das alles war zu viel auf einmal für Cass.

»Er unternimmt eine Reise. Aber er kommt bald zurück.«

»Warum heiratet ihr nicht?«

»Komm jetzt, es ist Schlafenszeit«, sagte ich, hob die Decke an und bugsierte ihn ins Bett. »Kurt mag es so, wie es ist.«

»Ich hätte so gern ein Schwesterchen«, sagte Cass.

Als ich ihn auf die Stirn küsste, fiel mein Blick auf sein Haar. Es musste dringend geschnitten werden. »Ach, wirklich?«, sagte ich.

»Warum kriegt ihr kein Baby?«

Es war nicht leicht, Einzelkind zu sein. Das wusste ich aus eigener Erfahrung. Man kam sich vor, als wäre man anders als alle anderen. Manchmal fragte man sich, ob das Leben ohne Geschwister weniger Spaß machte, irgendwie eindimensional war. Die Eltern als Geschwisterersatz, das funktionierte nur begrenzt und brachte Enttäuschungen mit sich. »Ehrlich gesagt bin ich wahrscheinlich zu alt für ein Baby«, antwortete ich schließlich.

»Och.«

»Tut mir leid.« Mir fiel nichts ein, was ihm Hoffnung machen oder ihm diesen Moment erleichtern könnte.

Er war noch nicht ganz aus dem Babyalter heraus, seine Wangen waren noch rund, aber ich hätte schwören mögen, dass sein Hals seit dem Vortag länger geworden war. Auch seine Hände waren größer. Er sabberte nicht mehr im Schlaf. Und wenn ich morgens in sein Zimmer kam, begrüßte er mich nicht mehr mit einem Grinsen.

Ich zog seine Tür zu und suchte Kurt. Er war nicht in der Küche, auch nicht im Schlafzimmer oder sonst wo im Haus, nicht mal im Keller. Wobei er ohnehin die meiste Zeit bei uns oben verbrachte, es war schon Wochen her, seit er das letzte Mal unten geschlafen hatte. So lange, dass ich schon vergessen hatte, wie spärlich er eingerichtet war. Ein Futon, eine Truhe und ein Klappstuhl. Am Morgen nach unserer ersten gemeinsamen Nacht dort unten hatten Kurt und ich im zerwühlten Bett gesessen, während die ersten Sonnenstrahlen durch die kleinen Fenster gedrungen waren, und hatten uns auf unsere Bedingungen fürs zukünftige Zusammenleben verständigt, die ziemlich identisch ausgefallen waren: keine Erwartungen, keine Forderungen, keine Verpflichtungen. Kurt war gerade seinen Alltagszwängen entflohen und sehnte sich nach Freiheit. Ich fühlte mich lediglich in der Lage, für *einen* anderen Menschen zu sorgen, und der war mein Sohn. Wir gratulierten einander dazu, so schnell die perfekte Vereinbarung getroffen zu haben. Wie seltsam, dachte ich jetzt, dass wir ein solches Gespräch schon so früh geführt hatten – da war unsere Beziehung gerade erst vierundzwanzig Stunden alt gewesen.

Seitdem hatten wir unsere ursprüngliche Abmachung noch ein paarmal überprüft und nach ein paar hitzigen

Debatten beschlossen, nicht viel daran zu ändern, außer unsere Art, darüber zu reden. Bald nach dieser ersten Übereinkunft verschwand Kurt für eine Nacht und eine Woche darauf wieder. Daraufhin bat ich ihn, mir wenigstens vorher Bescheid zu geben. Ich fragte mich, ob er eine andere kennengelernt oder ein paar One-Night-Stands hatte, was mich gar nicht gestört hätte, weil ich mir in dem Fall dasselbe Recht herausnehmen könnte. Aber danach war Kurt nie wieder verschwunden, ohne es vorher anzukündigen, hatte mich allerdings im Gegenzug gebeten, nicht einfach seine Dienste als Babysitter vorauszusetzen, wenn ich arbeiten musste oder Freizeit brauchte.

»Ich war draußen und habe dir neue Wischerblätter drangemacht«, rief Kurt jetzt von oben. »Hab ich gestern mitgenommen. Deine waren durch. Wie du damit bei Regen oder Schnee noch was gesehen hast, ist mir ein Rätsel.«

»Wie lieb von dir.«

Als wir später auf dem Sofa seine Bruyère-Pfeife rauchten, spürte ich mit jedem Zug, wie mein Körper in eine butterweiche Entspannung sank. Ich konnte mein Skelett förmlich seufzen hören, selbst mein Hirn ließ los. Wir sprachen über Jimmy und Cass und Bertie, danach über unsere Eltern. »Ich wünschte, ich hätte meinen leiblichen Vater besser gekannt«, sagte ich.

»Ja, das ist mies.« Kurt war adoptiert worden, hatte das aber nie weiter thematisiert. »Vor ein paar Jahren habe ich meine leibliche Mutter ausfindig gemacht. Sie ist Schottin, hat mich bekommen, als sie als Au-pair in Frankreich gearbeitet hat. Jetzt baut sie Boote in einer Kleinstadt in der Nähe von Aberdeen. Sie hat eine Familie, daher hatte sie kein allzu großes Interesse an einem engeren Kontakt zu mir. Ich fand es so cool, dass sie handwerklich arbeitet.«

»Was ist mit deinem Vater?«

»Er ist Anwalt in Westchester, war damals zufällig auch in Frankreich. Meine Mutter meinte, er hätte keine Ahnung, dass es mich gibt. Sie hat mir klar signalisiert, dass ich ihn nicht kontaktieren soll.«

»Ach, Mensch. Das ist traurig.« Draußen war Wind aufgekommen, wirbelte den Schnee auf, glitzernde Pulverwolken stoben zu den Baumwipfeln empor, beleuchtet vom Schein der Küchenlampe. Ungelenk kam ich auf die Beine. »Jetzt genieß deine Reise, komm gut zurück, und alles ist im grünen Bereich. Das neue Buch wird erscheinen und das Projekt Flachwichser endgültig der Vergangenheit angehören. Außerdem wird das Repräsentantenhaus den anderen Idioten des Amtes entheben. Dann herrscht wieder Normalität in diesem Land. Alles wird gut.«

»Projekt was? Mensch, du bist ja komplett verstrahlt!«

Ich nickte grinsend.

Das schmutzige Geschirr auf dem Tisch blieb so stehen, statt aufzuräumen, breiteten wir auf dem Küchenboden ein paar Handtücher aus und stellten rund herum Votivkerzen auf. Kurt schnappte sich eine Dose Guinness, legte sich neben mich, ich bedeckte seinen Nacken mit Küssen. Wir teilten uns das Bier, und auf einmal kam mir das alles vor wie ein großes Abenteuer, wie damals, in der Pubertät, diese begrenzte Zeit im Leben, wenn man alles tun und sagen durfte, was man wollte. Er griff hinter sich und bedeutete mir, näher heranzurücken. Wie gern hätte ich ihm in diesem Moment gesagt, dass ich ihn liebte, diese Worte, bis jetzt noch unausgesprochen zwischen uns, aber ich wollte den schönen Traum nicht zerstören, wollte nicht riskieren, dass er mit Schweigen reagierte.

In diesem Augenblick wurde mir klar, dass ich diesen

Mann vielleicht bereits zu nah an mich, an uns, herangelassen hatte.

Kurt sah mich an, dann zog er sein T-Shirt aus. »Komm her, Al«, sagte er und bugsierte mich auf seinen Schoß.

»Moment«, flüsterte ich, bevor ich die Kerzen ausblies. Es wurde stockdunkel in der Küche.

Trotz der Handtücher war der Küchenboden bretthart. Immer wieder fügten wir einander aus Versehen Verletzungen zu, Hüftknochen traf auf Vinyl, Knie auf Stützkraft. Kurt knüllte ein Handtuch zusammen und schob es sich unter den Ellbogen, doch als er sich darauf abstützen wollte, rutschte es weg, und er knallte schutzlos mit dem Knochen auf den Belag. »Autsch!«, rief er. »Dieser Boden ist ein echter Killer.«

Ich lachte, schlug mir aber gleich die Hand vor den Mund. »Wir wecken noch Cass auf!«, sagte ich. »Dann sorge ich jetzt dafür, dass du den Mund hältst«, sagte Kurt und küsste mich so leidenschaftlich, dass ich mich bald wieder ganz auf mich und meine Gefühle konzentrieren konnte. Irgendwann hatten wir einen Rhythmus gefunden, der harte Boden und meine Angespanntheit waren vergessen.

Danach kuschelte ich mich an ihn, wir waren klebrig vor Schweiß, unser Atem musste sich erst wieder beruhigen. Ein seltsames Gefühl war das, als wäre ein Zug durch die Küche gerauscht, und jetzt herrschte wieder Stille.

Ich rappelte mich auf, um ein Glas Wasser zu holen. Bei meiner Rückkehr sah Kurt mich seltsam an. Er wickelte sich ein Handtuch um die Hüfte und setzte sich auf.

»Willst du auch einen Schluck?« Ich gab ihm das Glas, und er trank.

»Danke«, sagte er. »Ich habe vor ein paar Tagen ein Bild von ihr gesehen.«

Ich brauchte einen Moment. »Birgitte?«

»Ich gebe es zu: Als du weg warst, habe ich sie auf deinem Computer gegoogelt.«

Er benutzte meinen Laptop gelegentlich, wenn es nötig war; seinen hatte er zurückgelassen. Das einzige elektronische Gerät, das er aus seinem alten Leben mitgenommen hatte, war ein Klapphandy.

»Echt?« Ich dachte an unsere erste Nacht und die Tatsache, dass er Birgitte auch schon damals ins Spiel gebracht hatte, kaum dass wir uns voneinander gelöst hatten.

»Frag mich nicht, warum. Ich bin auf ihr Facebook-Profil gegangen. Sie wohnt schon mit einem neuen Typen zusammen, einem Restaurateur. Hat ein Bild gepostet, sie beide mit ihrem neuen Jeep.« Er machte ein angewidertes Geräusch. »Es war schräg. Keine Ahnung, warum ich das gemacht habe.«

»Hm.«

»Fast hätte ich ihr geschrieben.« Er spielte mit seiner Haarlocke herum. »All das, was mir passiert ist, bevor ich hergekommen bin? Birgitte, die Firma, mein Leben in New York? Manchmal habe ich das Gefühl, es war alles nur Einbildung. Ich finde einfach keine Verbindung mehr dazu.«

Es ärgerte mich, dass er so einfach einen Blick in seine Vergangenheit werfen und solche Denkprozesse anstoßen konnte, nur indem er ein paar Worte in meinen Laptop tippte. »Vermisst du sie? Oder dein altes Leben?«

»Nein. Es ist nur verwirrend. Wenn du mich damals gesehen hättest … Ich glaube, dieser Typ hatte nichts mit mir zu tun. Aber keine Ahnung, ob ich hier ich selbst bin, ich meine, jetzt spiele ich Vater und verantwortungsvoller Partner in irgendeiner Stadt in Massachusetts.« Offenbar sah er meine gekränkte Miene, denn er fügte rasch hinzu: »Ich rede aber nicht von dir! Du weißt, wie ich zu dir stehe. Und zu Cass. Ich erkläre das nicht gut.«

»Birgitte und ich … wir sind komplett verschieden«, sagte ich.

»Und das ist noch eine Untertreibung. Sie hat nie den Führerschein gemacht, wusste nicht mal, wie man eine Glühbirne austauscht. Sie hat bei Barney's und Bergdorf eingekauft und ist mit ihren Freundinnen auf die New York Fashion Week.« Er senkte den Blick. »Aber sie war blitzgescheit. Und hat hart gearbeitet. Und sie hat die Kapriolen an den Weltmärkten auf eine Weise vorausgesehen, wie ich es nicht konnte«, fügte er hinzu, als müsste er sich rechtfertigen.

»Du hattest sicher einen guten Grund, warum du mit ihr zusammen warst.«

»Ja.« Er begann, die Kerzen einzusammeln.

»Ich schau mal nach Cass«, sagte ich, ein wenig ernüchtert.

»Aber komm wieder zurück, okay?«

Ich nickte.

Mein Sohn ähnelt inzwischen mehr mir als seinem Vater, dachte ich, während ich ihn ansah, aber vielleicht war das auch Wunschdenken. Als Cass auf die Welt kam, hatte es oft geheißen, er würde mir überhaupt nicht ähneln. Ich wusste, dass es nicht als Beleidigung gemeint war, aber es traf mich jedes Mal. Leider hatte ich nie eine passende Antwort parat.

Ich fragte mich, ob Daniel je an mich oder Cass dachte. Vergeblich versuchte ich, mir seine Stimme ins Gedächtnis zu rufen, sein Haar, seine Brille. Wie hatte er mich bei unserer ersten Begegnung vor fünf Jahren angesehen? Wie hatte ich mich gefühlt? Wenn ich diese Dinge doch nur zurückholen und sie im Gedächtnis festhalten, in die vielen anderen

Momente in meinem jetzigen Leben einreihen könnte, mit dem Wissen, dass ich auf dem richtigen Weg war, dass alles richtig war, ich, Cass, alles.

Es verging bestimmt eine Stunde, bis ich sein Zimmer wieder verließ. Da lag Kurt bereits in meinem Bett und schlief.

Am nächsten Morgen sah ich Kurt dabei zu, wie er seine Taschen zuschnürte. Während er über seine Pläne plauderte, fragte ich mich, ob Cass und ich ihn je wiedersehen würden, und ob ich etwas tun sollte, um ihn aufzuhalten. Wann ich wohl das nächste Mal mit jemandem schlafen würde, an seiner Seite einschlafen, ob ich so etwas überhaupt je wieder zuließe, und wie es sein würde, immer nur mit Cass beim Abendessen zu sitzen, allein britische Agentenserien zu schauen. Um mich aufzumuntern, rief ich mir Kurts realitätsferne Einstellung zum Geld ins Gedächtnis, und das half, zumindest vorübergehend.

Eine Stunde später küssten wir uns zum Abschied, dann trottete er zur Straße, wo Ron Garbella schon wartete, um ihn nach Fitchburg mitzunehmen.

TEIL 2

Dezember 2016 – März 2017

Kapitel 8

Hätte ich etwas über die Zeit nach Kurts Abgang geschrieben, wäre Colin sicher sofort darüber hergefallen. Er hätte mir erklärt, dass die Leserinnen sich einen feuchten Kehricht für den Alltag einer überforderten Alleinerziehenden interessierten. So wie er vor fünf Jahren meine Arbeit an Tanyas Buch mit einem Hinweis auf »die Leserinnen« kritisiert hatte. »Wen meinst du damit eigentlich genau?«, hatte ich ihn gefragt, und er hatte erwidert: »Eine Vorstadtmutter mittleren Alters, die Oprah Winfrey und Wein mag, einen Bachelor hat, Teilzeit oder ehrenamtlich arbeitet und aktive Teilnehmerin an einem Lesezirkel mit ähnlich gestrickten Frauen ist.«

Und dann sollte ich Tanyas Buch entsprechend überarbeiten.

In der ihm vorliegenden Erstfassung hatte ich ziemlich ausführlich beschrieben, was Tanya mir damals erzählt hatte. Dabei ging es unter anderem um die über elf Jahre andauernde sexuelle Belästigung durch ihren Onkel, die darauffolgenden Depressionsschübe und ihren Suizidversuch, der sie schließlich in eine psychiatrische Klinik brachte. Das alles Jahre bevor sie als Stand-up-Comedienne Erfolge feierte. Und weil dieser Onkel ihr Leben so negativ beeinflusst hatte, stellte sie sich am Ende ihrer Memoiren vor, wie sie ihn vor seiner versammelten Pokerrunde kastrierte.

»Allie«, sagte Gin, die sich kurz nach meinem Gespräch

mit Colin bei mir meldete, »diese Rohfassung hinterlässt einen sehr unangenehmen Nachgeschmack.«

»Tanyas Onkel ist seit Jahren tot«, rechtfertigte ich mich. »Daher dachte ich, wir hätten zumindest rechtlich nichts zu befürchten.«

»Wo ist in deinem Buch der Wohlfühlteil?«, fragte Gin und erklärte mir ihr Erfolgsrezept für Memoiren: dreißig Prozent Hintergrund, dreißig Prozent Herausforderungen und Entwicklung einer persönlichen Lebensphilosophie, der Rest Krönchen richten, gefolgt von Ruhm und Reichtum, dem Genuss des erreichten Ruhms und Reichtums, ein bisschen Name-Dropping und Dankbarkeit.

»Bei dir zählt also nicht mal mein Ende als positive Auflösung?«, scherzte ich.

Gin seufzte lediglich. »Du hast alles ausgelassen, was wichtig gewesen wäre: die Zeit zwischen der Psychiatrie und ihrem Erfolg. Nötige ihr ein bisschen Vergebung ab. Stell sie als eine Frau dar, die gesunde Beziehungen entwickelt hat, selbst wenn es nur zu ihrem Hund ist. Und schließe das Ganze mit etwas Dankbarkeit ab, nicht mit dieser verrückten Kastrationsfantasie.«

»Okay«, sagte ich. »Dankbarkeit, Hoffnung, ein glattes Image. Verstanden. Aber sie mag keine Tiere«, fügte ich hinzu, erklärte mich aber demütig bereit, alles nochmal zu überarbeiten.

Als Nächstes rief ich bei Tanya an, die Gins Ideen eine komplette Absage erteilte. »Diese Schönfärberei ist Bullshit!«, zischte sie, und ich musste ihr zustimmen.

Aber am nächsten Morgen rief sie mich zurück. »Mach einfach, was du tun musst, damit das Ding endlich fertig wird«, sagte sie. »Ich brauche das Geld, verdammt nochmal. Ich verdiene nicht so viel, wie du vielleicht denkst.«

»Sicher?«

»Ja«, sagte sie. »Gib ihnen Vanillepudding. Das ist es doch, was sie wollen.«

Memoiren, das bedeutete für mich also: mehr kreatives Schreiben (Fantasieren), weniger Ghostwriting. Leicht oder natürlich fühlte sich das allerdings nie an – und Lanas Buch war eine besondere Kraftanstrengung, denn ich musste mir ihre Geschichte praktisch komplett aus den Rippen leiern. Aber ich brauchte das Geld, wie ich mir immer wieder sagte.

Jetzt, da Bertie nicht mehr so oft auf Cass aufpasste und Kurt keine Miete mehr zahlte, konnte ich mir auch die tägliche Betreuung bei den *Kleinen Regenbögen* nicht mehr leisten. Meine treue Freundin Maggie ging zwar ab und zu nachmittags mit Cass und ihren Söhnen auf den Spielplatz, aber Cass' anschließendem Obduktionsbericht entnahm ich, dass der Junge mit dem Hasengesicht auch regelmäßig dort spielte und er und Liam Cass weitestgehend ignorierten – bis auf die Male, wenn sie seine Sandburgen zerstörten.

Fast eine Woche nachdem Kurt weggefahren war, hatte ich glücklicherweise einen Job als Aushilfslehrerin an der Mittelschule ergattert. Nach einem anstrengenden Tag (ich mochte die Kinder, aber sie zeigten kein Interesse an meinem Unterricht und daddelten lieber auf ihren Handys herum) holte ich Cass von der Kita ab, schaltete *Diego* ein und setzte mich neben ihn aufs Sofa. Eigentlich wollte ich endlich *Die Fahrt zum Leuchtturm* weiterlesen, schlief aber schon nach dem ersten Satz ein.

Eine Frauenstimme riss mich aus den Träumen. Dort, auf dem Bildschirm, saß Jenna Rose, meine frühere Kundin, in einem knallpinken Sessel. Sie trug einen Laborkittel, ihr kastanienbraunes, gesträhntes Haar war zu einem akkuraten Bob gestylt, ihre Lippen glänzten lila. »Die zur Herstellung dieses einzigartigen Make-ups verwendeten Pigmente werden aus Muscheln von den Bahamas gewonnen. Gibt es schönere, sinnlichere Farben als die an den Stränden der Bahamas?« Jenna sah extrem gepflegt aus und klang äußerst professionell.

Die Arbeit mit Jenna hatte mir Spaß gemacht. In natura war sie völlig anders als in der Hochzeitsshow, wo sie ständig juchzte und schluchzte. Privat war sie eher verhalten, und ich sah in ihr oft eine erwachsene Frau, der man das Image einer Porzellanprinzessin übergestülpt hatte. Damals musste Jenna sich noch beweisen, daher schufen wir gemeinsam eine – wie ich fand – sehr kluge Anleitung für Frauen, die die öffentliche Wahrnehmung bezüglich ihrer Attraktivität und Wertschätzung selbst bestimmen wollten.

Mit einem warmen Gefühl dachte ich an die Zusammenarbeit zurück, gab mir dann aber einen Ruck. Ich musste dringend an Lanas Buch weiterarbeiten.

Als ich meinen Laptop aufklappte, sah ich eine neue Nachricht von Lana, ihre Antwort auf meine Erstfassung des zweiten Kapitels. *Könntest du das Stillen vielleicht noch mehr als revolutionären Akt darstellen? Du (ich) wirke so neutral, manchmal sogar, als wäre ich dagegen!*

Ich schrieb zurück. *Ich verstehe dich völlig. Aber findest du nicht, dass die meisten Mütter ihren Kindern heutzutage die Brust geben? Wäre es nicht viel revolutionärer, sein Kind offen und ohne Scham mit der Flasche zu füttern?* Ja, okay, vielleicht ging es mir hier auch darum, mein Stillversagen zu rechtfertigen. *Stillen ist doch nur für diejenigen gut machbar, die nicht arbeiten müssen und sich eine Stillberatung, Milchpumpen und das ganze Zubehör leisten können, das diesen (unangenehmen) Prozess angenehmer macht.*

Als Cass noch jung war, erschien mir das Stillen wie ein Privileg. Wie sollte ich bitte Vollzeit arbeiten und gleichzeitig als alleinige Nahrungsquelle für mein Kind parat stehen?

Lana schrieb: *Mag sein, aber ich möchte mich klar PRO STILLEN positionieren! Außerdem hast du in diesem Kapitel viermal das Wort »wunderbar« verwendet. Hoppla! Und falls du beim Schreiben an den Holzschnitt in meinem Flur gedacht hast – das ist ein Hashiguchi, kein Utamaro.*

Mir wurde schlecht. *Huch! Sorry!*

Irgendwie war es leichter gewesen, für Nick Felles zu schreiben. Sein Name war aus den Schlagzeilen verschwunden, was mich ärgerte. Eine schnelle Google-Suche ergab, dass zwei weitere junge Schauspielerinnen mit Vorwürfen wegen sexueller Belästigung an die Öffentlichkeit getreten waren. Eine hatte einen kleinen Part als Hexe in seiner Sendung gehabt, die andere war mir unbekannt. Neben der Meldung prangte ein Foto von ihm, wie er mit selbstzufriedenem Babyface den Arm um eine mir ebenfalls unbekannte Schauspielerin gelegt hatte. Eine Zigarette baumelte lässig zwischen seinen Fingern, direkt über ihrer Brust.

Sofort klickte ich mich zurück zur Unterhaltung mit Lana. *Ich überarbeite den Teil nochmal.*

Lana: *Danke. Die Geschichte mit dem Stillen im Park und den Jugendlichen hat mir gut gefallen. LOL! (Könntest du das trotzdem ein bisschen runterdimmen? Wir wollen die Leute ja nicht erschrecken! Weniger Gossensprache bitte, auch wenn du sie verwendest, um männliche Aggression zu unterstreichen.) Wie bist du darauf gekommen?*

Ich: *Mir ist was Ähnliches passiert.*

Lana: *Was für Idioten! Ja, gern mehr davon, wenn es passt!*

Ich: *Ok. Aber ich glaube, die Leute wollen lieber deine eigenen Geschichten.*

Lana: *Hat Val dir Ned Boyles Kontaktdaten geschickt? Er ist ein alter Freund, sitzt im Vorstand vom Columbia Memorial, Kinderpsychologie. Einer der beeindruckendsten Fachärzte, die es gibt. Du könntest mit ihm über Schlaf und bedürfnisorientierte Erziehung sprechen. Er hat bestimmt eine Menge Datenmaterial über die Neurologie von Jungen usw. Mir fällt dazu eine Studie ein, es geht um die Rolle der mütterlichen Stimme und die Reaktion männlicher Säuglinge. Könntest du außerdem die Marketingstrategien der Hersteller binärer Kinderkleidung und Spielzeug beleuchten?*

Ich: *Als Mutter eines Sohnes weiß ich, wie schwer es ist, genderneutrales Spielzeug zu finden.*

Lana: *Super – dann schreib darüber. Siehst du, du brauchst mich kaum! (Außer, nochmal: Bitte schreib das mit dem Stillen um und ändere den Utamaro und nimm die Gossensprache raus.) Apropos, ich bin die nächsten Wochen nicht erreichbar. Habe eine Konferenz in Melbourne. Wenn der Flug mich nicht schon umbringt, dann sicher das, was mich danach erwartet: Vortrag in London, Treffen mit Cousin in Barcelona, Kurzurlaub in Paris, Gipfeltreffen in Genf.*

Ich: *Ok. Wow.*

Eine rasche Kalkulation ergab, dass ich in den nächsten viereinhalb Wochen noch zwei Kapitel fertigstellen musste, Gin wollte das Doppelte sehen, und zwar schnell. Das gesamte Manuskript sollte in zwei Monaten stehen, obwohl sich da sicher noch was schieben ließe, wenn Lana mit Gin sprach. Das half mir allerdings wenig, denn Jimmy wollte seine Miete, und die Rechnungen für Strom und Co. ließen sicher auch nicht auf sich warten. Ich hatte dem Stromlieferanten bereits zwei Bettelnachrichten aufs Band gesprochen.

Ich: *Das ist eine Menge Reiserei! Viel Glück!*

Lana: *So ist mein Leben!*

Du solltest meins mal sehen, tippte ich, löschte es aber rasch wieder und schrieb stattdessen: *Lana, ich wollte dir noch schnell sagen, dass ich Allie heiße, nicht Amy.*

Lana: *Echt? Du meine Güte, warum hast du mir das nicht gleich gesagt?*

Natürlich war es meine Schuld! Ganz klar, dass man sich nicht entschuldigt oder sich zumindest schämt. Für wie devot hielt die mich eigentlich? *Besser spät als gar nicht,* schrieb ich.

Du sagst es, schrieb sie zurück.

An diesem Abend half ich Jimmy dabei, einen Minikühlschrank in meinen Keller zu tragen, den er am Straßenrand entdeckt hatte. Er wollte ihn im Keller seines neuen Hauses benutzen, den er als Mietwohnung umgebaut hatte.

»Hast du schon eine Ahnung, wann du mir die Miete zahlen kannst, Schätzchen?«, fragte er atemlos, nachdem wir das Ding in meinen fast leeren Kellerraum gehievt hatten.

»Einen Teil kann ich dir jetzt schon geben«, sagte ich. »Oder demnächst, glaube ich.«

Es gelang ihm, mich gleichzeitig mitfühlend und skeptisch anzusehen. »Ich geb es dir bald, ich schwöre!«, sagte ich. »Vielleicht kann ich sogar gleich ein paar Monate auf einmal zahlen. Aber gerade geht es nicht.«

»Wann kommt denn Kurt zurück? Bist du dir sicher, dass du seinen Teil allein aufbringen kannst?«

Ich betrachtete den verrosteten Minikühlschrank. »Ich habe es doch auch geschafft, als er noch nicht hier gewohnt hat.«

Jimmy verengte die Augen, als wollte er mich in einem

anderen Licht betrachten. »Ich hab dich doch immer gut behandelt, oder?« Zwischen seinen Lippen trat ein Zahnstocher hervor, der sich offenbar die ganze Zeit in seinem Mund versteckt hatte. »Jetzt, wo ich das neue Haus gekauft habe, habe ich kaum noch Rücklagen.«

Ich versuchte es mit Bauchpinseln. »Aber sicher hast du uns gut behandelt. Absolut, Jimmy. Ich weiß gar nicht, wie ich dir danken kann! Du hast überhaupt nichts dagegen gesagt, dass Kurt bei mir eingezogen ist, und hast dich sogar darauf eingelassen, dass er bei dir streicht, statt Miete zu zahlen. Und du bist wie ... wie ein zweiter Großvater für Cass.« Hatte ich zu dick aufgetragen? Meiner Erfahrung nach war das beim Bauchpinseln eigentlich nicht möglich, es konnte den meisten gar nicht dick genug sein, und so funktionierte es auch bei Jimmy, selbst wenn ich mir gerade wie eine Verbalprostituierte vorkam.

Er winkte ab. »Schon gut!« Nachdem er sich den Zahnstocher aus dem Mund gezogen hatte, fügte er hinzu: »Bis zum Monatsende, okay?«

»Ehrlich gesagt erkläre ich den Eltern immer, dass das Geschlecht ihres Kindes nicht zwingend sein Verhalten vorherbestimmt. Entschuldigen Sie ...« Dr. Boyle legte den Hörer beiseite und hustete sich eine geschlagene Minute die Lunge aus dem Hals. Als ich bereits überlegte, das Gespräch später fortzusetzen, kam er wieder an den Apparat. »Genetisch betrachtet stimmen Mädchen und Jungen nämlich zu 99,8 Prozent überein.« Nachdem er das geklärt hatte, sprach er noch eine Weile über die Zellen des emotionalen Thalamus.

Ich stellte ihm Fragen zu den Methoden von Ferber und Dr. Sears, beides gute Freunde, wie Dr. Boyle mir erklärte, und Konkurrenten, wie ich seinem Ton entnahm. Dann befragte ich ihn noch zur bedürfnisorientierten Erziehung, die er aalglatt beantwortete, ohne persönlich Stellung zu beziehen. Wahrscheinlich hatte er schon zu viele Erziehungstrends miterlebt. Jede Generation war sich sicher, den Stein der Weisen entdeckt zu haben, bis die nächste sie eines Besseren belehrte.

Danach sprachen wir über die besten Strategien, um Jungen Empathie beizubringen. »Eine gute Möglichkeit ist es, dem Kind Mitgefühl vorzuleben – oder Feminismus, wie im Falle dieses Buches. Und wahrscheinlich eine gute Ehe, in der Gleichberechtigung herrscht.«

»Was, wenn man sein Kind allein erzieht?«

»Dann lebt man dem Kind eben allgemein gute Beziehungen vor.«

Auf die Frage, wie er die Empathiefähigkeit von Jungen einschätzte, sagte Dr. Boyle: »Das hängt vom individuellen Kind und seiner Umwelt ab. Natur versus Kultur, Sie wissen schon. Ein Junge, der mit vielen externen Stressoren aufwächst, hat es mit dem Lernen schwerer«, sagte er und hustete wieder. »Ich meine damit Armut, Misshandlung, Krankheit, Alkoholismus, Scheidung, so was eben. Wenn wir unmittelbaren Stress erleben, machen wir dicht, zumindest die meisten von uns. Das Hirn schaltet auf Instinkt um, Fliehen oder Kämpfen. Ein Junge, der mit solchen Problemen zu tun hat, kann keine Empathie entwickeln. Er wird Fehlverhalten zeigen. Vielleicht sogar Depressionen oder Ängste entwickeln.

»Oder Trennungsangst?«, fragte ich vorsichtig.

»Sicher.«

»Und wenn kein Vater da ist? Welche Folgen könnte das haben?«

»Das hängt wiederum vom jeweiligen Umfeld ab.« Seine

Antworten waren einfach zu vage, sowohl für mich und Cass als auch für das Buch.

»Also könnte man sagen, dass Alkoholismus oder Scheidung oder die Abwesenheit des Vaters nicht automatisch Stress verursachen?« Boyle schwieg sich aus. »Wie kann man einem Sohn mit Ängsten am besten helfen?«, bohrte ich weiter.

»Ehrlich gesagt lautet mein Rat, seinen Sohn einfach zu lieben. Nehmen Sie ihn in den Arm, trösten Sie ihn, wenn er es braucht. Sorgen Sie dafür, dass seine Grundbedürfnisse erfüllt sind. Bringen Sie ihm bei, dass Menschen ihm helfen können, dass die Welt um ihn herum ihn nicht überfordern muss, sondern ihm im Wesentlichen mit Fürsorge begegnet.«

»Was raten Sie Müttern, die das nicht immer leisten können? Weil es an Zeit oder Geld fehlt? Oder wegen einer Behinderung oder so.«

»Niemand kann jederzeit alles leisten. Wir alle tun nur unser Bestes«, sagte er großmütig.

»Wie geht es voran mit dem Buch von dieser berühmten Frau?«, fragte meine Mutter am Telefon.

»Zäh.«

»Lottie hat gestern Abend ein paar von uns eingeladen, und Patty Copeland hat sofort allen brühwarm erzählt, dass ihre Schwiegertochter ein Kind bekommen hat. Den ganzen Abend drehte sich alles nur noch um sie. Das ist ihr dreizehntes Enkelkind, aber sie führt sich auf, als wäre es ihr erstes. Und dann hat sie noch ewig von ihrem Sohn geplappert, der einen berühmten Basketballer kennengelernt hat, die beiden seien jetzt dicke Freunde und planten einen gemeinsamen Urlaub auf Kuba. Irgendwann bin ich auch mal zum Zug gekommen und habe Patty gleich mal reingedrückt, dass du jetzt für eine der berühmtesten Frauen im Land ein Buch schreibst. Für wen, konnte ich ihr natürlich nicht verraten. Die Neugier hat sie fast umgebracht – was hat sie mich mit Fragen gelöchert!«

»Was? Warum hast du das getan?«, fragte ich, bewunderte sie aber fast dafür, wie sie aus ihrer eigenen Neugier gesellschaftliches Kapitel geschlagen hatte.

»Ich habe ihr doch gar nichts verraten! Wollte sie nur ein bisschen ärgern, und ich sage dir, es hat funktioniert! Endlich hat sie nicht mehr über ihre Enkeltochter oder ihren Sohn schwadroniert.« Sie lachte. »Die Wohnung ist übrigens fast fertig eingerichtet. Ich habe doch glatt einen japanischen Holzschnitt ergattert – auf einem Hofflohmarkt ein paar Straßen weiter, stell dir das vor! Sieht aus wie ein Original, ich werde das Bild gleich mal prüfen lassen.«

Ich spähte auf meinen Monitor. Google Alert machte mich auf einen Artikel aufmerksam: *Breban zieht blank: Aufsehenerregender Auftritt bei der Europäischen Frauenlobby.* »Mom? Ich muss aufhören. Ich melde mich in ein paar Tagen, okay?«

Kaum hatte ich aufgelegt, klickte ich auf das verlinkte Video. Lana stand vor einem Rednerpult auf der Bühne, hinter ihr hatten sich rund zwanzig stillende Frauen versammelt. Lana selbst zeigte nichts, weder ihre Brust noch sonst irgendwas vermeintlich Anstößiges. Der Gegensatz zwischen den schlanken Frauen mit ihren ernsten Gesichtern im Businesskostüm, ein paar sogar mit Aktentaschen, und den nur mit Windeln bekleideten Säuglingen auf ihrem Arm war schon ein echter Hingucker. *»Never Apologize!«*, rief Lana ins Mikro und alle anderen stimmten ein. *»Never Compromise! Never Rationalize!«*

Einer Frau verrutschte das Kind, und ihre nackte Brust blitzte hervor. Sie war offenbar zu sehr mit ihrem Kind beschäftigt, als dass sie sich daran stören würde, und wieso sollte sie auch? Das Video hatte bereits über fünfzigtausend Likes und rund hunderttausend Dislikes. Die Schlacht auf Twitter konnte ich mir lebhaft vorstellen. Diese Rede war anders als Lanas bisherige Auftritte. Vielleicht hatten sie und ihre Leute sich die Sache mit der Imageglättung doch nochmal überlegt. Jetzt, wo die Fronten in diesem Land klar waren, hatte sie die Trolle provoziert, um ihre Unterstützerinnen zu mobilisieren.

Ich suchte auf Lanas Twitter-Feed und ihrer Facebook-Seite nach einem Statement von ihr, aber sie hatte noch nichts gepostet.

Sollte ich diese Sache jetzt in meinem Buch verwursten? Selbst, wenn es nichts mit Nortons Erziehung zu tun hatte? Es musste doch noch andere Ghostwriter geben, die mit ähnlichen Kunden zu tun hatten ... Ich selbst hatte allerdings nur einige wenige persönlich kennengelernt. Ein Austausch über die Arbeit war zwangsläufig oberflächlich geblieben, denn die meisten von uns waren durch die Geheimhaltungsvereinbarung geknebelt. Meine Internetsuche hatte allerdings schnell Erfolg: Ich stieß tatsächlich auf eine Selbsthilfegruppe. Die Mitglieder verkehrten nicht unter Klarnamen, sondern benutzten Kürzel. Ich nannte mich AMLCAL, meine und Cass' Initialen. *Ghostwriters Talk* war eine private Aktionsgruppe, ein Chor der Anonymen, die sich über Honorare und Verträge austauschten und zynische Anekdoten über nicht namentlich genannte Promis zum Besten gaben.

Erleichtert stellte ich fest, dass mein Honorar für Lanas Buch im Vergleich zu ähnlichen Projekten überdurchschnittlich hoch war. Es hieß, vermögende Kunden mit großen Namen konnten einem bis zu fünfhunderttausend Dollar pro Buch einbringen. Kunden wurden nur mit Kürzel bezeichnet, BM (Boss Mann) oder BF (Boss Frau).

SILENTPARTNER schrieb: *Ich hab mal ein Buch für einen abgehalfterten Country- und Westernsänger geschrieben, und der BM hat die ganze Zeit rumgenervt, dass mein »Schreibstil« nicht »literarisch genug« sei. Er wollte – ich zitiere »surrealistisch wahrgenommen werden« und »vielschichtig wie Gabriel García Márquez«. Ich hab mir nur gedacht: Alter, komm mal wieder runter, schließlich kennt man dich (kaum noch) wegen deiner lahmen Songs über deine Ex und kaltes Bier.*

Ein anderer erzählte, er pflege die Facebook-Seite einer cholerischen Sitcom-Darstellerin. Ein Kollege gestand, er habe ein Wirtschaftssachbuch für einen verbal inkontinenten Media-Mogul verfasst, eine Kollegin hatte einen YA-Roman für einen drogensüchtigen Teenie-Popstar geschrieben. Ich musste mich echt beherrschen, den BM Westernstar und die Sitcom-Darstellerin nicht gleich zu googeln und meine Story über Nick nicht hinauszuposaunen, denn selbst wenn ich ihn nur »BM« nannte, würde jeder wegen des Riesen-Medienrummels sofort wissen, um wen es sich handelte.

In der Gruppe wurde über Lieblingsprojekte oder besser über Lieblingskunden diskutiert, denen man über die Jahre so nah gekommen war, dass man schon fast zur Familie gehörte, und auch über solche, die einen eine Woche im Beverly Wilshire oder Mandarin Oriental einquartiert, auf die eigene Ranch oder den Karibikurlaub eingeladen hatten. Ich bekam langsam Selbstmitleid. Die Kongressabgeordnete McGrath hatte mir und Cass für ein Wochenende ihr Cottage auf Cape Cod angeboten, aber das, die Gucci-Tasche und das Samurai-Schwert für Cass waren dann auch alles, was ich je abgesahnt hatte.

Nun, ich sollte nicht kleinlich werden – dieser Job hatte auch noch andere Vorteile. Jenna Rose und Tanya Dawson waren mir zu Freundinnen geworden, auch wenn ich jetzt schon lange nichts mehr von Jenna gehört hatte. Außerdem musste ich nicht mehr über Steuerschlupflöcher für die Superreichen schreiben oder mir anhören, wie sich meine Kollegen über Halle Berry oder die »heiße Tochter« der Büroleiterin ausließen. Meine Terminplanung war einigermaßen flexibel, was mir den Alltag mit Cass erleichterte. Ich arbeitete im Schlafanzug. Ein echtes Privileg.

Kapitel 9

Drei Wochen nach unserem Abschied rief Kurt mich aus Montpelier an. Labrador und Neufundland seien nicht zu machen, erzählte er mir. Außerdem habe er in Vermont gerade so viel Spaß, dass er eine Weile dortbleiben wolle. »Ich habe ein paar Leute getroffen, wir setzen eine alte Scheune instand.« Das Holz hätten sie von einer anderen verfallenen Scheune, sagte er, überhaupt gebe es viele Ställe und verlassene Holzhütten, in einer hätten sie erst mal ihre Zelte aufgeschlagen. »Wenn die Scheune fertig ist, komme ich zurück, so in ein paar Wochen. Die Landschaft hier ist echt atemberaubend.«

»Ja, hier auch.« Es war schon spät, deshalb vermutete ich, dass er kurz davorstand, mir etwas zu gestehen, das ich nicht hören wollte. »Wer sind diese ›Leute‹, die du getroffen hast?«

»Ach, einer ist Schreiner und hat auf dem Bau gearbeitet, und der Typ, der die Scheune gekauft hat, ist so eine Art Bauer. Sein Vater hat ein paar Ziegen und Schweine, die er dann hier unterbringt. Alle sind so nett und interessant … so authentisch.«

Ich wartete darauf, dass er mir mehr von diesen Leuten erzählte, aber es kam nichts. »Cass vermisst dich«, sagte ich schließlich.

Das darauffolgende Schweigen war wie eine schwarze Wolke, nicht greifbar, aber trotzdem zwischen uns.

»Ich parke ihn zu oft vor der Glotze«, gestand ich.

»Mach dir keinen Kopf. Du tust, was du kannst.«

Ich wollte Kurt nicht vermissen, wollte nicht eifersüchtig sein auf eine Scheune oder einen Schreiner oder überhaupt auf irgendwas. Und auf keinen Fall wollte ich bedürftig klingen. »Ich muss hier weitermachen«, sagte ich.

»Es ist fast Mitternacht.«

»Ich versuche zu arbeiten, wenn Cass schläft. Das geht besser.«

»Herrje, das klingt anstrengend«, sagte Kurt. »Ich denke an euch, das weißt du hoffentlich.«

»Wir denken auch an dich. Aber jetzt weiter im Takt«, sagte ich. »Wir vermissen dich«, fügte ich dann rasch hinzu.

»Ja, ich euch auch.« Er versprach mir, sich zu melden, wenn seine Rückkehr abzusehen war, außerdem würde er Cass eine Postkarte schicken.

Ich trat hinaus in die klirrend kalte Nacht. Der dunkelblaue Himmel war ungewöhnlich klar, überall glitzerten Sterne. Die Umrisse der Berkshires waren gerade so zu erkennen, eine blaue Hügelkette am Horizont. Das Haus der Garbellas lag in Dunkelheit, ich betrachtete die rustikale Holzveranda mit dem Keramiktopf neben der gebeizten Haustür.

Die Bedingungen waren zwar gerade nicht so gut für mich und Cass, aber wir schafften es auch ohne Kurt. Und ich schrieb ein gutes Buch. Gut für die Frauen, gut für die Mütter, vor allem alleinerziehende. Und für Jungen, für Männer, Väter, Stiefväter, für uns alle. Kein Schwein brauchte ein neues *Bootcamp Mama* oder irgendwelche Erziehungsratgeber, die uns weismachen wollten, wir müssten unseren Kindern das Bettenmachen wie beim Militär beibringen oder unsere iPhones wegwerfen und auf sämtliche Freunde und Lebensfreuden verzichten, um ein einfaches Leben auf dem Hausboot zu führen. Wenn alles gut lief, würde Lanas Buch Müttern den Rücken stärken.

Wieder zurück im Haus sah ich auf dem Handy eine neue Nachricht von meiner Mutter.

Es ist Oprah, stimmt's?!

Zwei Tage später meldete sich Lana bei mir. Sie hatte meine neue Fassung des zweiten Kapitels gelesen, in die ich ihrem Wunsch entsprechend eine Diskussion über gendergerechtes Spielzeug und Kleidung integriert hatte, gefolgt von einer Schilderung »ihrer« Einkaufserfahrung mit Norton, der leider mangels Materials wie ein zweiter Cass rüberkam. Meine Mutter und Ed hatten mir nach Cass' Geburt einen Stapel Strampler geschenkt, blau und mit passenden Aufschriften wie *Wenn ich schreie, zieht sie sich aus* und *Meine Mami glaubt, sie ist der Boss. Ist das nicht süß?*

Ich erklärte Norton, dass Farben kein Geschlecht hatten. Er war zu jung, um zu verstehen, dass die Hersteller von Kleidung und Spielzeug ihre Produkte mithilfe von Farben trennten, um bei einem Geschlecht Macht hervorzuheben, beim anderen Schönheit, und so eine kulturelle Hierarchie befeuerten, die ihnen finanzielle Vorteile sicherte.

Mit drei Jahren stand Norton auf »Mädchenkleidung«. Ich machte mir Sorgen, dass die anderen Kinder ihn damit aufziehen oder deswegen ausgrenzen könnten, aber dann rief ich mir Frederick Douglass' Ausspruch ins Gedächtnis: »Ohne Kampf kein Fortschritt.« Also kaufte ich Norton ein pinkes Partykleid und ein paar Röcke, dazu eine Barbiepuppe, um die er schon seit Wochen gebettelt hatte. Die Puppe schleppte er überall mit sich herum. Ei-

nes Tages kam in der Supermarktschlange eine Frau auf uns zu und sagte zu ihm: »Ich hoffe, du hältst die nur für deine Schwester fest.«

Diese Szene hatte ich beim Schreiben noch genau vor Augen: das spitze, glänzende Gesicht der Frau, Cass, im Kindersitz des Walmart-Einkaufswagens, seine Barbie im Brautkleid fest an sich gedrückt, meine klägliche Reaktion (»Ja, die gehört seiner Schwester«) und alles, was danach kam: Cass, der mich verstört ansah, weil er nicht verstand, was ich gerade gesagt hatte. Sogar damals hatte er schon Antennen für die harte Wahrheit, wie eigentlich die meisten Kinder. Und obwohl ich ihm gleich nach dem Abmarsch der Frau meine Antwort erklärt und ihm gesagt hatte, dass sein Spielzeuggeschmack niemanden etwas angehe, war der Schaden angerichtet. »Warum hat die Frau über mich gelacht?«, fragte er. Ja, ich gebe zu, dass ich das Thema gewechselt habe.

Lana wollte, dass ich die Bemerkung über den finanziellen Vorteil der Hersteller strich. *Nicht sicher, ob wir das tatsächlich belegen können, und ich will damit keine Firmenbosse verärgern, die das vielleicht lesen. Ansonsten gut! Nächste Station: Kleinkindphase.*

Ich: *Bin schon dabei!*

Lana: *Wie wäre es, wenn wir das Thema Rosa und Blau wieder aufgreifen? (Aber schreib über Eltern und Kinder, nicht über die Motive der Investoren.)*

Ich: *Mache ich. Irgendwelche Lieblingsanekdoten?*

Lana: *Mir wäre es lieber, wenn wir keine Namen nennen, sondern einfach »Hersteller von Kinderkleidung«, bitte. Unter uns gesagt spenden einige aus den oberen Etagen eine Menge Geld für gute Zwecke, und mit dem Warensortiment haben die ohnehin nicht viel zu tun.*

Lana wurde der Kongressabgeordneten Betsy McGrath immer ähnlicher. Die hatte darauf bestanden, dass ich in ihren Memoiren auf die Geschichte der Native Americans einging, die einst am Connecticut River gelebt hatten, außerdem sollte ich über die puritanischen Siedler aus den Niederlanden schreiben und die industrielle Vergangenheit der Gegend beleuchten. Die Erstfassung hatte dann auch über sechshundert Seiten. »Der Lektor meint, das sind zu viele Nebenschauplätze«, informierte ich sie. »Er sagt, die Leute wollen mehr Persönliches erfahren.«

»Ich bin nicht sicher, ob ich viel mehr über mich zu sagen habe«, hatte Betsy geantwortet.

»Mom.« Cass lungerte im Schlafanzug an meiner Zimmertür herum und riss mich aus dem Gedanken. »Hab schlecht geträumt. Kann ich bei dir schlafen?« Er gähnte herzhaft.

»Soll ich dein Nachtlicht anmachen?«

»Nein, ich will bei dir schlafen.«

Ihm das zu erlauben, weil ich zu erschöpft war, um mich gegen ihn durchzusetzen, würde ihm nicht helfen, seine Trennungsangst zu überwinden. »Warte kurz. Ich mache das hier noch fertig, dann kümmern wir uns darum.«

Ich schrieb Lana, dass ich ihr bald was schicken würde und schon auf ihre Antwort gespannt war, dann klappte ich den Rechner zu. Cass war derweil in mein Bett gekrochen. »Wann kommt Kurt zurück?«, fragte er.

»Weiß ich nicht genau.« Ich betrachtete Cass' glänzendes Haar und seinen Roboterschlafanzug. Cass hing zwar an seiner Barbiepuppe, aber Farben waren ihm egal. Hauptsache, auf seiner Kleidung waren Roboter oder Tiere. »Ich habe heute mit ihm telefoniert. Er vermisst dich.«

Ich deckte Cass zu und legte mich neben ihn. Eigentlich

sollte ich ihn zurückbegleiten in sein Zimmer und Grenzen setzen und ihn zur Selbstständigkeit erziehen, aber er war warm und kuschelig und fühlte sich so gut an neben mir. Ich schlief immer besser, wenn jemand neben mir lag.

Du solltest dein Kind nicht dazu missbrauchen, dir die Einsamkeit zu vertreiben, mahnte meine innere Stimme.

Nur für eine Nacht, erwiderte die andere.

Die Überarbeitung ging am nächsten Morgen recht zügig.

Wegen der Einladung zu einer Hochzeit brauchten wir ein paar neue Sachen für Norton. Im Geschäft war links die Jungenabteilung, rechts die für Mädchen. Ich schob meinen Sohn zu dem Ständer mit blauen Blazern, Chinos und kleinen gestreiften Krawatten, die auf dem Regal darüber lagen. Als ich endlich einen Blazer in seiner Größe gefunden hatte, war er verschwunden.

Ich fand ihn vor einem Ständer mit bauschigen weißen Kleidchen. »Das ist die Mädchenabteilung«, sagte ich.

»Ach.« Er senkte den Blick. Im Vergleich zu den weichen Spitzenkleidern mit den riesigen Seidenschleifen wirkte der dunkelblaue Blazer in meiner Hand noch schlichter und langweiliger. Erwachsen eben.

Manchmal stelle ich mir vor, wie es wäre, wenn Kinderabteilungen anders eingerichtet wären: ein großer Verkaufsraum, nur nach Alter und Größen unterteilt, mit preislich erschwinglichen blauen Röcken, pinkfarbenen Blazern, grünen und gelben Schlafanzügen und einfachen T-Shirts, deren Aufschrift die Kinder selbst wählen können, von Ich will Süßes *bis* Umarme mich bitte. *Körbe voller Stofftiere, Sitzsäcke, Bücher in Regalen, bunte Landkarten an den Wänden. Ich würde den Laden* Be You *nennen.*

Ich hatte Jimmy zugesagt, ihm beim Transport einer Waschmaschine in ein anderes von ihm vermietetes Haus zu helfen. Jimmy und ich hievten das schwere Ding gemeinsam auf die Ladefläche meines Trucks, und als er sich danach den Schweiß von der Stirn wischte, sagte er: »Hast du gesehen? Die Wahlmänner haben ihn im Amt bestätigt. Jetzt ist es offiziell.«

»Wir sollen nicht über die Nachrichten sprechen«, bemerkte ich. Momentan versuchte ich – meist vergebens – nicht über die Wahl und ihre möglichen Folgen nachzudenken. Für Jimmy schien das eher ein Spiel zu sein, der Sieg war alles, was ihn beglückte und interessierte, der Rest war egal. Ob Russland die Wahl manipuliert hatte, ob der Präsident seine Arbeit gut machen würde, ein anständiger Mensch war – alles schnuppe. Jimmys Mannschaft hatte gewonnen, meine verloren.

Es stellte sich heraus, dass die Mieter, denen wir den Kühlschrank brachten, in der Highschool ein Jahr über mir gewesen waren und wir gemeinsam bei einer Aufführung von *Oklahoma!* auf der Bühne gestanden hatten. Aus Jen und Gary wurde ein Paar, er leitete die Sunoco-Tankstelle in der Stadt und war gerade auf der Arbeit. Vor ihrem mintgrünen Bungalow, etwas besser in Schuss als meiner, aber nicht viel, plauderten Jen und ich noch ein bisschen über das, was wir in den vergangenen Jahren so getrieben hatten. »Ich arbeite in einem Seniorenheim in Pittsfield«, sagte sie. »Meine wahre Leidenschaft ist allerdings das Aufpäppeln ausgesetzter Greyhounds.« Jen war etwas fülliger und blonder geworden, doch beides stand ihr gut, wie ich fand. Während wir darüber lachten, dass wir jetzt beide von Jimmy Pryor abhängig waren, hievten wir die Waschmaschine vorsichtig auf eine Sackkarre und schoben sie ins Haus.

Später, als Cass in der Badewanne plantschte, setzte ich mich neben ihn auf den zugeklappten Toilettendeckel. Er lag auf dem Rücken und ließ sein Haar im Wasser treiben. »Schau mal, meine Erdnuss wird größer«, sagte er.

»Das haben Erdnüsse so an sich.« In diesem Augenblick wünschte ich, ich hätte auch eine, um das Thema aus eigener Erfahrung mit ihm besprechen zu können. »Manchmal wachsen sie ein bisschen an, aber dann gehen sie wieder zurück auf ihre normale Größe.«

»Warum?«

Ich bemühte mich, ihm kindgerecht zu erklären, was passierte, wenn sich sein Blut in den Adern staute.

»Barton Haller hat gesagt, ich habe einen Mädchennamen.«

»Na und? Was wäre schlimm daran?«

»Warum hast du mir einen Mädchennamen gegeben?«

»Dein Name ist Cassidy, nicht Cassandra. Außerdem gibt es viele Namen, die sowohl für Jungen sind als auch für Mädchen. Weißt du, ich hätte dich genauso gut Cassandra oder Emily oder Lisa nennen können, wenn ich gewollt hätte.«

Er sah mich skeptisch an.

»In Wahrheit habe ich dich nach einem Lied benannt. *›Ah, child of countless trees. Ah, child of boundless seas, What you are, what you're meant to be‹*«, sang ich. »Das stammt von einer Band namens Grateful Dead.«

»Was heißt Grateful?«

»Froh.«

»Und was heißt Dead?«

»Tote.«

»Die frohen Toten?«

»Tja, stimmt.«

»Wer ist Iron Man? Barton hat mich gehauen, weil ich nicht wusste, wer Iron Man ist, und nicht mit ihm auf die große Rutsche wollte. Dann hat er meine Haare abgebrochen.«

»Ach, Schnucki.« Ich fragte mich, was er mit ›hauen‹ und ›abbrechen‹ meinte.

»Dann hat er mich eine Schwuchtel genannt, weil ich geweint habe.«

Ich schluckte schwer. »Und wo war Suze? Die kriegt morgen von mir einen Anruf, darauf kannst du dich gefasst machen«, sagte ich leise. Am liebsten hätte ich mich so richtig aufgeregt, aber das würde Cass wahrscheinlich noch trauriger machen.

Manchmal kam ich mir bei Cass' Erziehung vor, als müsste ich einem kleinen, perfekten Außerirdischen unseren grässlichen Planeten Erde erklären. *Hier sind die Erdlinge, die sich über dich lustig machen, wenn du ein winziges bisschen anders aussiehst. Hier sind die Gefühle, Traurigkeit, Angst, Minderwertigkeitskomplexe, die du als heranwachsender Mann nicht zugeben solltest. Hier sind die beschränkten Interessen, die Jungen nach landläufiger Meinung haben sollten. Hier ist die Art Erdling, der du sein solltest – leider hat er so gar keine Ähnlichkeit mit dir.*

»Manche Menschen sind einfach gemein«, setzte ich an.

»Warum sagst du mir dann immer, dass ich nett sein soll?«

»Weil jemand diesen Kreislauf durchbrechen muss. Freundlichkeit ist ansteckend. Aber jemand muss damit anfangen.«

Er schwieg. Vielleicht hatte ich mit meinen Antworten nur mehr Fragen aufgeworfen.

Es traf uns ziemlich unvorbereitet, als Norton recht früh Fragen zu Geschlechterrollen und Sexualität aufwarf. Ich nehme an, dass Kinder solche Themen bewusst zwischendrin angehen. Mit seiner ersten Frage erwischte Norton mich, als ich ihn eines Abends badete. Ich wusste keine treffende Antwort, stattdessen hatte ich sofort eine mentale Blockade, stammelte was Allgemeines und warf mit Begriffen herum, die kein Vierjähriger verstand.

Danach machte ich mir Sorgen, dass meine Antwort irgendwie schamhaft ausgefallen war, was ich natürlich unbedingt vermeiden wollte. Glaubte er jetzt, dass Frauen davon eingeschüchtert wurden? Dass die Männlichkeit tatsächlich die Macht hatte, seine eigene Mutter zu beschämen? Ich wollte ihm ein Körpergefühl vermitteln, das frei war, mehr europäisch als puritanisch. Meine Bedenken speicherte ich ab unter der mentalen Rubrik »Themen, die ich als Feministin bei der Erziehung eines Jungen besser vermitteln müsste«.

»Es tut mir so leid, Allie. Ich muss mit Barton reden, das Wort ›Schwuchtel‹ geht gar nicht. Und sein Verhalten anderen Kindern gegenüber auch nicht«, sagte Suze am Telefon.

»Das wäre super. Vielleicht kannst du ihm erklären, dass nicht jeder Junge auf Iron Man steht und auf die große Rutsche will.«

»Wenn das nur stimmen würde, haha«, sagte sie. »Mach dir keine Sorgen, Allie, Cass ist hier in guten Händen. Wir haben strenge, klare Umgangsregeln.«

Ich hatte die Plakate im Flur gesehen. Sie waren sicher gut gemeint, aber die Regeln erschienen mir schwammig und kaum durchsetzbar. »Sei immer nett zu anderen! Schließe neue Freundschaften! Sei gut zu deinem Planeten! Vergiss nicht zu lächeln!«

»Suze, Cass hat mir auch erzählt, dass Barton sich nach dem Toilettenbesuch nicht die Hände wäscht. Ich glaube, er wischt sie stattdessen an anderen Kindern und an den Wänden ab.« Ich klang etwas überspannt, wie eine Helikoptermutter. Und eine Petze.

»Jungs!«, sagte sie. »Da kann man eigentlich nur lachen. Ein kleiner Mann hat mir heute auf die Rutsche gepinkelt. Ich sag's dir, ich habe drei Kinder davor bewahrt, völlig durchnässt zu werden. Leider habe ich sie nicht davon abhalten können, zehn Minuten später auf dieselbe Rutsche zu speien. Was für ein Tag!«

»Ach herrje.« Ich fragte mich ernsthaft, wieso man sich so einen Job aussuchte.

Zumindest waren bald Weihnachtsferien, dann hätte Cass ein wenig Ruhe vor Barton. Vor den Feiertagen machten außerdem Grippe und Erkältung die Runde, was meine Chancen auf einen Job als Vertretungslehrerin erhöhte. Doch obwohl ich auch dieses Jahr wieder ein paar Jobs ergattert hatte, war mein Kontostand nach der hohen Heizungsrechnung beinahe bei null. Bertie lieh uns einen alten künstlichen Weihnachtsbaum, den wir zu dritt mit Ornamenten und bunten Perlen aus Bolivien schmückten, von Maggie aus dem Urlaub mitgebracht. Ich hatte Cass eine Geschichte über einen Jungen geschrieben, der unter Wasser bei einem Fischschwarm lebte und sich für einen von ihnen hielt. Die hatte ich zu einem Büchlein binden lassen und ihm dazu einen Schlafanzug und ein paar Spielsachen von Walmart besorgt.

Am ersten Weihnachtstag kam Bertie mit einem gefrorenen Pot Pie, einem Malbuch und ein paar neuen Filzstiften für Cass vorbei, dazu bekam er einen winzigen Stofflöwen. Er freute sich riesig und zog gleich los, um Hippo zu holen. »Dad und sein Babysohn«, sagte er und knauschte die beiden zusammen.

Ich nickte. Die Abwesenheit eines echten Vaters stand im Raum wie ein rosa Elefant. »Aber Hippos und Löwen sind unterschiedliche Arten.«

»Eltern können Babys haben, die anders sind als sie selbst.«

Berties Blick wanderte von mir zu Cass.

»Aber sicher können sie das«, erwiderte ich nervös. Was kam als Nächstes?

Bertie nickte. »Hippo liebt seinen Löwensohn«, bemerkte sie.

Jimmy brachte uns eine Schachtel Muffins, dazu eine Extrapackung Bonbons nur für Cass. Mir kamen vor Dankbarkeit die Tränen, vielleicht lag es aber auch an der Erschöpfung.

»Ach, Al.« Bertie drückte mir die Hand.

Wir saßen im Wohnzimmer und sangen sogar Weihnachtslieder. Ich versuchte, diese Bescherung nicht mit Weihnachtsfesten meiner Kindheit zu vergleichen, wenn wir uns nach langer Anreise im Reihenhaus meiner Tante in Norwell einfanden, wo der Duft von Braten durchs Haus wehte und meine Cousinen schon zwischen Küche und Bad herumtobten. Ich spielte mit den beiden in ihrem Zimmer *Twister*, später schauten wir *Miami Vice* und warteten aufgeregt auf das »Ho, ho, ho!« meines als Weihnachtsmann verkleideten Onkels Nathan, der manchmal mit meiner Tante Setti aus Jamaika kam. Aus seinem Sack zauberte er perlenbestickte T-Shirts oder geschnitzte Holzmasken oder blaue Gläser mit Sand, die aussahen wie Fische. Er und meine Tante rochen immer ein bisschen nach Cannabis, was ich allerdings erst Jahre später zuordnen konnte.

Irgendwie hatten wir ein gelungenes Weihnachtsfest hinbekommen, aber finanziell war es mittlerweile so eng, dass ich in Betracht zog, Cass von den *Kleinen Regenbögen* abzumelden und den einzigen Betreuungstag bei Bertie zu streichen, obwohl ich wusste, dass sie die geringe Summe, die sie von mir bekam, dringend brauchte. Ich überlegte, ob ich Colin um einen Vorschuss bitten sollte, aber Eds mahnende Worte klangen mir noch im Ohr. »Ein Auftraggeber sollte nie das Gefühl haben, dass du ihn brauchst, damit er deine Rechnungen zahlt. Du sollst Wert schöpfen, nicht abschöpfen.«

»Aber mein Wert besteht in meiner kreativen Leistung«, hatte ich erwidert.

»Nicht jeder kann das differenzieren«, erklärte Ed.

Das hatte mich zwar richtig aufgeregt, aber leider hatte er schon damals recht gehabt.

Aus heiterem Himmel fiel mir dann auch noch eine Zahnfüllung raus. Es passierte, als ich gerade einen Schluck Kaffee trank. Ich schrie vor Schmerz. Vergangenen Sommer hatte ich für meinen alten Schulfreund Aaron einen Garten gestaltet, ein netter Kerl, der eine Karriere als Zahnarzt eingeschlagen hatte, also rief ich ihn an und klagte ihm mein Leid. Zögerlich gestand ich ihm, dass ich vorübergehend pleite war.

»Komm einfach vorbei, ich sehe es mir an«, sagte er munter. »Wir können Ratenzahlung vereinbaren, alles kein Problem.«

Bei der Anmeldung leistete ich umständlich Abbitte dafür, dass ich meinen Sohn mitgeschleppt hatte. »Als Alleinerziehende hat man es nicht immer leicht«, sagte ich, um Mitleid zu erwecken und vielleicht einen Sonderrabatt herauszukitzeln.

»Verstehe«, sagte er abwesend. Er wirkte irgendwie enttäuscht. Erst da wurde mir klar, dass seine Freundlichkeit letzten Sommer und am Telefon nicht ganz unverbindlich gewesen war. Ich erinnerte mich, dass er mich im Sommer sogar auf einen Kaffee eingeladen hatte, ich aber aus Zeitmangel nicht darauf eingegangen war. Womöglich war ich nun wegen meines Sohnes von der Ratenzahlung ausgeschlossen. Aaron trug keinen Ehering, was meine Vermutung bestätigte. »Heute ist viel los, tut mir leid. Es dauert noch ein bisschen«, sagte er und verschwand.

Im Wartezimmer legte ich Cass ein paar Spielsachen hin. Er arbeitete sich zuerst an einem hölzernen Abakus ab, dann nahm er sich das Feuerwehrauto vor, aber das Vergnügen hielt nicht lange an. Ein paar andere Leute warteten mit mir, und als Cass anfing, gegen einen Stuhl zu treten, warf uns eine Frau böse Blicke zu. »Hey«, sagte ich und zog ihn zu mir heran.

Zwanzig Minuten verstrichen. Eine halbe Stunde. Cass marschierte im Kreis herum, schlich sich dann hinter den Empfangstresen, wo er aus Versehen gegen einen Stapel Patientenakten stieß, die prompt auf den Boden flatterten. Ich eilte zu ihm, entschuldigte mich bei der Sprechstundenhilfe und brachte ihn zurück ins Wartezimmer.

Eine Dreiviertelstunde verstrich. Eine Stunde. Ich las ihm aus einer zerfledderten Ausgabe von *Der Wind in den Weiden* vor, obwohl mir bei jedem Wort der Kiefer schmerzte. Nach ein paar Seiten verlor er das Interesse und stromerte stattdessen in der Praxis herum. Sekunden später kehrte er mit einem Kiefermodell aus einem der Behandlungsräume zurück und ließ es unter geräuschvollem Platschen ins große Aquarium fallen.

»Cass! Du lieber Himmel!« Ich rollte meinen Ärmel hoch und fischte das Ding aus dem trüben Wasser, sehr zum Schrecken der darin herumschwimmenden Salmler. »Das hat keiner gesehen, okay?«, scherzte ich, bevor ich das Modell verstohlen auf dem Anmeldungstresen abstellte.

Einer der Wartenden rang sich ein Halblächeln ab, doch die Frau hob lediglich die Brauen. Sie kam mir irgendwie bekannt vor. *Barbara Kinzer*, dachte ich, die Leiterin der Berkshire Gilded Age Society, eine Organisation, die sich für die Erhaltung vieler historischer Anwesen in der Gegend einsetzte. Vor langer Zeit hatte meine Mutter mit Barbara eine Schönwetterfreundschaft geführt. Sie hatte eine Tochter in meinem Alter, eine unangenehme, anhängliche Person namens Sandrine, die sich damals nur dadurch ausgezeichnet hatte, dass sie ganze Passagen aus den Büchern von Stephen King auswendig aufsagen konnte. Jetzt, da ich erwachsen war, schien Barbara mich nicht mehr zu erkennen.

Was, wenn Aaron seine Meinung geändert hatte und mir schon heute die volle Rechnung präsentierte?

Irgendwann betrat Aaron das Wartezimmer und informierte mich, dass es noch dauern werde. Er schlug vor, dass seine Schwester Cass abholen könnte. »Sie ist sowieso mit Baby Dylan zu Hause.« Vanessa lebte ein paar Meter weiter in einem renovierten viktorianischen Haus, in dem sich vor zehn Jahren eine Galerie befunden hatte. Als Kinder hatten wir ein paarmal miteinander gespielt. Damals arbeitete meine Mutter noch im Souvenirladen von Tanglewood, und ich musste mir irgendwie die Zeit vertreiben. Aarons und Vanessas Eltern hatten in der Nähe ein Ferienhaus gehabt und ein festes Abonnement für alle Kulturveranstaltungen des Sommers.

»Danke, Aaron, aber ich schaffe das schon.« Ich zerrte Cass an der Anmeldung vorbei in die Toilette.

»Du darfst in den Behandlungsräumen keine falschen Zähne und sonst was anfassen«, sagte ich. »Und auch nichts ins Aquarium werfen. Dort leben Fische. Du hättest sie verletzen können. Töten. Es ist wichtig, dass du dich hier benimmst. Verstanden?« Die anderen hörten vermutlich jedes Wort. Ich senkte die Stimme. »Du willst doch auch, dass mein Mund nicht mehr wehtut. Wenn du so weitermachst, wird mir der nette Zahnarzt nicht helfen.«

Cass nickte mit großen Augen.

Zehn Minuten später kreuzte Vanessa auf, es sei ihr »ein Vergnügen, mir zu helfen«, sagte sie. Dylan hing in einem Babybjörn vor ihrer Brust, und sie sah alles andere als vergnügt aus. »Mutter sein ist ein schlechter Scherz. Dylan schläft maximal eine Stunde durch. Ich bin so übermüdet, dass ich gestern mein Handy überfahren habe.« Sie hatte sich ein Batiktuch um die kurzen schwarzen Haare gewickelt, ihre Wange war weiß verschmiert, und sie seufzte schwer, als ich ihr meinen Sohn übergab.

»Du musst Cass nicht nehmen, du hast schon genug zu tun.«

Barbara Kinzer hüstelte in die Faust. Cass schlenderte zum Aquarium und tappte gegen das Glas.

»Ach, ein Kind mehr oder weniger ist auch schon egal«, sagte Vanessa.

»Vielleicht kann er ja Dylan bespaßen.« Ein schwacher Ausgleich.

Als sie abgezogen waren, setzte ich mich auf die Toilette und versuchte, mich zu sammeln. Wenn ich wie jede andere Patientin einen normalen Termin vereinbaren könnte, würde ich jetzt nicht hier sitzen und beim Gedanken an die Rechnung eine Panikattacke bekommen. Warum zum Teufel hatte ich so viel Zeit als unbezahlte Kraft in der Zeitschriftenredaktion in San Francisco verschwendet? Warum war ich nicht bei dem Private-Equity-Unternehmen in New York geblieben, auch wenn die Arbeit überhaupt nicht zu mir passte und ich nach Feierabend in eine fragwürdige Rolle schlüpfen musste? Ach, was für ein Leben hätte ich – hätten Cass und ich –, wenn ich damals nur mehr wie Machiavelli gehandelt hätte. Integrität und echter Feminismus waren eindeutig was für Menschen mit gut gefülltem Bankkonto.

Eine unbequeme Frage schlich sich in mein Hirn. Bedauerte ich, dass ich Cass in die Welt gesetzt hatte? Die Antwort kam sofort: Nein. Nicht im Geringsten. Nicht mal jetzt, obwohl er sich so schlecht benahm. Ja, er konnte unglaublich nerven. Manchmal trieb er mich zur Weißglut, brachte mich an Grenzen, von denen ich gar nicht wusste, dass ich sie hatte. Aber er war Cass, mein Cass, mein süßes Kind, mir so nah wie mein Atem.

Mit der Zunge betastete ich meine neue Füllung, die eindeutig noch etwas nachgeschliffen werden musste. Dabei las ich Lanas Nachricht. Sie wollte, dass ich in dem Kapitel über die Kleinkindphase genauer auf das Thema Disziplin einging.

Gestern Abend waren wir im Daniel *beim Essen, als ein Junge am Nachbartisch einen Trotzanfall bekam. Seine Mutter saß die ganze Zeit daneben und tippte auf ihrem Handy herum. Ich musste mich richtig zusammenreißen, um nicht zu ihr rüberzugehen und sie zu fragen, warum sie ihren Sohn ausgerechnet in dieses nicht gerade kinderfreundliche Restaurant mitschleppen musste.*

Klingt anstrengend, schrieb ich zurück. Ich hatte es mir zur Aufgabe gemacht, Mütter in derartigen Situationen zu loben oder wenigstens zu unterstützen, zumindest, seit Cass auf der Welt war. Nicht, dass ich Restaurants wie das *Daniel* frequentierte, das ich natürlich sofort googeln musste. Auf der Website sah man kunstvoll auf die Teller geworfene Köstlichkeiten und feste Menüpreise in dreistelliger Höhe. *Hat Norton sich je so aufgeführt?*

Lana: *Er hatte seine drolligen fünf Minuten.*

Ich: *Hattest du auch mal so richtig schwierige Situationen? Welche?*

Ich musste mehrere Minuten auf eine Reaktion warten. Hatte Norton wirklich nie einen Trotzanfall gehabt? Vielleicht war so was nur bei Gloria vorgekommen, oder wer auch immer ihn gehütet hatte.

Endlich trudelte ihre Antwort ein:

Einmal hat er mit einem Textmarker auf einem gerahmten Bild von Lester herumgekritzelt, aufgenommen von Annie Leibovitz, die es uns als Hochzeitsgeschenk persönlich überreicht hatte. Wir waren außer uns vor Wut. Wir mussten das Bild neu rahmen lassen.

Ich: *Wow, das ist gut!* Ich konnte ihren Ärger nachempfinden. *Hast du ihn bestraft?*

Lana: *Ja, das haben wir sicher, aber wir haben es auch mit positiver Verstärkung probiert und dergleichen. An mehr kann ich mich leider nicht erinnern, tut mir leid.*

Ich: *Fallen dir andere Gelegenheiten ein, bei denen du ihn diszipliniert hast? Gab es bei euch Auszeiten oder den Stillen Stuhl oder habt ihr seine Privilegien eingeschränkt?*

Lana: *Lass mich darüber nachdenken. Muss los. Melde mich später.*

Aber weder an diesem Tag noch am nächsten kam noch irgendwas von Lana, also blieb mir nichts anderes übrig, als Lanas mageres Versatzstück auszuschmücken und mir den Rest wieder mal selbst aus den Rippen zu leiern.

Irgendwann müssen Eltern entscheiden, wie sie auf das Fehlverhalten ihres Kindes reagieren wollen. Einmal hatte Norton mit einem Textmarker auf einem Original von Annie Leibovitz herumgekritzelt, das Annie uns höchstpersönlich geschenkt hatte. Ein anderes Mal hatte er bei Nachbarn Abführmittel genascht und wir mussten ihn ins Krankenhaus bringen, wo man ihm den Magen auspumpte, eine ziemliche Tortur. Bei seinem ersten Zahnarztbesuch schnappte er sich ein Kiefermodell und ließ es unter geräuschvollem Platschen ins Aquarium in der Ecke des vollbesetzten Wartezimmers fallen.

Ich habe mich nie ohnmächtiger gefühlt als in diesen Situationen. Ein Kind zu erziehen kann das Leben als Frau bereichern, aber eben auch schmälern, zumindest vorübergehend.

Die Sachen mit dem Abführmittel und dem Kiefermodell würde ich später ändern, vielleicht andere Beispiele erfinden. Zuerst musste ich »positive Verstärkung« und andere Erziehungsmethoden recherchieren, die für andere Eltern funktionierten. Welche Methode für mich und Cass funktionierte, musste ich erst noch herausfinden.

Kapitel 10

Mit jedem Buch hatte ich etwas von mir an meine Kunden weitergegeben. Jenna bekam mein Wissen über Adrienne Richs lyrisches Werk, Tanya erhielt meine Begeisterung für den Film *Merida – Legende der Highlands* und Rick meine Vorliebe für Portulak und Löwenmäulchen. Aber Lana verlangte erheblich mehr, sie brauchte ein ganzes Fundament und nicht nur ein paar Dachziegel. Ich schickte Mails an Colin und Gin, um ihren Rat einzuholen. Nach einem Tag kam eine Nachricht von Gin.

Soll ich Colin bitten, eine andere Ghostwriterin für Lana zu suchen?

Nein!, schrieb ich entsetzt zurück. *Ich kriege das schon hin. Tut mir leid, dass ich dich damit belästigt habe.*

Gin: *Schickst du mir bitte, was du bisher geschrieben hast? Du weißt sicher, dass Lana sich eine Verlängerung ausgebeten hat. Abgabe ist jetzt am 15. April. Die Herstellung ist natürlich nicht begeistert, wenn du mir also die Endfassung ein paar Wochen vorher zuschicken könntest, wäre das ideal.*

Ich: *Nein, das wusste ich nicht. Wieso hat sie mir das denn nicht mitgeteilt?*

Nachdem ich Gin versichert hatte, ihr innerhalb der nächsten Tage, spätestens in einer Woche, die ersten drei Kapitel zu schicken, machte ich mich wieder an die Arbeit.

Wir bringen Opfer, um zu überleben. Zuerst erschien mir das widersinnig, aber als ich das Ganze aus anthropologischer Sicht betrachtete, wurde mir etwas Grundsätzliches klar: In prähistorischer Zeit, als Männer auf die Jagd gingen und mit Beute zurückkehrten, hüteten die Frauen das Heim. Sie opferten ihre Liebe, Kraft, Zeit und alles, was sie sammelten, für ihre Familien. Während der Schwangerschaft opfern wir unseren Körper, zumindest vorübergehend. Aber wenn wir zu viel von uns geben, höhlen wir Frauen uns irgendwann aus. Wir vertrocknen.

Mir ist klar, dass das alles klingt wie eine Rechtfertigung für das, was ich als Nächstes tat. Aber ich wurde immer wütender darüber, dass ich ständig aus meiner eigenen Quelle schöpfen musste, um Lanas Buch zu schreiben. Durch Lanas Zurückhaltung und Colins passiv-aggressive Art, mit der er mich unter Druck setzte und zwang, die Löcher im Ausgangsmaterial mit meinen Gedanken und Erfahrungen zu stopfen, fühlte ich mich zunehmend manipuliert. Lana verweigerte mir zwar nie offen eine Antwort, aber sie war immer auf dem Sprung zu einem Meeting oder einer Veranstaltung. Ich hatte versucht, Anekdoten für sie zu erfinden, aber uns trennten Welten, ich konnte nicht einfach aus meinem Kopf in ihren springen und meine Erlebniswelt mit Cass direkt auf ihre mit Norton zu übertragen. Was wusste ich schon darüber, wie es war, um die Welt zu jetten, in Restaurants wie dem *Daniel* zu speisen, Leute wie Ruth Bader Ginsburg zu interviewen oder mit Annie Leibovitz befreundet zu sein? Woher sollte ich wissen, wie es war, einen Mann und eine – oder mehrere – Nannys an der Seite zu haben? Ich war mit meiner Geduld am Ende.

Es war Montag, und ich wusste, dass Lana in New York sein würde, das hatte sie mir selbst erzählt. Nach einigem Zögern rief ich Maggie an. »Könntest du Cass heute nehmen?«

»Aber klar«, sagte sie. »Liam hat einen Freund hier, wir wollten in den Park, aber vielleicht können wir stattdessen … keine Ahnung … einen Malkurs besuchen oder so was.«

»Du bist ein Goldschatz, Maggie! Wie kann ich dir danken?«

Sie schwieg für einen Moment, und da ging mir auf, wie wenig ich ihr als Gegenleistung zu bieten hatte, besonders, da sich unsere Söhne nicht verstanden. »Nichts zu danken«, sagte sie schließlich.

Rasch suchte ich meine Siebensachen zusammen, fuhr nach Great Barrington und nahm den frühen Bus, der diesmal fast voll war. Der Mann hinter mir hatte einen durchdringenden Körpergeruch und war ausgesprochen haarig, und ich hatte den Eindruck, dass er heimlich gegen meine Rückenlehne masturbierte. Als der Bus losfuhr, kramte ich mein Buch aus der Tasche. *»Doch, bestimmt, wenn es morgen schön ist«, sagte Mrs Ramsay. »Dann musst du aber …«*, und wurde unsanft nach vorn katapultiert, als der Mann hinter mir mit den Worten »O Gott!« gegen meinen Sitz krachte. Ich tauschte misstrauische Blicke mit meiner jungen Sitznachbarin und zwei weiteren Frauen, als würde uns alle dieselbe Schlacht vereinen. Kurzerhand klappte ich das Buch zu. Ach, könnte ich doch nur in aller Frühe aufstehen und mich auf hohe See begeben.

In Manhattan stieg ich aus und lief zum Central Park. Es war fast Mittag, immer noch kühl, aber nicht so bitterkalt wie zu Hause. Neben einem großen, schneebedeckten Felsblock gegenüber von Lanas Wohnung bezog ich Stellung und zog meine Skimütze tiefer ins Gesicht. Vielleicht hätte ich Tarnkleidung mitbringen sollen, eine Perücke oder eine falsche Brille, nur zur Sicherheit. Der Gedanke unterstrich nur, wie absurd diese ganze Aktion tatsächlich war. Ich wickelte mir den Schal um Mund und Nase und ignorierte die Blicke eines Joggers, der in der Nähe vorbeilief. Kurze Zeit später entdeckte ich Captain Kangaroo. Ein paar Meter weiter reinigte eine Frau ihren Taco-Wagen. Zwei Männer fütterten ihre Pferde und zurrten die Trensen fest. Ich wartete.

Captain Kangaroo spähte gen Himmel. Niemand verließ das Gebäude. Ich hatte es zumindest versucht.

Eine gute Stunde später kam endlich Gloria mit einem Jungen aus dem Haus, vermutlich Norton, sie gingen an Captain Kangaroo vorbei in nördliche Richtung. Mit rasendem Puls überquerte ich die Straße und folgte ihnen mit Abstand zur Vierundneunzigsten West. Natürlich war Norton größer als auf den alten Fotos, ein aufgeschossener Junge mit struppigem dunklem Haar und einer ziemlich schlechten Haltung. Er trug Jogginghose, Nike Air Max Sneakers und eine Sporttasche über der Schulter. Gloria und er betraten ein Deli und kamen Minuten später mit einem etwa fünfjährigen Mädchen wieder heraus. Die Kleine trug ihr schwarzes Haar in Zöpfen. Sie ergriff die Hände ihrer Begleiter und ging mit ihnen weiter. Ich war nervös, ständig in Habachtstellung, versuchte, entgegenkommenden Fußgängern auszuweichen und die drei trotzdem nicht aus den Augen zu verlieren. Kurz darauf hielten sie vor einem kleinen Markt, und ich hechtete wie ein Jäger auf der Pirsch zuerst hinter einen Lieferwagen und dann über die Straße. Gloria verschwand in einem Laden, aber Norton und das Mädchen blieben vor einem Blumenstand stehen. Ich lungerte im Eingang eines Apartmentblocks herum, bemüht, möglichst unauffällig zu wirken, und wartete auf irgendwas, das ich für das Buch verwursten könnte. Mir war schlecht vor Aufregung. Norton nahm die Kleine auf den Arm und wirbelte sie durch die Luft, sie rief ihm etwas auf Spanisch zu. Als er sie wieder absetzte, schlug sie ihm spielerisch gegen die Brust. Ich vermutete, dass es sich um Glorias Tochter handelte, war mir aber nicht sicher.

Gloria kam wieder heraus, und die drei setzten ihren Weg fort. Vor einer Tür, über der *Big Apple Aikido* stand, blieben sie stehen. Ich verschanzte mich hinter einem Auto und beobachtete, wie sich Norton und das Mädchen abklatschten, er noch ein paar Worte mit Gloria wechselte. Es hörte sich an wie ein Streit. Ich hätte schwören können, dass er rief: »Du hast mir gar nichts zu sagen!« Sie antwortete irgendwas auf Spanisch. Norton marschierte ins Dojo, Gloria schickte ein paar Flüche gen Himmel.

Als ihr Blick an mir hängen blieb, machte ich mich rasch vom Acker, peste über die Vierundneunzigste, wich Menschen und Taxis aus. Reiß dich zusammen!, ermahnte ich mich. Gloria hatte mich nur ein einziges Mal gesehen und würde mich garantiert nicht wiedererkennen.

Vor einem Starbucks blieb ich stehen und löste meinen Schal. Drinnen war es voll, aber ich fand einen Platz in der Ecke, wo ich mich ein wenig beruhigte. Im Hintergrund lief ein Stück von Bonnie Raitt. Kaffeeduft hing in der Luft. Ich fuhr mir durchs Haar, atmete ein paarmal tief durch.

Als ich zum Dojo zurückkehrte, waren Gloria und das Mädchen verschwunden. Also lehnte ich mich ans Schaufenster einer Apotheke auf der anderen Straßenseite und wartete auf Norton.

Kurz nach zwei kam er im Kreis seiner Kumpels heraus, alle redeten durcheinander. Ich folgte ihnen zu einem türkischen Café, das ich nie für den Treffpunkt einer Horde aufgekratzter Jugendlicher gehalten hätte. Im Inneren war es eng, die holprigen Holzdielen waren mit goldener Farbe eingelassen und die Wände mit dekorativen Fliesen bedeckt. Ich bat den freundlichen Besitzer um einen Tisch, und er bot mir einen in der äußersten Ecke an, ein paar Meter von der Nische entfernt, in der Norton mit seinen Freunden saß. »Viel Vergnügen«, sagte der Mann, als er mir die Speisekarte gab.

Ein paar Leute kamen herein, darunter ein attraktiver, älterer Mann mit rasiertem Schädel und Kinnbart – Rick McClatchy, für den ich *Der achtsame Gärtner: Wie ich einen Stadtgarten pflanzte und Stille erntete* geschrieben hatte. Mittlerweile hatte McClatchy eine Talkshow im Nachmittagsfernsehen. Wir hatten uns ein paarmal getroffen, was mir jetzt natürlich die Petersilie verhagelte, weil ich ihm, sollte er mich erkennen, erklären müsste, warum ich in New York war. Und natürlich kam er an meinem Tisch vorbei, blieb stehen und sagte: »Allie?«

»Oh, hi, Rick!«

»Was machst du denn hier?«

»Eine Freundin besuchen.« Wie leicht mir diese Lüge über die Lippen kam.

Als er mit einem angetäuschten Nicken reagierte und den Kopf senkte, verstand ich, dass auch ihm dieses Zusammentreffen peinlich war. Sollte er mich jetzt seinen Freunden vorstellen, die sicher keine Ahnung hatten, dass es mich gab? »Gut siehst du aus. Alles klar bei dir?«, fragte er. Nach einigen verkrampften Minuten Smalltalk sagte er: »Tja, jetzt muss ich aber mal auf die Toilette und dann zurück zu meinen Leuten.«

»Natürlich! Schön, dass wir uns getroffen haben, Rick«, sagte ich und schnappte mir die Speisekarte. Wenn seine Freunde nicht wussten, dass er mit einer Ghostwriterin gearbeitet hatte, wie sollte er mich dann seinen Freunden vorstellen? Als Nachbarin? Cousine?

Nachdem ich einen Tee bestellt hatte, widmete ich mich wieder meiner Beobachtungsmission. Die Tatsache, dass die jungen Leute dieses eher kosmopolitische Café aufgesucht hatten, verriet mir eine Menge über Nortons Geschmack, der ungewöhnlicher war, als ich es mir vorgestellt hatte. Die Akustik war so schlecht, dass ich nichts verstand, ihre Stimmen verschmolzen zu einem Brummen. Einmal knuffte Norton einen Freund in den Oberarm, aber die meiste Zeit über lachten und aßen sie. Es gab allerdings auch ein paar interessante Gesten. Ich konnte mir Lanas Reaktion lebhaft vorstellen, wenn sie sehen könnte, wie Norton die Zunge zwischen Zeige- und Mittelfinger hindurchschob. Vielleicht könnte ich das in unserem Buch verbraten, dachte ich zynisch.

Zynismus würde mich nicht weiterbringen, mahnte ich mich innerlich. Ich sollte meine Verbitterung ablegen.

Nach einer Weile verließen Norton und seine Freunde das Café, und ich folgte ihnen zwei Straßen weiter zu einem Apartmentblock mit Backsteinfassade. Als sie im Haus verschwunden waren, kaufte ich mir einen Hotdog vom nahegelegenen Stand und lief damit eine Weile vor dem Gebäude auf und ab. Dann gab ich auf und beschloss, meine Mission abzublasen. Mehr würde ich an diesem Tag nicht erfahren.

Im Bus nach Hause ließ ich meine Beobachtungen Revue passieren: Gloria, Norton und ein Mädchen, das wohl Glorias Tochter war, benahmen sich wie eine normale Familie. Ein kleiner Geschwisterstreit, gefolgt von einer kleinen Auseinandersetzung zwischen Mutter und Sohn. Es war nicht abwegig zu glauben, dass Gloria für Lana die Mutterrolle übernommen hatte. Eigentlich konnte ich es Lana nicht verdenken, dass sie sich auf höhere Ziele konzentrierte als die Erziehung ihres Sohnes, aber irgendwie ärgerte es mich doch, dass Leute wie ich ihr beim Erreichen dieser Ziele helfen sollten und keinerlei Anerkennung dafür ernteten. Wäre sie allein überhaupt zu der Lana Breban geworden, die sie heute war? Und was war mit Gloria? Könnte Lana ohne sie einen Sohn großziehen und gleichzeitig auch nur halb so viel Arbeit erledigen?

In den vergangenen Jahren hatte ich vielen Persönlichkeiten zu einem bestimmten Image verholfen, hatte Betsy McGrath, eine unternehmerfreundliche, konservative Kongressabgeordnete, zu einer umweltbewussten Historikerin stilisiert. Gute sechs Monate musste ich sogar in die Rolle von Nick Felles schlüpfen. War es da nicht besser, mich vorübergehend Lana Breban anzuverwandeln?

Schämte sie sich vielleicht insgeheim, weil sie keine Vollzeitmutter war? Wohl kaum. Scham – vor allem Scham in Bezug auf die Mutterrolle – erschien mir eindeutig unfeministisch, außerdem hatte Lana zig Gründe, um stolz zu sein.

Da sie keine echte Zeit mit mir verbringen konnte, verlagerte ich mich wieder darauf, die virtuelle Lana zu treffen, die Frau und den Menschen hinter der öffentlichen Aktivistin kennenzulernen. Ich stieß auf ein drei Jahre altes YouTube-Video, das sie bei einer Rede vor dem Kongressausschuss zeigte. Ihr Haar war noch raspelkurz und tiefblau gefärbt, sie stand aufrecht vor dem Podium, beide Hände neben dem Mikro, eine Reihe geistesabwesender, weißhaariger Männer hinter ihr. Sie sprach frei, ohne Notizen. Hier war die charismatische Persönlichkeit, die mich damals angezogen hatte. Sie bedankte sich bei den Ausschussmitgliedern, beugte sich vor und sprach: »Wir leben in einer Zeit der Spaltung – schwarz oder weiß, arm oder reich. Sogar unsere Regierung ist gespalten, direkt entlang der Parteigrenze. Aber ich stehe heute weder als Demokratin vor Ihnen noch als Republikanerin, weder als Reiche noch als Arme.«

»Ach, echt jetzt?«, entfuhr es mir.

»Ich bin hier als Frau. Denn es geht hier nicht um irgendwelche Labels, es geht um Menschenleben. Das Leben von Familien. Das Leben von Frauen und Kindern. Das Leben von den Armen in unserem Land – arme Frauen und arme Kinder.« Sie strahlte eine lockere und konsequente Selbstsicherheit aus und sprach mit unerschütterlicher Autorität. Gebannt hörte ich ihr zu.

»Wir sind in einem Teufelskreis der Strafverfolgung gefangen, aus dem wir nicht mehr rauskommen. Manche Frauen rutschen in die Kriminalität ab oder nehmen Drogen. Andere Frauen verlieren ihre Kinder an den Staat, an Heime, weil es ihnen nicht gelingt, beides unter einen Hut zu bekommen, Beruf und Erziehung.«

Sie legte eine Pause ein und trank einen Schluck Wasser. Als sie das Glas wieder abgestellt hatte, holte sie tief Luft und ließ ihren Blick über das Publikum streifen. Sie hatte die Leute an der Angel, konnte sich Zeit lassen. *Never Apologize.*

Ich betrachtete meine rauen Hände. Zwischen meinem linken Daumen und Zeigefinger zog sich eine lange, weißliche Narbe, die ich mir zugezogen hatte, weil ich beim Azaleenpflanzen in die Klinge einer Sichel gegriffen hatte.

Lana sprach sich für eine Reform aus, die sich mit den Privilegien der Reichen auseinandersetzte, und beendete ihre Rede mit einer Anekdote: Einer Frau, die tagsüber als Dentalhygienikerin arbeitete und nachts bei McDonald's Schichten abriss, wurde ihr vierjähriger Sohn weggenommen, weil sie ihn eine Viertelstunde lang allein zu Hause gelassen hatte, um ihrem Vermieter den Scheck für die Miete zu bringen.

»Nicht zu fassen«, murmelte ich und klappte den Laptop zu.

Das war Lana Breban: eine Frau, die in unserem Land den gesellschaftlichen Diskurs zur Geschlechtergerechtigkeit anführte. Und ich sollte sie als Person darstellen, die ihrem Sohn Schlaflieder vorsang? Vielleicht hatte man sie zu einem Imagewandel überredet, um zukünftige Wahlchancen zu erhöhen? Das Land oder zumindest das Wahlmännergremium hatte sich für Hollywood-Prominenz und Zerrüttung entschieden und gegen einschlägige Amtserfahrung, für nationalistische Alleingänge und gegen internationale Beziehungen. Wir hatten einen Mann gewählt, der sich im Macho-Jargon über Frauen ausließ und ihnen dann vorwarf, die »Frauenkarte« zu spielen. Die Vorstellung, dass er nicht trotz, sondern wegen ebenjener Beleidigungen Wählerstimmen eingeheimst haben könnte, war mir ein Gräuel. Manchmal, morgens beim Aufwachen, gab es einen kurzen Moment, in dem ich das Wahlergebnis noch nicht auf dem Schirm hatte, aber dann fiel es mir wieder ein – und erfüllte mich jedes Mal wieder mit Entsetzen.

Lana hatte mehr verdient, als dass man sie zur aalglatten Sympathieträgerin verbog und ihr andichtete, sie würde ganz in ihrer Mutterrolle aufgehen. Ehrlich gesagt hatte auch unser Land mehr verdient.

Ich hörte mir ein Interview an, das Lana auf ihre Website gestellt hatte. Hier sprach sie über ihre Kindheit in Bukarest, die Lebensmittelknappheit, aber auch darüber, wie begeistert sie gewesen war, als sie sich auf dem Plattenspieler des Nachbarn ein Album von Blondie anhörte, das ihre Schwester zuvor aus einem Laden gestohlen hatte. Auf die Frage, wie sie der Tod ihres Vaters beeinflusst hatte, wie es gewesen sei, ohne ihn aufzuwachsen, antwortete sie: »Das ist eine Erfahrung, die ich mit vielen meiner Freundinnen in Amerika teile. Sie hatten auch keine Väter, weil die Eltern geschieden waren oder die Männer so viel arbeiten mussten. Nachdem ihr zweiter Mann sie verlassen hatte, zog meine Mutter mit uns nach Queens. Dort gab es lauter Familien, in denen die Frauen das Sagen hatten. Lauter kleine Matriarchate. Anfangs war meine Mutter traurig darüber, dass sie allein dastand, aber in unserem Mietshaus knüpfte sie schnell neue Freundschaften. Die Frauen halfen einander, wir waren wie eine große Familie. Manchmal frage ich mich schon, wie es gewesen wäre, mit beiden Elternteilen aufzuwachsen, und was passiert wäre, wenn mein Vater nicht gestorben wäre. Wären wir in Bukarest geblieben? Aber niemand kann sich wirklich vorstellen oder begreifen, wie anders ein Leben ohne einen bestimmten Verlust verlaufen wäre.« Sie, ihre Schwester und ihre Mutter hatten kurz nach ihrer Ankunft in New York Englisch gelernt. Als Jugendliche hatte Lana sich mit Zeitungaustragen Geld verdient. »Ich fuhr in aller Herrgottsfrühe mit dem Rad über die aufgeplatzten Gehwege und sah, wie nacheinander die Lichter in den Apartmenthäusern angingen, so viele Frauen, die sehr früh aufstehen mussten. Oft konnte ich sehen, wie Frauen in den Erdgeschosswohnungen noch mitten in der Nacht Wäsche wuschen und zusammenfalteten. Eine kam immer im Morgenmantel aus der Wohnung gelaufen, um mir einen halbierten Apfel oder Brot zu geben. Sie meinte, ich sei zu mager, und hatte immer ein gutes Wort für mich. Immer.« Auf die Frage, ob diese Frau die erste Feministin in Lanas Leben gewesen sei, erwiderte sie: »Diese Frau hätte sich nie als Feministin bezeichnet. Feminismus gehörte einfach zu ihrem

Leben. Sie hat mir Bücher aus der Bibliothek mitgebracht, in der sie arbeitete.« Lana beschrieb, wie sie unter dem sirrenden Neonlicht in der Speisekammer Bücher wie *Donnergrollen, hör mein Schrei'n* und *Das Tagebuch der Anne Frank* gelesen habe, dort hatte sie ihr Bett aufgeschlagen, damit sie nicht hörte, wie ihre Schwester unter Krämpfen gegen die Wand trat.

Als sie über ihre jüngere Schwester Anita sprach, klang sie anders, irgendwie reservierter, verletzlicher. Ich hatte keine Ahnung, dass ihre Schwester an Zerebralparese gelitten hatte und gestorben war, als Lana vierzehn Jahre alt war. Beim Schreiben versuchte ich oft, einen Bezug zwischen der Vergangenheit meiner Kunden und ihrer Gegenwart herzustellen. Wer in der Kindheit leer ausgegangen war, wollte als Erwachsener oft viel erreichen. Leute, die als Kind gemobbt worden waren, benahmen sich als Erwachsene oft genauso.

Ein letztes Video sah ich mir noch an. »Ihnen ist Unrecht geschehen«, sagte Lana bei ihrer Rede vor dem Asian American Women's Council, die erst eine Woche zurücklag. Sie bezifferte die durchschnittliche Gehälterdiskrepanz für verschiedene Untergruppen innerhalb der Organisation. Frauen aus Kambodscha, Vietnam oder Indonesien verdienten siebzig Cent für jeden Dollar, den ein weißer Mann für dieselbe Arbeit verdiente. »Ihnen ist Unrecht geschehen, aber Sie allein können dieses Unrecht wiedergutmachen, indem Sie handeln. Jetzt!«

Ich öffnete die Datei und schrieb:

Nur Sie allein – und niemand sonst – wissen, wie Sie Ihr eigenes Kind erziehen müssen.

Funktionierte das so? Ich fand schon.

Es gibt diejenigen, die sagen, die Welt ist so, wie sie ist, Jungs sind eben Jungs. Diese Leute sagen: »So hat die Natur es eingerichtet, das kann man nicht ändern.« Sie flüstern, wenn einer ihrer Freunde weint, lachen hinter vorgehaltener Hand über ihn, verspotten ihn sogar. Doch Sie *haben die Möglichkeit, diese Menschen zu ignorieren.*

Ich hatte eine Nahaufnahme von Lana gefunden, das Foto war vor ein paar Monaten bei ihrer Rede auf einer Gesundheitskonferenz entstanden. Ihre kinnlange Frisur war etwas herausgewachsen, der Fotograf hatte sie beim Lachen abgelichtet, sie trug vielleicht ein wenig Lipgloss und Mascara. Auf diesem Bild strahlte sie, fand ich, vielleicht sogar stärker als in natura. Ich nahm es genau unter die Lupe, suchte nach etwas, das ich entziffern könnte. Vielleicht gefiel ihr dieses neue Image ja sogar. Möglicherweise wollte sie diese Frau sein und nicht die Person mit dem blauen Haar, die auf Twitter Kampagnen anzettelte. Eine Frau, die schon lange das Gefühl hatte, sie gehörte genau hierhin, in diese elegante Wohnung am Central Park West. Seit der Wahl war Lana plötzlich überall. Sogar Jimmy Pryor bemerkte, er habe gesehen, wie sie am vergangenen Abend bei Fox News »so richtig aufs Maul« gekriegt hätte. Es könnte doch sein, dass sie genau darauf aus war: auf Sichtbarkeit, Präsenz, Einfluss.

Ich druckte das Foto aus und klebte es an die Fensterscheibe vor mir. Dann machte ich mich wieder an die Arbeit.

»Wer ist das?«, fragte Cass am nächsten Morgen.

»Meine Chefin.«

»Bestimmt die, was du tun musst?«

»Eigentlich nicht. Sie ist nicht so richtig meine Chefin.« Wir betrachteten beide das Foto. Wem sollte er es schon erzählen. »Ich tue so, als wäre ich sie. Ich schreibe ein Buch für sie. Schreibe es, als wäre ich sie.«

»Warum schreibt sie nicht ihr eigenes Buch?«

»Sie hat zu viel zu tun. Und sie hat es nicht gelernt, Bücher zu schreiben.«

»Du tust so, als wärst du sie?«

»Ja. Aber nur auf dem Papier. Nicht in echt.«

»Ihr Name steht vorn drauf?«

»Ja.«

»Und deiner auch?«

»Nein, aber das ist schon okay. Das gehört zu meiner Arbeit.«

»Ist das nicht gelogen?«

»Es ist ein bisschen kompliziert. Ich weiß.« Ich sank ein wenig in mich zusammen. Wie hätte Lana das erklärt? Und wie hätte sie es geschafft, dass ihr Sohn sie wegen ihrer Antworten nicht geringer schätzte?

Cass schob sich Hippo unters Sweatshirt und rief: »Schau mal! Ich bin schwanger!« Er watschelte und wankte durch die Küche, stieß überall an.

»Mach dich nicht über Schwangere lustig«, sagte ich.

Er sah mich an. »Hat es wehgetan, ein Baby im Bauch zu haben?«

»Manchmal. Und es ist sehr anstrengend, ein Baby auf die Welt zu bringen. Das hat richtig wehgetan.«

»Tut mir leid.« Er zog Hippo unter seinem Sweatshirt hervor.

»Du kannst nichts dafür«, sagte ich. »Also nicht richtig.«

Vielleicht würde Lana ihrem Sohn eines Tages weismachen, dass sie allein dieses Buch über ihn geschrieben hatte. An ihrer Stelle würde ich vielleicht genauso handeln. Die Alternative war für alle zu kompliziert.

In letzter Minute strich ich die Abführmittel und das Kiefermodell. Mit Bauchweh ließ ich die Still-Szene im Park und die Sache mit der Barbiepuppe stehen und schickte alles an Gin.

Die Antwort kam prompt: *Bis jetzt liest es sich gut. Aber ich finde, du solltest ERHEBLICH mehr Anekdoten einbauen, weniger politische Fachsimpelei und philosophische Ergüsse zu Sachen wie Beschneidung und die Profitmacherei mit dem unerfüllten Kinderwunsch. Wir haben es hier schließlich mit einem Memoir zu tun, nicht mit hist./pol. oder allgem. Sachbuch. Wenn Lana dir nichts gibt, dann musst du dir was überlegen.*

Könntest du das bitte genauer erklären?, schrieb ich zurück.

Du musst das aufblasen, was sie dir gibt. Welche Probleme hat sie als Mutter, wo findet sie Wertschätzung und Ermutigung?

Je länger ich über Gins Fragen nachdachte, desto saurer wurde ich. Um mich ein wenig abzulenken und zu trösten klickte ich auf *Ghostwriters Talk* und las, was meine Kolleginnen und Kollegen so erlebten. INVISIBLEWRITER62 beschwerte sich darüber, dass ihr BM von irgendeiner Pressereise »zu gestresst« sei, um die Endfassung seiner Memoiren zu lesen. Außerdem befürchtete sie, dass ihre heranwachsende Tochter angefangen haben könnte, Marihuana zu rauchen, sie sei mit roten Augen und schweren Lidern heimgekommen und habe fast den ganzen Blaubeerkuchen aufgegessen. Als sie sie darauf ansprechen wollte, sei das Mädchen ihr ausgewichen, *weil sie offensichtlich nicht wollte, dass ich es roch. Leider hat sie in der Vergangenheit auch mit Alkohol experimentiert.*

Ein anderer Ghostwriter antwortete: *Durchsuch ihr Zim-*

mer, wenn sie das nächste Mal rausgeht, und wenn du was findest, konfrontierst du sie sofort damit. Marihuana ist eine Einstiegsdroge, wenn du jetzt keine klaren Regeln festlegst, steigt sie später vielleicht auf Kokain oder Opioide um und wird abhängig davon.

Ich seufzte. *Sie experimentiert nur,* tippte ich. *Gras ist vermutlich die mildeste bewusstseinsverändernde Droge von allen und macht so gut wie nicht abhängig. Immer mehr Staaten haben Gras mittlerweile legalisiert. Vielleicht einfach nicht drauf einsteigen.*

SILENTPARTNER antwortete umgehend. *Nichts für ungut, AMLCAL, aber du hast ziemlich lockere Moralvorstellungen!*

In der Woche zuvor hatte ich zugegeben, in einem kurzen historischen Roman, den ich vor einigen Jahren für jemanden verfasst hatte, ein paar Sätze von E.M. Foster paraphrasiert zu haben (rechtlich betrachtet war das Fair Use). Ich hätte, gestand ich im Forum, eine Person aus der Politik so klingen lassen, als läge ihr die Umwelt am Herzen, obwohl sie Bestechungsgelder von den größten Umweltsündern des Landes kassiert hatte. Ich hatte sogar enthüllt, dass ich einmal mit meinem Agenten geschlafen hatte. Der Thread hieß »Geständnisse«, und ich war enttäuscht über die banalen Sünden, die die anderen dort gebeichtet hatten. Jemand gab zu, das Foto eines anstrengenden Kunden zerknüllt und in den Müll geworfen zu haben, eine andere Person hatte eine Voodoopuppe vom Kunden gemacht, sie aber nicht benutzt.

Verdient die Tochter von INVISIBLEWRITER62 nicht, dass man ihre Grenzen und ihre Privatsphäre respektiert?, schrieb ich.

Nicht, wenn es um Drogen geht!, antwortete SILENTPARTNER.

Kinder brauchen Eltern, keine Freunde, schrieb jemand anderes.

Sie ist noch ein Kind!, mischte sich noch jemand ein. *Kinder wollen Grenzen!*

Kinder?, schrieb ich zurück. Die Tochter war siebzehn. *Okay, Themawechsel. Wer von euch kann vom Ghostwriting leben?*

Ich, schrieb SILENTPARTNER.

Ich auch, schrieb INVISIBLEWRITER62.

Sonst antwortete niemand.

INVISIBLEWRITER62 meldete sich erneut. *Natürlich hilft es, dass mein Partner Kinderarzt ist.*

Schön für dich, antwortete jemand und postete ein Augenroll-Emoji dazu.

Einige erzählten jetzt, mit welchen Nebenjobs sie sich querfinanzierten: Sie unterrichteten Geschichte an der Highschool, arbeiteten im Gastgewerbe, beim Catering. Andere jobbten bei Banana Republic, Outback Steakhouse, auf dem Führerscheinamt, bei Petco. Ein User stand an der Käsetheke eines Supermarkts.

GEEZERWRITER, den ich noch nicht kannte, schrieb: *Früher hab ich meinen Lebensunterhalt mit Büchern über Hollywood-Diäten und Trainingsprogramme verdient. Mit achtundzwanzig konnte ich mir ein kleines Ferienhaus leisten. Wir haben zwei Kindern das Studium finanziert, eines ist auf dem Graduiertenkolleg.*

Was ist dann passiert?, fragte jemand.

Sagen wir mal so: Im Netz gibt es mittlerweile genug Information über Diäten und Workouts.

Jetzt war ich neugierig. *Hast du das Ferienhaus noch?*

GEEZERWRITER schrieb: *Mussten wir vor fünf Jahren an eine junge Familie aus Tarrytown verkaufen. Aber ich bin nicht verbittert. Eines kann ich euch sagen: Es war so ein Hochgefühl, für die echten Stars zu schreiben! Unbezahlbar. Genießt eure Jugend, solange ihr es noch könnt, Leute!*

Etwas deprimiert meldete ich mich ab, hatte das Gefühl, nicht so ganz dazuzugehören. Wie es schien, war ich die Einzige, die allein ein Kind großzog, die Einzige, die nie was unter eigenem Namen veröffentlicht hatte, und auch die Einzige, die noch nie *Fifty Shades of Grey* gelesen hatte, nicht mal ein paar Seiten.

Das Handy klingelte, Kurts Nummer. Ich bekam sofort bessere Laune.

»Hi!«, sagte er.

»Selber hi!«

»Es wird richtig kalt hier oben.«

»Hier unten auch.« Lächerliches Geplänkel.

»Weißt du, an was ich heute denken musste? Erinnerst du dich noch an das Riesenunwetter in der Nacht letzten Winter, als wir bei Jimmy waren? Wir haben uns *Good Will Hunting* angesehen und zu viele Old Milwaukees gesoffen.« Damals hatte Kurt erst seit knapp einem Monat bei mir gewohnt und zwischen uns war noch alles neu und aufgeladen gewesen. Mitten im Film schlichen wir uns raus und machten hinter Jimmys Schuppen rum, direkt hinter einem Schneehaufen.

»Ein Wunder, dass wir keine Frostbeulen bekommen haben«, sagte ich.

»Du hättest für Silvester herkommen sollen. Jeder hat was fürs Büfett mitgebracht, danach haben wir in der Scheune getanzt. Ein paar Leute hatten Instrumente dabei, wir haben einfach drauflosgespielt. Seit zwanzig Jahren hab ich keine Gitarre mehr in der Hand gehabt – dementsprechend hat es geklungen.«

»Klingt superlustig.«

»Ja, das war es auch. Ein paar von den Jungs überlegen, auf der Ranch eines Cousins in Wyoming zu überwintern. Aber für eine solche Reise fehlt mir das nötige Kleingeld, also werde ich wohl nächste Woche wieder bei euch aufschlagen.«

Dass er diese Entscheidung aus finanziellen Zwängen heraus getroffen hatte, erfüllte mich nicht gerade mit Begeisterung. »Kein Stress! Komm zurück, wenn du so weit bist.« Vielleicht klang ich etwas angepisst, keine Ahnung.

»Alles klar. Willst du, dass ich zurückkomme?«

»Willst du denn zurückkommen?«, frage ich, wechselte dann aber rasch das Thema. »Cass hat vor ein paar Tagen gespielt, er wäre schwanger mit seinem Stofftier. Ich habe den Eindruck, er will langsam wissen, wer sein Vater ist.«

»Ist Cass in der Nähe?«, fragte Kurt.

»Schnucki?«, rief ich und drückte ihm den Hörer in die Hand.

Nach dem Telefonat meldete ich mich wieder im Forum an. SILENTPARTNER und SECRETSCRIBBLER empfahlen mittlerweile Suchtberater und Familientherapie.

INVISIBLEWRITER62: *Was, wenn sie nicht auf mich hört oder aus dem Zimmer läuft, wenn ich mit ihr reden will? Sie kann echt stur sein. Ehrlich gesagt bin ich ein bisschen stolz, dass sie so ist. Sie wird sicher eine starke Frau!*

Dann lass sie einfach in Ruhe, schrieb ich und meldete mich wieder ab.

Kapitel 11

»Du hast heute Abend nichts vor, oder?«, fragte Jimmy an meiner Tür. Er trug in der einen Hand eine große Imbisstüte von Boston Market, mit der anderen hielt er Bruin an der Leine. »Wenn nicht, könnte ich dir gern Gesellschaft leisten.«

»Danke«, sagte ich. »Keine Pläne. Nur ich und Cass, wie immer.«

»Du und Kurt, ihr solltet heiraten«, sagte Jimmy.

»Ich bin mir nicht sicher, ob ich an die Institution der Ehe glaube.«

»Wieso nicht?« Jimmy ließ den Hund von der Leine. Gemeinsam deckten wir den Tisch und befreiten Hähnchen, Krautsalat und Kartoffelpüree aus den Verpackungen. Da sprang Bruin plötzlich hoch und schnappte sich einen Hühnerflügel.

»AUS! AUS!«, brüllte Jimmy. Er hebelte ihm den Kiefer auf und fischte ihm das Ding aus dem Maul. Dass Jimmy den Hund mitgeschleppt hatte, versaute mir fast die unerwartete Überraschung. Jimmy wusste genau, wie sehr sich Cass vor Bruin fürchtete, vor allem, wenn das Tier mit den Kiefern mahlte oder spontan drauflospinkelte, was häufiger geschah.

»Was gibt es an der ›Institution Ehe‹ auszusetzen?«

»Zunächst mal ist sie für Frauen nicht besonders vorteilhaft. Ich will nicht rechtlich verpflichtet werden, bei jemandem zu bleiben, und genauso wenig will ich, dass jemand nur aus diesem Grund bei mir bleibt.«

»Du lieber Himmel, nun höre sich einer diesen Schwachsinn an«, rief Jimmy.

Ich atmete tief durch. »Die Ehe ist eine Fessel. Ich kenne nicht viele glücklich verheiratete Paare. Du vielleicht?«

Bruin stellte sich auf die Hinterbeine und platzierte die Vorderpfoten auf die Arbeitsplatte. Er knurrte, bleckte die Zähne. »Runter, Junge!« Jimmy schnippte direkt vor seiner Schnauze mit den Fingern.

»Könnten wir ihn während des Essens irgendwo einsperren?«, schlug ich vor. Momentan war Cass noch in seinem Zimmer und malte. Was ich danach sagte, brachte ich nur ungern hervor. »Du weißt ja, Bruin ist ein bisschen heftig für Cass.«

»Dem Jungen würde es guttun, wenn du ihn mal lassen würdest. Er muss sich an Hunde gewöhnen – und an alles andere, was ihm Angst macht.«

Da lag Jimmy möglicherweise nicht ganz falsch.

»Kann sein. Cass! Essen!«, rief ich. »Jimmy ist hier.« Ein Rascheln im Flur. »Und Bruin«, fügte ich hinzu, in der Hoffnung, dass er die Warnung in meiner Stimme erkennen würde, aber es war zu spät. Cass stand schon auf der Türschwelle, als er den Hund erblickte. Wie angestochen rannte er in sein Zimmer zurück und knallte die Tür hinter sich zu.

»War nett mit dir, Kleiner«, bemerkte Jimmy. »Ich sperre Bruin mal eben in dein Schlafzimmer, Al.« Er schob den Finger unters Halsband und zerrte das Tier aus der Küche.

Eine Windböe ließ das Haus erzittern. Ein Schneesturm war im Anmarsch. Die gerade erst untergegangene Sonne hatte den Horizont rot gefärbt.

Ich lockte Cass aus seinem Zimmer, und schließlich saßen wir alle am Tisch.

»Du musst Kurt wissen lassen, dass du ihn brauchst«, sagte Jimmy und biss in seinen Hähnchenschenkel.

»Tue ich aber nicht. Ihn brauchen.«

Jimmy zeigte auf die Mom-Moiren und Elternratgeber für die Erziehung von Jungen, die sich neben ihm auf dem Stuhl stapelten, dann auf das schmutzige Geschirr in der Spüle, die halbfertige Kette aus Makkaroni auf dem Boden und schließlich auf Cass. »Blödsinn!«

Jemand aus einer anderen Generation erteilte mir hier Ratschläge, einer, der offenbar keine Ahnung hatte, dass Menschen ihr Leben auf vielerlei Arten führen konnten, unabhängig, ungebunden, aus Überzeugung und freien Stücken. Ich brauchte keinen Kurt, der nach Lust und Laune hier hereinschneite und dann wieder verschwand. Ich war nicht abhängig von seinen unregelmäßigen, unzuverlässigen finanziellen Zuwendungen. Ich würde es schon hinkriegen.

Bruin winselte und kratzte an meiner Zimmertür. »Hunde mögen nicht gern eingesperrt sein«, bemerkte Jimmy.

»Tja«, setzte ich an, hielt mich aber gerade noch zurück. Stattdessen nahm ich mir mehr Essen.

Eine Weile herrschte Schweigen. Was für eine Szene: Jimmy wischte sich mit dem Arm das Fett vom Kinn, Bruin stimmte ein durchdringendes Heulen an, Cass hatte ein Gesicht in sein Kartoffelpüree gemalt und zog jetzt mit den Fingern die Haare hinein. Aber ich wusste, dass Jimmy mir mit dem Essen eine Freude machen wollte, daher bemühte ich mich um einen freundlichen Ton. »Hey, haben Gary und Jen dir eigentlich schon erzählt, dass ich mit ihnen in der Highschool auf der Bühne gestanden habe?« Danach plauderten wir ein wenig über die beiden und über ein paar andere Mieter, und obwohl ich keinen Hunger hatte, aß ich noch ein bisschen Hähnchen und Krautsalat.

Nach dem Blizzard schneite es drei Tage lang ununterbrochen weiter, mal sanft, mal heftig. Wir bauten einen Schneemann, der allerdings schnell wieder begraben wurde. Cass hing mit mir ihm Haus fest, glotzte zu viel *Dora* und stopfte sich mit dem Erdnusskrokant voll, das meine Eltern zu Weihnachten geschickt hatten. Er bastelte ein Mosaik aus Muscheln, von meiner Mutter in der Nähe ihrer neuen Wohnung am Strand gesammelt. Immer, wenn es ging, schrieb ich an Lanas Buch weiter. Cass und ich gingen ein paarmal rodeln. Wir skypten mit meinen Eltern. Ich schaffte es bei *Fahrt zum Leuchtturm* endlich auf Seite 14.

Der Hüttenkoller ließ nicht lange auf sich warten. Meine Eltern hatten uns zu Weihnachten Freikarten fürs Norman Rockwell Museum in Stockbridge geschenkt, und ich schlug Maggie einen gemeinsamen Besuch vor. Sie sagte begeistert zu und lud auch noch ihre Freundinnen aus Northampton mit ein, Cecil und Wendy.

Das Museum stand auf einem riesigen verschneiten und bewaldeten Areal, das Kinder zum Entdecken einlud. Cecil und Wendy warteten mit zwei Jungen am Souvenirladen auf uns, einer war im Alter von Cass und Liam, der andere schon ein Teenager. Die beiden Frauen hatten eine frappierende Ähnlichkeit miteinander: Beide trugen sie das blonde Haar zu Zöpfen geflochten und braune, auf Ranch getrimmte Jacken.

»Sollen wir die Jungs allein losschicken?«, fragte Wendy, obwohl ihre beiden schon die Biege gemacht hatten.

»Benehmt euch«, sagte Maggie zu Connor und Liam, als die ihren Freunden nachjagten.

Cass klebte mir an den Fersen. »Er bleibt wahrscheinlich lieber bei uns«, sagte ich. »Cass ist ein bisschen schüchtern.«

»Kein Problem«, sagte Wendy. »Jedes Kind ist anders, nicht wahr?«

Ich nickte. Vor dem Fenster erklommen die Jungen gerade einen kahlen Apfelbaum. Anderen Kindern beim fröhlichen Toben zuzusehen, während sich das eigene am Rockzipfel festhält, erzeugt schon ein ganz eigenes Einsamkeitsgefühl. Das verschwand aber schnell, als ich sah, wie der ältere Junge den gerade mal halb so schweren Connor packte und vom Ast riss, sodass der mit voller Wucht zu Boden krachte. Daraufhin sprang sein Widersacher vom Baum und nahm das Opfer in den Würgegriff. Es sah aus, als würde Connor weinen. »Mag«, flüsterte ich und zeigte nach draußen.

»Ach, dem geht's gut. Wenn die drei zusammen sind, müssen sie immer raufen.«

Der ältere Junge drehte Connor auf den Rücken und setzte sich auf ihn.

Maggie und Wendy unterhielten sich über gemeinsame Bekannte, während wir durchs Museum schlenderten und uns die vielen Titelbilder der altehrwürdigen *Saturday Evening Post* ansahen, niedliche Kinder mit Puppengesichtchen, in unschuldigen Situationen ihres Alltags festgehalten, die Erwachsenen im Hintergrund, beim Singen oder Basketballspielen. Das Leben vor der Diktatur von Smartphone und Internet, vor der existenziellen Bedrohung durch Autokraten und Klimawandel. Als wir zu Rockwells Four-Freedoms-Serie kamen, blieb ich vor dem Bild mit dem Titel »Freedom from Fear« stehen, das eine idyllische Szene zeigte, ein Paar, das seine Kinder ins Bett brachte, der Vater mit einem geradezu selbstzufriedenen Lächeln auf den Lippen.

In diesem Moment kamen die vier Jungen hereingestürmt, schubsten und jagten sich. »Cole, Max!«, mahnte Wendy, »nicht hier drinnen. Hört auf!« Sie sah, wie ich die vier musterte und Cass tunlichst Abstand hielt, während wir in den nächsten Saal gingen.

Es war mir unangenehm, als Spielverderberin wahrgenommen zu werden. »Wie alt ist Max?«, fragte ich deshalb.

»Zwölf. Der hier hat seine Mami aber so richtig lieb, stimmt's?«, erwiderte sie, den Blick auf Cass gerichtet.

»Ja, das stimmt.« Lanas Worte hallten in meinen Ohren. *Never Apologize.*

In einem Versuch, die zunehmend peinliche Situation zwischen uns zu retten, sagte Maggie: »Wendy und Cecil haben einen unglaublich tollen Laden, er heißt *Music With Conscience.* Sie verkaufen Musikinstrumente aus zweiter Hand und lauter coole Sachen, um afrikanische Hilfsorganisationen zu unterstützen. Da habe ich auch meine Lieblingskette gekauft, aus Recycling-Papierkugeln. Wendy arbeitet mit einer Gruppe Massai-Frauen in Kenia, das Geld fließt in den Aufbau der Wasserversorgung.«

»Toll«, sagte ich.

Wir standen mittlerweile vor dem berühmten Bild mit dem Titel »The Problem We All Live With«, das Ruby Bridges auf dem Weg in eine weiße Schule zeigte. Hatten wir seitdem eigentlich ernsthaft Fortschritte gemacht?

Die Jungen rauften lautstark weiter und zogen einander an den Haaren. Max und Cole gaben Grunzgeräusche von sich – schluchzten sie etwa? – und rollten quer durch den Ausstellungsraum.

»Hey, Leute!«, rief ich, weil ich fürchtete, dass sie gleich eines der Bilder von der Wand reißen könnten. Ich ging in die Hocke, breitete die Arme aus, um sie von der Wand fernzuhalten. Wo waren eigentlich die Museumswärter? »Passt mal ein bisschen auf!«

»Du und Cass, ihr solltet mal nach Northampton auf ein Konzert kommen. Wir sind Sponsoren für allerlei Kinderevents«, sagte Wendy großzügig. Das Theater vor ihren Augen ließ sie offenbar kalt, sie sprach lediglich etwas lauter, damit ich sie verstehen konnte. »Charlie Barleycorn spielt nächste Woche. Kennt ihr den?«

»Wow! Cass ist total vernarrt in Charlie Barleycorn!«, sagte ich und trat rasch ein paar Schritte zur Seite, um die Jungen nicht aus den Augen zu verlieren. Ich hatte so viele Fragen. Wie teuer sind die Karten? Kommen deine Söhne auch, und lässt du sie auf den Konzerten auch raufen? Dürfen die Kinder hinterher mit Charlie Barleycorn sprechen? Was würde Charlie sagen, würde er sehen, dass ein paar Jungen hier fast das Bild der Bürgerrechtsbewegung zerstören?

Die Karten kosteten fünfzig Dollar pro Person, erzählte sie mir, woraufhin ich mir schnell ins Gedächtnis rief, dass ich ohnehin die Nase voll hatte von seiner Musik, und Cole am Arm packte, bevor er den Rahmen des Bildes berühren konnte. »Stopp«, sagte ich und bohrte ihm meine Fingernägel so fest in die Haut, dass er ein wenig zusammenzuckte.

Max bestieg Liam und furzte ihm ins Gesicht, was die Jungen just in dem Moment auseinandertrieb, als ein Angestellter des Museums herbeikam, in die Hände klatschte und rief: »Okay, Kinder, raus mit euch! Auf geht's!«

In dieser Woche rief jemand von der Mittelschule an und fragte, ob ich einspringen könnte. Bertie war bereit, Cass für einen Tag zu hüten. Doch als wir an jenem Morgen vor ihrer Tür standen, sah sie uns entgeistert an. »Was macht ihr denn hier?«, nuschelte sie. Sie hatte wieder ihr Gebiss vergessen.

Ich erinnerte sie an meinen Aushilfsjob, verdrängte meine Ängste und Schuldgefühle und schrieb ihr verschiedene Telefonnummern auf einen eingerissenen Umschlag: Schule, die Nummer der Garbellas, Krankenhaus, Giftnotruf und meine Handynummer, die sie zwar schon hatte, aber doppelt hält besser. »Vergiss dein Gebiss nicht«, flüsterte ich ihr beim Abschied zu.

Im Schulgebäude traf ich Maggie, und wir unterhielten uns kurz. »So, Ende des Monats ist es so weit«, sagte sie.

»Was?«

Sie sah mich an. »Habe ich dir nicht von unserem Umzug erzählt? Nach Bolivien? Ach, ich hab momentan einfach zu viel um die Ohren! Wir haben es am Tag nach unserem Museumsbesuch erfahren. Brians Unternehmen hat ihm die Stelle angeboten – der Leiter der Abteilung hat einfach gekündigt, und sie brauchen sofort jemanden, der vor Ort übernimmt. Hab ich echt vergessen, dir das zu sagen? Puh, ich will gar nicht wissen, was ich sonst noch vergessen habe.«

»Wow!«, sagte ich nur. »Wow.«

»Komm uns doch mal besuchen! Das wäre sicher was für dich. Wir wohnen in der Nähe von Copacabana, am Titicacasee. Es gibt sogar ein Baumhaus im Garten. Der Typ von Brians Firma, der uns mit dem Umzug hilft, hat gemeint, dass die Nachbarn Alpakas halten. Ich muss die Jungen zu Hause unterrichten, aber ehrlich gesagt finde ich das alles megaspannend. Wendy hat mir die Adresse einer ausgewanderten Künstlerin aus der Nachbarschaft geschickt, zu der sie noch Kontakt hat, die unterrichtet ihre Kinder auch zu Hause und wird mir am Anfang helfen.«

Ich zwinkerte hektisch. Das war zu viel auf einmal.

»Du und Cass, ihr seid jederzeit willkommen. Ihr dürft sogar im Baumhaus schlafen! Über einen Freund würde Liam sich riesig freuen.«

»Klingt wirklich toll«, sagte ich, aber wir wussten beide, dass Cass und Liam zusammenpassten wie Hund und Katze und Flüge nach Südamerika für mich unbezahlbar waren. Sie war eine meiner besten Freundinnen, und entsprechend erwischte mich diese Nachricht mit voller Breitseite. Noch ein lieber Mensch weniger.

»Hey, haben die schon eine neue Lehrerin für dich gefunden?«, fragte ich auf dem Weg zum Lehrerzimmer.

»Nein. Aber – halt dich fest – sie überlegen ernsthaft, ob sie die Stelle überhaupt wieder besetzen wollen.«

»Brauchen sie eine Vertretung?«

»Weiß ich nicht, aber wenn ja, dann sage ich ihnen, sie sollen dich anrufen. Ich lasse sie wissen, dass du die beste Vertretungslehrerin bist, die sie kriegen können!« Sie verlagerte das Gewicht ihrer Stofftasche und sagte: »Versprich mir, dass du es irgendwie schaffst, uns zu besuchen. Ich mache uns Salteñas, wir schlürfen Piña Coladas und schauen unseren Jungs dabei zu, wie sie im Garten rumrennen und auf den Baum klettern.«

Ich hatte keine Ahnung, was Salteñas waren, aber sie schmeckten sicher superlecker. »Wer kann da schon Nein sagen«, antwortete ich, krampfhaft bemüht, ihr nicht zu zeigen, wie neidisch ich war.

Sie schickte mir einen Luftkuss und marschierte in ihre Klasse.

Ihre Familie war angesichts des bevorstehenden Abenteuers sicher hellauf begeistert – wer wäre das nicht? Ich malte mir aus, wie ich Maggies Stelle übernehmen würde und sie in den Ferien dann in ihrem utopischen Haus mit Seegrundstück besuchte, mit ihr über die anderen Lehrkräfte herzog, Wanderungen unternahm, Alpakas streichelte, alte Inkaruinen besuchte und lauter andere tolle Sachen machte.

Es war ein emotionaler Tag, und als ich nach Feierabend am Nachmittag bei Bertie aufschlug und sah, wie die beiden friedlich *Candyland* spielten, überkam mich eine Welle der Dankbarkeit. Wir sollten die kleinen Dinge des Lebens feiern, warum also nicht auch die Tatsache, dass mein Sohn sich heute nicht mit Abführmittel vergiftet hatte oder Bertie beim Aufpassen nicht eingeschlafen war? Ich schrieb ein Buch für eine großartige Feministin, ich hatte Cass, wir waren gesund. Wir zogen zwar nicht für sechs Monate nach Bolivien, aber es könnte auch schlimmer sein. Kurzerhand fuhr ich mit Cass zum Lebensmittelladen, wo ich ein kleines Vermögen für die Zutaten einer Red-Velvet-Torte hinblätterte, Cass' Lieblingskuchen.

»Ich dachte, man darf nur an seinem Geburtstag Kuchen essen«, sagte Cass.

»Ich hatte Lust zu feiern, wie schön es ist, deine Mutter zu sein. Man darf Kuchen essen, wann man will, aber nicht jeden Tag, das wäre ungesund.«

Zurück zu Hause rührte ich zu *Highway 61 Revisited* den Teig an und ließ Cass den Löffel mit dem Frischkäse-Topping abschlecken.

»Bertie ist jetzt ganz allein«, sagte er.

»Ach, Mäuschen!« Mein Sohn war ein sehr mitfühlender Mensch – ein weiterer Grund zum Feiern. »Du hast recht, wir sollten unseren Kuchen mit ihr teilen.«

Nachdem wir dem windschiefen, weiß-rosa Machwerk das Topping verpasst hatten, machten wir uns auf zu Berties

Haus. Ich klopfte an ihre Tür, aber es kam keine Antwort, daher gingen wir hinein und sahen uns vorsichtig um.

»Bertie?«, rief ich.

Eisige Stille.

Das Ganze wurde mir ein wenig unheimlich. »Komm«, sagte ich zu Cass, »wir gehen rüber zu Jimmy.« Den Kuchen ließ ich auf der Anrichte stehen.

Jimmy, der Bertie gelegentlich zum Arzt fuhr, hatte sie auch nicht gesehen. Im trüben Abendlicht machten wir die Runde, fragten Nachbarn und Berties Freundinnen, Peg Myers, Sandy Truscello. Ich schlug Jimmy vor, die Polizei zu alarmieren.

»Jetzt mach mal nicht die Pferde scheu«, sagte er. »Vielleicht ist sie nur spazieren gegangen.« Es ärgerte mich, dass er so gelassen blieb.

»Im Dunkeln? In einer kalten Winternacht?«

Wir kehrten zurück zu Berties Haus, das immer noch leer war. »Weißt du noch, wie ihr Sohn heißt?«

Jimmy verzog das Gesicht. »Robert? John?«

Ich blätterte bereits in den Notizheften, die sich auf ihrer Küchenablage stapelten. Ganz zuunterst stieß ich auf ihr Adressbuch. »Norm heißt er!«, rief ich.

»Wenn sie morgen früh immer noch nicht zurück ist, kannst du ihn ja mal anrufen«, schlug Jimmy vor.

»Okay«, sagte ich, wählte dann aber doch den Notruf. Sandy Truscellos Cousin arbeitete in der Leitstelle, er hatte Bertie schon mal getroffen und sorgte dafür, dass die Vermisstenmeldung sofort rausging.

»Mehr können wir nicht tun«, sagte Jimmy. »Es geht ihr sicher gut. Geht nach Hause.«

»Machst du dir denn überhaupt keine Sorgen?«

»Ich sorge mich, wenn ich einen Grund dazu habe.«

Nachdem ich Cass in seinen Kindersitz geschnallt hatte, fuhr ich im Schneckentempo durch die Nachbarschaft. Die Straßen waren wie leergefegt. Eines schwor ich mir: Würde ich sie finden, würde ich ab jetzt jeden Morgen nach ihr sehen, für sie einkaufen und ihr auch sonst unter die Arme greifen. Ich würde sie zu einem Neurologen bringen. Sie könnte vielleicht auch in die Kellerwohnung ziehen, falls Kurt nicht zurückkehrte – bei dem Gedanken verkrampfte sich sofort mein Magen. Doch als der Truck auf einem vereisten Straßenstück fast ins Schleudern geriet, gab ich die Suche auf und fuhr heim.

Am nächsten Morgen dauerte es ein wenig, bis mir siedend heiß einfiel, dass Bertie vermisst wurde. Rasch holte ich Cass aus dem Bett und trat erneut den Weg zu Berties Haus an, aber sie war noch immer nicht da. Wieder kletterten wir in den Truck und fuhren ein paarmal durch die Nachbarschaft, ohne Erfolg.

Zurück zu Hause lief ich unruhig in der Küche auf und ab. Mein Blick fiel auf Lanas Bild, das immer noch am Küchenfenster hing. Sie schien direkt hinunterzuschauen, auf mich, eine Frau, die panisch in ihrer Küche herumwanderte, während ihre Freundin und einzige Babysitterin verschwunden war, irgendwo in Lee herumirrte, im Nachthemd, vermutlich ohne Gebiss, und womöglich kurz vor dem Erfrieren stand. Was würde Lana an meiner Stelle tun?

Die Antwort war einfach: Lana würde sich sagen, dass sie bereits alles getan hatte, um Bertie zu helfen, ihren Laptop aufklappen und sich auf ihre Arbeit konzentrieren.

Nachdem ich meinen Computer hochgefahren hatte, sah ich, dass sie mir am vergangenen Abend eine Nachricht geschickt hatte.

Hatte Ned Boyle keine Statistik zum Thema Empathie? Offenbar hatte Lana gerade erst das dritte Kapitel gelesen.

Er hat mir erklärt, dass wir Empathie am besten vermitteln, indem wir sie unseren Kindern vorleben. Soll ich mich auf die Eltern konzentrieren? Was es für den/die Erziehende:n emotional bedeutet, seinem/ihrem Kind Empathie beizubringen? Wäre vielleicht interessant, etwas mehr über dich zu erfahren, schrieb ich zurück.

Sie antwortete sofort. *Okay.*

Jetzt oder nie! Ich schob gleich die nächste Frage hinterher. *Wie haben Lester und du Norton Empathie beigebracht?*

Lana: *Schwer zu sagen.*

Ich: *Wie ist Norton denn so? Ich weiß so wenig über ihn! Erlebst du ihn als mitfühlend?*

Lana: *Ja. Also, er ist ein ausgeglichenes Kind, hat gute Noten. Er mag Kampfsport und ist gerade ganz versessen auf* Twilight Zone.

Ich: *Ah! Also steht er auf Mystery und Science-Fiction? Sehr cool. Fasziniert ihn am Kampfsport der Sport selbst oder eher die Philosophie dahinter?*

Lana: *Er ist athletisch, mag Basketball und Fußball.*

Ich: *Habt ihr beide ein enges Verhältnis zueinander?* Dass ich Lana nach sechs Monaten immer noch solche Fragen stellen musste, sprach für sich.

Lana: *Aber sicher! Wir drei haben ein enges Verhältnis.*

Ich: *Wie äußert sich sein Mitgefühl Frauen und Mädchen gegenüber? Kannst du dich an eine konkrete Gelegenheit erinnern, als du ihm Mitgefühl oder Empathie beigebracht hast?*

Lana: *Hmmm. Einmal habe ich ihm geholfen, einer älteren Frau die Tür aufzuhalten, und er hat ihr die Einkäufe zum wartenden Taxi getragen.*

Endlich kamen wir weiter! *Hast du hinterher mit ihm darüber geredet? Wie hat er sich geäußert?*

Lana: *Das ist schon ein paar Jahre her, tut mir leid, der Rest ist mir entfallen.*

»Komm schon!«, stöhnte ich.

Ich: *Was unternehmt ihr gern gemeinsam? Es würde mir helfen, wenn du deine Beziehung zu Norton genauer beschreiben könntest.*

Lana: *Filme ansehen, mit dem Hund spielen, ganz normale Sachen eben. Manchmal gehen wir mit ihm zu Spielen von den Yankees. Er steht total auf Eis von* Morgenstern's. *Aber Norton ist in einem Alter, wo er am liebsten mit seinen Freunden zusammen ist, nicht mehr so oft mit seinen Eltern. Allie, das dritte Kapitel sieht gut aus so weit.*

Ich: *Danke! Deine Details sind wahnsinnig hilfreich.*

Lana: *Womit kann ich dir noch helfen?*

Ich: *Ist Gloria schon seit Nortons Geburt bei euch?*

Lana: *Ja.*

Ich: *Wäre es nicht sinnvoll, mal mit ihr zu reden?*

Die Antwort ließ ein paar Minuten auf sich warten. Vielleicht hatte jemand angerufen. Oder ihr behagte die Frage nicht.

Lana: *Wenn du es wichtig findest, könntest du auch einfach über andere Orte schreiben, an denen sich New Yorker Mütter mit ihren Kindern aufhalten, beschreib einfach, wo du mit deinem Sohn hingehst und was ihr so in der Freizeit unternehmt, und ich passe es dann in der Rohfassung an.*

Ich: *Lana, ich wohne nicht in New York, sondern in Western Massachusetts*

Lana: *Ach! Tatsächlich! Na, ich bin mir sicher, du kriegst das schon hin. Ich muss in einer halben Stunde was abgeben, und heute Nachmittag habe ich einen Auftritt bei Ellen.*

Ich: *Ellen?*

Lana: *DeGeneres. Die Talkshow. Sie ist offenbar ein Fan von mir.*

Berties Sohn war am Abend aus Wichita eingeflogen. »Norm McQuecken«, sagte er und streckte mir die Hand entgegen. Wie er sich so duckte, um durch meine Tür zu kommen – blond, groß und athletisch –, konnte ich keinerlei Ähnlichkeit mit Bertie feststellen, die eher von kleiner, gedrungener Statur war. Wenn ich es recht in Erinnerung hatte, war Norm schon seit fünf Jahren nicht mehr bei seiner Mutter gewesen. »Sie haben sie noch nicht gefunden, oder?«

Ich schüttelte den Kopf.

An diesem Tag hatten wir die Gegend erneut durchsucht, und vor einer Stunde noch ein weiteres Mal, aber ich bot ihm an, erneut mit ihm herumzufahren. »Ihre Mutter war für mich und Cass die Rettung«, erklärte ich ihm auf dem Weg zum Truck.

»Und dann lässt sie Sie einfach sitzen?« Er blickte stur geradeaus, eine Hand im Nacken. »Sie fahren diesen Tacoma? Ganz schön großer Truck für so eine kleine Lady.«

»So groß ist der gar nicht.«

»Aufgepasst, die kleine Lady ist ein echter Kracher!«, sagte Jimmy, der hinter uns aufgetaucht war, mit Bruin an der Leine.

Ich überlegte krampfhaft, wie ich Jimmy dazu bewegen könnte, nicht mitzufahren, aber mir fiel nichts ein, also quetschten wir uns in den Wagen. Norm saß auf dem Beifahrersitz, Jimmy schnipste mit den Fingern und bedeutete Bruin, auf den Rücksitz zu springen, dann setzte er sich daneben. Wahrscheinlich schleppte er den Hund nur mit, um mich zu ärgern. »Wie wäre es, wenn wir bei dir vorbeifahren, dann kannst du Bruin absetzen?«, fragte ich.

»Herrje, fang doch nicht schon wieder damit an! Er sitzt hier doch ganz brav neben mir.«

Cass kletterte prompt auf meinen Schoß, zwängte sich zwischen meine Beine und das Lenkrad. Ich ließ ihn gewähren, damit er nicht neben dem Hund sitzen musste, der gerade etwas zerbiss, was unangenehm knackte. »Wieso musstest du unbedingt den verdammten Hund mitschleppen?«, knurrte ich.

Norm wandte sich um, und ich sah gerade noch, wie die beiden amüsierte Blicke tauschten. Da platzte mir echt der Kragen. Ich rammte den Rückwärtsgang rein, bevor Jimmy noch die Tür geschlossen hatte, und fuhr so heftig an, dass Bruin nach vorn zwischen die beiden Vordersitze katapultiert wurde. Cass schrie auf. Ich ging in die Eisen und schob den Hund unsanft nach hinten. »Los, nach hinten mit dir!«

»Wäre vielleicht gut, wenn du nicht wie eine Irre fahren würdest«, bemerkte Jimmy.

»Haben Sie heute schon mit der Polizei gesprochen?«, fragte Norm, an Jimmy gewandt.

»Ja, nichts Neues«, sagte Jimmy. »Ich bin direkt in der Früh zum Revier gefahren.« Er ließ das Seitenfenster halb herunter, und Bruin schob den Kopf nach draußen in die eisige Kälte. Im Wageninneren wurde es kühler, also nahm sich Cass meine Sweatshirtjacke und kuschelte sich darin ein. Wir krochen dahin, vorbei an den kleinen Flaggen und Weihnachtslichtern und aufblasbaren Weihnachtsmännern in den Gärten der Nachbarn bis zum dunklen, stillen Wald am Rand des Viertels. Bald war nur noch das Geräusch des Motors zu hören. Die Straßen waren wie leergefegt, der Himmel metallgrau.

»Ist Ihnen aufgefallen«, sagte ich zu Norm, »dass das Gedächtnis Ihrer Mutter in letzter Zeit etwas nachgelassen hat?«

»Es hat nachgelassen?«

»Ja, es könnte doch sein, dass sie nicht mehr weiß, wie sie nach Hause kommt oder wo sie wohnt ... also, dass sie ihre Adresse vergessen hat. Man hört ja immer wieder von Leuten mit Alzheimer, die sich verirren.«

»Alzheimer?«, fragte Norm. »Na, so schlimm ist es doch wohl noch nicht.«

Ich wusste von Bertie, dass sie höchstens ein- bis zweimal pro Jahr mit ihrem Sohn telefonierte, aber ich wies Norm nicht darauf hin, dass man wohl mehr von einem Menschen mitbekam, wenn man persönlich Kontakt zu ihm hat und nicht nur am Telefon, und dass Wichita nicht weit genug entfernt war, um zu rechtfertigen, dass er, der erwachsene, einzige Sohn, seine gebrechliche Mutter in den letzten fünf Jahren kein einziges Mal besucht hatte.

Wir suchten noch eine Weile weiter, fanden Bertie aber nicht. Um die Mittagszeit setzte ich Norm vor ihrem Haus ab und fuhr nach Hause. Ich schob gerade einen Auflauf für mich und Cass in den Ofen, als das Telefon klingelte. Meine Mutter kam gleich zur Sache: »Ich habe schon zwölf Freundinnen auf Facebook! Aber die Anfrage von Patty Copeland hätte ich besser nicht angenommen. Jetzt kriege ich täglich aufgetischt, was ihre supertollen, erfolgreichen Kinder und preisgekrönten Enkel wieder geschafft haben.«

»Du musst ja nicht jeden Tag auf Facebook nachsehen.«

»Ich habe heute Morgen mein erstes Foto gepostet. Das Bild, was wir damals gemacht haben, als wir zur Silberhochzeit von Nathan und Setti in New York waren.« Nathans und Settis einziges Kind, eine Tochter, studierte an der Columbia University. Vor zwei Jahren hatten sie die Familie in ein Hotel in der Bronx eingeladen. »Weißt du, welches ich meine? Wo wir am Times Square stehen, vor dem *König der Löwen?* Eines der wenigen Bilder, auf dem alle lachen und gut aussehen.«

»Ich glaube, meistens teilen die Leute eher aktuelle Bilder, Mom. Und wir haben uns das Musical doch gar nicht angesehen, es war viel zu teuer …« Plötzlich ging mir ein Licht auf. »Mom, warum willst du Patty Copeland eigentlich beeindrucken? Wer interessiert sich schon dafür, was sie denkt?«

»Na, *ich* jedenfalls nicht«, erwiderte meine Mutter. Dann seufzte sie. »Wie kommst du mit dem Buch voran?«

»Langsam.«

»Ist es Gloria Steinem?«

»Nein, es ist nicht Gloria Steinem. Du würdest sie sowieso nur kennen, wenn du Ellen DeGeneres oder die Nachrichten schauen würdest. Und seit der Wahl sparen wir uns beides, nicht wahr?« Ich erzählte meiner Mutter nicht, dass ich die Nachrichten trotzdem ab und zu einschaltete, nur um sicherzugehen, dass kein Bürgerkrieg ausgebrochen war.

»Ellen De…? Ist das die Rothaarige, die diese schreckliche Sache mit der Maske von Du-weißt-schon-wer gemacht hat? Die ist aber nicht besonders bekannt, würde ich mal sagen. Was soll eigentlich groß passieren, wenn du es mir verrätst? Weißt du noch, als du für diesen Schauspieler geschrieben hast? Da hast du uns doch auch eine Menge verraten. Ich kann mich noch genau erinnern: ›Bei den Oscars dürfen die Gewinner nicht länger als fünfundvierzig Sekunden sprechen.‹ Damals ist doch auch nichts passiert, oder?«

Sie bezog sich auf die Memoiren, die ich für einen sehr

alten Schauspieler geschrieben hatte, einen Mann, der in einigen großen Kriegsfilmen mitgespielt hatte und deshalb ins Beuteschema der Oscar-Verleihungen passte. Er war auch zweimal als bester Schauspieler nominiert worden, hatte aber nie gewonnen. »Lass uns das Thema wechseln«, sagte ich nur.

Meine Mutter schwieg pikiert. Ich wusste genau, was sie dachte. *Warum hast du das Buch dann überhaupt erwähnt?*

»Ich hätte dir nie was über den Auftrag erzählen sollen«, sagte ich. »Vielleicht habe ich es getan, weil ich an jenem Abend das Gefühl hatte, dass ihr mich verurteilt. Ich wollte dir und Ed beweisen, dass ich keine Versagerin bin.«

»Was? Aber Schätzchen …«

»Unwichtig. Bertie wird vermisst. Sie ist vor ein paar Tagen verschwunden, ich versuche zu arbeiten, mich gleichzeitig um Cass zu kümmern und sie zu suchen – und bitte erzähl mir jetzt nicht, dass du mich ja von Anfang an davor gewarnt hast, wie schwer es sein würde, ein Kind allein großzuziehen.« In diesem Moment brauchte ich wohl eine Zielscheibe, wollte einmal nicht daran schuld sein, dass jede Minute unseres Alltags so schwer war, und das schon seit Cass' Geburt.

»Wo ist sie?«

»Verschwunden, hab ich doch gerade gesagt«, fuhr ich meine Mutter an. »Wir haben schon überall nach ihr gesucht.«

»Hast du die Polizei eingeschaltet?«

»Natürlich.«

»Hat sie sich verlaufen? Ist das schon mal vorgekommen? Leidet sie unter Demenz?« Meine Mutter legte eine Pause ein, offenbar wurde ihr gerade klar, was das genau hieß. »Du kannst ruhig ehrlich sein, Schätzchen!«

»Ich habe mich nicht mehr so sehr auf sie als Babysitter verlassen. Aber sogar einmal die Woche war wohl zu viel.«

»Wenn sie verschwunden ist, kannst du dich *gar nicht* auf sie verlassen. Weißt du, Leute mit Alzheimer gehen aus dem Haus und finden nicht mehr zurück.«

»Meinst du, das wüsste ich nicht?«

»Herrje, Allie!« Wieder herrschte Stille, breitete sich aus, wurde schwerer. »Was kann ich tun?«, fragte meine Mutter schließlich.

»Bertie finden? Mir fünfzigtausend Dollar schicken?«

»Soll ich hinkommen? Vielleicht sollten wir einfach zu dir fahren.«

»Nein.« Erst nachdem wir aufgelegt hatten, merkte ich, wie gern ich in diesem Moment allein spazieren gegangen wäre, nur um einen freien Kopf zu bekommen. Aber ich hatte niemanden, der mir Cass abnehmen konnte. Vielleicht hätte ich Ja sagen sollen.

Ellen schlenderte durch die Reihen und erklomm dann lässig die Bühne, wo sie ihre Gäste ankündigte: »Russell Sharpenberger, Hundetrainer mit dem gewissen Etwas! Lana Breban, Anwältin und Aktivistin mit dem gewissen Etwas! Bruno Mars, der Name spricht für sich!«

Cass, neben mir auf dem Sofa, lachte, als Russell Sharpenberger einen Shi Tzu dazu brachte, einen Fußball auf seiner Schnauze zu balancieren, und nochmal, als ein Pudel eine Art »Electric Slide« vorführte.

Dann kam Lana auf die Bühne. Sie schüttelte Ellen kräftig die Hand und setzte sich in einen weichen weißen Sessel. Ihr dunkles Haar war mittlerweile schulterlang.

Die Moderatorin fragte Lana nach ihrer Arbeit als Mentorin für weibliche Nachwuchskräfte der Alliance für International Women's Rights und ihre mittlerweile berüchtigte Rede vor der Europäischen Frauenlobby. »Hast du irgendwem vorher verraten, dass die Frauen auf der Bühne ihre Kinder stillen würden?«

»Nein«, sagte Lana mit einem Grinsen.

»Und hast du die Frauen dazu ermutigt, oder war es ihre Idee? Live und vor laufender Kamera?«

»Sagen wir mal so, ich habe sie nicht davon abgehalten.«

Ellen sah ausdruckslos in die Kamera.

»Ich durfte hinterher jedes einzelne Baby halten, das war wunderbar! In solchen Momenten trauere ich der Zeit hinterher, als mein Sohn noch klein war. Gibt es was Schöneres als das Gewicht und den Duft von Babys? Und war das nicht überhaupt ganz wunderbar, wie diese Frauen unbeschwert ihre Kinder stillen konnten?«

Das Publikum stand auf und klatschte.

»Manche Leute bezeichnen dich als elitäre Kampfemanze. Was sagst du ihnen?«

»Das Wort Feminismus wird mittlerweile gegen uns gerichtet. Aber das stört mich nicht weiter. Wenn fairer Lohn und Frauenrechte für dich etwas Negatives sind, bist du mir egal.«

Aus dem Publikum kamen vereinzelte, zustimmende Rufe. Da erst fiel mir auf, dass Lanas leichter Akzent komplett verschwunden war. Vielleicht bildete ich es mir aber auch nur ein.

»Ich interessiere mich nicht für ignorante Menschen oder deren Urteil«, fuhr sie fort. »Ich interessiere mich mehr dafür, Frauen und Familien dabei zu unterstützen, bessere Bedingungen zu schaffen, damit sie ihrem Beruf nachgehen und ihre Kinder erziehen können, und mit der Regierung zusammenzuarbeiten, um Hilfsgelder zu erhöhen, ohne die

Steuerzahler zur Kasse zu bitten.« Ja, ihr Akzent war verschwunden. »Ich möchte von den Männern wissen, warum Frauenförderung nicht schon längst zur Good Business Practice gehört. Warum sie nicht verstehen, dass Frauen in Führungspositionen nicht nur wichtig, sondern für den Erfolg unseres Landes unverzichtbar sind.«

Ellen nickte.

Ich glaubte zu hören, wie eine Frau rief: »Du bist meine Präsidentin, Lana!«

»Okay«, sagte Ellen schließlich. »Kann ich dich dazu überreden, mit mir zu tanzen?«

Lana lachte, schien aber nicht weiter überrascht. »Ich bin mir nicht sicher, ob du meine Tanzkünste in deiner Show zeigen willst, ich habe nämlich zwei linke Füße.«

»Tja, wie wäre es dann mit einem Lied?«

»Ich bin keine gute Sängerin, aber ich werde es versuchen«, sagte Lana.

Als im Hintergrund die ersten Klänge von Aretha Franklins *Respect* ertönten, sprangen Lana und Ellen auf. Ein Mann mit Kopfhörern flitzte auf die Bühne, drückte beiden ein Mikro in die Hand, und die Frauen schmetterten drauflos. Lanas Stimme klang tatsächlich nicht besonders eindrucksvoll, aber ihr Akzent war wieder voll da, was der ganzen Szene einen gewissen Charme verlieh.

Cass, der sich zwischenzeitlich verdrückt hatte, kam jetzt zurück ins Zimmer und zeigte auf Ellen. »Ist das ein Mann oder eine Frau?«

»Eine Frau«, sagte ich. »Wieso ist das wichtig? Was, wenn sie ein bisschen beides ist?«

»Man kann nicht *beides* sein!«

So hatte er das gelernt, das sah er jeden Tag auf Nickelodeon und bei den *Kleinen Regenbögen*.

Ich schaltete den Fernseher ab. »Ich arbeite jetzt eine Stunde, dann machen wir was Schönes zusammen, ja?«

»Eine ganze Stunde? Ich find's doof, wenn du arbeitest«, sagte er. »Immer musst du arbeiten.«

Kapitel 12

»Ich hab sie gefunden«, sagte Norm am Telefon. »Vor dem *Shop 'n Save*. Meine Mutter hatte sich allen Ernstes bei ihrer Freundin Ruth einquartiert.«

Ich lachte gequält. Das haute mich wirklich um. »Wer ist Ruth? Hier in der Nachbarschaft gibt es meines Wissens keine Ruth. Sind Sie sich sicher, dass es sich um eine Freundin handelt?«

»Sie wohnt drüben in Beckett. Die beiden sind sich vor ein paar Tagen zufällig über den Weg gelaufen, als meine Mutter einen Spaziergang machte. Anscheinend gab es das große Wiedersehen, sie haben sich alte Filme angeschaut, gekocht, Scrabble gespielt. Jedenfalls ist meine Mutter vor ein paar Stunden nach Hause gekommen, und als sie feststellte, dass sie nichts mehr im Kühlschrank hatte, ist sie zum Supermarkt gelaufen und hat dann nicht mehr heimgefunden. Ich habe sie allein auf dem Parkplatz stehen sehen, sie hat einen wildfremden Mann um Hilfe gebeten.« Er seufzte. »Wir sind jetzt hier bei ihr, kommen Sie doch vorbei, wenn sich noch verabschieden wollen. Ich nehme Bertie mit zu uns. Wir müssen sie mehr im Auge haben, damit sich so eine Situation nicht wiederholt.«

»Was? Und sie ist einverstanden?«

»Ein Heim kann ich mir nicht leisten.«

»Heim? Es gibt doch sicher andere Möglichkeiten. Müssen Sie das denn jetzt sofort entscheiden?«

»Allie, sie hat versucht, Sie zu erreichen.«

»Wirklich?« Es hatte tatsächlich jemand von einer mir unbekannten Nummer aus angerufen, aber keine Nachricht hinterlassen. »Hören Sie, ich könnte mich mehr um sie kümmern. Vielleicht kann Ruth auch öfter einspringen.« Was für ein verzweifelter, selbstsüchtiger Vorschlag! Ich hatte nur Angst, meine Babysitterin zu verlieren.

Als ich in ihr Wohnzimmer kam, saß Bertie mitten auf ihrer karamellbraunen Couch und hielt den Blick gesenkt wie ein Schulmädchen, dass beim Schwänzen erwischt worden war. Norm stand mit verschränkten Armen neben ihr.

»Allie«, sagte Bertie. »Ich hätte es nochmal probieren sollen, tut mir leid, da hab ich wohl nicht richtig nachgedacht.« Es brach mir das Herz, sie so zerknirscht zu sehen.

»Nein, es ist meine Schuld. Ich hätte rangehen sollen.« Ich setzte mich in den Sessel, Cass kuschelte sich auf meinen Schoß. Das Gefühl seiner Nähe machte mir diesen Moment etwas leichter.

»Meine Freundin Ruth und ihre Schwester und ich, wir haben uns so gut amüsiert!«

»O Bertie! Da hast du einfach alles um dich herum vergessen, das ist doch toll! Kein Grund, sich zu entschuldigen.«

»›Toll‹ würde ich das nicht nennen«, bemerkte Norm. Sein Haar stand nach oben ab und hatte sich im Stuck der Decke verfangen. Ich konnte den Blick nicht abwenden von seiner blonden Locke, die wie ein Wachposten aufrecht stand, fest verankert. »Meine Mutter wäre um ein Haar auf einem Supermarktparkplatz zu einem Wildfremden ins Auto gestiegen.« Als er einen Schritt vortrat, fiel seine Strähne endlich herunter.

»Bin ich aber nicht. Ich bin ja nicht senil!« Bertie zupfte an einem Faden in der Couch herum.

»Natürlich nicht«, sagte ich rasch. Zwar spürte ich Norms Blick, aber das war mir egal. »Wollen wir uns darüber unterhalten, was wir als Nächstes tun können? Vielleicht können wir dir helfen, zu entscheiden, was du für das Beste hältst.«

Norm bedeutete mir mit aufgebrachtem Armfuchteln, ihm in die Küche zu folgen. Er schloss die Tür hinter uns und wiederholte alles, was er mir bereits am Telefon gesagt hatte, als wäre er der Staatsanwalt und Bertie die Angeklagte. Seine Mutter sei »eine Gefahr für sich selbst«, behauptete er.

»Finden Sie nicht, dass sie in dieser Sache ein Mitspracherecht hat?«, fragte ich, obwohl mir klar war, dass die Situation komplizierter war, als es uns gefiel. Natürlich war da der Vorfall mit den Abführmitteln, das ständig fehlende Gebiss und die Erinnerungslücken, die sich bei alten Menschen selten besserten.

»Es ist nicht nur ihre Vergreisung oder was auch immer hier los ist. Meine Mutter hat sich schon immer schwergetan, die richtigen Entscheidungen zu treffen. Hat sie je über mich oder ihre Familie gesprochen?«

»Ein bisschen. Sie hat gesagt, Sie stünden sich nicht sehr nahe.«

»Hat Sie Ihnen von den Enkeln erzählt? Sie hat zwei, eine fünfjährige Enkeltochter und einen zehnjährigen Enkelsohn«, sagte Norm, und plötzlich dämmerte es mir: Ich war ungefähr so alt wie Berties Sohn und damit vielleicht wie eine Tochter für sie, und dann gab es da noch Cass, den sie regelmäßig sah und hütete und womöglich lieber hatte als ihre eigenen Enkel. Norm war eifersüchtig!

Ich schüttelte den Kopf.

»William spricht nicht. Als er jünger war, hat er sich ziemlich schlimm benommen, hat mich und meine Frau geschlagen, sie hat am meisten abgekriegt. Er ist ein großer Bursche, so groß wie ich. Hat seiner Mutter lauter blaue Flecken beschert, sogar Platzwunden, aber wir haben versucht, seine Krankheit für uns zu behalten, um ihm seine Privatsphäre zu lassen. Sogar dann noch, als die Leute misstrauisch wurden, weil sie glaubten, ich würde meine Frau misshandeln. Eines Tages hat William einen Teil unseres Zauns eingerissen, dann ist unser Hund Lulu abgehauen und nicht mehr zurückgekommen.« Norm massierte sich den Nacken. »Er hat ein Loch in die Schlafzimmerwand geschlagen, Gläser und Geschirr zertrümmert. Als Natalie auf die Welt kam, wurde es noch schlimmer. Einer von uns musste immer bei ihm bleiben, der andere aufs Baby aufpassen. Wir haben jemanden engagiert, weil ich ja schließlich zur Arbeit musste. Aber unsere Hilfe konnte auch nicht rund um die Uhr da sein, und einmal, als meine Frau mit den Kindern allein war, hat William versucht, Natalie unter einem Berg Decken, Kissen und Stühlen zu ersticken.«

Ich sah ihn unverwandt an. »Das wusste ich nicht.«

»Wir mussten ihn in einer betreuten Wohngemeinschaft unterbringen, anderthalb Stunden Fahrt entfernt. In der Nähe gab es nichts. Diese Frage treibt uns die ganze Zeit um: Wie können wir ihn näher zu uns holen?« Er gab ein bitteres Lachen von sich, als wollte er mir bedeuten, dass das alles nur die Spitze eines riesigen Eisbergs war. »Tja. Meine Mutter hat weder Verständnis dafür gehabt, noch hat sie es gutgeheißen, dass wir William in eine Betreuungseinrichtung gegeben haben. Sie wollte, dass wir uns mehr Mühe geben oder jemanden suchen, der rund um die Uhr auf William aufpasst, möglicherweise sogar bei uns einzieht.

Als könnten wir uns das leisten! ›Eltern geben ihre Kinder nicht so einfach auf‹, hat sie immer wieder gesagt. Das hat uns ziemlich zugesetzt, zu einer schlimmen Zeit. Aber wir sollten jetzt zu ihr zurückgehen.«

Ich wollte etwas Einfühlsames oder Kluges sagen, aber mir fiel nichts ein. Natalie und Cass waren ungefähr gleich alt. Ich fragte mich, ob Berties Anteilnahme an unserem Leben von einem Bedürfnis nach Wiedergutmachung genährt wurde. Vielleicht hatte sie ja Schuldgefühle?

Im Wohnzimmer standen wir verdruckst herum, niemand sagte ein Wort.

Irgendwann brach Norm das Schweigen. »Mom, ich sage es nochmal, ich möchte dich zu uns nach Wichita holen. Monica und Natalie und ich, und William, wir alle hätten dich gern bei uns. Du könntest meine Familie besser kennenlernen. Und am Wochenende mit uns William besuchen.«

Ich war mir nicht sicher, ob ich an seiner Stelle so großherzig sein könnte.

»Wir können dich doch nicht auf Parkplätzen herumirren lassen, wo du wildfremde Männer anquatschst«, fügte er hinzu.

»Nicht, dass das unbedingt nochmal vorkommen würde«, sagte ich, aber mir war klar, dass ich hier nichts mehr zu melden hatte.

Bertie sah ihn an. »Ich würde gern eine Nacht darüber schlafen, okay?«

Norm zuckte mit den Schultern.

Cass legte sich auf den Bauch und robbte sich unter den Couchtisch. Ich bemerkte Norms Blick.

Vielleicht wollte Bertie nur Zeit gewinnen und hatte in Wahrheit schon ihr nächstes Treffen mit Ruth geplant.

Als ich mich wieder Lanas Buch zuwandte, freute ich mich darauf, endlich ein paar handfeste Informationen verbraten zu können: Norton bei einem Spiel der Yankees, beim Toben mit dem Familienhund – das waren Details, die mir dabei halfen, Lana zu *amerikanisieren*. Ich schrieb eine Rohfassung des vierten Kapitels, Arbeitstitel »Vorschulalter«, aber natürlich reichten die paar Brocken beileibe nicht, um daraus die Memoiren einer feministischen Mutter zu stricken. Also musste ich mir den Rest mal wieder aus den Rippen leiern. Norton spielte mit dem Hund, während er *Caillou* schaute (kochende, putzende Mutter, berufstätiger, sportlicher Vater), aber Lana schaltete den Fernseher aus und drückte ihrem Sohn stattdessen ein Buch mit dem Titel *Männer weinen* in die Hand. Ich erfand außerdem Szenen, in denen Lana Probleme mit chauvinistischen Nachbarn und Verwandten löste – *bei Menschen aus anderen Generationen oder sozialen Umfeldern können wir oft nur winzige Fortschritte erwarten* –, sich im Kindergarten gegen Trennung nach Hautfarbe oder Geschlecht und für genderneutrale Kindergeburtstagspartys einsetzte.

Auf *Ghostwriters Talk* tobte eine neue Diskussion.

SILENTPARTNER: *Letztes Jahr hatte ich einen BM mit einer Behinderung. Es ging um Memoiren.*

SECRETSCRIBBLER: *Hat BM das Buch gefallen?*

SILENTPARTNER: *BM ist sehbehindert, aber er hat es sich als Hörbuch angehört. Ja, mochte es sehr, Gott sei Dank. Ich musste mich die ganze Zeit selbst ermutigen, mich ermahnen, nicht so verkrampft zu sein, einfach in BMs Rolle zu schlüpfen.*

SECRETSCRIBBLER: *Hat jemand von euch schon mal versucht, unter eigenem Namen zu veröffentlichen?*

GEEZERWRITER: *Ja, ich. Einen Roman. Habe einen*

Bruchteil von dem verdient, was ich fürs Ghostwriting kriege, aber sie haben auch weniger als zweitausend Exemplare davon verkauft. Man kann ihn immer noch auf Amazon bestellen. Gebt Bescheid, wenn ihr Interesse an Slipstream habt.

Was war bitte Slipstream?

SECRETSCRIBBLER: *Ich bekomme einen Hungerlohn für mein momentanes Projekt, schreibe für einen IT-Menschen. Honorar minus fünfzehn Prozent für den Agenten, dreißig Prozent Steuer. Am Ende bleiben mir knapp elfeinhalbtausend Dollar.*

Es war deprimierend. Ja, wir konnten froh sein, überhaupt Aufträge zu bekommen, aber die meisten von uns mussten sich mit mehreren Jobs über Wasser halten, obwohl wir für einige der privilegiertesten Personen unseres Landes schrieben.

Was, wenn wir uns organisieren und eine Mindestvergütung verlangen? Könnten wir eine Gewerkschaft gründen?, schrieb ich.

GEEZERWRITER: *LOL. Viel Glück dabei!*

SECRETSCRIBBLER: *Gibt es nicht schon so eine Art Vereinigung der Freiberufler? Was ist mit dem Verband der Schriftsteller und Schriftstellerinnen?*

INVISIBLEWRITER62: *Ihr wisst schon, dass Anfänger sich nach unseren Aufträgen die Finger lecken und unser mageres Honorar nur zu gern akzeptieren würden?*

Jemand postete ein GIF vom Incredible Hulk, der wieder und wieder auf einen kleinen Mann einschlug.

Schweigend halfen Cass und ich Bertie dabei, ihre Kleidung und ihr Scrabble-Brett zu packen. »Bist du dir wirklich sicher, dass du das willst?«, fragte ich. Gern hätte ich gewusst, ob sie Vorbehalte hatte, in ein Haus zu ziehen, in dem ihr Enkelsohn nicht mehr wohnte. Und ihn in seiner Wohneinrichtung zu besuchen. Hatte sie Norm vergeben?

»Mach dir um mich keine Gedanken. Ich bin in letzter Zeit ziemlich vergesslich geworden, das wird sicher nicht besser. Norm ist meine Familie, trotz allem.« *Eltern geben ihre Kinder nicht einfach auf,* hatte sie selbst zu ihrem Sohn gesagt.

Ich zeigte auf das Glas auf ihrem Nachttisch. »Dein Gebiss.« Das ging mir alles viel zu schnell. Sie würden schon an diesem Abend nach Wichita fliegen. Norm hatte bereits mit einer Maklerin gesprochen, die Berties Haus verkaufen sollte. Es war vielleicht das letzte Mal, dass Cass und ich unsere alte Nachbarin sahen.

An diesem Abend lag ich in der Wanne und genoss ein fluffiges Schaumbad. Alle hatten mich verlassen: meine Eltern, Maggie, Bertie. Wann und ob Kurt zurückkehren würde, stand in den Sternen. Er hätte schon längst wieder hier sein sollen. Ich spielte mit den Zehen im Schaum. Cass schlief, ich genoss die Ruhe und angenehme Wärme des Wassers, die Gelegenheit, mich endlich mal hängen zu lassen.

Wehmütig dachte ich zurück an die Zeiten, als ich meine Entscheidungen bezüglich Männern, Arbeit oder Reisen völlig spontan getroffen hatte. Ich war nach San Francisco gezogen, hatte für wenig Geld bei einer Zeitschrift gearbeitet, mit Daniel rumgemacht, einen One-Night-Stand mit Colin gehabt – einfach, weil mir der Sinn danach gestanden hatte. Aber letztendlich hatte ich mich für Cass entschieden, und für eine Karriere als Ghostwriterin – und das war auch gut so. Als was sollte ich auch sonst arbeiten? Keine Ahnung. Und wenn ich ehrlich war, machte es mir einen

Heidenspaß (meistens jedenfalls), aus der Perspektive der Mächtigen und Prominenten zu schreiben.

Aus irgendeinem Grund musste ich plötzlich an Nick denken. Hätte ich gewusst, was er den Schauspielerinnen angetan hatte, sagte ich mir, wäre ich vermutlich gar nicht erst eingestiegen. Egal, wie verführerisch das Angebot war. Aber ganz so ahnungslos, wie ich es gerne im Nachhinein behaupten würde, war ich damals auch nicht gewesen. Schließlich hatte ich mir mehrere Episoden von *Skinwalker Ranch* reingezogen und *Honor Code* gespielt. Ich hatte mir sein Geschwafel von Brustwarzen angehört, von Picasso, Linkin Park, über die junge Mia Farrow. Es war, als hätte ich monatelang neben einem Feuer gestanden, es geschürt und frisches Holz herangeschafft, das Licht und die Wärme genossen, aber sein zerstörerisches Potenzial komplett verdrängt.

Klar mag sich das alles gut und richtig angefühlt haben, schließlich hatte ich die Zustimmung eines berühmten, erfolgreichen Mannes. Klar hatte ich gezögert, aber schließlich doch »auf dicke Hose gemacht«. Und ja, es war damals ein sehr viel erregenderes Gefühl gewesen, in Nicks Haut zu schlüpfen, erheblich beglückender, als die Urinpfützen meines Sohnes vom Badezimmerboden zu wischen oder säckeweise Blumenerde zu schleppen.

Dennoch: Meine freie Entscheidung – ein selbstbestimmtes, authentisches Leben zu führen, nicht in schlechten Beziehungen zu verharren, von denen ich einige erlebt hatte, und mich nur auf mich selbst zu verlassen – hatte schlussendlich meine Möglichkeiten eingeschränkt. Ich hatte meinen freien Willen ausgeübt und mir damit die Freiheit geraubt.

Kapitel 13

Allie, ich halte *heute einen Vortrag am Mount Holyoke College. Das ist doch bei dir in der Nähe, oder? Hast du hinterher Zeit für einen Espresso oder eine Tasse Tee? Deinen Sohn kannst du einfach mitbringen, wenn du magst!*

Klingt super!, schrieb ich zurück. Zwar lag Mount Holyoke mindestens eine Dreiviertelstunde Fahrt entfernt, aber Lana war nicht die Einzige, die die Größe dieser Gegend unterschätzte. Ich versuchte, mir Cass in einem Café in Northampton vorzustellen. Unmöglich! *Ja, ich habe Cass dabei. Könnten wir vielleicht stattdessen einen Spaziergang machen?*

Am folgenden Nachmittag parkte ich den Truck in einer kleinen Lichtung am Anfangspunkt eines Wanderwegs und stellte den Motor ab. Cass, in Schneeanzug, Fäustlingen und Stiefeln, kletterte auf einem Schneehaufen herum, während ich auf Lana wartete. Den Wanderweg hatte ich ein Jahr zuvor entdeckt, als Kurt, Cass und ich ein eintägiges Musikfestival in South Hadley besucht hatten. Es war ein großartiger, chaotischer Tag gewesen, voller Bands, Tanz und Imbisswagen, auch wenn Cass von dem vielen Lärm und der Hektik einen Megatrotzanfall bekommen und Kurt ihn mit heldenhafter Gelassenheit zum Truck getragen hatte, während ich rasch unsere Picknickutensilien zusammenpacken musste. Das alles schien erst Tage zurückzuliegen, nicht Monate.

»Diese Frau, die wir heute treffen, ist meine Chefin«, erklärte ich Cass. »Weißt du noch, das Bild in unserer Küche? Sie ist eine wichtige Person. Ich verlasse mich darauf, dass du dich heute gut benimmst und still bist, okay?«

»Warum muss ich denn mitkommen?«

»Darum«, sagte ich. Wie sollte ich ihm erklären, dass er sonst nirgendwo sein und sich niemand außer mir um ihn kümmern konnte?

Das Licht war messerscharf, die Luft klirrend kalt. Hinter uns stand der Wald, starr und still. Spillerige Stämme ragten gleichförmig aus dem Boden. Der Winter verlieh den Wäldern hier oft eine andächtige Schönheit, die monochrome Landschaft wirkte wie ein Röntgenbild des Sommers.

»Allie!« Lana eilte auf uns zu, in Mantel und schwarzer Strumpfhose, eine große Schultertasche aus Leder am Arm. Zur Begrüßung umarmte sie mich flüchtig. Sie trug silber- und türkisfarbene, blitzsaubere Sneakers, und der Gedanke, sie könnte sie eigens für diesen Spaziergang gekauft haben, rührte mich sehr. Auf dem kleinen Parkplatz hinter ihr wartete noch das Taxi. »Hallo!«, sagte Lana zu Cass, der zu Boden blickte.

Ich stupste ihn an. »Das hier ist Cass, er lernt noch, zu neuen Bekannten freundlich zu sein.«

»Gar nicht«, sagte Cass.

»Ich habe fast nie Zeit, so was zu machen«, sagte Lana zu mir. »Einfach mal im Wald spazieren zu gehen. Wahrscheinlich bin ich einfach ein Stadtmensch. Ich werde richtiggehend nervös, wenn ich zu weit weg bin von New York. Von meinen Museen und Restaurants, meinem Box & Flow.«

»Box & Flow?«

»So eine Kombi aus Boxing und Yoga. Du liebe Zeit, Allie! Hast du das noch nie ausprobiert? Das wird dein Leben umkrempeln! Du fängst mit Schattenboxen an und fährst dich bei Rumble Rounds richtig hoch, kommst in einen richtigen Flow, danach machst du noch ein paar Ashtanga-Asanas. Ich habe einen Personal Trainer, der kommt ins Haus, aber ich glaube, dafür gibt es auch Gruppenkurse. Wird sicher auch von einem Fitnessstudio in deiner Nähe angeboten. Ich mach das jetzt seit einem halben Jahr, und ganz ehrlich? Mein Verstand ist jetzt viel schärfer, und nach vielen durchwachten Nächten kann ich endlich wieder durchschlafen.«

»Wie schön«, sagte ich. Sie wirkte viel leichter und lebendiger als sonst, aber vielleicht lag es auch nur daran, dass wir zur Abwechslung mal nicht über ihr Buch sprachen. »Trainiert Norton manchmal mit dir?«

Lana sah mich entgeistert an. »Nein. Versprich mir, dass du's ausprobierst, ja?«

»Klar, mache ich«, log ich.

»Also, ich habe mir Kapitel vier angesehen«, sagte Lana. Ihre Sneakers knirschten im Schnee. »Es ist schon fast rund, fehlt nur noch ein bisschen was zum Thema Disziplin im Vorschulalter. Sogar kleine Jungs können echte Tyrannen sein. Das Thema bietet sich geradezu an für einen feministischen Diskurs.«

»Alles klar.« Ich sah mich nach Cass um.

»Frauen, die mit männlicher Aggression konfrontiert werden, machen sich oft klein. Und das geschieht sogar dann, wenn die Aggression von einem kleinen Jungen kommt. Das scheint bei vielen Frauen im Hirn verankert zu sein.«

»Da hast du recht.«

Cass sprang hinter einem riesigen Felsbrocken hervor und stieß mich in eine Schneewehe. Ich war mehr erschrocken, als dass ich mir wehgetan hatte, aber vor allem war ich fassungslos – und schämte mich für ihn. Mit betonter Gelassenheit wischte ich mir den Schnee aus dem Gesicht. »Cass, das war *gar nicht gut!*«, sagte ich und löste meinen jetzt schneeverkrusteten Schal, von dem mir eiskalte Brocken in den Nacken rieselten.

»Alles okay?«, erkundigte sich Lana.

Ich nickte. »Bin gleich so weit.«

»MIR IST KALT!«, brüllte Cass.

»Ja, es ist tatsächlich kalt hier draußen, aber du wirst es überleben«, sagte ich.

Lana beobachtete uns.

»Wie weit müssen wir noch?« Er rieb sich mit dem Fäustling die Augen, dann begann er gelangweilt herumzuhüpfen. Irgendwas hing mir an den Wimpern, aber ich ignorierte es und setzte mich wieder in Bewegung. Lana marschierte vor und wich einen braunem Haufen aus, wahrscheinlich Pferdemist. »Wie weit noch?«, quengelte Cass.

»Wir sind doch gerade erst losgelaufen, Mäuschen. Das schaffst du schon«, sagte ich zu Cass. »Geduld funktioniert bei ihm am besten«, erklärte ich Lana.

»Wie lange müssen wir noch hierbleiben?«, fragte er.

Ich sah ihn an.

»Mir frieren die Popel ein«, quengelte er weiter.

»Cass!«, rief ich, während ich mir den Eissplitter aus dem Auge wischte.

»Du bist erheblich geduldiger als ich«, bemerkte Lana.

Hm, wie sollte ich darauf antworten? »So sind Kinder nun mal«, sagte ich schließlich und dachte insgeheim, dass sie solche Verhaltensweisen vielleicht gar nicht kannte, weil sie kaum Zeit mit ihrem Sohn verbracht hatte.

»Ich … « Sie rutschte auf einer zugefrorenen Pfütze aus. »Hoppla!«

»Hier, halt dich fest«, sagte ich und streckte ihr die Hand hin. Sie klammerte sich an mir fest und rappelte sich wieder auf. Obwohl erheblich größer als ich, war sie sehr wackelig auf den Beinen, wie ein Hutständer im Wind, und ich hatte meine liebe Mühe, nicht auch noch wegzurutschen.

»Hast du sonst noch Anmerkungen zu Kapitel vier?« Ich hatte geschrieben, dass sie Norton Spielzeugwaffen und -soldaten verbot, obwohl ich in Wahrheit keine Ahnung hatte, ob das zutraf. Vielleicht besaß er einen Schrank voller Luftgewehre und wollte später zum Militär.

»Nein, nur die Sache mit der Disziplin.«

»Ist Norton gern in den Kindergarten gegangen?«

»Ja. Er war im West-Side-Montessori-Kindergarten. Genau, da fällt mir noch was ein! Du könntest über die Vorzüge der Montessori-Methode schreiben. Die Leute von West Side sind großartig. Obwohl ich zugeben muss, dass ich ein bisschen neidisch war, denn als sie schließlich alles auf Grün umgestellt hatten, war Norton schon weg. Jetzt ist bei denen wirklich jeder Zentimeter nachhaltig, sie haben sogar blendfreie Leuchtmittel eingeführt, damit die Kinder sich besser konzentrieren können.«

»Bei uns läuft es mit dem Kindergarten nicht ganz so toll, wie ich es mir erhofft hatte. Manchmal mache ich mir Sorgen, weil Cass ein Einzelkind ist. Ohne Geschwister hat er nicht richtig gelernt zu teilen. Also müssen wir an die Stelle der Geschwister treten. Wir müssen ihre Freunde sein, ihre Eltern, ihre Väter und Mütter – alles zusammen.« Ich wollte ihr ein paar Aussagen entlocken.

»Stimmt. Der Teil mit ›Freunden und Eltern‹ gefällt mir. Das solltest du ins Buch schreiben.«

Ich unterdrückte ein Seufzen. »Hatte Norton Probleme, Freunde zu finden?«

»Nein, eigentlich nicht. Er ist ein echt netter Junge.«

Offenbar hatte Norton null Probleme und null Persönlichkeit.

Wir spazierten weiter, nur Cass blieb immer wieder stehen.

»Wie wäre es, wenn wir einen Zeitplan aufstellen, also Termine für jedes Kapitel festlegen?«, schlug ich vor. »Gin hat mich gebeten, ihr ein paar Wochen vor eurem neuen Abgabetermin eine Rohfassung des Manuskripts zuzuschicken.« Ich versuchte, mir meinen Ärger darüber, dass ich diese Änderung nur durch Gin erfahren hatte, nicht anmerken zu lassen.

»Okay.« Lana rutschte erneut aus, hielt sich aber an einem Ast fest.

Cass ließ sich derweil unter einen kleinen Baum plumpsen und musterte mich mit langem Gesicht.

»Dein Junge will heim« sagte Lana, obwohl ich den Eindruck hatte, dass sie eher von sich sprach. »Ich habe gehört, dass Belohnungstafeln mit Stickern Wunder wirken.«

»Ja, haben wir schon ausprobiert.«

»Ich glaube, man muss das auf eine ganz bestimmte Weise machen, also jedes kleine bisschen mit einem Sticker belohnen. Und am Ende der Woche hat er sich was verdient, einen Ausflug zum Erlebnispark oder einen neuen Legokasten.«

»Ja, klar«, erwiderte ich wenig enthusiastisch. Wir hatten diese Methode tatsächlich vor einiger Zeit angewendet und sie hatte auch funktioniert. Ich hatte mich für besonders schlau gehalten, als Cass sich bei der Aussicht auf neue Smiley-Sticker auf dem Papier an unserem Kühlschrank ohne Quengeln bei meiner Mutter und Ed abgeben ließ und sich bei ihnen einigermaßen benahm. Leider funktionierte es nur ungefähr eine Woche, dann hatte er genügend Sticker gesammelt für den großen Preis, Lambie aus *Doc McStuffins*. Kaum hatte ich das Preisschild abgeschnitten und ihm das Stofftier überreicht, hatte Cass verkündet: »Heute Abend will ich nicht zu Oma und Ed. Ihr Essen schmeckt eklig. Ich bleibe hier bei Lambie und dir und esse nie wieder Brokkoli oder Erbsen.«

»Ich habe eine Menge um die Ohren, daher kann ich dir nicht versprechen, immer pünktlich Feedback zu den Kapiteln zu geben«, sagte Lana jetzt. »Aber heute Morgen hatte ich eine Idee. Wie schnell könntest du eine Erstfassung des Buches ohne unseren ständigen Austausch fertigstellen?«

Großartig! »In zwei Monaten? Vielleicht schneller?« Aber, Moment ... wollte sie damit sagen, dass von ihr gar kein Input mehr käme?

»Gut. Was, wenn du das Buch einfach ohne mich fertigschreibst und danach zu mir nach New York kommst? Wir schauen uns die Sache gemeinsam an und bringen sie noch ein bisschen in Form, wo es sein muss, vielleicht sogar innerhalb von ein, zwei Tagen. Wir könnten Gin sogar bitten, dabei mitzumischen. Was meinst du? Du bringst Cass mit, Gloria kümmert sich um ihn. Wenn du mir ein Datum sagst, kann ich mir die Zeit freischaufeln.«

»Bist du dir sicher, Gloria hat nichts dagegen?« Es erschien mir ein bisschen unverschämt, ihr das zuzumuten.

»Sicher nicht, aber wenn ich mich irre, würde ich es dich noch wissen lassen«, sagte Lana, während sie in ihr wartendes Taxi stieg. »Gib mir ein Zeichen, wenn du fast fertig bist, dann planen wir konkreter.«

Erleichtert fuhr ich heim. Endlich nahmen die Dinge etwas Fahrt auf.

Zu Hause rief ich sofort Gin an, um ihr von unserem

neuen Plan zu erzählen. Sie bat mich, ihr trotzdem die nächsten Kapitel vorab zu schicken, sobald sie fertig waren. Als ich Colin informierte, sagte er: »Wow, das ist aber großzügig von Lana! Wann hat dir eine Kundin das letzte Mal mehrere Tage ihrer Zeit geschenkt und die Kinderbetreuung dazu? Und das nach unserem Mittagessen im Herbst *und* dem heutigen Spaziergang im Wald?«

»Nicht mir schenkt sie etwas, sondern ihrem Buch«, sagte ich.

»Du schreibst ihr Buch.«

»Das tun wir gemeinsam. Lana unterscheidet sich von meiner bisherigen Kundschaft. Sie mischt sich mehr ein, aber gleichzeitig gibt sie mir kein Material. Außerdem wolltest du, dass ich ihr ein ganz neues Image andichte, weißt du noch?«

»Hey, so war das doch nicht gemeint!«

»Sie kann ja wohl ein paar Tage opfern, um an ihrem Buch zu arbeiten! Ja, sie hat viel zu tun, aber immer noch genug Zeit für ihren Personal Trainer.«

»Wer hat die nicht? Schließlich muss man Prioritäten setzen. Allie, hau das Ding einfach raus. Komm nach New York, aber bleib keine Minute länger als nötig. Ich will nicht, dass sie sich nach Erscheinen des Buches über den Entstehungsprozess ärgert, sie soll nichts Schlechtes mit mir, dir oder ihrem Buch verbinden. Leute wie Lana laden sich immer mehr auf, als sie schaffen können. Bitte erzähl mir jetzt nicht, sie hat dir angeboten, du könntest während der Zeit bei ihr übernachten?«

»Nein.«

»Drei Nächte in einem New Yorker Hotel sind nicht billig. Wollt ihr beide bei mir unterkommen?«

Ich war überrascht. »Das wäre großartig! Danke, Col, du

bist der Beste. Selbst, wenn du deine Kundschaft manchmal etwas zu sehr in Schutz nimmst.«

»Das solltest du genauso handhaben.«

»Wie sind wir beide je miteinander im Bett gelandet?«

»In der Nacht hast du verdammt Schwein gehabt«, scherzte er. »Oder glaubst du, du würdest sonst für Lana Breban arbeiten?«

»Du liebe Güte«, stieß ich hervor. »Das will ich doch wohl hoffen.«

Es war bereits Januar, in weniger als acht Wochen musste ich abliefern. Am nächsten Morgen, ein Samstag, stand ich früh auf, drückte Cass Malstifte und Papier in die Hand und setzte mich wieder an meinen Laptop. Ich erinnerte mich an eine Reality Show, die ich mal mit Bertie gesehen hatte, als Cass schon im Bett lag. In der Episode, die wir uns angesehen hatten, trat eine achtundzwanzigjährige Erziehungsexpertin namens Amber auf, sie trug einen dunkelroten Irokesen und einen Nasenring. Mit ein paar pragmatischen Ratschlägen zeigte Amber einer verhuschten Mutter, wie sie ihren Drillingen, alles Jungen, klare Ansagen machen und im Notfall auch mal Paroli bieten konnte. Als ich den Fernseher ausgeschaltet hatte, bemerkte Bertie: »Mir musste niemand beibringen, bei Norm die Stimme zu erheben. Seit wann sind Eltern solche Schwächlinge?«

»Schwächlinge?« Meinte sie etwa auch mich? »Wie wäre es mit ›einfühlsamen‹ oder ›wohlwollenden‹ Eltern?«

»Schwächlinge«, wiederholte sie. »Angsthasen. Was soll dir ein Sechsjähriger schon tun?«

Mir fielen mehrere Antworten ein, aber ich hielt den Mund.

Heutzutage gibt es immer mehr Organisationen für Mädchen und junge Frauen, die sie in ihrem Selbstwertgefühl stärken und ihnen zeigen, dass sie etwas erreichen können. Aber was ist mit unserem *Selbstwertgefühl? Manche von uns tun sich schwer damit, vor den eigenen Kindern als Autoritätsperson aufzutreten. Strenge, klare Anweisungen zu erteilen erscheint uns vielleicht unnatürlich, aber es ist unverzichtbar, wenn wir unseren Jungen beibringen wollen, dass Frauen Respekt verdienen.*

Natürlich muss jede von uns ihre eigene Form von Disziplin finden. Positive Verstärkung funktioniert bei einigen Kindern sehr gut. Ein bisschen Bestechung wird Ihrem Sohn nicht schaden.

Die Wirksamkeit von McDonald's Happy Meals ließ ich unerwähnt. Stattdessen dachte ich über Cass' Trennungsängste nach. Oft verhielten sich Kinder auffällig, weil ihre körperlichen Bedürfnisse nicht befriedigt wurden, sie hatten Hunger oder waren müde, und es gab auch unerfüllte emotionale Bedürfnisse. Es wäre mir ein Gräuel, einem Menschen beizubringen, dass seine Gefühle schlecht waren. Besonders Jungen. Dafür sorgte ihre Umwelt schon oft genug.

Es ist nicht zwangsläufig weniger wirksam, einen sanfteren Ton anzuschlagen. Wir müssen experimentieren, es immer wieder austesten, um zu erfahren, was für uns und unser Kind am besten funktioniert.

Gern hätte ich den Leserinnen und Lesern geraten, nicht dem Gerücht aufzusitzen, dass alle Disziplinprobleme lösbar seien. Einige wuchsen sich aus, zumindest meiner Erfahrung nach. Aber mit Sicherheit konnte ich das natürlich nicht sagen, und Lanas Buch sollte für Autorität werben, nicht für Unsicherheit.

Wenn die Schuljahre kommen, treten Sie und Ihr Kind in die Gesellschaft ein, hier beginnt die Sozialisierung, hier müssen wir öffentlich sein und hinter unseren Söhnen stehen, wenn sie sich zum Ballettunterricht anmelden, genau wie wir ihnen klarmachen müssen, dass sie niemanden schlagen dürfen, selbst wenn andere Jungen damit angefangen haben. ›So sind sie eben, die Jungs‹ ist ein Spruch, den wir alle schon gehört haben. Aber mit diesem Spruch nehmen wir sie aus der Verantwortung für das gesamte Spektrum des Fehlverhaltens, von Gewalt bis zur Rücksichtslosigkeit, vom öffentlichen, unverhohlenen Sexismus bis hin zur mangelnden Körperhygiene. Jungen werden zu den Männern, die wir aus ihnen machen.

Ich schrieb mit naivem Optimismus. Cass war mittlerweile in ein anderes Zimmer verschwunden.

Als Eltern haben wir die Chance, unseren Jungen beizubringen, dass jeder Mensch unabhängig von seiner Hautfarbe, seinem Geschlecht, seinen Fähigkeiten oder seinem gesellschaftlichen Stand Wertschätzung verdient hat. In diesen Zeiten ist die Botschaft natürlich wichtiger als je zuvor. Selbst wenn ein Rüpel beliebt oder berühmt ist, macht ihn das nicht automatisch zum guten Vorbild.

Mir war klar, dass ich mich nicht noch näher an den Präsidenten heranwagen sollte. Mein Auftrag lautete, Lanas Fangemeinde zu vergrößern, und vielleicht hatte ich schon zu viel geschrieben.

Mit einem Mal hörte ich ein seltsames Schlaggeräusch und ging nachsehen, woher es kam. Ich entdeckte Cass auf einem Berg aus Kissen, Büchern und Möbeln. Er hielt eine Lampe am Schirm gepackt und versuchte, sie obendrauf zu stellen. »Moment«, sagte ich. »Komm mit.«

Ich half ihm in seinen roten Schneeanzug, setzte ihm seine Elmo-Mütze auf und ging mit ihm hinaus zum Truck. Gegenüber schaufelte Jessica Garbella gerade Schnee aus ihrer Einfahrt. Sie winkte. »Wo wollt ihr beide hin?«

»The Mount«, sagte ich, eine spontane Entscheidung. »In Lenox. Das Haus von Edith Wharton.«

»Oh, ja! Da war ich noch nie. Wollte ich mir immer schon mal ansehen!«

»Es ist gerade keine Saison und das Museum deshalb geschlossen. Wir wollen nur ein bisschen durch den Garten stromern.«

Sie sah mich erwartungsvoll an.

»Willst du ... willst du mitkommen?«

Eifriges Nicken.

Auf dem Weg nach Lenox erzählte Jessica uns, dass Rons Mutter ein Haus in der Nähe von Ventford Hall besaß, ein weiteres Herrenhaus mit Museum. Sie weile gerade auf Marco Island und treibe Ron und sie in den Wahnsinn mit ihrem ständigen Gejammer darüber, dass seine Schwester beim Women's March on Washington mitlaufen wollte. »Seine Mom hat Angst vor einem Terroranschlag. Ich schalte jetzt sofort mein Handy aus«, sagte sie und griff in ihre Tasche.

»Gott, gestern war ja die Amtseinführung! Ich war so in die Arbeit vertieft, dass ich das ganz vergessen hatte. Und heute ist der Marsch?« Mein Google Alert hatte mir angezeigt, dass Lana zu den Sprecherinnen gehörte. Die Fronten in unserem Land hatten sich verhärtet. Ich konnte mich glücklich schätzen, mit Lana arbeiten zu dürfen, vor allem jetzt. Auf der Route 20 schien heute niemand außer uns unterwegs zu sein, die Äste hingen eisschwer von den Bäumen. Es machte mich ein wenig traurig, so weit von diesen wichtigen historischen Ereignissen unseres Landes entfernt zu sein.

»Ich war echt überrascht, als Annika erzählte, dass sie nach Washington fährt«, sagte Jessica. »Sie ist Fachärztin für plastische Chirurgie, und das nicht von der guten Sorte, die nach der Mastektomie oder nach Verletzungen helfen. Sie und ihr Banker-Mann sind Republikaner. Deswegen hätte ich echt nicht damit gerechnet. Eigentlich wollte ich ja auch nach Washington fliegen, aber wir müssen heute Abend zu einem Galadinner für die Red Sox in Northampton.«

Ich nickte, wunderte mich aber, was für Leute mittlerweile das ganze Jahr über in den Berkshires wohnten. Auf dem Parkplatz war es wie leergefegt, also holperte ich weiter über die eisglatte Auffahrt zum Anwesen hinauf.

»O Gott, ist es das?«, rief Jessica, als die Villa in Sichtweite kam.

Wir liefen durch den festgetrampelten Schnee auf das weiße Prachtgebäude zu, das Wharton selbst entworfen hatte, weil sie ihres privilegierten Lebens in Newport überdrüssig geworden war. Sie und ihr Mann lebten zehn Jahre dort, nach der Scheidung zog Wharton nach Frankreich. Auf dem Dach und den Erkerfenstern lag Schnee, der das prächtige Gebäude wie eine Hochzeitstorte aussehen ließ, die über dem weitläufigen Garten thronte.

»Das ist ja unglaublich! Sieh dir das an! Ich liebe *Zeit der Unschuld*, auch die Verfilmung mit Michelle Pfeiffer.«

»Hier hat Wharton *Das Haus der Freude* geschrieben, wusstest du das?«, fragte ich.

»Kannst du dir vorstellen, so viel Geld zu besitzen?«

Jessica, Cass und ich schlenderten unter den kahlen Linden zum italienischen Garten mit seinem Brunnen, eingefroren unter einer dicken Eisschicht. Cass trat auf das starre Wasser zu, aber ich zog ihn zurück. Über einen glitschigen, schmalen Weg gelangten wir in das angrenzende Waldstück, die Bäume waren jetzt wie mit Puderzucker bestäubt. Cass ließ sich fallen und machte einen Schneeengel. »Los, ihr auch!«, rief er. Jessica und ich lachten und machten die Engeleltern. Als wir wieder aufstanden, suchte Cass ein paar Steine und legte sie als Augen in den Schnee.

»Perfekt!«, rief Jessica und klopfte sich den Schnee von der Hose. »Wir versuchen es gerade, Ron und ich. Ein Kind zu bekommen. Eigentlich versuchen wir es schon seit Jahren. Ich hatte schon viermal eine IVF und habe alles an Heilpflanzen und Nahrungsergänzungsmitteln ausprobiert, was man als Frau nur nehmen kann. Jede Asana zur Steigerung der Fruchtbarkeit, dazu noch Meditation, Akupunktur, Massage.« Sie ratterte die Liste herunter, als erwarte sie eine Litanei der gutgemeinten Ratschläge, die sie schon zigmal gehört hatte. »Letztes Jahr habe ich drei Monate geschafft, aber dann habe ich das Kind doch verloren.«

»O Gott, das tut mir leid. Klingt furchtbar«, erwiderte ich überrascht. Ich hatte sie so oft am Fenster beim Yoga gesehen, und jetzt fragte ich mich, ob das, was ich als Kobra gesehen hatte, nicht in Wahrheit eine solche Fruchtbarkeits-Asana gewesen war.

»Es wäre leichter, wenn ich nicht das Gefühl hätte, dass wirklich beinahe jede Frau ein Kind kriegen kann, nur ich nicht.«

»Ist das mit Cass jetzt emotional zu heftig für dich …?«, fragte ich vorsichtig.

»Nein, so war das nicht gemeint. Sondern ganz allgemein.« Sie schüttelte ihre Locken, um sie vom Schnee zu befreien. Ich richtete mich innerlich neu aus. »Meine Therapeutin hat mir geraten, mir eine ›Dankbörse‹ anzuschaffen. Klingt vielleicht ein bisschen kitschig, aber sie meint damit, dass ich mich auf die Dinge besinnen soll, für die ich dankbar sein kann, und sie aufschreibe. Das mache ich jetzt schon seit einem Jahr.«

»Und? Geht es dir besser damit?«

»Also jedenfalls geht es mir nicht schlechter.« Jessica seufzte, den Blick auf Cass gerichtet. »Okay, wofür sollten wir drei dankbar sein?«

»Jetzt gerade?«

»Jetzt gerade. Ich fange an: Jetzt gerade bin ich dankbar, dass ihr mich an diesen tollen Ort mitgenommen habt, wo ich dieselbe Luft atmen kann wie einst Edith Wharton.«

»Schön.« Im Stillen war ich dankbar für Cass, aber es war wohl kaum der richtige Zeitpunkt, um das laut auszusprechen, deshalb sagte ich einfach das, was mir als Erstes einfiel. »Ich bin dankbar, dass ich meinen Truck habe.«

Sie sah mich fragend an.

»So einen habe ich mir immer gewünscht. Er ist total praktisch für meinen Gärtnerjob. Na, das ist vielleicht ein bisschen albern, aber egal. Cass, worüber bist du froh?«

Er hüpfte gerade auf vereisten Stufen herum und hatte für meine Frage nur ein Achselzucken übrig.

»Wofür bist du dankbar?«, drängte Jessica.

»Die Kinder mussten im Kindergarten zum Erntedankfest eine Collage zum Thema Dankbarkeit machen«, erzählte ich ihr. »Aber ich glaube, ihm hat daran einfach nur das Ausschneiden und Einkleben Spaß gemacht. Er ist noch ein bisschen jung für solche Konzepte.«

»Schätzchen, für irgendwas musst du doch dankbar sein«, beharrte Jessica.

»Bin ich aber nicht.«

»Er ist ein bisschen zu ehrlich«, räumte ich ein.

»Aha.«

Ich wollte mehr über ihren unerfüllten Kinderwunsch erfahren und ihr erklären, dass ich genau wusste, wie es sich anfühlte, etwas nicht zu haben, was scheinbar alle anderen auf der Welt besaßen. Aber nachdem sie das Thema gewechselt hatte, wollte ich es auch nicht mehr anschneiden.

Stattdessen spazierten wir noch ein wenig herum, sangen Kinderlieder, spielten im Steingarten Verstecken und besichtigten schließlich den Delfinbrunnen. Als Cass auf dem Brunnenrand ins Straucheln geriet, ergriff er Jessicas Hand. »Ich hab dich!«, rief sie. »Sollen wir mal sehen, wer schneller auf diesem Ding herumlaufen kann?« Sie würde eine gute Mutter sein, irgendwann.

Im Truck hatte ich gerade den Gurt angelegt, als mein Handy klingelte. Am liebsten hätte ich es ignoriert, aber es war Kurt.

»Ich habe eine Frage«, sagte er zur Begrüßung.

»Schieß los.«

»Willst du, dass ich zurückkomme?«

Ich schaltete das Radio ein. »Ich hatte dich schon längst zurückerwartet«, sagte ich. Immer wieder hatte ich mir in den vergangenen Wochen als kleine Rachefantasie ausgemalt, ihn einfach nicht mehr bei mir aufzunehmen, wenn er vor meiner Tür aufkreuzte, oder ihm zu sagen, ich hätte einen anderen kennengelernt, ätsch, Chance vertan.

Jessica musterte mich von der Seite. »Sorry«, murmelte ich tonlos.

»Okay«, sagte Kurt. »Dann drücke ich mich klarer aus. Manchmal ist es schwer für mich, herauszufinden, was du willst.«

»Du weißt, dass ich deine Hilfe hier wirklich gebrauchen könnte.« Wegen Jessica und Cass im Truck bemühte ich mich um einen milden Ton und versuchte, das Gespräch kurz zu halten. Ich erinnerte ihn daran, wie schwer es für mich war, ohne Kinderbetreuung genug Zeit zum Arbeiten zu haben, besonders jetzt, wo meine Deadline vorverlegt wurde. »Ich kann Cass nicht einfach allein zu Hause lassen«, sagte ich, während ich den Gang einlegte.

»Ich habe verstanden, was du brauchst, Allie. Aber was *willst* du?«

»Es ist gerade kein so guter Zeitpunkt, um das zu besprechen. Und ich bin momentan nicht in der Lage, meine Befindlichkeiten abzuklopfen, den Luxus kann ich mir einfach nicht leisten.«

»Also, ich hatte vor, in einer Woche zurückzukommen. Wäre das okay für dich?«

»Klar.«

Jessica zog ihr Handy aus der Tasche.

»Warum muss das eigentlich alles von meiner Seite ausgehen? Es wäre schön, wenn von dir auch was käme.«

»Du bist doch gegangen! Du bist jetzt seit fast zwei Monaten weg. Komm zurück, wenn du willst. Aber erwarte nicht, dass ich dich darum anbettle.«

Nach einem unterkühlten Abschied beendete ich das Gespräch.

»War das Kurt?«, fragte Cass.

Ich nickte.

»Warum warst du so gemein zu ihm? Kommt er zurück?«, bohrte er.

Jessica blickte von ihrem Handy auf. »Allie, du hast das völlig richtig gemacht. Er kann nicht einfach seine Familie im Stich lassen, wenn ihm danach ist. Das ist weder dir noch Cass gegenüber fair.«

»Danke.« Es war nicht der richtige Zeitpunkt, ihr meine ungeschminkte Lebensgeschichte aufzutischen, noch dazu vor Cass.

Wieder zu Hause verabschiedete Jessica sich und sprang aus dem Truck. Ich nahm sie jetzt anders wahr, irgendwie mit mehr Tiefgang. »Schön, dass du mitgekommen bist«, sagte ich.

Sie warf uns Handküsse zu und joggte zu ihrem Haus.

Nach unserer Rückkehr schaltete ich erst mal *Caillou* ein. Mehrere Stunden Bewegung an der frischen Luft mit dem eigenen Kind waren wie Geld auf der Bank für überbeanspruchte Eltern, zumindest für mich. Ich rief Lanas Twitterseite auf, um zu sehen, ob sie schon etwas über den Women's March getwittert hatte. Hatte sie nicht, aber ich stieß bei der Gelegenheit auf zig andere Fotos und Videos, die zeigten, wie riesige Menschenströme die National Mall in Washington und die Fifth Avenue in New York füllten. Auch in Alaska und South Carolina gab es kleinere Demos, genau wie in Budapest, Kalkutta und Lima. So etwas hatte ich noch nie gesehen: diese schiere Menge an Frauen mit selbstgestrickten rosa Mützen und Schildern mit klugen Aufschriften, all diese Frauen, Männer und Kinder, Millionen von Menschen auf der ganzen Welt, die für Frauen Besseres wollten und ihrer Empörung in einer atemberaubenden, friedlichen, globalen Veranstaltung Ausdruck verliehen. Dieser Anblick erfüllte mich mit einem Gefühl, das sich nur als Gegenteil von Einsamkeit beschreiben ließ. Ich konnte den Blick nicht vom Computer abwenden, die Bilder von handgemalten Schildern in Tiflis, Mädchen und ihre Mütter in Fairbanks, dick gegen die Kälte eingemummelt, der Eiffelturm, mitten in einem Meer von Gleichgesinnten. Ich fasste mir ans Herz.

»Cass!«, rief ich. »Komm her. Das musst du sehen!«

Kapitel 14

Viele kleine Einzelheiten erschaffen das Abbild der Wahrheit. Ich überlegte, wer mich wegen meiner zahlreichen Erfindungen angreifen könnte. Gin, die mich ausdrücklich angewiesen hatte, das bisschen Rohmaterial nach allen Regeln der Kunst auszuschmücken? Der Herausgeber? Colin? Lana hatte offensichtlich keinerlei Skrupel. Wer würde bei diesem Manuskript überhaupt einen Faktencheck machen? Es wurde erwartet, dass Autoren – oder Ghostwriter, wie in meinem Fall – ihre Fakten selbst überprüften. Norton? Nortons Freunde? Ihre Eltern? Ein paarmal hatte ich andere Kinder erwähnt, aber meine Beschreibungen waren vage ausgefallen. Vielleicht so vage, dass genau deshalb jemand auf die Idee kommen könnte, ich hätte ihn oder sie gemeint?

Ich hatte Norton einen Freund angedichtet, einen süßen, bebrillten Jungen. Zach, so schrieb ich, träume von einer Karriere als Modedesigner. Seine Eltern – eine lesbische und eine transgender Frau – halfen ihm dabei, aus Altkleidern der Nachbarskinder neue Klamotten zu entwerfen. Die Marke hieß *Clothes for Fashion-Forward Bros*, und seine Eltern schlugen ihm vor, die Erlöse an Obdachlosenheime zu spenden. Auch Lana, die Zach und Norton ein paarmal im Jahr zu Broadway-Shows einlud, ermutigte Zach zu diesem Schritt.

Am Ende schrieb ich das alles jedoch wieder um, weil es mir ein bisschen zu dick aufgetragen erschien. Ich strich die

Broadway-Shows und die Obdachlosenheime, auch das mit den Altkleidern ließ ich weg. Wegen der sexuellen Identität der Eltern hatte ich ebenfalls Bedenken, denn vor allem jetzt, nach der Wahl, erschien mir unsere Gesellschaft extrem gespalten. Es gab diejenigen, die Jungen wie Zach gut fanden und seinen Lebensstil ermutigend, aber auch solche, die die Uhren zurückdrehen wollten und sich die »guten alten Zeiten« zurückwünschten, als nur alte weiße Männer das Sagen hatten. Nach einigem Zögern machte ich Zachs Eltern zu einem heterosexuellen Lehrerpaar, der Vater war Coach der Little-League-Mannschaft seines Sohnes. Zachs Kleidermarke hieß am Ende nur *Clothes for Bros*.

Obwohl ich meinem Text das gewisse Etwas genommen hatte, würde er vermutlich den Ansprüchen der anderen genügen.

»Ich bin einsam.« Cass war neben mir aufgetaucht.

Ich schmolz dahin. »Wie schön, dass du das ausdrücken kannst.«

Er trat gegen meinen Stuhl.

»Nicht jeder Junge kann sich so gut ausdrücken wie du – ich meine, seine Gefühle in Worte fassen. Was machst du gern, Cass? Was machst du so richtig gern?«

»Keine Ahnung. Fernsehen?«

»Was sonst noch?«

»Nichts.«

»Wirklich?«

Er zuckte die Achseln, ließ sich fallen und schlängelte sich über den Boden.

»Bist du eine Schlange? Du spielst immer, dass du ein Tier bist. Du bist gern draußen«, sagte ich.

»Nein. *Du* bist gern draußen, und ich muss immer mit.«

Er hatte recht. Aber welches Kind war nicht gern draußen? »Du malst gern. Ein echter Künstler bist du, deine Bilder sind wunderschön.«

Er schlängelte sich ins Nebenzimmer und begann, sich aus Kissen und seinem Schlafsack eine Burg zu bauen.

Ich folgte ihm. »Siehst du! Du baust tolle Sachen.«

»Kannst du mit mir spielen?«

Bei dieser Frage krampfte sich mir jedes Mal das Herz zusammen. Er sollte Geschwister haben, einen Freund, einen schönen Kindergarten, ein Haustier, ja sogar ein erfundener Freund wäre besser als seine Mutter als einzige Spielgefährtin. »Lass uns rausgehen. Du hast recht, ich bin gern draußen, aber vielleicht kann ich dir ja zeigen, warum. Wir bauen einen Schneemann, okay?«

Der alte Schnee im Garten war pulvrig, aber wir gaben unser Bestes, packten ihn zusammen, bis ein unförmiger Haufen entstanden war, eher ein kleiner Hügel als drei ordentlich gestapelte Kugeln. Cass machte dem Schneehaufen Augen aus Kronkorken, und ich stopfte ihm eine Karotte als Nase ins Gesicht.

»Weißt du, wofür ich am dankbarsten bin? Für dich, mein Schatz!«

Cass nickte, vielleicht unsicher, wie er darauf reagieren sollte, und machte sich auf die Suche nach Malstiften für den Mund. Auf dem Weg zum Haus drehte er sich nochmal um. »Er braucht eine Pfeife«, sagte er und kehrte mit meiner mundgeblasenen Graspfeife zurück, ein Geschenk von Kurt. »Das mit der Pfeife lassen wir besser«, schlug ich vor und nahm sie ihm weg.

»Wie soll er heißen?«, fragte ich stattdessen.

»Daddy.«

»Aha.« Ich schluckte schwer. »Okay. Braucht er sonst noch was?«

Cass trottete erneut zurück ins Haus und kam mit einem Schal zurück, den er um das untere Ende des Schneehaufens wickelte. Es sah aus, als wäre ein sehr großer Blobfisch auf unseren Rasen gefallen.

»Ich finde, er sieht gut aus.« Unser missratener Schneemann war irgendwie rührend. »Hör zu, Schatz. Es tut mir leid, dass du keinen Vater hast.«

»Schon gut.«

Cass schob sich einen Finger ins Ohr.

»Nicht im Ohr popeln«, sagte ich.

»Okay«, sagte er, ließ den Finger aber, wo er war. Ich verzichtete darauf, ihn noch weiter zu triezen.

Es war eine Befreiung, einfach draufloszuschreiben, ohne mich ständig mit Lana abstimmen zu müssen. In kürzester Zeit konnte ich Gin die nächsten beiden Kapitel schicken. Wieder lautete ihr Feedback: *Besser, aber wir brauchen mehr Zach, mehr Lana, mehr intime Momente zwischen ihr und Norton. Wie war es für die beiden, als er mit der Grundschule fertig war? War Lana traurig, stolz oder was?*

Also ergänzte ich, was mir so in den Sinn kam. Ich legte Lana Sätze in den Mund, die ich Maggie zu Connor sagen gehört hatte. Ich ergänzte Little-League-Finalspiele und einen Kampfsport-Wettkampf. Ich verfälschte Anekdoten aus meinem Alltag mit Cass und ließ sie an passenden Stellen einfließen. Um mein schlechtes Gewissen zu beruhigen, fügte ich eine ziemlich akademische Diskussion über Handynutzung und die sozialen Medien ein und unterlegte das Ganze mit Studien über die Auswirkungen von exzessiver Computernutzung auf die Gehirnfunktionen von Heranwachsenden. Gin konnte mich mal, schließlich schrieb ich das Buch für Lana, und die wollte nun mal Zahlen und Fakten.

Jetzt, da mein Honorar in greifbare Nähe gerückt war, schickte ich Cass einen weiteren Tag die Woche zu den *Kleinen Regenbögen*. Er verlor seinen ersten Zahn, und ich spielte Zahnfee, legte ihm einen schnörkeligen Brief unters Kissen, in dem sie sich für den Zahn bedankte. Als ich ihm vorlas, was sie geschrieben hatte, sah er mich mit großen Augen an.

Wir erlebten ein paar mildere Tage, der Schnee auf unserem Rasen schmolz. Jessica kam öfter am späten Nachmittag zu uns rüber und brachte Abendessen mit, Hummus und Karotten oder Grünkohl-Chips für Cass, der sich leider überhaupt nicht schüchtern zeigte, wenn es darum ging, seine Vorliebe für ungesunde Kost zu verkünden.

Eines Tages, bei einem mittäglichen Spaziergang durch unser Viertel, vertraute Jessica mir an, dass sie und Ron über Adoption nachdachten.

»Wie aufregend!«, sagte ich.

»Ja, aufregend und beängstigend und tausend andere Sachen zugleich. Ich nehme an, ihr habt Cass auch adoptiert, Kurt und du?«, fragte sie vorsichtig.

»Oh! Nein.« Endlich erklärte ich ihr, wie Cass entstanden war. Möglich, dass ich meine Begegnung mit Daniel wie ein längeres Anbandeln schilderte.

»Wo ist dieser Daniel jetzt?«, fragte sie.

»Das weiß ich nicht so genau. Aber das ist schon okay. Ehrlich.«

»Echt?«

Ich erklärte ihr, dass wir letztlich nicht zusammengepasst hatten. »Finanziell wäre vieles leichter gewesen, und natürlich wäre es für Cass besser, seinen Vater zu kennen. Klar habe ich damals gehofft, wir würden so ein richtiges, perfektes Paar werden.«

»Aber hey, du hast ja jetzt Kurt!«

Ich nickte. »Manchmal.«

»Er kommt schon zurück. Du bist so mutig, Allie. Du hast ganz allein ein Kind bekommen! Alles hast du allein gemacht.«

»Fühlte sich gar nicht mutig an. Eher notwendig – sowohl mit Daniel zu schlafen als auch ein Kind zu bekommen.« Ich scherzte, aber nicht nur. »Ich meine, ich war schon nicht mehr die Jüngste und wollte immer ein Kind.«

»Ich weiß. Es ist eine entsetzliche Vorstellung, nie ein Kind zu haben, oder?«

Ich konnte mich nicht daran erinnern, vor dem Zusammentreffen mit Daniel von der entsetzlichen Vorstellung der Kinderlosigkeit gequält worden zu sein, da war eher eine irritierende Zukunftsangst gewesen und dann aufrichtige Freude über die unverhoffte Gelegenheit. Nachdem ich mich für die Schwangerschaft, für Cass entschieden hatte, war die Aussicht, Mutter zu werden, schon irgendwie tröstlich gewesen. Aber natürlich waren da auch noch andere Gedanken und Gefühle gewesen. Von denen erzählte ich Jessica jedoch lieber nicht.

Am folgenden Tag, als ich Cass vom Kindergarten abgeholt hatte und wir in die Einfahrt einbogen, sah ich jemanden vor unserer Tür sitzen. Ich musste zweimal hinsehen, um ihn zu erkennen. Er trug Bart und Lederhut.

Cass hatte die Tür schon aufgerissen und war hinausgesprungen, als der Motor noch lief. Ich rief ihm hinterher, doch er war Kurt schon in die Arme gelaufen. Also zog ich den Zündschlüssel ab und folgte ihm. In seiner Flanelljacke wirkte Kurt irgendwie urwüchsiger, als ich ihn in Erinnerung hatte. Er roch nach Erde. Mit seinem Bart sah er völlig anders aus – älter, wilder –, und seine einst helle Haut wirkte jetzt verbrannt und spröde. Nichts erinnerte mehr an den Mann im Nadelstreifenanzug auf der Holzbank, der er vor über einem Jahr gewesen war.

»Ihr beide«, sagte er kopfschüttelnd und ließ seine Taschen fallen. Ich fürchtete, dass er uns nun mitteilen würde, er wäre nur auf der Durchreise zu seinen Freunden in Wyoming oder sonst wohin. Er war so lange weg gewesen.

»Bleibst du hier? Ich meine, du bist nicht nur auf der Durchreise, oder?«, flüsterte ich, damit Cass es nicht hörte.

»Wie es aussieht, bin ich wieder da und gehe auch so schnell nicht mehr weg.«

»Gut«, sagte ich erleichtert. Endlich gab es wieder jemanden, der mir mit Cass helfen würde. Na gut, ich freute mich nicht nur deswegen. Sondern weil ich Kurt vermisst hatte, wie mir in diesem Augenblick bewusst wurde, seine Gegenwart, seinen Körper, seine tiefe Stimme im Haus, sein gemächliches Schlendern, unser Füßeln, sein Bein an meinem, wenn wir nebeneinander schliefen, seinen Mund, der sanfte Druck seiner Lippen.

Ich machte uns gegrillte Käsesandwiches, während Cass Kurt von Berties Verschwinden erzählte, von unserer Suche, meiner Arbeitswut, »andauernd sitzt sie am Computer«, von Jimmy und unserem Weihnachtsfest. »Was hast du gemacht, als du weg warst? Warum warst du so lange weg?«, fragte er dann. »Warum hast du einen Bart?«

»Also, ich hab ein paar Leuten geholfen, eine Scheune zu bauen, und da wollte ich mal was Neues ausprobieren. Gefällt er dir?«

»Ein bisschen.«

Kurt erzählte uns alles über die Farm, auf der er gewohnt hatte. »Es gab Ziegen und Hühner. Jeden Morgen frische

Eier. Und da war ein Hahn namens Elster. Allerdings klang er eher wie ein heulender Hund, hat mich jeden Morgen vor Sonnenaufgang aufgeweckt.«

Cass grinste. Offenbar gefiel ihm der neue Kurt. »Und sonst?«, fragte er.

»Wir hatten eine Geiß, die hieß Delilah und hat gemeckert wie ein aufgekratzter Teenager.«

»Du hast einen anderen Akzent«, bemerkte ich trocken.

»Möglich.« Er nahm den Hut ab und entblößte sein schütteres Haar.

Ich hoffte insgeheim, dass er seine Erlebnisse für Cass romantisiert hatte. Was ich von seinem neuen Farmer-Look halten sollte, wusste ich nicht. Vermutlich ärgerte ich mich nur darüber, weil er zu einer Zeit gehörte, als er offenbar ohne uns glücklich gewesen war. »Ich will euch ja nicht den Spaß verderben, aber ich habe einen Abgabetermin. Ist es okay, wenn ich in die Bibliothek fahre, um dort zu arbeiten?«

Nachdem Kurt sich einverstanden erklärt hatte, auf Cass aufzupassen, verschwanden die beiden im Wohnzimmer, wo Kurt Süßigkeiten aus Ahornsirup aus seiner Tasche kramte. Auf einmal konnte ich wieder frei atmen. Mit seiner Hilfe könnte ich das Buch vielleicht fertigschreiben und hätte noch etwas Zeit für mich übrig. Ich würde besser schlafen, hätte wieder Sex.

Jahrelang hatte ich gedacht – oder mir eingebildet –, Cass und ich seien eine feste Einheit, die den Stürmen des Alltags widerstehen, jenseits der gesellschaftlichen Normen und ihrer Zwänge leben könnte. Ich und Cass, wir beiden waren uns selbst genug. Natürlich konnten nur wenige Menschen ihr Leben völlig allein meistern, aber aus unerfindlichen Gründen hatte ich genau das seit Langem versucht. Unabhängigkeit war mein Fixstern gewesen, aber auch ich konnte nicht alles in meinem Leben allein schaffen. Zumindest nicht zum gegenwärtigen Zeitpunkt. Diese Erkenntnis erleichterte und betrübte mich gleichermaßen.

Unser Alltag wird von Technologie beherrscht, einer nie da gewesenen Flut von Videos und Bildern, die einen Heranwachsenden leicht überfordern kann.

Ich hatte tatsächlich eine der beiden Arbeitskabinen ergattert, die die Bibliothek den Besuchern zur Verfügung stellte, und startete eine Recherche über die Gehirnentwicklung bei Heranwachsenden, männliche Impulskontrolle und Aggression bei Jugendlichen, alles Dinge, die ich bei meiner Arbeit als Aushilfslehrerin aus erster Hand erlebt hatte. Danach schrieb ich über den Versuch der Eltern, die Kontrolle nicht zu verlieren, wenn ihre heranwachsenden Kinder einen plötzlichen Drang nach Freiheit und Unabhängigkeit entwickelten, und darüber, wie man Jungen Respekt beibrachte, für Mädchen und deren Körper, und nicht zuletzt für den eigenen Körper. Ich ließ mich über die Rolle der Sprache aus, die Wirkung herabsetzender Worte, die heutzutage fast überall zu hören waren, besonders in der Politik.

Das alles las sich allerdings wie das Traktat einer Oberlehrerin. Das war viel zu theoretisch. Also fügte ich eine Anekdote über Norton und seine Freunde ein, die nach einer Runde Kampfsport im Dojo noch etwas essen gingen.

Als ich nach Hause kam, hatten Kurt und Cass die Möbel im Wohnzimmer an die Wand geschoben, um Platz für ein riesiges Puzzle zu schaffen, Van Goghs *Schlafzimmer in Arles*. Es war halb fertig, überall lagen Teile verstreut. »Das hab ich in Vermont gekauft, für unseren zukünftigen Künstler«, sagte Kurt.

Cass hielt ein Teil hoch, das zu den schiefen Bildern gehörte, und fügte es an der richtigen Stelle ein. »Guck mal!«, rief er stolz.

Mir wurde warm ums Herz, es war, als füllte sich in mir eine Lücke, die schon zu lange leer gewesen war.

Doch plötzlich schlug das Gefühl um, und ich fragte mich, warum Liebe sich so oft wie Trauer anfühlte. Sei nicht so wunderbar!, hätte ich Kurt am liebsten zugerufen, aber wir waren nicht allein. Benimm dich nicht wie Cass' Vater, wenn du nicht vorhast, diese Rolle für immer einzunehmen. Sei nicht lieb zu mir, wenn du nicht vorhast, immer lieb zu mir zu sein.

»Ich bin's«, sagte meine Mutter am anderen Ende der Leitung. Kurt und ich lagen noch im Bett, sie hatte mich aus einem Traum gerissen, in dem Kurt, Cass und ich Lanas Wohnzimmer umräumten, weil Aretha Franklin zu Besuch kam. Ich war richtig sauer, dass sie mich in die Realität zurückkatapultiert hatte. Cass war offenbar bereits aufgestanden, ich hörte ihn im Nebenzimmer. Obwohl ich mich bemühte, meiner Mutter geduldig zu begegnen, konnte ich meinen Ärger über ihre Störung nicht ganz abschütteln. »Lotties Freundin Maura hat erzählt, ihre Tochter hätte jeden Monat hundert Dollar beiseitegelegt und am Ende fünfunddreißigtausend zusammengespart«, erzählte sie. »Ich wünschte, Ed und ich hätten so was für dich gemacht, als du noch klein warst. Wir haben viel zu spät mit dem Sparen angefangen, deshalb musstest du dich mit einem Stipendium über Wasser halten, und selbst das war am Ende ein Flop.«

»Mom, bitte! Ich habe nicht genug für so einen Sparplan.«

»Du bist nicht mehr dreiundzwanzig. Und du weißt sicher auch, dass Cass eigentlich die ganze Woche im Kindergarten sein sollte und nicht nur hin und wieder. Wenn er älter ist, wirst du es schon noch zu schätzen wissen, wenn er gelernt hat, selbstständig zu sein und alleine klarzukommen. Damit du als Mutter loslassen und dein Leben genießen kannst.«

Wir hatten gerade mal fünf Minuten miteinander gesprochen, aber ich war schon wieder so auf hundertachtzig, dass ich am liebsten einen Ziegelstein durchs Fenster gepfeffert hätte. »Lana Breban«, hörte ich mich sagen. »Für die arbeite ich gerade.«

»Oh!«, rief meine Mutter. »Ist das nicht diese berühmte Feministin?«

»Ja.«

Kurt brummte im Schlaf.

»Und jetzt vergisst du das sofort wieder.«

»Ich lese immer ihre Kolumnen! Und ihre Rede beim Women's March war fantastisch! Sie wird gerade *richtig* berühmt!«

»Ja, sie liegt durchaus im Trend.«

»Weißt du, wer ein Riesenfan von ihr ist? Patty Copeland. Sie hat sich nur bei Twitter angemeldet, um Lana zu folgen.«

Ich hörte ihre Gedanken förmlich rattern.

»Mom. *Das bleibt unter uns.*«

Kurt, mittlerweile wach, sah mich durchdringend an. Gut möglich, dass er alles mitbekommen hatte.

Ich setzte das Gespräch im Bad fort und zog dabei einen Sprung in der Bodenfliese nach.

»Ich will doch nur ein bisschen mit dir angeben. Was kann ich dafür, dass ich so stolz auf dich bin? Komm schon, Alligator! Lass mich ein bisschen prahlen, nur dieses eine

Mal!« Das letzte Mal hatte sie mich so genannt, als ich ein kleines Mädchen war.

Die Sache mit dem mütterlichen Stolz nahm ich ihr nicht ab. Ich wusste, dass meine Mutter sich nicht gern von anderen Leuten übertrumpfen ließ, vor allem nicht, wenn sie sie insgeheim beneidete. »Vielleicht willst du ihr nur auf die Nase binden, dass ich für jemanden wie Lana arbeite, eine bekannte und einflussreiche Persönlichkeit mit hohem Ansehen, weil weder du noch ich auch nur annähernd das sind, was du so dringend sein willst. Ich weiß noch genau, wie du dich in Tanglewood als Touristin ausgegeben hast, damit niemand merkt, dass du im Souvenirladen arbeitest. Glaubst du, ich hätte das nicht durchschaut? Meinst du, ich weiß nicht, warum du mir jahrelang diese ganzen Sachen über hochpreisigen Wein und teure Kunstwerke beigebracht hast? Obwohl du dir beides nie wirst leisten können?«

»Du bist gemein.«

»Ich bin nur ehrlich.«

»Aha, du willst also, dass wir ehrlich sind? Warum hast du mir und Ed denn damals im Restaurant von diesem Riesenjob erzählt? Und warum warst du an dem Abend mit Cass so angespannt? Ich war nämlich nicht diejenige, die sich vor all den Leuten im *Tabitha's* geschämt hat.«

»Ich wollte nicht in dieses Restaurant! Und ich habe mich nicht geschämt. Ich hatte nur das Gefühl, dass ihr mich verurteilt.«

»Verurteilen? Warum sollten wir das tun? Das ist doch lächerlich!«

Ich beendete das Gespräch.

Fuchsteufelswild lief ich im engen Bad auf und ab. Während ich darüber nachdachte, wie absurd es war, dass meine Mutter so viel Wert auf die Meinung anderer legte, stieß ich mir den Zeh an der Sockelleiste, fluchte ins Handtuch und beschloss schließlich, mich unter die Dusche zu stellen. Dort verharrte ich sicher eine halbe Stunde, bis das ganze Bad dampfte, schrubbte mir Ellbogen und Füße, shampoonierte mir ausgiebig den Kopf und spülte alles gründlich aus.

Bei meiner Rückkehr ins Schlafzimmer saß Kurt im Bett und las irgendein Philosophiebuch. Als er mich sah, legte er das Buch beiseite. »Was ist los?«

Ich erzählte ihm nur das absolut Notwendigste. Ja, ich hatte meiner Mutter die Identität meiner Kundin verraten, ja, diese Kundin war Lana Breban.

»Ist nicht wahr!«, rief er. »Birgitte war immer ganz versessen auf ihre Kolumnen in der *New York Times*.«

Diese Information erwischte mich auf dem falschen Fuß. »Echt?«

»Allie, das ist ja fantastisch!«

»In der Tat«, bestätigte ich. Wenigstens konnte ich mir sicher sein, dass Kurt mein Geheimnis nicht an Birgitte weiterplapperte. Oder ziemlich sicher.

Wir alle kennen diesen heranwachsenden Jungen, der nach der Schule nach Hause kommt, sich einen Schokoriegel aus dem Schrank schnappt und damit in sein chaotisches Zimmer verschwindet. Wenn wir den Medien glauben, ist dieses Verhalten normal, wir müssen es so hinnehmen, weil fürs Einkaufen, Kochen und Putzen eben die Frauen zuständig sind. Wie wäre es, dem Sohn das Kochen beizubringen oder ihn dazu zu ermutigen, einmal die Woche für die ganze Familie zu kochen? Er könnte doch sogar ein paar Freunde dazu einladen. Wie wäre es, wenn er die Wohnung putzt und dafür etwas bekommt, vielleicht et-

was Geld? So würde er lernen, dass Putzen Arbeit ist und entlohnt werden sollte.

Ich überlegte kurz, ob ich Norton beim Kochen oder Putzen beschreiben sollte. Das letzte Mal, als ich Cass gebeten hatte, sein Bett zu machen, hatte er nur gefragt: »Wieso? Du machst deins doch auch nie.« Daraufhin hatte ich ihm was erzählt von wegen, ich sei seine Mutter und die Chefin und verdiene Respekt, aber vermutlich nicht laut und deutlich genug, denn seitdem hatte sich nichts an seinem Verhalten geändert.

Ein paar Tage nach Kurts Rückkehr engagierten ihn die Garbellas als Steuerberater und Vermögensverwalter. Damit verdiente er ausreichend, um die noch ausstehende Miete an Jimmy zu begleichen, und hatte sogar noch genug übrig, um einen Schreinerkurs in Lenox zu besuchen, wo er lernen wollte, Möbel zu bauen. Nachdem er in Brattleboro ein paar Adirondack-Stühle zusammengezimmert hatte, verkündete er: »Ich glaube, ich möchte mit selbstgebauten Möbeln meinen Lebensunterhalt verdienen.«

»Sicher?«

»Sicher. Meine Stühle waren ziemlich gut, wenn ich das so sagen darf. Und es fühlte sich super an, etwas zu bauen, was andere Leute vielleicht sogar kaufen wollen. Jedenfalls möchte ich auf dem Wertstoffhof nach altem Holz suchen, mit dem ich ein bisschen experimentieren kann. Leihst du mir den Truck?«

Eine innere Stimme sagte mir, dass Möbelschreinern ungefähr so lukrativ war wie das Züchten alter Tomatenrassen. Wäre es nicht besser, mit seinem Finanzwissen hier vor Ort ein kleines Buchhaltungs- und Steuerberatungsbüro aufzuziehen? Aber eine andere Stimme riet mir zur Nachsicht, schließlich war Möbel Schreinern immer noch besser als Nichtstun. Außerdem war es nicht leicht, etwas zu finden, das einen mit Leidenschaft erfüllte. Mein Vater war Möbelschreiner gewesen, und ich erinnerte mich an die von ihm eigenhändig erbauten Stücke: der kleine Schreibtisch in meinem Mädchenzimmer, der Beistelltisch, den ich mit Stickern beklebt hatte.

Ich wusste so wenig über meinen Vater, mir war nur ein Schuhkarton mit Andenken geblieben, den ich auf dem obersten Regal meines Kleiderschranks aufbewahrte. Darin befanden sich auch ein paar Gegenstände aus meiner Kindheit: mein erster Bibliotheksausweis, ein heißgeliebter Garfield-Comic, eine Postkarte von Tante Setti und Onkel Nathan und ein kleines Foto von meinem Vater Eli Lang. Er saß auf einem Plastikklappstuhl und hatte mich auf dem Schoß. Auf dem Bild trug er eine peinlich knappe gelbe Sporthose, ein Cat-Stevens-T-Shirt und eine runde John-Lennon-Brille mit Drahtgestell. Er hatte einen dunklen Bart, einen Leberfleck über der Augenbraue und war, wie ich fand, recht attraktiv. Man hatte mich in eine weiße Decke gewickelt, und auf dem Foto war nur mein aufgerissener Mund zu sehen. Eine Hand schwebte über meinem Bauch, mein Vater blickte zu mir hinab, und auch sein Mund war leicht geöffnet, vielleicht sagte er etwas zu mir oder versuchte, mich zu beruhigen. Damals war ich zwei Monate alt gewesen, er dreiundvierzig Jahre. Ein Jahr später war er tot.

Kurz überlegte ich, meine Mutter anzurufen und mich mit ihr zu vertragen. Seit unserem Streit waren mehrere Tage vergangen, aber mir war immer noch schlecht davon.

Bald, sagte ich mir. Bald. Falls sie sich nicht vorher meldete.

An diesem Nachmittag zog Kurt, mit Zange und Lappen bewaffnet, eine von Cass' Socken aus einem verstopften Rohr. Vermutlich hatte sie schon länger darin festgesteckt, denn eigentlich war Cass alt genug, um es besser zu wissen. Kurt zog los, um Cass die Leviten zu lesen. Ich setzte mich wieder an den Laptop in der Küche und bemühte mich, den Gestank vom Abflussreiniger zu ignorieren.

Ich war auf die Zielgerade eingebogen, es ging jetzt nur noch darum, wie Lana es verkraften würde, dass ihr Sohn das Elternhaus verließ, um sein Studium zu beginnen. In ihrem Namen plädierte ich dafür, dass Eltern ihren Kindern erlauben sollten, ihren eigenen Weg einzuschlagen, und sich nach deren Auszug zur eigenen Erziehungsleistung gratulieren sollten. Wie wäre es, den Studienbeginn des eigenen Kindes mit einem Essen im Kreis von Familie und Freunden zu feiern?

Ich betrachtete Lanas Foto, das immer noch im Küchenfenster hing, und tippte die Überschrift des letzten Kapitels: Erwachsenenalter. Draußen vor dem Fenster sah ich Kurt und Cass, die Äste und Zweige über den Rasen zerrten. Wenn Cass fünfundzwanzig war, wäre ich vierundsechzig Jahre alt. Ich versuchte mir vorzustellen, wie ich dann aussehen würde, was mir erstaunlich leichtfiel: Erst vor ein paar Tagen hatte ich erste Falten am Hals entdeckt, mein Haar war borstiger geworden und die grauen Härchen an meinen Schläfen hatten sich mittlerweile zu einem Streifen ausgedehnt. Es gab Momente, da empfand ich beim Gedanken ans Altern und ans unaufhaltsame Verstreichen der Zeit eine Art Panik, aber manchmal war ich auch einfach nur fasziniert davon, wie sich mein Körper veränderte und Cass ständig neue Fähigkeiten erwarb. Innerhalb eines einzigen Lebens erfüllen wir so viele Rollen. Wie würde Kurt wohl aussehen, wenn er alt war? Das Bild, das vor meinem geistigen Auge auftauchte, war eine Mischung aus meinem Vater, wie er auf diesem einen kleinen Foto ausgesehen hatte, und meinem Onkel Nathan. Und Cass? Mit fünfundzwanzig? Kurt jagte ihn gerade durch den Garten, beide verschwanden aus meinem Blickfeld. Als sie zurückkehrten, begannen sie, aus den Zweigen einen Turm zu bauen. Ein merkwürdiges Bild, Lanas Foto in der einen Scheibe, die beiden beim Turmbau in der anderen. Es sah aus, als wären sie just in diesem Moment eingefangen worden, damit ich sie mir in Ruhe ansehen konnte.

Ich fing wieder an zu tippen.

Irgendwann kommt der Zeitpunkt, wenn ein Junge kein Junge mehr ist.

Der Cursor blinkte, wartete auf meine Eingabe, aber ich konnte nicht mehr weiterschreiben. Wollte nicht mehr weiterschreiben. Ich klappte den Laptop zu, ging hinaus, um mich den beiden anzuschließen, sie aufzuhalten, die Zeit anzuhalten.

Nachdem ich das fertige Manuskript ausgedruckt hatte und es als sauberer Stapel auf meinem Küchentisch lag, hielt ich einen Moment inne, um den Anblick zu genießen. Das Gefühl am Ende eines Projekts, sogar jetzt noch, bei meinem elften Buch (Nicks Buch nicht mitgezählt), war unvergleichbar. Ein Buch zu schreiben war wie Schwimmen. Oft kam man nur quälend voran, und erst, wenn das Buch fertig war, hatte man wieder festen Boden unter den Füßen.

Ich schickte die Datei an Lana, Gin und Colin und sandte

ein Stoßgebet gen Himmel, vor allem beim Gedanken an Gin, die hoffentlich nicht zu viele Änderungen verlangte und meine Arbeit akzeptierte, damit ich endlich mein Honorar bekäme.

Meine Mutter rief an. »Schatz, was ich gesagt habe, tut mir leid.«

»Mir auch. Vielleicht hätte ich nicht behaupten sollen, dass ihr mich verurteilt. Auch wenn es sich so angefühlt hat.«

»Das tun wir aber nicht.«

»Vielleicht doch ein klein wenig?«, fragte ich. »Außerdem hätte ich euch nicht verraten sollen, dass ich für Lana arbeite.«

»Schon gut. Schwamm drüber.« Sie trank etwas. »Heute Morgen durfte ich mir anhören, dass Pattys Enkelin Mandarin spricht. Außerdem kann sie fast die gesamte Rede von Martin Luther King zitieren, weißt schon, *I Have a Dream* …«

»Ach, Quatsch! Wie alt ist das Mädchen?«

»Darum geht es doch gar nicht«, sagte meine Mutter rasch. »Sie ist fünf.«

»Das ist ja der Hammer! Cass kann ja noch nicht mal seinen Namen schreiben.«

»Na und? Er ist Künstler. Und seine Großmutter gibt nicht ständig mit ihm an. Das ist auch ein Vorteil.«

»Vielleicht sollte ich mit Cass über Menschen wie Martin Luther King sprechen oder über Gandhi oder Malala.«

»Wenn er sich dafür interessiert. Ansonsten lass ihn einfach in Ruhe. Er ist ein süßer Junge, kreativ und eigenwillig, und er ist gut so, wie er ist. Ihr beide seid super. Du hast einen wirklich interessanten Beruf und machst das erheblich besser als ich mit dir, als du noch klein warst.«

»Ehrlich? Danke, Mom. Weißt du, ich glaube, du solltest dir mal eine längere Pause von Patty gönnen.«

»Da magst du recht haben.«

Danach folgte eine relativ friedliche Phase. Cass hatte endlich einen Freund gefunden, ein Junge namens Carlos, dessen Familie kürzlich in eine von Jimmys Wohnungen gezogen war, eine Straße weiter. Seine Mutter, Luana, arbeitete als technische Übersetzerin für mehrere Unternehmen, von zu Hause, so wie ich. Sie war lustig und gesellig, wir verstanden uns auf Anhieb. Carlos machte Cass mit *PAW Patrol* bekannt, und wenn er bei uns war, spielten die beiden die Serie nach. Eines Nachmittags stieß Carlos unter Cass' Bett auf seine alte Barbiepuppe und lachte sich kaputt. »Warum hast du Mädchenspielzeug?«, fragte er.

»Spielzeug ist Spielzeug. Die haben keine Geschlechtsteile«, sagte Cass, als ich gerade am Zimmer vorbeilief. »Schau hier …«

Dann herrschte kurz Ruhe, vermutlich inspizierten die Jungen, was die Puppe unter dem Reifrock aus Satin hatte. (Sollte ich mich einmischen? Nein, das ließ ich bleiben.)

»Siehst du. Da ist keine Vagina«, erklärte Cass.

»Aber sie hat eine Mädchenunterhose an«, beharrte Carlos.

»Wollt ihr was Süßes?«, rief ich.

An diesem Nachmittag rief Bertie an. Es klang, als würde es ihr gut gehen in Wichita. Sie habe ihr eigenes Zimmer, erzählte sie, ziemlich geräumig, und das Wetter sei auch einigermaßen. Außerdem würde sie ihre Enkelin Natalie besser kennenlernen. »Das Mädchen findet alles toll, was mit Prinzessinnen zu tun hat, und hat ganz viele Kostüme.«

»Cool«, sagte ich. Ob das Mädchen auch weniger stereotypische Interessen hatte, fragte ich nicht, ich musste ja nicht unbedingt die Rolle der Veganerin einnehmen, die allen erklärte, wie schlimm der Fleischkonsum war. Gern hätte ich mich nach William erkundigt, Bertie gefragt, ob sie ihren Enkel schon besucht und ob sich ihr Verhältnis zu Norm verbessert hatte. Ließ sie ihr Gedächtnis öfter im Stich? War es schwierig, mit anderen Menschen unter einem Dach zu wohnen, nachdem sie so lange allein gelebt hatte? Aber stattdessen sagte ich: »Wir vermissen dich.«

»Ja«, sagte sie.

»Kurt ist endlich zurück. Und Cass hat einen Freund gefunden, er heißt Carlos. Er und seine Mom sind gerade in eine von Jimmys Wohnungen an der Birch gezogen.«

»Birch?«

»Birch Street.«

»Na, es war schön, von dir zu hören«, sagte sie plötzlich und legte auf.

Ich dachte noch eine Weile über dieses Gespräch nach. Vielleicht fiel es ihr schwer, zu telefonieren und die richtigen Worte zu finden.

Deprimiert stand ich vor meinem Kleiderschrank. Das Business-Outfit, das ich letztes Jahr bei Ann Taylor erstanden hatte, würde nur für einen Tag in New York reichen, aber da ich noch immer kein Geld für Lanas Buch bekommen und mir niemand mitgeteilt hatte, ob man es überhaupt als fertiggestellt betrachtete, fehlte mir das nötige Kleingeld für Extravaganzen. Kurt meinte, ich solle auf keinen Fall bei einer der großen Ketten einkaufen, schließlich würde ich *die* Lana Breban treffen.

Also versuchte ich es mit einem kleinen Laden, der angemessene, wenn auch ein bisschen spießige Bürokleidung verkaufte. Kaum war ich eingetreten, hängte sich die Verkäuferin – ungefähr mein Alter, in Poncho, Absatzschuhen und dunkelblauer Hose – an meine Fersen und bewachte mich, eine sichtlich nicht wohlhabende Person, die in Armeejacke und ausgelatschten Chuck Taylors in ihrem Laden aufgekreuzt war und jetzt in den Regalen voller identischer grauer Hosen und weißer Blusen herumwühlte. Irgendwann wurde es mir zu bunt, und ich drehte mich abrupt zu ihr um.

»Ich brauche ein professionelles Outfit. Könnten Sie mich vielleicht beraten?«, fragte ich.

»Selbstverständlich!« Mit plötzlichem Enthusiasmus wirbelte meine Bewacherin durch den Laden, schnappte sich schwarze Wollhosen, ein paar Blusen und Tücher in frischen Blautönen. Dann verengte sie die Augen, als betrachtete sie mich aus großer Entfernung. »Ich bin mir nicht sicher, aber probieren Sie diese Sachen doch mal an, und dann sehen wir weiter.«

Die Umkleide war blitzsauber, eine geräumige Kammer mit hellbraun gepolsterter Sitzbank und Holzspiegel. Es duftete nach Tee. Die erste Bluse drückte meine Brüste zusammen und hob meinen Busen, der oberste Knopf war gerade so angesetzt, dass mein Ausschnitt noch hervorblitzte.

»Der Stoff fühlt sich sehr angenehm an, aber ich glaube, die ist zu knapp«, sagte ich, als ich aus der Kabine vor den großen Spiegel trat.

»Nein! Auf keinen Fall. Die Größe ist genau richtig für Sie. Es ist völlig okay, unsere Mädchen ein bisschen herzuzeigen. Sie sehen darin ganz *wunderbar* aus!«

Mir gefiel der Spitzname »Mädchen« sehr. Ich stellte mir

Zwillinge vor, die viel zu lange unter einem Sweatshirt versteckt geblieben waren und jetzt endlich die Erlaubnis erhalten hatten, sich die Welt anzusehen. Die Verkäuferin verschwand kurz und kehrte mit einem schwarzen Ledergürtel zurück, den sie mir umlegte. Danach drapierte sie mir einen burgunderfarbenen, geblümten Seidenschal um den Hals. »Wissen Sie eigentlich, wie attraktiv Sie sind?«

Ich ging davon aus, dass sie so etwas zu jeder Kundin sagte. »Nicht, ich meine … nein.« Ich zerrte an dem Schal herum, der mir plötzlich die Luft abschnürte. Ich war mitten in einem ausgelutschten Klischee gelandet, die Vorher-Nachher-Show.

»Das liegt daran, dass Sie sich daran gewöhnt haben, alte, schlechtsitzende Männerkleidung zu tragen.«

Ich hatte das Gefühl, mich rechtfertigen zu müssen.

»Sehen Sie sich mal an! Ich würde alles geben für solche Mädchen, und dann noch Ihre durchtrainierten Beine!«

Eine weitere Verkäuferin kam herbei und fasste mein Haar zu einer Art Knoten zusammen. Sie legte den Kopf schief. »Schmuck«, sagten beide wie aus einem Mund. Sie schwärmten aus und kamen mit fünf Paar Silberohrringen, ein paar Ketten und drei Armbändern zurück.

So langsam wurde es peinlich. Mir gefiel die Aufmerksamkeit, das Gefühl der Kleidung auf meiner Haut, das beruhigende Ambiente und der Duft in der Umkleide, aber irgendwie vermisste ich die Anonymität der Ketten, die junge Frau, die Dutzende beengter Kabinen bewachte, bergeweise T-Shirts zusammenlegte und letztlich mehr Interesse am Geplapper ihrer Kolleginnen hatte als an meinen Mädchen und meinen angeblich durchtrainierten Beinen.

Am Ende kaufte ich eine Bluse, zwei Hosen, ein Paar Ohrringe und einen Blazer. Das alles kostete mehr als drei

Wochen Betreuung bei den *Kleinen Regenbögen.* »Ein echtes Schnäppchen«, sagte die erste Verkäuferin an der Kasse. Zwei andere Frauen und ein gerade erst eingetroffener, gepflegter junger Mann um die zwanzig standen neben ihr. Sie alle strahlten vor Stolz, als ich ihnen meine Kreditkarte rüberschob.

Zwei Tage vor meinem Termin in New York meldete mein Google Alert: *Breban kandidiert für den US-Senat.* Rasch klickte ich auf den Link für den Artikel in der *New York Times*, aus dem hervorging, dass Lana nur eine Stunde zuvor ihre offizielle Kandidatur bekanntgegeben hatte, nachdem ein betagterer Senator der Demokraten überraschend verkündet hatte, im folgenden Jahr in den Ruhestand zu gehen.

Besonders überrascht war ich über Lanas Entscheidung nicht, ich hatte nur nicht damit gerechnet, dass es so schnell passieren würde. Soweit ich wusste, hatte Lana noch nie ein politisches Amt bekleidet. Vielleicht war die Präsidentschaftswahl der Auslöser gewesen.

»Großartige Neuigkeiten, nicht?«, sagte Colin am Telefon. »Gerade jetzt brauchen wir *dringend* mehr Frauen im Senat.«

»Stimmt.« Mir war aufgefallen, dass auch Colin wenig überrascht zu sein schien. »Und, wie lange hast du's schon gewusst?«

»Ach, nicht so lange.«

»Seit einem Tag? Sechs Monaten?«

»Seit höchstens einem Monat. Ich wollte es dir sagen, aber Lanas Leute haben mich gebeten, erst mal Stillschweigen zu bewahren. Auch vor dir. Sie haben es mir auch nur verraten, weil sie einen Absatz im Vertrag prüfen mussten.

Sie wollten nicht, dass du das Buch einer zukünftigen Senatorin schreibst, sondern die Geschichte einer ganz normalen Mom.«

»Was? Warum?«

»Keine Ahnung. Wir sind keine politischen Berater. Wie dem auch sei, die Pressemitteilung ist gerade raus. Riesenauflage. Du solltest dich freuen wie ein Schnitzel!«

»Nett«, sagte ich. Viel mehr würde ich mich freuen, wenn ich in irgendeiner Weise an den Umsätzen beteiligt wäre. »Hast du meine Erstfassung schon gelesen?«

»Ja, um die fünfzig Seiten. So weit, so gut. Gefällt mir! Ein bisschen viele Ratschläge und zu wenig Mom-Moir, aber ich hab schon ein paar Ideen, wie wir den Ton ein bisschen weicher klingen lassen. Wir setzen uns zusammen, wenn ich alles gelesen habe.«

Ich traute meinen Ohren nicht. Feminismus mit traditioneller Weiblichkeit in Einklang zu bringen war wirklich nicht leicht gewesen. Besonders mit dem bisschen Material. Ich hatte immer noch kein genaues Gefühl für Lanas Humor, ihre Ehe, ihre Freundschaften, und eigentlich wusste ich auch nicht so richtig, wie sie ihren Sohn nun eigentlich erzogen hatte. Die einzige intime Momentaufnahme von ihr stammte aus einem frühen Interview, in dem sie damals über ihre Kindheit gesprochen hatte.

Als ich Lana eine Gratulationsmail schickte, fragte ich mich, wie lange sie ihre Kandidatur schon geplant hatte. Die Ereignisse der vergangenen sechs Monate erschienen mir auf einmal in einem völlig anderen Licht.

Ein paar Stunden später kam eine Nachricht von ihr. *Danke dir! Dieses Buch ist wichtiger als je zuvor. Lana Breban als liebevolle Mutter, Gattin, guter Mensch ... LOL. Meine Wahlkampfmanagerin meinte, das könnte uns »ein paar Frauenstimmen einbringen« (als hätte ich die nicht sowieso schon, hab ich zu ihr gesagt). Wir wuppen das, Allie!*

Wie seltsam, sich so zu bezeichnen, auch nur scherzweise anzudeuten, dass man nicht liebevoll war, nicht gut, ja nicht einmal menschlich.

TEIL 3

April – November 2017

Kapitel 15

Cass und ich nahmen den Aufzug in Lanas Stockwerk. Während der Fahrt erinnerte ich mich daran, wie ich damals vor knapp sieben Monaten das erste Mal an dieser Stelle gestanden hatte, aufgeregt, wild entschlossen, nach den Enthüllungen über Nick Felles dabei zu helfen, das große Unrecht wiedergutzumachen. Bald, so hatten damals viele von uns gedacht, würde eine Frau die Geschicke unseres Landes lenken. In den darauffolgenden Monaten hatten wir viel Unschuld, viel unverzichtbaren Optimismus und Hoffnung auf eine bessere Zukunft verloren. Auch ich hatte Federn gelassen. Aber ich blickte nach vorn, freute mich aufs nächste Projekt und eine hoffentlich ehrlichere Kundin, die etwas von sich preisgab und mit offenen Karten spielte, die sich darauf verließ, dass ich gut zuhören und schreiben konnte.

Gloria nahm uns an der Tür die Jacken ab und führte uns ins Esszimmer. Ich wusste immer noch nichts über sie, nicht mal, ob das kleine Mädchen ihre Tochter gewesen war. Gloria sagte, Lana sei noch bei einem Termin, wir sollten uns bitte ein paar Minuten gedulden. »Ich hole Cass ab, wenn Lana wieder da ist.«

»Danke«, sagte ich. »Wirklich, das ist eine Riesenhilfe.«

Sie lächelte und verschwand. Cass und ich setzten uns an die Tafel. Jetzt, im April, sah der Central Park völlig anders aus. Die Kirschbäume und Hornsträucher blühten rosa und weiß, es waren weniger Leute unterwegs als im Sommer. Cass ließ die Beine baumeln und betrachtete den kunstvoll aus Draht und Federn konstruierten Kronleuchter. »Das sieht aus wie Pfeil und Bogen«, bemerkte er.

Lanas Schoßhund stieß mit der Schnauze die Tür auf und trottete auf uns zu. »Hallo, Hundchen!«, sagte ich und tätschelte ihm den Kopf. Er stellte sich auf die Hinterbeine – ja, es war ein *Er* – und schleckte mir mit der rauen Zunge die Hand ab. Rasch zog ich sie zurück und schob das Tier weg.

»Hallo, ihr beide!« Lana stand in Mantel und Lederhandschuhen im Türrahmen. »Ich räum noch schnell meine Sachen weg, dann komme ich zu euch.«

»Sehr schön«, sagte ich. Erst in dem Moment fiel mir ein, dass ich Gloria vielleicht ein paar Dinge über Cass sagen sollte. »Warte kurz auf mich«, sagte ich zu ihm und machte mich rasch auf die Suche nach ihr. Ich fand sie in der Küche vor einer gesprenkelten Kücheninsel, die von einem Meer aus zylindrischen kleinen Lämpchen beleuchtet wurde. »Ich wollte Ihnen nur sagen, dass Cass ziemlich an mir klebt.« Gloria nickte, dann erkundigte sie sich nach Cass' Hobbys. Ich zählte ein paar Dinge auf, bedankte mich erneut bei ihr und kehrte eilig ins Esszimmer zurück. Dort saß Lana bereits neben Cass, der Hund war verschwunden.

»Mein Freund hier hat mir alles über *Dora* und *Diego* erzählt. Cass sagt, er hat jede Folge zweimal gesehen.«

Wie peinlich! »Ach«, sagte ich und hoffte inständig, dass er nichts über seine Vorliebe für Doritos und Abführmittel verraten hatte. »Manchmal, wenn es zu kalt ist, um draußen zu spielen, darf er ...«

»Allie! Es ist völlig okay, sein Kind ein bisschen fernsehen zu lassen!«, rief Lana. »Wie ich gehört habe, ist *Dora* eine

Supersendung. Die Kinder lernen Problembewältigung und Spanisch, und die Serie hat eine starke weibliche Hauptfigur.«

In diesem Moment tauchte zum Glück Gloria auf. »Magst du mitkommen? Wir könnten was spielen.«

Er sah mich an.

»Ich bleibe die ganze Zeit hier, versprochen, Schatz.«

»Okay.« Er stand auf und ging zur Tür. Ich war so stolz auf ihn.

»Ich entschuldige mich schon mal im Voraus, falls er etwas kaputtmacht oder Ihnen auf die Nerven geht«, scherzte ich.

»Er ist in guten Händen, mach dir keinen Kopf!« Lana rückte näher an den Tisch heran, auf dem sich jetzt ihr Laptop, zwei Handys, ein iPad und eine kleine Tasse Kaffee befanden. »Die anderen sind auch gleich da.«

Welche anderen? Ich wusste, dass Gin kommen wollte, aber ansonsten hatte ich genau das erwartet, was Lana damals bei unserem Spaziergang vorgeschlagen hatte: Lana, Gin und ich würden das Manuskript gemeinsam redigieren – schnell und effizient.

Lana sah auf eines ihrer Handys. Ohne den Blick vom Display abzuwenden, fragte sie: »Du bist also geschieden?«

»Ich bin Single, aus freien Stücken.«

»Gut so!«

»Na, nicht immer«, gestand ich und wechselte rasch das Thema. »Hey, ich hab dich bei *Ellen* gesehen, super Auftritt!«

»Das war *so* lustig. Weißt du, wie viele Follower sie auf Twitter hat? Sie steht mittlerweile auf Platz sechs! Und sie rangiert auf Platz fünfzig auf der Liste der mächtigsten Frauen der Welt, zumindest laut *Forbes*. Ich war dabei, als man ihr die Freiheitsmedaille verliehen hat«, sagte Lana, die Hand an der Brust.

»Wow!« Mich überraschte nicht, was Lana sagte, sondern nur ihre übersteigerte Bewunderung. Das passte so gar nicht zu ihr.

»Ich kann es immer noch nicht fassen, dass sie mich dazu gebracht hat, vor laufender Kamera zu singen. Und jetzt halt dich fest: Jimmy Kimmel hat mich in seine Show eingeladen! Ich hoffe, er hat nichts dagegen, wenn ich mich über die Nachteile unseres Gesundheitssystems für Frauen unterhalten will – schließlich bin ich jetzt im Wahlkampfmodus!« Ihr anderes Handy klingelte. Sie entschuldigte sich und verließ das Zimmer.

Lag es am Wahlkampf, dass auf einmal noch andere Leute hier mitreden wollten? Doch wohl hoffentlich nicht!

Als Lana kurz danach zurückkehrte, hatte sie eine Frau und einen Mann im Schlepptau.

»Shirley Alexander, das hier ist Allie Lang«, sagte sie. »Shirley managt meinen Wahlkampf.«

Ich stand auf und streckte ihr die Hand entgegen. »Die berühmte Shirley«, sagte ich, denn Colin hatte sie schon ein paarmal erwähnt. Sie war Mitte dreißig und drahtig, mit auffallend großen braunen Augen und langem blondem Haar, das sie zu einem Pferdeschwanz zusammengebunden hatte. Das war also die Frau, die von Anfang an den Ton des Buches vorgegeben hatte.

Der Mann neben Shirley hatte einen schütteren Kinnbart und eine Brille mit selbsttönenden Gläsern, die sich absurderweise gerade verdunkelt hatten. Er tippte auf seinem Handy herum. Niemand stellte ihn vor. Wir setzten uns, Lana und die anderen beiden auf einer Seite der Tafel, ich auf der anderen.

»Colin kommt mit Gin«, sagte Shirley. Sie und Lana plauderten über irgendwelche Insiderthemen.

Colin kam auch? Wie seltsam, dass er mir nichts davon erzählt hatte.

Kinnbart tippte weiter auf dem Handy herum. Seine Brillengläser waren immer noch zu dunkel, um seine Augen zu sehen. Warum hatten sie sich nicht an das Licht im Zimmer angepasst? Konnte er überhaupt das Display erkennen?

Colin stürmte herein, Gin an seiner Seite, die mir im Vorbeigehen die Schulter tätschelte, ob aus Freundlichkeit oder Mitleid, konnte ich nicht deuten. Mir wurde schlecht.

Shirley verschränkte die Finger. »So, dann reden wir mal über das Buch! Sehr gute Arbeit bis jetzt, ihr beiden!« Ihr Blick wanderte von Lana zu mir. »Flüssig und klug geschrieben, viele Themen werden behandelt. Lana, wie immer, deine Intelligenz ist atemberaubend! Gestern in der Subway habe ich den Teil gelesen, wo du dir den idealen Laden für Kinderkleidung vorstellst, das war so gut, dass ich unvermittelt ›Genau!‹, gerufen habe. Die Leute haben mich angesehen, als hätte ich sie nicht mehr alle.«

Alle lachten.

»Lana, wie kann es sein, dass du dich mit so vielen Themen auskennst? In deinem Buch ist alles drin, von der sprachlichen Ungleichbehandlung der Geschlechter bis hin zur Entwicklung des kindlichen Hirns und dem kommerziellen Aspekt der Flaschenfütterung. Wenn ich dein Buch lese, würde ich am liebsten sofort einen Sohn in die Welt setzen, nur um ihm beizubringen, Mädchen und Frauen zu respektieren.« Sie schüttelte den Kopf. »Eines muss ich dir sagen: Ich bin immer wieder beeindruckt von dir! Es ist ganz klar, dass das Land gerade jetzt dringend ein Buch wie dieses braucht – und eine Kandidatin wie dich.«

Colin nickte eifrig.

Shirley wandte sich an mich. »Das wird ein ganz wunderbares Buch, das Potenzial ist da. Aber insgesamt würde ich mir wünschen, dass du ein bisschen warmherziger schreibst, Allie. Vieles war mir einfach zu akademisch. Das ist zwar verständlich, denn diese Frau hier« – sie zeigte auf Lana – »ist einfach sooo gebildet. Aber es geht mir hier auch mehr um den Schreibstil. Lana, du bist einfach zu intelligent für uns Normalsterbliche! Und tja, das Buch kann uns jetzt im Wahlkampf sehr nützlich werden. Ich will, dass sich jeder Leser in New York State in Lana verliebt.«

Gin meldete sich zu Wort. »Ja, ich denke auch, dass man die Story mehr ausbauen könnte. Jedes Mal, wenn wir eine Anekdote von Lana und Norton gelesen haben, folgt danach eine ausführliche Abhandlung über irgendwelche Studien oder trockene Ratschläge, und wenn ich ehrlich bin, finde ich das manchmal recht oberlehrerinnenhaft. Viele Leserinnen wissen schon, was Doulas sind, dass mit dem unerfüllten Kinderwunsch Geschäfte gemacht werden und warum das Stillen so wichtig ist.«

»Tun sie das?«, fragte ich.

»Klar«, meinte Shirley. »Das habe ich mir auch gedacht. Wir wollen auf keinen Fall, dass Lana *oberlehrerinnenhaft* rüberkommt. Oder noch schlimmer, elitär. Es wäre super, wenn wir die ganzen Exkurse über das europäische Elternzeitmodell und, ähm, Geschlechtergerechtigkeit in Island weglassen könnten … ach ja, und das Ding mit dem Kommunismus, der die Frauen befreit?« Sie zog ein entsetztes Gesicht. »Wir wollen uns doch mehr darauf konzentrieren, wie sehr Lana *dieses Land* liebt.«

»Ich finde außerdem, dass es nicht so richtig fließt«, sagte Gin, den Blick auf Shirley gerichtet. »Ich weiß, das klingt jetzt extrem, aber am liebsten würde ich sämtliche Zahlen und Fakten streichen – und fast alle Ratschläge weglassen.«

Kinnbart drehte sich zur Seite, um Lana anzusehen.

»Ich weiß, das bedeutet, wir müssen das ganze Buch nochmal überdenken«, fuhr Gin fort. Sie war zwar klein, benahm sich aber wie ein alter General. »Die Story – also die Protagonisten, wenn man so will, werden nicht greifbar, bleiben irgendwie im Hintergrund. Das ganze Buch kommt immer nur in Schwung, wenn Lana mit Norton interagiert. Ansonsten herrscht Stillstand.«

»Interessant«, sagte Shirley.

Lana sah Gin ausdruckslos an.

»Wie viel haben wir hier, dreihundertzwanzig Manuskriptseiten? Mindestens die Hälfte oder sogar mehr hat nichts mit einem Memoir zu tun.«

Shirley nickte bedächtig. »Du hast recht.«

»Ich will die Geschichte dieser revolutionären Frau und ihres Sohnes lesen, Punkt. Das ganze Drumherum über medizinische Erkenntnisse und das Mutterbild in der Kunst, bla, bla, bla. Nichts für ungut, Allie, aber du musst doch wissen, dass die Leser da aussteigen. Die Studie zum Thema Stillen, die Gender-Pay-Gap? Das kann alles raus.«

Shirleys Augen funkelten. »Es ist tatsächlich so einfach, nicht?«

»Was den Schreibstil selbst betrifft, also die Sprache und das Register, ich glaube, da müssen wir auch noch dran arbeiten. Das muss Spaß machen«, sagte Gin mit völlig spaßfreier Stimme. Sie zog ihren Laptop aus der Aktentasche, klappte ihn auf und tippte ein paarmal auf der Tastatur herum. »Wie hier zum Beispiel: ›*Wir mussten ihm beibringen, zu essen und zu schlafen, zu sitzen und zu krabbeln, gütig und respektvoll zu sein, durch die patriarchalischen Strö-*

mungen der amerikanischen Gesellschaft zu navigieren, ohne sich davon kooptieren zu lassen, egal, wie attraktiv es auch auf ihn wirken mochte.‹ Ich meine, der erste Teil ist ganz gut, aber das Wort ›navigieren‹ ist viel zu kompliziert, um nicht zu sagen hochtrabend.«

Shirley war ganz aufgeregt. »Und dann kommt das mit der patriarchalischen Gesellschaft bla, bla, bla … ›Ohne sich von ihr *kooptieren* zu lassen‹? Schon bei *patriarchalisch* steigen wahrscheinlich die meisten aus, aber bei *kooptieren* haben wir sie dann endgültig verloren. Wir wollen doch nicht klingen wie ein Lehrbuch für Frauen am Smith College.«

»Ich finde ›navigieren‹ und ›patriarchalisch‹ jetzt nicht so anspruchsvoll«, stieß ich hervor.

»Sollen wir es um die Hälfte kürzen?«, schlug Lana vor, als hätte ich nicht gesprochen. »Dann haben wir aber einen schmalen Band.«

»Dann müsst ihr die noch vorhandenen Seiten eben ein bisschen auffüllen«, meinte Gin. »Wir machen damit Platz für Geschichten aus deinem Leben. Lester kommt so gut wie gar nicht vor. Du kannst erzählen, wie ihr euch kennengelernt habt und so weiter.«

»Ja, wie du ihn geheiratet hast«, sagte Shirley. »Wir brauchen auf jeden Fall mehr Geschichten aus dem Leben. So Sachen wie damals, als Norton beim Zahnarzt das Modell ins Aquarium geworfen hat oder als du dich im Central Park mit den Jugendlichen angelegt hast. Oder die Frau, die sich über Nortons Barbie lustig gemacht hat? Diese Ausschnitte zeigen dich als normale Mom, eine verletzliche, sympathische Frau, die einfach ihren Sohn liebt und das Beste für ihn will. Damit kann sich *jeder* identifizieren.«

Lana nickte. »Okay.«

Ich hätte mehr von ihr erwartet, zumindest, dass sie

mich ansehen würde, aber das geschah nicht. Ich glaube nicht, dass sie mich aktiv ignorierte, es war eher so, als säße ich gar nicht im Raum.

Ich wollte etwas sagen, was genau, wusste ich nicht, aber Shirley war schneller. »Ich weiß, das wird dir nicht gefallen, Lana, und ich sage das auch nur als jemand, die möchte, dass du dieses Ding gewinnst, und weil ich weiß, dass du es kannst – aber du solltest auf die Bezeichnung ›Feministin‹ verzichten. Die Bevölkerung ist momentan zu gespalten, sogar hier in New York. Dasselbe gilt für andere Worte wie ›gendern‹. So ein intellektueller Fachjargon verschreckt die Wähler auf dem Land. Ich habe einen Vorschlag: Du und Allie, warum stellt ihr euch nicht zwei Personen, zwei Wähler vor – einen sechsundzwanzigjährigen Latino aus Utica, der gerade seinen Job als Trucker verloren hat, und eine reiche Hausfrau aus Pound Ridge –, und mit diesen Leuten vor Augen schreibt ihr das Ding nochmal um.«

»Republikaner?«, fragte ich.

»Nicht unbedingt.«

»Okay, wir brauchen weniger Ratschläge und weniger Zahlen und Fakten«, sagte Lana. »Aber Feminismus und Genderpolitik sind doch mittlerweile im Mainstream angekommen. Schaut euch doch den Women's March an! Bei irgendeiner Award-Verleihung war auf der Leinwand hinter Beyoncé das Wort ›Feminismus‹ projiziert. Sollten wir den Leuten nicht ein bisschen mehr zutrauen?«

Ich nickte eifrig.

»Vielleicht«, sagte Shirley. »Aber nehmen wir mal an, du gewinnst, und nehmen wir weiterhin an, dass du in einem Jahr das erreichst, was du willst, eine mobilisierende Kraft im Senat zu sein, jemand, der wirklich was bewegt. Gehen wir davon aus – obwohl ich es nicht hoffe –, dass Sir Orange immer noch im Amt ist, seine Leute dieses Buch hervorziehen und damit herumfuchteln, um seine Basis gegen dich aufzuhetzen. Du siehst schon jetzt, was er mit Elizabeth Warren und Maxine Waters macht.«

»Na, ich hoffe doch, dass er gegen mich Front macht, denn es gibt da ein paar Dinge, die ich ihm gern sagen würde.«

Colin meldete sich zu Wort, den Blick auf sein Handy gerichtet. »In diesem Buch steckt genug Feminismus. Das müssen wir nicht ändern. Es gibt da so einen Teil am Ende, der hat mir besonders gefallen:

›*Vor ein paar Tagen sah ich Lester und Norton an einem Riesenpuzzle sitzen, ein Gemälde von Van Gogh. Lester ist so oft unterwegs und war gerade von einer Geschäftsreise zurück. Später hat er mir erzählt, er habe das Puzzle gekauft, weil er wusste, dass er auf diese Weise viel Zeit mit seinem Sohn verbringen könnte. Ich stand im Flur und beobachtete, wie die beiden im Karton herumwühlten. Wie gut, dass Norton und ich einen Mann wie Lester haben, dachte ich. Ich blieb stehen und stellte mir unsere Zukunft vor, Norton auf der Highschool, auf dem College. Wenn er fünfundzwanzig war, wäre ich fast sechzig. Irgendwie schaffte ich es nicht, ihn mir als älteren Menschen vorzustellen, vermutlich, weil ich ihn so liebte, wie er gerade war, glücklich, beim Puzzeln mit seinem Dad.*‹«

»Das ist genau der Ton, den wir brauchen«, sagte Gin.

»Hier haben wir Feminismus und einen engagierten Vater, ohne das alles konkret zu benennen«, sagte Colin.

»Ja, super.« Shirley tappte gegen den Tisch. »Aber wie wäre es, wenn Norton und sein Vater kein Kunstpuzzle legen, sondern im Park einen Fußball herumkicken? Und jetzt denke ich an die andere Szene. Könnte die Barbie nicht ein bisschen weniger … Barbie sein? Vergesst nicht unseren Trucker aus Utica.«

»Das Wort ›Feminismus‹ auszubuchstabieren hätte die ganze Szene mit dem Puzzle ruiniert. Denk daran: *Show, don't tell!*«, sagte Gin zu mir.

Wie ich diesen Rat hasste! »Darf ich mal was fragen?« Niemand antwortete, aber ich redete trotzdem weiter. »Warum muss eine Frau warmherzig und eine Mutterglucke sein, um eine Wahl zu gewinnen?«

Kinnbart lachte.

»Reggie, hör auf! Sie ist eine *Zivilistin!*« Shirley wandte sich zu mir um. »Seit dem achten November haben wir eine Menge gelernt: Viele Menschen wählen keine Kandidatin, die sie für eine ›militante Feministin‹ oder übertrieben ehrgeizig halten. Für viele reicht es schon, dass eine Frau ihren Geburtsnamen behalten hat, da muss sie nicht mal Tammy Wynette dissen oder sich über Hausfrauen lustig machen, die lieber am Herd stehen und Kekse backen. Es gibt eine Menge Leute, die lieber einen sexistischen Dampfplauderer zum Präsidenten an der Macht wollen als eine intelligente, hochqualifizierte Frau, die sie irgendwie aufregt.«

»Schon klar«, sagte ich ein bisschen säuerlich. Für wie blöd hielt die Frau mich eigentlich?

»Hör zu, mir gefällt das alles genauso wenig wie dir. Glaub mir«, sagte Shirley. »Ich bin selbst überzeugte Feministin. Ich stehe weder auf Tammy Wynette noch auf Backen, und ich bezweifle, dass ich je Kinder haben will, aber wenn es den Demokraten zum Sieg verhilft, dass ich diese Dinge für mich behalte? Wenn es uns vor dem Faschismus rettet? Du kannst drauf wetten, dass ich die Erste sein werde, die auf meinem in Amerika produzierten Auto eine Flagge montiert und vorm McDonald's in der Schlange steht.« Sie gestikulierte wild, um ihre Aussage zu unterstreichen. »Du musst wirklich aus deiner Bubble raus, wenn du das Manuskript überarbeitest, okay?«

»Meine *Bubble?*«

»Lass mich raten: Du wohnst in Brooklyn, bist entweder in Connecticut aufgewachsen oder im Mittleren Westen – oder sogar in Nordkalifornien. Du warst auf dem College, Vassar oder Oberlin, hast deinen MFA vom Iowa Writer's Workshop, danach hast du möglicherweise eine Zeitlang Sachbuchschreiben unterrichtet, ein paar Gedichte oder Kurzgeschichten in irgendeinem hochtrabenden Literaturmagazin veröffentlicht, einen Roman geschrieben, irgendwas Experimentelles, sehr intellektuell, aber zu abseitig, und weil sich das nicht verkauft hat, bist du auf Ghostwriting umgestiegen. Du kaufst im Naturkostladen ein, nur regionales Essen, natürlich alles bio, hörst gern NPR, stehst auf Dave Eggers. Ich will nicht herablassend klingen – schließlich war ich selbst auf dem Vassar College! Ich habe jedes einzelne Buch von Dave Eggers verschlungen! Wir stehen alle auf derselben Seite hier, wir alle wollen um jeden Preis unser Land zurück!«

»Ich habe keinen MFA. Ich wohne nicht in Brooklyn«, sagte ich und ließ ihre Liste Revue passieren. »Ich würde mich wahrscheinlich als liberal bezeichnen.«

»Damit will ich nur sagen …«

»Ich glaube, wir wissen jetzt, was wir mit dem Buch machen«, ging Lana dazwischen, eindeutig nicht an einer weiteren Diskussion interessiert.

Danach ging es nur noch um ein paar Vorschläge fürs Cover – ein Foto von Lana und Norton? Bei einem Waldspaziergang, Hand in Hand? Am Ende einigten sie sich auf irgendwas, das Fürsorge, Liebe und Tradition beinhaltete.

Es war alles falsch: Die Wähler und Wählerinnen würden diesen Versuch, Lanas Image umzukrempeln, sofort durchschauen. Sehnten sich die meisten denn nicht danach, dass ihre Politiker authentisch waren? Dass sie aussprachen, was ihnen wirklich durch den Kopf ging? Wie viele Umfragen hatten gezeigt, dass die Leute einem Präsidentschaftskandidaten die Stimme gaben, der »sagt, was er denkt«? Dabei schien am Ende sogar der Inhalt dieser Gedanken völlig egal zu sein.

»Sobald wir die finale Fassung haben, sollten wir uns zusammensetzen und über öffentliche Auftritte und Lesereisen sprechen«, sagte Gin. Sie begannen, sich über diverse Maßnahmen zu unterhalten, Buchmessen, Mittagessen.

Immer noch verdattert schob ich mein Notizbuch und meine Stifte in die Tasche. Lana bedeutete mir, ihr aus dem Esszimmer zu folgen. »Fünf Minuten«, sagte sie zu den anderen. Ich war neugierig, was sie mit mir besprechen wollte.

Im Wohnzimmer setzte sie sich in einen schwarzen Sessel, ich wählte das dunkelrote Ledersofa gegenüber. Der Hund kam herbei und rollte sich vor ihren Füßen ein. Sie hielt ihm die Hand hin. »Das ist Liviu. Der Name ist rumänisch.« Liviu schleckte ihr Handgelenk ab und stupste sie mit der Schnauze an. »Ich wollte einen Hund aus dem Tierheim, der viel Zuwendung braucht, aber am Ende war es praktischer, eine Rasse zu nehmen, die besser zu unserem hektischen Lebensstil passt. Liviu ist genau richtig für uns. Ich habe es nie bereut.«

»Ja, das war sicher eine gute Entscheidung«, sagte ich, obwohl mir nicht ganz klar war, welche Botschaft sie mir hier vermitteln wollte. Vielleicht, dass sie ihren Aufstieg nicht bereute? Oder das, was gerade im Esszimmer passiert war? »Weißt du, was mir aufgefallen ist?«, setzte ich an. »Man hört deinen Akzent gar nicht mehr.«

»Unter uns gesagt arbeite ich seit einem Jahr mit einem Sprachtrainer, damit ich amerikanischer klinge, wenn ich sage: ›Geben Sie mir Ihre Stimme!‹« Sie grinste.

»Ich fand es immer sehr interessant, dass du mit deiner Mutter aus Bukarest geflohen bist. Ich wünschte, du hättest mir mehr davon erzählt. Vielleicht hätten wir etwas davon im Buch unterbringen können.«

Sie nickte.

»Das musstest du wohl so machen. Hat Shirley von dir verlangt, dass du mit einem Sprachtrainer arbeitest?«

»Das war meine Idee.«

»Aha.«

»Ich lebe schon doppelt so lange hier wie in Rumänien. Es war höchste Zeit.« Lana lehnte sich zurück. »Wollen wir über unser Buch sprechen?«

»Oder was davon übrig ist.« Ich zog meinen Laptop aus der Tasche. So viele Seiten würden nun entfallen. Lange Passagen, ganze Kapitel, so viel Recherchearbeit, Stunden, die ich mir abgezwackt hatte, während ich Cass bei den *Kleinen Regenbögen*, bei Bertie oder vor dem Fernseher abgestellt hatte. Stunden, die ich vor dem Bibliothekscomputer gesessen hatte, formuliert und umformuliert hatte, meine Wortwahl, sogar mich selbst hinterfragt hatte, als feministische Mutter eines Sohnes.

»Man sollte immer auf alles gefasst sein. Hast du verstanden, in welche Richtung es gehen soll?«

»Ich glaube schon.« Wie leicht hatte Lana alles aufgegeben, was sie am Anfang in ihrem Buch wichtig gefunden hatte. »Wirst du sie vermissen?«, fragte ich.

»Wen?«

»Die alte Lana. Dein wahres Ich. Dein blaues Haar, deinen Akzent. Diese Frau.« Es klang vorwurfsvoller als beabsichtigt. Ich hatte Mitgefühl ausdrücken wollen und Zuneigung zu der Frau mit der klobigen Brille (sie trug jetzt ein Drahtgestell), den androgynen grauen Anzügen, die Frau, die einst getwittert hatte: *»Lick your wounds, sharpen your claws, and prepare to maul this goddamn patriarchy. #PussyGrabsBack«*

»Warum glaubst du, dass das mein wahres Ich war? Wir Frauen müssen viele Rollen spielen. Wir müssen anpassungsfähig sein, das ist jetzt wichtiger als je zuvor.« Sie streichelte den Hund.

»Ja, kann sein. Du weißt, dass wir eine Menge Seiten füllen müssen, wenn sie so viel streichen? Und du musst mir sagen, was ich für dich schreiben soll.« Meine Stimme klang zerbrechlich.

»Allie, du hast gehört, was sie sagen, Colin und Shirley und alle anderen. Sie wollen *deine* Geschichten. Du bist die Schriftstellerin hier, du hast das Talent. Du brauchst mich nicht mal. Ich bin ständig unterwegs, halte Reden vor Stiftungen und Lobbygruppen, und jetzt, wo ich kandidiere? Du solltest mal sehen, was bei mir täglich auf dem Kalender steht. Ich war in meinem Leben viel mehr mit Arbeit beschäftigt als mit mütterlicher Zuwendung. Aber ist es nicht toll, dass wir deinen Geschichten meinen Namen aufdrücken und eine perfekte feministische Mutter erschaffen?«

Ich blinzelte, noch immer wie vor den Kopf geschlagen. Vor mir stieg ein Bild von Cass auf, dem gerade die ersten beiden Milchzähne ausgefallen waren, das weiche Zahnfleisch, wund und rot. Ihn hatte niemand gefragt. »Ich soll dir meine ganzen Geschichten geben? Das Einzige in meinem Leben, das tatsächlich mir allein gehört – mein Leben mit meinem Sohn?«

»Hui, wie theatralisch!«

Ich unterdrückte das Brennen in meiner Brust. »Ist das nicht so ein Spruch, den Männer gegenüber Frauen benutzen? Das nennt man Gaslighting, richtig?«, versetzte ich.

»Ach, Allie! Komm schon. Du opferst weder dein Leben noch deinen Sohn noch irgendwas sonst. Du bekommst ein Honorar für einen Auftrag, nicht mehr und nicht weniger.«

Ich betrachtete den Teppich.

»Na gut, wie wäre es, wenn wir uns jetzt gleich ein bisschen Zeit dafür nehmen?«, schlug Lana vor. »Du kannst mich alles fragen. Ich versuche, dir so gut wie möglich zu antworten. Vielleicht kommst du dann aus deinem Märtyrerloch raus.«

»Märtyrerloch?« Wie unverschämt! Aber ihr Angebot war nicht zu verachten, und mein Hirn ratterte trotz allem schon wieder. Was könnte ich sie fragen? Ich holte kurz Luft, dann ging ich zum Angriff über. »Ich habe mich gefragt, wie alt du warst, als du gemerkt hast, dass Mädchen und Frauen anders behandelt werden als Jungen und Männer? Und wie hast du das erlebt?«

»Ich kann mich nicht an einen einzelnen Moment der plötzlichen Erkenntnis erinnern. Der Unterschied war schon immer vorhanden. Mein Stiefvater war nie zu Hause, immer auf der Arbeit, und dann hat er uns verlassen.«

»Mein Vater ist gestorben, als ich noch ein Baby war.« Keine Ahnung, warum ich das gesagt hatte.

»Ach. Tut mir leid!«

»Ich habe mir dein *Fresh-Air*-Interview angehört, erinnerst du dich noch daran? Da hast du über deine Schwester gesprochen. Ist es in Ordnung, wenn wir über sie sprechen?«

»Okay, wenn du das für den Kontext brauchst, aber für die Erziehung von Norton war das alles ziemlich unwichtig.«

Ich holte tief Luft und ging an meinen Laptop. »Du hast damals gesagt: ›Meine Mutter, meine jüngere Schwester Anita und ich wohnten in einem Apartment in Queens. Anita litt unter Zerebralparese. Ich habe in der Speisekammer geschlafen, damit ich nicht hörte, wie meine Schwester bei ihren Krämpfen gegen die Wand trat. Meine Mutter hat so viel gearbeitet, dass ich Anita praktisch allein großgezogen habe. Wenn ich konnte, habe ich sie zur Schule gebracht, ich habe sie gefüttert und gepflegt. Wir standen uns sehr nah. Aber es war nicht leicht, es gab Tage …‹« Ich sah auf. »Klingt, als wäre das Geld bei euch knapp gewesen.«

»Warum?«

Ich war verblüfft. »Na, du hast in der Speisekammer geschlafen. Und die Lebensmittelknappheit damals. Ich kann mir gar nicht vorstellen, wie das für dich gewesen sein muss, der Kontrast zwischen diesem Leben und allem, was du hier erreicht hast.«

»Unser Apartment in Queens war ganz schön. Anita und ich hatten getrennte Zimmer, aber sie lagen Wand an Wand. Ich mochte die Speisekammer, weil dort die Katze geschlafen hat. Und, wie schon gesagt, es war ruhiger dort. Und in Rumänien? Mein Vater war Banker. Wir haben nicht gelitten wie viele andere. Ich spreche vielleicht nicht viel über diese Zeit meines Lebens, aber ich habe nichts zu verbergen.«

Es fiel mir schwer zu glauben, dass sie nicht zu wissen schien, wie sehr ihr das Image der bettelarmen Immigrantin anhaftete und dass die Öffentlichkeit glaubte, sie hätte sich im Schweiße ihres Angesichts nach oben gearbeitet. Wahrscheinlicher erschien es mir, dass sie, die sich für unterprivilegierte Frauen einsetzte, nicht gerade scharf darauf war, ihrer Anhängerschaft unter die Nase zu reiben, dass sie in Wahrheit aus bürgerlichen Verhältnissen stammte und mitnichten eine Selfmade-Woman war. In diesem Moment kam es mir vor, als wäre alles an dieser Frau eine Lüge.

»Jetzt bist du enttäuscht«, bemerkte Lana. »Wie gesagt, wir Frauen müssen viele Rollen spielen. So ist es eben. Noch andere Fragen?«

Ich fokussierte mich wieder auf den Grund, warum ich Anita erwähnt hatte. »Es klingt, als wärst du für deine Schwester wie eine Mutter gewesen.«

»Ja, das war wohl so.«

»Anita war erst vierzehn, als sie gestorben ist. Das war doch sicher extrem traurig.«

Lana nickte, sagte aber nichts. Stattdessen sah sie auf die Uhr. »Ehrlich gesagt verstehe ich nicht, was das mit dem Buch zu tun haben soll.«

»Deine Fürsorge? Mütterliche Zuwendung?« Ich wollte eine Seite in ihr ansprechen, etwas freilegen. Mitgefühl, die Erinnerung an schwere Zeiten, eine Weichheit beim Gedenken an ihre Schwester. Manchmal setzte ein kleines Detail eine Flut an Emotionen frei, und ich hatte die Hoffnung, eine ungefilterte Äußerung zu erhaschen, etwas wie: Ich habe mehr Zeit mit meiner Schwester verbracht als mit meinem eigenen Sohn! Oder: Ich führe jetzt ein völlig anderes Leben, aber dafür habe ich einen hohen Preis gezahlt! Ich kenne nicht mal Nortons Leibspeise. Wir haben seit Wochen nicht mehr zusammen gegessen. Ich gebe es ungern zu, aber eigentlich hat Gloria größtenteils die Elternrolle übernommen. Dann würde ich mich bestätigt fühlen, denn trotz meiner schwierigen Lebenssituation und Geldknappheit wusste ich, was Cass gern aß, welche Bücher er mochte und wie gut er malen konnte. War ich also nicht eigentlich die bessere Mutter? Ja, der bessere Mensch?

Natürlich hatte ich mich nicht erst vergangene Woche mit drei Senatoren getroffen, um dafür zu sorgen, dass Frauen bei Überstunden höhere Löhne bekamen, ihre Kinder beim Militär betreut wurden, sie im Alter eine Rente bezogen. Ich war ja nicht mal in der Lage, einen Zweipersonenhaushalt zu managen, geschweige denn für einen Sitz im Senat zu kandidieren.

Mir kam der Gedanke, dass Lana sich vielleicht öffnen würde, wenn ich ein bisschen mehr von mir preisgab. »Ich habe nicht ausreichend Unterstützung im Alltag«, gestand ich. »Und ich brauche dringend das Geld für dieses Buch.«

»Ich wünschte, ich könnte dir mehr helfen«, sagte Lana, als hätte sie mir schon wahnsinnig geholfen, weil ich dieses Buch für sie schreiben durfte.

Aber ich hatte ihr so viel gegeben, dass ich jetzt mehr erwartete. Dank, Anerkennung, irgendwas. Ich startete einen erneuten, jämmerlichen Versuch. »Direkt vor deinem Buch hatte ich ein anderes geschrieben, aber das wurde abgesagt.« Ohne Namen zu nennen, erzählte ich ihr, was mit Nick passiert war. Dabei erwähnte ich die versprochene »größere Summe«, die ich trotz meiner Vorleistung nie erhalten hatte, die dringend benötigte Chance, endlich wieder schuldenfrei zu sein, und schließlich Colins verheerenden Anruf. Während ich sprach, merkte ich, dass Lana aus meinen bruchstückhaften Informationen ziemlich leicht auf Nicks Identität schließen konnte.

»Der klingt ja wie eine echte Nummer! Hat man ihn verhaftet?«

»Ja.«

»Hat er dich je belästigt? Oder schlimmer? Wenn du

einen guten Anwalt brauchst, könnte ich dir ein paar nennen.«

»Nein, danke. Ich wollte damit nur sagen, dass ich immer noch ziemlich in der Bredouille sitze und …« Das klang alles ganz schön armselig, als ginge es mir mehr um mein Geld und weniger um den Umstand, dass ich für einen Vergewaltiger gearbeitet hatte. »Ich brauche keinen Anwalt. Offenbar sitzt er schon im Gefängnis und wartet auf die Verhandlung.«

»Warum hast du mir das alles nicht schon früher erzählt?«

»Ich versuche, nicht über meine Kunden zu sprechen. Außerdem habe ich auch bei ihm eine Geheimhaltungserklärung unterschrieben.« Ich senkte den Kopf.

»Hey, schau dich nur mal an! Du präsentierst dich mit ungefähr so viel Haltung und Selbstvertrauen wie ein verschrecktes Reh. Du bittest mich, dir beim Geldverdienen zu helfen, aber gleichzeitig suggerierst du mir mit Ton und Körpersprache, dass du es nicht verdient hast. Bist du dir dessen eigentlich bewusst?«

»Vielleicht. Ich bin eben nicht du.«

»Hast du für das Buch von diesem grässlichen Mann das volle Honorar von Colin verlangt?«

»Der Verlag hat das Buch abgesagt. Ich habe eine kleine Abfindung bekommen.«

»Dieser Mann hat dir mit seinem abstoßenden Verhalten Schaden zugefügt«, sagte sie kopfschüttelnd. »Ich hoffe, du bist bei meinem Buch wenigstens am Umsatz beteiligt?«

»Nein.«

»Warum verhandelst du das nicht?«

»Ich war noch bei keinem Buch am Umsatz beteiligt.«

»Du meine Güte, dann sag Colin, er soll dich angemessen

bezahlen! Zumindest muss er dir geben, was du brauchst. Hat dir das noch nie jemand gesagt?«

»So einfach ist das nicht.« Ich erklärte ihr die Bedingungen für Ghostwriter und Ghostwriterinnen. Wir waren austauschbar, denn es ging nicht darum, wie gut jemand schreiben konnte, sondern um den Status der Person, für die wir schrieben.

»Zumindest ist es gut, dass du dich damit endlich an mich gewandt hast. Das ist ein erster Schritt. Und du hast gerade nicht ganz falschgelegen«, sagte sie, während sie Liviu streichelte. »Ich war für meine Schwester tatsächlich so etwas wie eine Mutter. Ich habe Anita angezogen, ihr die Zähne geputzt, sie auf die Toilette gebracht, all das. Ich bin mit ihr zusammen Klamotten kaufen gegangen, habe sie in der Mittelschule angemeldet. Damals war ich erst sechzehn. Nach dem Unfall und all dem, du weißt schon, war ich bei ihr im Krankenhaus. Das waren harte Zeiten.« Sie lächelte traurig. Offenbar erinnerte sie sich an etwas, das sie nicht mit mir teilen wollte. »Willst du nicht mal versuchen, mit Colin zu verhandeln?«

»Vielleicht beim nächsten Buch.«

»Wenn es so weit ist, erklärst du ihm genau, wie viel Arbeit du in das Buch gesteckt hast. Das meine ich ernst. Schreib die Kinderbetreuungskosten auf, die vielen Stunden, die du zusätzlich in einem Nebenjob gearbeitet hast, um dich querzufinanzieren. Ein geschätzter Wert reicht. Du schlägst die Hälfte drauf, nicht zu hoch pokern, dafür fehlen dir vermutlich die Nerven. Das habe ich schon so oft erlebt.«

Ich nickte, konnte mir aber im Traum nicht vorstellen, auch nur annähernd auf diese Weise mit Colin zu verhandeln. Wir kannten einander zu gut. Er würde mir meine aufgesetzte Härte und Entschlossenheit sofort anmerken und sich vermutlich auch noch darüber lustig machen oder mir erklären, dass sein Chef so hohe Forderungen niemals absegnen würde. Außerdem klang mir noch Eds Ratschlag in den Ohren. *Ein Auftraggeber sollte nie das Gefühl haben, dass du ihn brauchst, damit er deine Rechnungen zahlt. Du sollst Wert schöpfen, nicht abschöpfen.*

»Ich sollte ins Esszimmer zurückgehen. Hör zu, *du* bist die Schriftstellerin. Du machst das, was du am besten kannst.«

»Eigentlich schreibe ich Memoiren, keine Romane«, brach es aus mir hervor.

Lanas Miene veränderte sich. »Du versetzt dich doch ständig in andere Leute.«

Liviu schnüffelte an seinem Schwanz herum.

»Aber diese Leute versetzen sich nie in *mich*.«

»Willst du diesen Auftrag überhaupt? Denn im Moment kommt es mir vor, als würdest du ihn mit allen Mitteln sabotieren. Es wäre ein Leichtes für mich, Colin hier und jetzt zu sagen, dass ich eine andere Ghostwriterin will und du aussteigen möchtest. Der Verlag hat sicher eine Menge Ghostwriter in der Kartei.«

»Das ist mies«, stieß ich hervor.

»Mag sein. Aber glaubst du, ich habe mich noch nie in so einer Situation befunden wie du jetzt? Meinst du, ich musste nie eine Rolle spielen, die mir komplett gegen den Strich ging, nur weil eine privilegierte Person es von mir wollte? Du warst doch gerade mit diesen Leuten in einem Zimmer, oder?«

Ich sah aus dem Fenster in den Park. Eine Pferdekutsche zuckelte zwischen den Laternen hindurch.

»Ich arbeite momentan an einem Gesetz, das Frauen

eine bezahlte Familienzeit garantiert, und an einem, das den Mutterschutz verbessert. Aber das weißt du ja bereits, denn du weißt alles über mich. Willst du, dass dein Sohn krankenversichert ist? Willst du ihn auf die Universität schicken? Jeden Tag tue ich etwas für Frauen wie dich«, sagte Lana. »Weißt du, wie viele Anträge dem Kongress vorliegen, die gegen das geltende Abtreibungsrecht vorgehen? Die Organisation Planned Parenthood steht auf der Abschussliste. Es gibt keine Mehrheit für ein Lohngleichheitsgesetz. Bei Medicare läuft es vermutlich auf eine Behandlung auf Basis von Gutscheinen hinaus. Ein Schwangerschaftsabbruch könnte schon bald nicht mehr in den Bereich der Privatsphäre gehören.«

Ich nickte.

»Das Gesetz zur Verhütung und Bekämpfung von Gewalt gegen Frauen kannst du vergessen. Kein Schutz mehr für Studentinnen oder Migrantinnen. An den Schulen gibt es kein warmes Mittagessen mehr für sozial benachteiligte Kinder. Und mach dich auf Steuererhöhungen gefasst: Die Regierung braucht mehr Geld für Jets und Urlaubsreisen. Golfresorts sind nicht billig.«

»Ich weiß. Hab's kapiert.«

»Gut so.« Sie sah mich erwartungsvoll an.

Ich rief mir die gerade erst nominierte und bestätigte Bildungsministerin ins Gedächtnis, eine absurd reiche Frau, die augenscheinlich keine Ahnung von öffentlichen Schulen hatte, sich für Waffen in Klassenzimmern aussprach, die nötig seien, »damit die Schüler und Schülerinnen sich vor Grizzlybären schützen könnten«. Ich dachte an Carlos und Luana, deren Bruder gerade von El Salvador nach Houston gekommen war und nun fürchtete, ausgewiesen zu werden. Ich dachte an Jimmy und Strummy und Cass und die Kosten für die Universität und an Pussygate, diese schockierenden Worte, die kein Präsident jemals sagen sollte.

»Okay«, sagte ich.

»Okay? Du bist dabei?«

Ich nickte, immer noch aufgebracht.

»Wir krempeln dieses Land noch um, Allie. Du und ich, gemeinsam?«

»Hoffentlich«, brachte ich hervor.

In der Linie F nach Brooklyn setzte ich mich mit Cass neben eine Frau, die einen alten Song von Prince vor sich hinpfiff. Einst kannte ich den Text zu *Purple Rain* auswendig, und die Tatsache, dass Prince nicht mehr lebte, wollte mir noch immer nicht in den Kopf. Die Frau sah mich an, als wüsste sie genau, wie ich mich fühlte.

Cass kuschelte sich auf meinen Schoß und fragte: »Wann können wir wieder nach Hause?«

»Morgen.« Wir hatten den letzten Bus nach Great Barrington verpasst, aber Colin hatte mir den Schlüssel zu seiner Wohnung gegeben.

Als wir aus der Subway kamen, war es draußen bereits kühler. Wir kamen an einem Yogastudio vorbei, einem Plattenladen und an einer Blondine in einem Sari. Ein Pärchen saß an der Ecke, der Mann hielt ein Schild mit der Aufschrift *Alles verloren, bitte helfen Sie.* Ich zückte meine Geldbörse und gab ihnen einen Dollar. Vielleicht würde Cass es eines Tages ebenso machen. Die Luft in Brooklyn roch nach Sandelholz und Dope.

Cass und ich hüpften über den Gehsteig – nicht ganz leicht mit Absätzen –, bis wir vor Colins Wohnblock angekommen waren. Bald wäre mein Sohn zu groß für so was.

Colins Wohnung lag in der Tenth Street, die Feuerleiter verdeckte die Fassade fast vollständig. Nebenan befand sich ein Getränkeladen, dessen heruntergelassene Läden von Graffiti beschmiert waren. Wir betraten das schlecht beleuchtete Treppenhaus und stiegen die Betonstufen bis in den ersten Stock hinauf. Das Gebäude war heruntergekommener als erwartet, aber Colins Wohnung ganz nett. Das schmale Wohnzimmer war voller hoher Pflanzen mit runden Blättern, und die Wände waren mit internationaler Kunst bedeckt. Mehrere Ton- und Holzskulpturen standen neben den Pflanzen.

Als Colin eine Weile später nach Hause kam, zog er sich erst einmal ein T-Shirt an, dann zeigte er uns ein wenig die Wohnung. Er deutete auf das gelbe Sofa. »Das kann man ausklappen«, sagte er. »Sieh dir nur diesen hübschen Jungen an!« Er wollte Cass in die Wange kneifen, doch der wich zurück.

Colin schenkte uns zwei Gläser Wein ein und setzte sich aufs Sofa, ich ließ mich im Schneidersitz auf dem Boden nieder. Cass kuschelte sich in das von meinen Beinen gebildete Dreieck. Nachdem Colin einen großzügigen Schluck getrunken hatte, stellte er das Weinglas ab und tätschelte mir den Kopf, und trotz allem, trotz meiner Niederlage, ergriff ich seine Hand und lächelte. Wir empfanden keine Liebe füreinander, und er war mir bei Lana in den Rücken gefallen, aber irgendwie sorgten wir doch füreinander – und in gewisser Weise war das auch eine Form von Liebe.

»Du hast das gut gemacht vorhin«, sagte er. »Ich weiß, das war nicht leicht.«

»Nein, das kann man wohl sagen.«

»Lief dein Gespräch mit Lana okay?«

Ich überlegte, ihm alles brühwarm zu erzählen, aber

letztlich war ich selbst dafür zu erschöpft. Der Drops war sowieso gelutscht. »Ja, ja«, sagte ich deshalb nur.

Vor dem Schlafengehen las ich Cass noch den *Lorax* vor, dieses traurige und hoffnungsvolle Buch.

»›Du bist der Hüter der letzten Truffula-Samen‹«, las ich und klappte das Buch zu. Er lag unter einer Decke auf dem ausgeklappten Sofa. Ich drückte mir das Buch an den Bauch.

»Kann ich jetzt schlafen?«, fragte er.

»Hat dir das Buch gefallen? Das ist toll, oder? Weißt du, du gehörst zu denen, die einst die Welt verbessern werden.«

»Okay.«

»Welche Stelle im Buch hat dir am besten gefallen?«

»Weiß nicht. Was ist ein *thneed?*«

»Vielleicht lese ich es dir noch einmal vor, wenn du älter bist.«

»Nein danke.«

»Na gut.« Wenigstens war er höflich. »Also dann, gute Nacht!«

»Malst du mir was auf den Rücken?«, bettelte er und rollte sich auf den Bauch.

Ich schrieb seinen Namen und malte ein Herz und einen Baum, den er für einen Lolli hielt. Irgendwann wurde sein Atem tiefer. Er hatte den Mund leicht geöffnet und seinen Stofflöwen fest an die Wange gedrückt.

Ein Zwitschern neben meinem Kopf riss mich früh am Morgen aus dem Schlaf. Ich hatte eine Nachricht von Kurt: *Ruf mich bitte sofort an.* Cass schlief noch neben mir, also nahm ich das Handy mit ins Bad und schloss die Tür hinter mir.

Kurt ging sofort ran. »Jimmy hat einen Anruf von Norm bekommen. Schlechte Nachrichten.« Er wartete auf eine Reaktion von mir. »Al? Allie? Bist du noch da?«

Mein Herz raste. »Ja, ich bin noch da.« Ich saß im Schneidersitz auf dem kalten Fliesenboden zwischen Toilette und Dusche. »Kurt, sag es mir nicht. Bitte sag jetzt nichts mehr. Gib mir ein bisschen Zeit, ich bin noch nicht bereit. Es ist hier gerade echt heftig.«

»Alles klar.«

Ich stellte mir vor, wie wir wohl aussahen, beide mit dem Handy am Ohr. Mein Atem rasselte nervös. Ich trat gegen die Milchglasscheibe der Dusche, sie ratterte und ratterte in ihrem Rahmen.

»Jetzt?«, fragte er.

»Noch nicht.«

»Also läuft es nicht gut?«

»Ich kann jetzt keinen Smalltalk machen«, sagte ich.

»Okay.«

Endlich nahm ich den Fuß von der Duschkabine. »Also los, sag es mir.«

»Bertie hatte einen Schlaganfall«, sagte er.

»Hat sie überlebt?«

Als er nicht antwortete, sagte ich: »Ich muss jetzt Schluss machen.«

»Allie, sprich mit mir. Nur ein bisschen.«

»Kann nicht.«

»Komm schon.«

Ein gequälter Laut entfuhr mir, danach kam noch einer. Ich spielte mit dem Gedanken aufzulegen, damit Kurt nicht noch mehr davon ertragen musste, aber der Anstand hielt mich zurück.

»Ich weiß«, sagte er schließlich. »Geht mir auch so.«

Ich schluchzte, hielt mir die Hand vor den Mund.

»Die Beerdigung ist nächste Woche. Aber in Wichita.«

Ich weinte noch eine Weile und versprach ihm unter

Schluchzen, den nächsten Bus zu nehmen. Am Abend wären wir wieder zu Hause.

»Gut. Ich bin froh, dass du früher zurückkommst.«

Nachdem wir aufgelegt hatten, galt mein erster Gedanke Cass. Was sollte ich ihm sagen? In unserem Bekanntenkreis war noch nie jemand gestorben. Dann dachte ich an Bertie, die im Haus ihres Sohnes ihren letzten Atemzug getan hatte, nicht in ihrem wahren Heim in Western Massachusetts, wo sie so viele Jahre mit ihrem Mann gelebt hatte.

Zumindest war sie aus freien Stücken nach Kansas gezogen. Sie hatte ein langes, gutes Leben gehabt, sagte ich mir. Was man sich so einredet, damit es einem besser geht.

Ich würde Cass erst später davon erzählen, wenn wir wieder zu Hause waren. Oder morgen.

Kurt holte uns vom Busbahnhof ab. Seinen Vollbart hatte er zwar abrasiert, den Busch über seiner Oberlippe jedoch stehenlassen, ein echter Pornobalken, aber sexy. Ich fiel ihm in die Arme und schmiegte mich an ihn.

»Willkommen zurück«, sagte er, die Nase in meinem Haar.

Ich kam mir vor, als wäre ich gerade aus einem Kriegsgebiet heimgekehrt, und ich umklammerte ihn noch fester. »Verlass uns so bald nicht wieder«, sagte ich. »Bitte bleib ein bisschen bei uns.«

»Klar.«

»Verachtest du mich nicht dafür, dass ich so klammere?«

»Ich liebe dich dafür.«

»Wirklich?«

Er nickte.

»Ich auch«, sagte ich, als Cass sich an meine Beine schmiegte und versuchte, uns beide zu umarmen.

Eine alte Klassenkameradin winkte mir im Vorbeigehen zu, und obwohl ich mich in dem Moment nicht mal mehr an ihren Namen erinnerte, erwiderte ich lächelnd ihren Gruß. Ja, dachte ich, das bin ich mit meiner kleinen Familie.

Kapitel 16

Ich entkernte Lanas Buch, schmiss Dr. Boyles Ratschläge raus, auch alles über medizinische Erkenntnisse, das Geschäft mit dem Kinderwunsch und die Diskriminierung von Frauen auf verschiedenen Ebenen. Ich verneigte mich in Gedanken vor dem Trucker aus Utica und der Hausfrau aus Pound Ridge, für die ich jetzt schrieb. Stattdessen erzählte ich, kaum verschleiert, von Cass' Geburt und meinen Problemen beim Stillen, von den *Kleinen Regenbögen*, Suze, Kurt. Außerdem verfasste ich eine minimal abgeänderte Version unseres Besuches im Rockwell Museum. Immer, wenn mir Bedenken kamen, zog ich mir die Nachrichten des Tages rein. Danach war ich wieder bereit, mein Bestes zu geben, um Lana zu einem politischen Amt zu verhelfen. Ich änderte die Szene mit dem Van-Gogh-Puzzle, stattdessen spielten Norton und sein Vater jetzt im Central Park Fangen. Barbie wurde zum Teddy. Wenigstens hatten diese Dinge dann auch nichts mehr mit unserem Leben zu tun.

Zwei lange Wochen später schickte ich die überarbeitete Fassung an Lana, und dieses Mal las sie sie offenbar sofort, denn ihre Antwort kam prompt: *Kein Geburtsplan? Hattest du keinen?*

Ich: *Hatte ich schon, aber die Schwester hat ihn verkramt. Ich kenne keine Frau, deren Geburtsplan genauso umgesetzt wurde, wie sie es aufgeschrieben hat. Oder überhaupt berück-*

sichtigt wurde. Klar könnten wir Ärzte und Kliniken und das ganze Gesundheitssystem dafür kritisieren, aber es gibt noch einige andere Schuldige: das Leben, der Verkehr, das Wetter, der Partner oder das Fehlen eines solchen etc.

Lana: *Zum Thema Geburtsplan kann ich etwas beisteuern. Wie findest du das: Ich war in San Francisco, als die Wehen einsetzten. United hatte mich hochschwanger fliegen lassen, weil ich ein Mordstheater veranstaltet hatte. Aber deswegen hat Lester die Geburt unseres ersten Kindes verpasst. Norton ist eine Woche zu früh gekommen. Ich fühlte mich SCHRECKLICH. Les auch. (Immer noch.) (Das bleibt natürlich unter uns!)*

Ich starrte auf ihre Worte.

Ich: *Aber du hattest sicher eine extrem wichtige, revolutionäre Aufgabe in San Francisco.*

Lana: *Ich war beim Bat Mizwa der Tochter einer Freundin.*

Ich: *Uff!*

Lana: *Wie wäre es, wenn Norton nicht Fangen spielt, sondern Aikido lernt? Wir haben ihn gerade für Einzelunterricht angemeldet, bei dem Trainer, der auch mit Steven Segal gearbeitet hat –*

Der Trucker aus Utica hätte wahrscheinlich einiges zu sagen über Privatstunden im Aikido bei einem Celebrity-Trainer. Egal, das ließ sich schon hinbiegen. *Super!*, schrieb ich zurück. *Wann hat Norton eigentlich Geburtstag? Cass hat in ein paar Wochen. Die große, runde Fünf!*

Lana: *Gratuliere ihm von mir. Norton ist vor ein paar Wochen dreizehn geworden. Ich kann es noch immer nicht fassen, dass mein Kind jetzt ein Teenager ist.*

Wir plauderten noch eine Weile über unsere Jungen, sie dankte mir für die harte Arbeit. *Ich weiß es zu schätzen, dass du mir so viel gegeben hast,* schrieb sie. *Hoffentlich konnte ich dir auch ein paar wertvolle Dinge mitgeben.*

Ich dachte erneut an Nick Felles zurück, an die dunklen Wochen nach dem abgesagten Buchprojekt, unseren Besuch in Disney World, den Umzug von Mom und Ed. Und an Bertie. Eine Welle der Gefühle stieg in mir auf. Das Leben hatte mir und Cass in rascher Abfolge große Umwälzungen beschert. Die Arbeit mit Lana war irritierend gewesen, zeitweise schrecklich, aber mit etwas Abstand betrachtet auch richtig und gut. Erschöpfend, ja, verwirrend, immer wieder inspirierend, aber jetzt war ich fertig – zumindest mit dem Buch. Die gemischten Gefühle würden mich sicher noch eine Weile begleiten. *Absolut,* schrieb ich zurück. *Danke!*

Im Mai war Cass bei den *Kleinen Regenbögen* fertig. Man überreichte ihm sogar bei einer feierlichen Verabschiedung ein Abschlusszertifikat. Ich war die einzige Mutter ohne Blumenstrauß und Geschenk – hätte ich ahnen sollen, dass schon Fünfjährige so etwas bekamen? –, doch ich machte den Lapsus wieder gut, indem ich hinterher mit ihm ein Eis essen ging.

Sechs Wochen später flatterte endlich mein Honorarscheck ins Haus. Kurt, Cass und ich fuhren zur Feier des Tages zum Zelten an einen See. Kaum hatten wir alles aufgebaut und die Schlafsäcke ausgebreitet, fing es an zu regnen, und zwar in Strömen. Uns blieb nichts anderes übrig, als alles wieder abzubauen, unsere Siebensachen zu packen und in einem nahegelegenen Motel Zuflucht zu suchen, eine zweistöckige, mit US-Flaggen gespickte Anlage. Dort bestellten wir Pizza aufs Zimmer, schlüpften in unsere Schlafanzüge und zogen uns *Muppets Most Wanted* rein. Eng umschlungen schliefen wir ein.

Am nächsten Morgen wand ich mich sanft aus Cass' Umarmung und schlich aus dem Zimmer. Hinter dem Motel gab es eine Schlucht mit einem kleinen Bach, der zu einer riesigen Wiese führte. Wann war ich das letzte Mal allein spazieren gegangen? Das harte Gras strich mir um die Beine, während ich meinen Männern einen Strauß Butterblumen pflückte. Ein Schmetterling flatterte vorbei.

Wieder zurück in Lenox erhielt Kurt seinen ersten Auftrag als Möbelschreiner. Er sollte vier Stühle und einen Esstisch bauen und beim Ausbau einer Scheune helfen, die unsere neuen Nachbarn als Gästehaus vermieten wollten. Mich engagierten sie als Gärtnerin: Ich sollte die Scheune vom Giftefeu befreien, einen abgestorbenen Fächerahorn entfernen und an der Treppe zu ihrem Haus einige Ziergräser pflanzen. Während Kurt an der Scheune arbeitete, half Cass mir im Garten, was recht idyllisch war, bis er sich plötzlich für den Giftefeu interessierte und ich ihn ablenken musste.

Nachmittags, wenn wir mit der Arbeit fertig waren, gingen Cass und ich an den Sandy Beach. Dort trafen wir uns mit Carlos und Luana, die auch gerade keine Aufträge hatte. Eines Tages gesellte sich auch Jessica dazu, die neuerdings einen deutlich sichtbaren Bauchansatz hatte. Kurz darauf vertraute sie mir an, dass sie in der neunten Woche schwanger war. Luana und ich jubelten und gratulierten ihr, aber Jessica sagte: »Warten wir's ab. Ich feiere erst, wenn die kritische Frist verstrichen ist.«

Wir nickten verständnisvoll und umarmten sie.

An jenem Nachmittag meldete Colin sich mit einem neuen Auftrag. Ich sollte die Memoiren eines Schauspielers schreiben, ein bekannter Frauenheld, der vor langer Zeit den Titel »Sexiest Man Alive« erhalten hatte. »Und zwar, bevor das *People Magazine* den Titel offiziell eingeführt hat«, sagte Colin. »Keine Ahnung, wieso er den bekommen hat. Ja, ich weiß, er ist nicht Lana Breban, aber wenigstens kannst du über ein paar coole Orte schreiben.« Das Buch sollte von seiner Motorradreise durch Südafrika, Namibia und Botswana handeln. Als Colin mir seine Honorarvorstellungen nannte, sagte ich: »Aha. Für Lanas Buch gab's mehr als das Doppelte.«

»Ich weiß. Momentan ist es bei den Verlagen etwas eng. Die Leute lesen keine Bücher mehr, alle interessieren sich nur noch für die Nachrichten. Glaub mir, das ist ein gutes Angebot.«

Der Typ, für den ich schreiben sollte, hörte sich an wie eine vergreiste Variante von Nick Felles. »Was, wenn wir um eine Umsatzbeteiligung bitten? Und ich dir mal eine Aufstellung meiner Kosten schicke, du weißt schon, was ich zum Leben brauche, Kinderbetreuung und so. Würdest du dir das zumindest ansehen?«

»Was wird das denn jetzt? Hat Lana dir ins Gewissen geredet?«, fragte er.

»Und wenn es so wäre? Kein Grund, sich darüber lustig zu machen«, zischte ich.

»Hoppla, Al! Jetzt komm mal wieder runter«, sagte er. »Du warst auch schon mal witziger.«

»Ich erkläre dir gern, wie witzig es ist, nicht für sein Kind sorgen zu können und keine Krankenversicherung zu haben. Besonders witzig ist es übrigens auch, sich Memoiren aus den Rippen zu leiern für eine Kundin, die dich schamlos ausbeutet, oder sechs Monate Arbeit einstampfen zu müssen, weil einer deiner Kunden ein Vergewaltiger ist …«

»Okay, genug! Ich hab's verstanden. Aber garantieren kann ich dir nichts.«

»Danke.« Mein Magen beruhigte sich wieder. Ich hatte gesagt, was zu sagen war. Es fühlte sich gut an, aber auch erschreckend. Was, wenn ich zu sehr aufgedreht hatte? Würde er mich als zickig einstufen und mir nie wieder einen Auftrag geben? »Jede kleinste Verbesserung zählt, Colin«, fügte ich etwas ruhiger hinzu.

»Ich gebe dir Bescheid.«

»Hast du schon die heutige Besprechung von Lanas Buch gesehen?«, fragte ich dann. Weil ich vergessen hatte, den Google Alert zu deaktivieren, hatte ich sofort gesehen, dass in einer Wirtschaftszeitung eine wahre Lobeshymne über Lanas Buch erschienen war.

»Ja – großartige Arbeit! Shirley hat es mir geschickt. Sie sind alle hochzufrieden«, sagte er. »Soll ich dir ab jetzt alle Besprechungen schicken?«

Sein Angebot überraschte mich. »Das wäre nett. Aber nur die guten. Die schlechten muss ich nicht sehen, okay?«

Am folgenden Tag rief er mich an, um mir dreitausend Dollar mehr Honorar anzubieten und eine Beteiligung von einem halben Prozent. Es war immer noch erheblich weniger als das, was ich für Lanas Buch bekommen hatte, und jenseits dessen, was sie für Nick Felles angeboten hatten, aber es war ein Anfang. Ich akzeptierte.

Erst danach dachte ich über den verstörenden Umstand nach, dass ich nur mehr Geld bekam, weil ich darum gebeten hatte. Lana hatte mir erklärt, dass meine Honorarforderungen etwas darüber aussagten, wie ich und andere meinen Wert einschätzten. Langsam wurde mir klar, dass ich schon vor Jahren mehr Geld hätte verlangen sollen. Stattdessen war ich über jedes Angebot von Colin froh gewesen und hatte die Bezahlung als gegeben hingenommen. Es kam mir vor, als hätte ich einen versteckten Schalter unter dem

Sitz meines Trucks entdeckt, den ich nur umlegen musste, damit er besser fuhr. Dieser Schalter war die ganze Zeit vorhanden gewesen, ich hatte es nur nie gewusst.

Diese zusätzlichen dreitausend Dollar erleichterten es mir, über die zahlreichen Affären meines Kunden zu schreiben, egal, wie sehr sie mich anwiderten. Nach ein paar Telefonaten hatte er sich an meine Fragen gewöhnt, und wir kamen einigermaßen miteinander aus, doch dann wollte er wissen, ob ich Single sei. Ich schluckte.

»Ich frag dich jetzt mal was«, sagte er. »Nur zum Spaß, versprochen. Welche romantische Szene in meinen Filmen – die du ja alle gesehen hast – hat dir am besten gefallen? In welcher war ich am überzeugendsten? Es würde mich interessieren, ob du erkennst, bei welcher Schauspielerin ich so richtig erregt war und wann ich nur gespielt habe.«

»Weiß nicht«, sagte ich. Mir war schlecht.

»Ach, Allie, spiel doch mit! Fällt dir wirklich so gar keine Szene ein?«

»Weiß nicht.«

Er stöhnte. »Bist du eine von diesen Feministinnen?«

Gern hätte ich ihm nochmal dieselbe Antwort gegeben. Natürlich wollte ich auf meine Kunden keinen schlechten Eindruck machen, schließlich mussten wir eng zusammenarbeiten. Außerdem ging der Mann auf die achtzig zu und wusste es vielleicht nicht besser.

Du kannst ihnen an die Pussy fassen, alles kannst du machen. Ich hörte Billy Bushs dreckiges Lachen. »Möglich. Ja, das bin ich wohl«, sagte ich. »Eine von denen.« Ich überlegte kurz, ob ich mich rechtfertigen, ihm ein bisschen Honig ums Maul schmieren sollte. Womöglich würde ihn das dazu verleiten, mich über seine Männlichkeit und Standhaftigkeit vollzusülzen, seinen Erfolg beim Gewichtheben, seine

Entscheidung, die Rolle des Spartacus abzulehnen. Aber ich hielt mich zurück.

Von da an redete er über andere Themen. Über eine Motorradwerkstatt mit Bibliothek in Botswana, wo er auch an einer Regentanzzeremonie teilgenommen hatte, über seinen Einsatz gegen Rhinozeros-Wilderer in Südafrika. Das alles tat dem Buch richtig gut – und war nur herausgekommen, weil ich nicht auf seine übergriffigen Fragen reagiert hatte. Wie seltsam, dass ich mich überhaupt gefragt hatte, ob es richtig war, mich abzugrenzen. Natürlich würde es nicht immer so leicht sein – aber ich war gottfroh, dass es diesmal geklappt hatte.

Dann kam der September, und Cass besuchte im Kindergarten endlich die Vorschule – für die der Staat die Kosten übernahm. Hurra!

Ich hatte Lanas Buch just an dem Tag das erste Mal im Schaufenster unserer Buchhandlung gesehen, an dem ich gerade die ersten Kapitel meines neuen Manuskripts an den Verlag geschickt hatte. Auf dem Cover waren Lana und Norton zu sehen, sie mit Creolen, beigefarbenem Rollkragenpulli und dunkelblauem Rock, Norton in Chinos und rotem Polohemd. Die beiden saßen auf einer Parkbank, sie hatten ein Eis in der Hand und lächelten beseelt. *Worauf es ankommt: Eine Geschichte von Liebe und Mutterschaft.* Wie weit sich dieses Buch entfernt hatte von der ursprünglich angedachten Anleitung für Feministinnen, die ihre Söhne feministisch erziehen wollten. Kein Wunder, denn in diesem Land blickte man momentan nicht nach vorn, sondern zurück. Nur zwei Wochen waren vergangen, seit Rechtsextreme in Charlotteville aufmarschiert waren, einer von ihnen in die Menge der Gegendemonstranten gerast war und dabei eine Frau getötet hatte. Dazu ließ der Präsident nur verlauten, auf beiden Seiten gebe es »sehr anständige Leute«.

Cass zeigte auf das Schaufenster. »Da ist Lana!«, rief er. Ich nickte. »Aber dein Name steht nicht vorne drauf«, bemerkte er enttäuscht.

»Nein, aber das ist so in meinem Beruf.«

Wir betraten den Laden, wo mehrere Ausgaben des Buches auf einem Tisch lagen. Auf der Rückseite wurden Lobpreisungen verschiedener Promis zitiert, darunter auch ein Republikaner, wenn mich nicht alles täuschte. Auf keinen Fall hatten all diese vielbeschäftigten Menschen das Buch in so kurzer Zeit gelesen. Vielleicht hatten sie ihre Assistentinnen dazu verdonnert, sich damit die Nächte um die Ohren zu schlagen, oder die armen Frauen mussten diese Ergüsse auf Geheiß ihrer Chefs verfassen, ohne das Buch überhaupt zu Gesicht bekommen zu haben.

Zu Hause gratulierte ich Lana per Mail. Kurz danach kamen Luana und Carlos, und die Jungen spielten im Garten Rettungshund.

Am nächsten Tag erhielt ich Lanas Antwort. *Wir haben es geschafft, Allie! Du hast es geschafft! Danke dir. Von ganzem Herzen.*

Dann rief meine Mutter an. Sie hatte sich das Buch gerade gekauft.

»Kann sein, dass dir vieles bekannt vorkommt«, sagte ich.

»Wieso?«

»Ich musste ein bisschen was dazuerfinden. Wirst du schon merken.«

»Patty meinte, es steht schon auf der Bestsellerliste der *New York Times!* Ist es eigentlich das erste Mal, dass eines deiner Bücher so erfolgreich ist?«

»Ja. Echt? Das ist ja toll!«, rief ich aufgeregt. Dann: »Moment mal. Wie bitte?«

»Und, wie gefällt es Cass in der Vorschule?«, fragte sie mit seltsam hoher Stimme.

»Du hast Patty nichts verraten, oder?«

»Ich wollte ... ach, ist doch egal jetzt. Das Buch ist erschienen. Du arbeitest nicht mehr für Lana. Patty wird schon den Mund halten, das hat sie mir versprochen.«

»Mom?«

Sie atmete schwer in den Hörer. »Schätzchen. Kurz nach unserem Streit habe ich gelesen, dass Lana für den Senat kandidiert. Ich habe mich so gefreut für dich! Eines Tages wirst du das verstehen. Du bist so stolz auf dein Kind, dass du gar nicht anders kannst, als mit ihm anzugeben, sogar, wenn es schon erwachsen ist.«

Ganz kurz war ich sogar gerührt von dieser Aussage, schließlich war ich es gewohnt, von meiner Mutter und Ed nur Verwunderung und Missfallen zu ernten. Aber das ging schnell vorüber. »Hat noch jemand etwas mitbekommen?«

»Nein. Ehrenwort. Allie, mal ehrlich, wie viel Schaden kann eine Frau mit Minderwertigkeitskomplexen aus Sebastian, Florida, schon anrichten? Mach dir keinen Kopf. Ich habe ihr eingeschärft, dass diese Information höchst vertraulich ist. Vergiss es einfach.«

Lanas Buch war gedruckt und stand bereits in den Buchhandlungen, während ich mich schon mit dem nächsten beschäftigte. Meine Mutter hatte recht, wen interessierte es schon, dass Lana eine Ghostwriterin engagiert hatte? Ich konnte nur das Beste hoffen und die Sache vergessen. »Na gut.«

»Ich bin so gespannt darauf!«

Nachdem wir uns verabschiedet hatten, stand ich eine

Weile da, das Handy noch in den Fingern, und mein Herz klopfte wie wild. Danach deaktivierte ich den Google Alert für Lana und schrieb noch eine kurze Mail an den neuen Verlag. *Ich freue mich auf Ihr Feedback und bin sehr stolz auf unsere Zusammenarbeit. Bleibt es bei dem Titel* Unzivilisiert: Geheimnisse eines Globetrotters?

Kapitel 17

Kurt und ich saßen auf dem Sofa, die Beine miteinander verschlungen, er las ein Naturmagazin, ich tummelte mich mal wieder auf *Ghostwriters Talk.* Als ich ihm den Fuß massierte, legte er das Heft beiseite. Ich kletterte auf ihn. Doch kaum hatte er meinen BH geöffnet, rief Pete an. Kurt drückte mir einen Kuss aufs Haar und flüsterte: »Hab dich lieb!«

»Ich dich auch«, sagte ich glücklich, dann verschwand er ins andere Zimmer, um mit Pete zu sprechen.

Wieder allein, musste ich unvermittelt an Patty Copeland denken. Ich klickte auf ihr Twitter-Profil, das sie laut meiner Mutter nur eingerichtet hatte, um Lana zu folgen. Klar wusste ich, dass ich paranoid war, aber ich konnte es nicht lassen.

Und Bingo! Auf den ersten Blick ergab das, was ich da sah, keinen Sinn. Erst, als ich etwas runtergescrollt hatte, verstand ich genau, was los war. Zwei Tage zuvor hatte ein Typ namens John Ashley, der sich @deploreablefucker67 nannte, Folgendes getwittert: *Sie hatte eine Ghostwriterin, weil LB vom Muttersein keine Ahnung hat. In diesem Buch ist alles gelogen. Norton wurde von einer Nanny großgezogen. #Breban4Senate.*

Patty hatte prompt retweetet und ihren Senf dazugegeben: *Ich kenne die Mutter der wahren Autorin! #Breban4-Senate.*

Dachte Patty, dass ihr Tweet privat war? Versuchte sie, @GrandmaPattyC, andere Leute damit zu beeindrucken, dass sie eine vage Verbindung zu mir hatte? Als ich #Breban4Senate anklickte und die darunter versammelten Tweets las, klappte mir die Kinnlade herunter.

Reiche, elitäre Lügnerin

Ach ja, diese linksversifften Gutmenschen, sind sich zu fein, ihre eigenen Gören großzuziehen.

Hat Lang auch eine Nanny? Ist sie vielleicht selbst eine? Oder ein Mann?

Man sollte sie abstechen. Alle beide. Tod den Fotzen!

Hunderte Tweets waren in den letzten Stunden gepostet worden, einer hatte sogar ein Foto von Norton und Gloria verlinkt, ihr Gesicht teilweise verdeckt. Ein anderer Tweet listete Lanas Reisen im vergangenen Jahr auf: Tatsächlich war sie ganze sechzehn Tage zu Hause gewesen und hatte diese Zeit auch nur vielleicht mit Norton verbracht. Im Jahr davor war sie insgesamt zweiundzwanzig Tage in New York gewesen, zumindest ging das wohl aus einem weiteren, angehängten Dokument hervor. Ich sah GIFs von Babys, die über Geldhaufen krabbelten, das gephotoshopte Bild von Lana neben einem Kleinkind, aus dessen Mund eine Sprechblase kam: *Kennen wir uns, Lady?*, stand darin. Man sah Lana neben George Soros, ein Foto von zwei grimmig dreinblickenden Frauen, angeblich Glorias Schwestern, und ein ganzes Rudel Kinder mit schmutzigen Gesichtern vor einer halb verfallenen Mauer. »O Gott!«, murmelte ich. Die Nutzerin @BerkshireBabe berichtete eifrig, sie habe mit eigenen Augen gesehen, wie Cass das Kiefermodell in das Aquarium eines bekannten Zahnarztes geworfen hatte, und dann kam der Post, der mich eiskalt erwischte. Barton Hallers Mutter hatte etwas über Cass getwittert: *Der Junge ist eine verweichlichte Heulsuse.* Und über mich: *Dieses Buch ist von vorn bis hinten gelogen. Das ist Allisons Leben, nicht Lanas.* Einer der Typen, die damals im Garten von Edith Whartons Haus gearbeitet hatten, war sogar dumm genug, ein Foto von mir aus Highschool-Tagen zu twittern und damit anzugeben, mich vor ein paar Jahren »angegraben« zu haben.

Ich zwang mich, weiterzulesen. Es gab Leute, die Lana, mich und Gloria mit Vergewaltigung in allen entsetzlichen Einzelheiten bedrohten, andere hatten erschütternde GIFs mit KKK-Signatur, Galgenstricken und nackten Frauen gepostet. Jemand hatte Lanas Gesicht auf den Kopf eines KZ-Opfers montiert, sie lag auf einem Leichenberg.

»Was?«, fragte Kurt. Er stand neben mir, sein Magazin in der Hand.

»Was?«, fragte er erneut.

»Glaubst du, ich habe schlechte Sachen verdient?«, stieß ich hervor. Im besten Fall würde man Lana in der Öffentlichkeit als eine dieser Politikerinnen wahrnehmen, die sich Geschichten aneigneten, um Volksnähe zu suggerieren, und mich als Opportunistin und schlechte Mutter. Diejenigen, die mich nicht gut genug kannten, hielten mich vermutlich für eine Lügnerin, die ihr eigenes und das Leben ihres Sohnes verkauft hatte.

»Was ist das denn für eine Frage?«

Als ich zu hyperventilieren begann, holte Kurt rasch eine Papiertüte und setzte sich neben mich.

Es hatte keinen Zweck, Kurt noch etwas vorzumachen, schließlich war der mordlüsterne, Flaggen schwenkende Internetmob bereits auf dem Weg zu mir, Gloria und Lana. Ich erzählte ihm von Lanas Zurückhaltung, meiner Reise nach New York, dem Treffen mit Gin und Shirley und dem langen, angespannten Gespräch mit Lana, vom Minderwertigkeitskomplex meiner Mutter und dem Geltungsdrang von Patty Copeland. Es war davon auszugehen, dass die beiden keine Ahnung von den Abgründen bei Twitter hatten und nicht wussten, was sie da losgetreten hatten, aber am liebsten hätte ich sie erwürgt.

Kurt strich sich entsetzt übers Gesicht. »Mannomann. Mir fehlen die Worte.«

Ich atmete erneut in die Papiertüte.

»Vielleicht ist es Lana egal, schließlich trendet sie gerade auf Twitter, und Trolle kennt sie ja schon. Du hast ja nichts über ihr Leben verraten, zumindest nicht direkt, oder?«

Die Tüte blähte sich auf, zog sich zusammen, blähte sich auf.

Kurt hatte recht, ich hatte es nur meiner Mutter erzählt, im Vertrauen. Ich hätte Schlimmeres damit anstellen können. Trotzdem, was geschah jetzt mit Gloria? Und mit mir? Nach dem Gespräch mit meiner Mutter hatte ich gleich nochmal genauer in meinen Vertrag gesehen: Die Geheimhaltungserklärung beinhaltete, dass ich sämtliche Einnahmen, die ich im Zusammenhang mit Lanas Buch erzielt hatte, zurückzahlen müsste, wenn ich darüber kein Stillschweigen bewahrte. Sie selbst war extrem darauf bedacht gewesen, dass ich niemandem von unserer Zusammenarbeit erzählte. Kurz überlegte ich, ob der Shitstorm auf Twitter überhaupt zu mir zurückverfolgt werden konnte. Meine Mutter war nicht auf Twitter, nur auf Facebook. Aber wenn man Patty googelte, fand man schnell heraus, dass sie direkt neben meiner Mutter und Ed wohnte und beide demselben Lesezirkel der Gemeindebibliothek angehörten.

Ich legte die Papiertüte weg und bat Kurt, mir einen Joint zu bauen.

»Zuerst gibst du mir den«, sagte er und nahm mir den Laptop weg. Dann sammelte er mein Handy ein und versteckte beide Geräte. »Es ist spät. Du brauchst Schlaf, um diese Sache morgen anzugehen.«

»Guten Morgen, Sonnenschein«, sagte Colin am Telefon. Kurt brachte Cass in den Kindergarten, und ich saß schon wieder am Laptop, die Papiertüte neben mir. »Wann geht bei dir der nächste Bus nach New York? Ich nehme an, jemand hat dir schon erzählt, welche lustigen Sachen sie gerade über Lana auf Twitter schreiben?« Ich stöhnte. Wusste er, wie viel Schuld ich trug an diesem Debakel? »Ihr Wahlkampfteam kommt am späten Vormittag zusammen, und sie wollen, dass du dabei bist. Wir treffen uns bei Lana. Schreib mir eine Nachricht, wenn dein Bus angekommen ist.«

»Wieso brauchen die mich dafür?«

»Das werden wir früh genug herausfinden.«

Ich checkte meine Mails. In den letzten Stunden waren zig neue Nachrichten eingegangen, drei von Colin, eine von Gin, zwei von Lana, ein paar von meiner Mutter und sogar eine von Patty. Mir blieb keine Zeit, jede einzelne Mail zu lesen; wenn ich den Bus erwischen wollte, war Eile geboten. Blitzschnell zog ich mich um und suchte meine Sachen zusammen. Der Kloß in meinem Magen wurde immer dicker.

Als Kurt zurückkehrte, erzählte ich ihm sofort von Colins Anruf. »Au Mann!«, sagte er. Er und Pete hatten für den Abend Konzertkarten besorgt. »Soll ich absagen und auf Cass aufpassen?«

»Aber du redest schon seit Wochen über nichts anderes als dieses Konzert.«

»Pete kann meine Karte verkaufen. Im Notfall ist man

füreinander da«, erklärte Kurt, als hätte ich keine Ahnung von Solidarität. Vielleicht lag er damit gar nicht ganz falsch.

»Ich versuche, so schnell wie möglich zurückzukommen.« Dankbar faltete ich die Hände vor der Brust. »Was, wenn ich nie wieder einen Auftrag bekomme? O Gott, was, wenn jemand Cass was antut?«

»Geh jetzt! Du willst nicht zu spät kommen.«

»Du hast mir nicht geantwortet. Was, wenn ein Neo-Nazi im Bus sitzt und mich erkennt und mir in den Kopf schießt? Heutzutage hat doch jeder eine Waffe.«

»Allie, jetzt mach schon. Und nimm die Papiertüte mit.«

Im Bus konzentrierte ich mich auf meine Meditations-App, Hügel zogen an mir vorbei, die Wolken wie Wattebäusche am Morgenhimmel. Ich überlegte, Colin und Lana eine Mail zu schicken und zu gestehen, was ich meiner Mutter erzählt hatte. Vielleicht bekäme ich für meine Ehrlichkeit mildernde Umstände. Ohne Cass hätte ich es vermutlich sofort getan. Aber wenn es nur die kleinste Chance gab, dass Lana und ihre Leute mich nicht mit den Tweets von @deplorablefucker67 und Patty in Verbindung brachten, Colin mir weiterhin Aufträge gab und ich das Honorar nicht zurückzahlen musste, war ich es mir und meinem Sohn schuldig, den Mund zu halten.

Gloria trug ihr Haar offen, sie hatte sich offensichtlich nicht gekämmt. Im Mundwinkel hatte sie ein schlimmes Herpesbläschen. Möglicherweise hatte auch sie eine Geheimhaltungserklärung unterschrieben und bereits eine Abmahnung erhalten. Sie nahm mir den Mantel ab, als Lana hinter ihr auftauchte. »Hi, Allie. Wir sind alle im Esszimmer.«

»Hi. Okay«, sagte ich nervös und folgte ihr.

Gut ein Dutzend Leute drängten sich um die Eichentafel:

Shirley, Colin, Gin. Reggie (mit der selbsttönenden Brille), eine attraktive Frau im maulwurfsgrauen Rollkragenpulli, ein Typ mit kahlrasiertem Schädel, der kaum älter war als dreißig. Als sie mich erblickten, legten sie alle ihr Handy auf den Tisch und verstummten. Ich sah hilfesuchend zu Colin, aber der presste nur die Lippen aufeinander.

Shirley, in schwarzem Blazer über der lila Bluse, räusperte sich und ergriff das Wort. »Sind wir bereit? Gut. Was wir bis jetzt wissen: @deploreablefucker67 heißt mit Klarnamen John Lance. Er wohnt in Jacksonville, Florida, und gehört zu einer rechtsextremen Gruppierung beziehungsweise ist deren Anführer. Seine Tante Liz war früher Kolumnistin bei der *Tampa Bay Times*. Sie wohnt in Sebastian, Florida.«

Erde, tu dich auf!

Die Glatze meldete sich zu Wort. »Interessant ist, dass Liz und der Großteil ihrer Facebook-Freunde Demokraten sind.«

»Wieso sollten sie dann …«, setzte Colin an.

Die Glatze redete einfach weiter. »Vielleicht wurde Allisons Computer gehackt. Wir untersuchen das gerade. Ist ihr Server überhaupt geschützt? Dauert nur eine Sekunde, dann hab ich mir ihre Daten rübergeholt.«

Vor meinem geistigen Auge erschien eine albtraumhafte Collage: ein Nacktfoto, das ein Ex mal von mir gemacht hatte; ich mit einem Joint im Mund vor dem Haus der Grateful Dead; ich mit meinen Kollegen vor dem Clover's Dooley Pub in Manhattan, sie mussten mich stützen, weil ich sturzbetrunken war.

»Moment noch«, sagte Shirley. »Lass uns kurz in Sebastian, Florida bleiben. Dort gibt es eine Wohnanlage namens *Whispering Winds*, nicht wahr, Allison?«

Wie sehr wünschte ich, Lana und ich würden allein hier sitzen. Ich hielt den Blick fest auf den Wasserkelch vor mir gerichtet, am Rand prangte dunkler Lippenstift. »Tja«, stieß ich hervor. »Okay, also aus Versehen habe ich meiner Mutter von dem Buch erzählt.«

Lana kniff die Lippen zusammen und nickte.

Gin griff nach ihrem Kelch.

»War das …« Reggie zögerte. »Heißt sie Liz Gillis?« Er sah auf sein Handy.

»Nein«, sagte ich. »Keine Ahnung, wer das ist. Meine Mutter hat es ihrer Freundin weitergetratscht, einer Frau namens Patty Copeland.«

»Wie vielen Leuten haben Sie noch davon erzählt?«, wollte Reggie wissen.

»Nur meiner Mutter. Es tut mir so leid.« Meine Kehle war wie zugeschnürt. »Ich kann Ihnen gar nicht sagen, wie peinlich mir das ist. Ich habe es meiner Mutter unter dem Siegel der Verschwiegenheit erzählt, sie wusste genau, was auf dem Spiel stand – übrigens ist sie eine glühende Bewunderin von Lana, sie war so begeistert, dass ich mit ihr arbeiten durfte. Egal, ich fühle mich entsetzlich. Ich wünschte, ich könnte die Uhr zurückdrehen und alles wiedergutmachen.«

Colin, der Gute, ergriff das Wort. »Wie gesagt, es war ein blöder Zufall. Wir reden hier von deiner Mutter und nicht von einer Journalistin von der *New York Times*.«

»Natürlich nicht«, sage ich. »Aber ich frage mich trotzdem, wie ich so dumm sein konnte.«

Shirley nickte. »Danke für deine Offenheit.«

Lana sah nicht aus, als wäre sie dankbar, sondern eher fassungslos und verärgert. Vielleicht nervte sie es, dass ich hier so zu Kreuze kroch.

Die Frau im Rolli sagte: »Der Schaden: Allisons Name ist nun benannt, dazu gibt es zig Fotos von Gloria mit Norton. Die Leute wissen, dass Lana die Dienste einer Nanny nutzt und dazu noch die einer Ghostwriterin. Ich habe den ganzen Morgen am Telefon verbracht. Es scheint, als würde Remys Team das Ganze bereits als Heuchelei framen.« Remy Calhoun – ehemaliger Besitzer eines Mineralwasserimperiums und gegenwärtiger Besitzer einer mittelmäßigen Basketballmannschaft – hatte kürzlich seine Kandidatur für die bevorstehende Primary bekanntgegeben. »Wenn irgendjemand wissen sollte, dass Armut ein Frauenthema ist, dann doch wohl Lana. Und hier sieht man sie, wie sie von der Arbeit einer in Armut lebenden, alleinerziehenden Mutter profitiert. Oder sogar von zweien, wenn man Gloria mitzählt.«

Arm? Ich? Wieder sah ich zu Colin rüber, aber der hörte der Frau im Rolli zu. Ich hatte mich und Cass noch nie als arm betrachtet. Pleite, klar. Pleite hatte was von zufällig, vorübergehend. Arm war etwas, das man über andere sagte, hinter deren Rücken. Arm hieß bemitleidenswert, ein vereinfachter, altmodischer Ausdruck, der an Schmutz und Liederlichkeit bei Dickens erinnerte. Ich bevorzugte »ungerechte Lohnverteilung« und hatte es deswegen in Lanas Buch strikt vermieden, von »arm« oder »reich« zu schreiben.

»Sie werden die ganze Sache als den ›üblichen Mist vom Establishment‹ bezeichnen«, sagte die Frau, wobei sie Anführungszeichen in die Luft zeichnete: »Diese stinkreichen Demokraten stoßen sich mal wieder gesund, auf dem Rücken des einfachen Volkes.«

Reggie schaute immer noch auf sein Display. »Hier haben wir ein paar Zitate von Republikanern: ›Diese Ignoranz gegenüber den Sorgen und Nöten des Bürgers.‹ ›Das ist Aneignung! Breban hat sich das Leben der Ghostwriterin angeeignet.‹ ›Honest Abe? Hat nie existiert!‹ Ach ja, und das hier: ›Inwieweit ist es feministisch, zwei Frauen auszubeuten?‹«

Gloria hatte das nicht verdient. Es machte mich rasend, ebenso wie die Art, wie diese Leute mich darstellten, als ohnmächtiges Opfer. *Ich* hatte die Entscheidung getroffen, das Buch auf meine Weise zu schreiben. Lana hatte mich zwar unter Druck gesetzt, aber schlussendlich hatte ich es freiwillig getan.

»Lana braucht ein wenig Abstand«, sagte Reggie. »Sie muss sich von diesem Wespennest distanzieren.«

»Vollkommen richtig«, sagte eine der Frauen am Tisch.

Während er an seinem Fingernagel kaute, sagte Reggie: »Was, wenn Lana von den Teilen keine Ahnung hatte, die Allison auf eigene Faust geschrieben hat?«

Die *Teile?* Das Buch bestand zu achtzig Prozent aus meiner Lebensgeschichte.

Lana sah ihn an. Ich wartete gespannt auf ihre Reaktion.

Stattdessen spann Reggie weiter: »Allison hat einfach ihre Lebensgeschichte aufgeschrieben, ohne dass Lana es gemerkt hat. Ja, klar, eine frühere Version hat sie natürlich gesehen, aber bei der Endfassung fehlte ihr die Zeit, nochmal genau drüberzulesen. Erst als das Buch schon gedruckt war, hat sie gemerkt, dass Allison lauter eigene Sachen hinzugefügt hat. Das hab ich jetzt mal alles so rausgehauen, ist nur so 'ne Idee, wie man aus der Sache unbeschadet rauskommen könnte – falls es nicht schon zu spät sein sollte.«

»Erzähl weiter«, sagte Shirley.

Aus unerfindlichen Gründen weigerte sich mein Hirn,

Reggies Worte zu verarbeiten. Ich wollte nicht verstehen, was er hier vorschlug.

»Allison fand, sie hätte mehr über die Mutterrolle zu sagen als Lana, schließlich sei sie die bessere Mutter oder so was. Ich nehme an, da sie keine Nanny hat … keine Ahnung, an den Gründen können wir ja noch arbeiten. Allison gibt eine offizielle Erklärung ab, in der sie alles zugibt, die Lügen, die Teile aus ihrem Leben, die sie ungefragt eingeflochten hat. Und vielleicht könnte sich Gloria auch äußern, irgendwas … oder nee, das wäre wohl zu viel des Guten, dann wirkt es so, als müssten wir uns verteidigen.«

Ein paar Leute nickten bedächtig.

Mein Verstand war endlich angelaufen.

»Und das Buch?«, fragte Shirley zögerlich.

»Können wir es einstampfen?«, fragte die Glatze. Shirley nickte.

Gin stieß einen nicht enden wollenden Seufzer aus. »Ich muss das prüfen … wie schnell das geht, kann ich nicht sagen.«

»Mein Gott«, sagte ich, aber niemand hörte zu.

Sie arbeiteten bereits am Wording der Stellungnahme, die ich vor der Presse abgeben sollte. Kurz und schmerzlos sollte sie sein, aufrichtig, ein bisschen schamhaft, aber vor allem sollte ich nachdrücklich betonen, dass ich allein die Schuld an jeder Falschbehauptung trug, die in diesem Buch aufgestellt wurde. Danach würde ich mich »leidenschaftlich für Lana aussprechen«. Shirley und vielleicht noch zwei andere Frauen würden dabei hinter mir stehen, als Symbol für alle »armen, ausgebeuteten Frauen«.

Man beschloss, dass Lana selbst ein paar Tage abtauchen solle, vielleicht in ein Wellness-Spa, wie jemand vorschlug. »Selfcare ist jetzt sehr wichtig, Lana!«

Lana mied meinen Blick.

Mein Hirn ratterte mittlerweile auf Hochtouren: Ich würde nie wieder einen Auftrag als Ghostwriterin bekommen. Niemand würde mir trauen. Möglicherweise könnte ich nicht mal mein laufendes Projekt zu Ende bringen. Welch ein Glück, dass ich zumindest momentan nicht pleite war.

»Wir versuchen, ein paar Reporter für eine Pressekonferenz zusammenzutrommeln«, sagte Shirley. »Sobald unser Fahrplan steht, starte ich die Mailkampagne.«

Gin meldete sich zu Wort. »Ich will ja kein Spielverderber sein, aber was ist mit Allies Geheimhaltungserklärung? Wir stampfen die Bücher ein? Countenance fährt damit einen Riesenverlust ein. Technisch betrachtet trifft uns keine Schuld.«

Shirley hob die Brauen. »Das überlasse ich euch.«

»Wir sollten versuchen, fair zu bleiben«, sagte Colin. »Allie hat einen Fehler gemacht, aber das war keine böse Absicht.«

»Ich nehme nur vorweg, was das Management dazu sagen wird. Ich tue, was ich kann«, sagte Gin. Sie sah Colin vielsagend an. »Wir unterhalten uns später, okay?«

Damit war das Meeting beendet, die Leute erhoben sich, packten ihre Sachen und plauderten miteinander. Ich hielt mir mit einer Hand den Bauch, die andere wanderte ans Herz. Gleich würde man mich sicher fragen, ob ich es mir überhaupt leisten konnte, Countenance das Honorar zurückzuzahlen. Man würde sich erkundigen, ob ich überhaupt einverstanden war mit der Stellungnahme, mit der Wortwahl. Aber nichts dergleichen geschah.

Colin unterhielt sich mit Gin, Lana mit der Frau neben ihr.

»Verzeihung!«, sagte ich schließlich.

Shirley sah mich fragend an. »Wir schicken dir das Wording für die Pressekonferenz, sobald es steht«, sagte sie schließlich.

Mit war schlecht, als ich mich vor Lana aufbaute. »Hast du eine Minute Zeit?«, fragte ich. Sie wandte sich um. »Nur eine Minute.«

»Um was geht es?«

Ich führte sie in den Flur. »Du warst diejenige. Du hast mir geraten, ich soll … du weißt schon, fragen.« Die Worte blieben mir fast in der Kehle stecken. »Zu fragen, ob ich mehr bekomme. Mich auf meinen Wert zu besinnen.«

»Ja, und?«

»Glaubst du nicht, dass ich mehr wert bin als das hier?«

Sie verzog den Mund.

»Woher soll ich das Geld für Countenance nehmen? Glaubst du, ich hätte mein Honorar aufs Sparkonto gelegt? Wenn ich morgen vor die Kameras trete, bin ich erledigt. Niemand wird mir danach noch einen Auftrag geben. Wenn es nicht sowieso schon zu spät ist.« Ich straffte den Rücken, bemühte mich nach Leibeskräften, stark und unerschütterlich zu wirken, obwohl ich das genaue Gegenteil empfand. Jetzt bloß nicht in Tränen ausbrechen!

»Gin muss einfach mit ihren Leuten reden. Ich glaube kaum, dass du etwas zurückzahlen musst.«

»Das kannst du nicht wissen.«

»Und was soll ich dagegen tun?«

»Das weiß ich doch nicht«, versetzte ich. »Vielleicht könntest du versuchen, das aufzuhalten, was hier gerade abläuft, nach all dem, was ich für dich getan habe?«

»Du hast das doch freiwillig mitgemacht.«

Ich senkte den Blick. »Weißt du, ich bin nicht geübt darin, Reden zu halten. Ich bin mir nicht sicher, ob du wirklich willst, dass ich vor die Kameras trete.«

»Raus mit der Sprache. Was willst du?«

Was dachte sie denn wohl? Aber dann verstand ich. Wie hatte ich übersehen können, dass ich hier einen Hebel hatte? Vermutlich, weil ich mir antrainiert hatte, auch bei beruflichen Verhandlungen unsichtbar zu sein. Eine devote Untergebene, eine Person, die tat, was man ihr sagte.

Lana sah mich erwartungsvoll an.

»Okay. Wenn ich für dich vor die Presse trete, könntest du Gin oder sogar Countenance darum bitten, von Rückzahlungsforderungen abzusehen. Wir wissen beide, dass sie eher auf dich hören als auf alle anderen, die heute in diesem Zimmer saßen. Und garantiert eher als auf mich.« Ich wurde unsicher, wollte gerade zurückrudern, aber Lana sprach zuerst.

»Okay«, sagte sie.

»Okay?«

»Ich lege bei Gin ein gutes Wort für dich ein, und ...« Lana musterte mich, als suchte sie in meinem Gesicht nach etwas. Die Stille wurde unerträglich.

»Danke!«, sagte ich.

»Und ich muss mit Shirley reden. Vielleicht gibt es beim Wahlkampfteam eine Stelle für dich. Du könntest Reden schreiben. Ich kann dir nicht sagen, wie sie reagieren wird, kann dir nichts versprechen. Vielleicht ist das eine dämliche Idee. Wir haben keine Ahnung, wie die Pressekonferenz aufgenommen wird. Ich will ehrlich sein – wir könnten beide schlecht dabei wegkommen. Momentan schaue ich nicht zu weit in die Zukunft.«

Ich nickte. »Aber ich habe noch nie vor einer Kamera

gestanden … wollte ich auch nie. Bist du dir wirklich sicher, dass du mich das machen lassen willst?«

»Wen denn sonst?«, fragte sie. »Das ist nicht so schwer, tu einfach so, als wärst du jemand anderes, eine Kriegerin oder Superheldin. Spiel eine Rolle. Klingt vielleicht albern, aber ich mache auch nichts anderes. Wenn du so tust, als könntest du es, glaubst du es irgendwann selbst.«

An diesem Abend rief ich meine Mutter an und erzählte ihr alles. »Nein«, sagte sie. »Nein.«

»Was willst du damit sagen, ›nein‹?«

»So schlimm kann es nicht gewesen sein.«

»Das ist deine Reaktion? Du glaubst mir nicht?« Und wieder gab ein Wort das andere, bis die Fetzen flogen. Ich nannte meine Mutter ›naiv‹, warf ihr vor, sich ständig anzubiedern, weil sie nach sozialem Aufstieg lechzte. »Du bist eine verzogene Göre!«, schoss sie zurück. »Unter der kleinsten Belastung brichst du zusammen.«

Die Stille in der Leitung lastete schwer auf mir, aber diesmal zwang ich mich, nicht einfach aufzulegen, sondern zu warten, bis sich unser Mütchen gekühlt hatte. Die Alternative wäre unerträglich, schließlich hatte ich schon genug am Hut. »Mom«, sagte ich nach einer ganzen Weile, »es war tatsächlich so schlimm bei Lana. Ich habe nicht übertrieben.«

»Okay«, sagte sie.

»Ich hatte einen echt harten Tag, und jetzt brauche ich eine Mutter, die mir zur Seite steht.«

Sie atmete tief ein und aus. »Natürlich.«

»Ich hätte nicht so fies sein dürfen, es war nicht so gemeint.«

»Schwamm drüber. Es tut mir leid, dass ich dir so viel

Ärger eingebrockt habe. Ich hatte ja keine Ahnung, dass ich so eine Macht besitze«, scherzte sie.

»Na, gratuliere.«

»Ich vermisse dich und Cass schrecklich. Weißt du was, ich komme euch besuchen. Lass uns Pläne schmieden!«

Wir kramten unsere Terminkalender hervor, und während wir nach einem passenden Datum suchten, quatschten wir wie wild durcheinander und lachten dann darüber, noch immer angespannt, aber auch erleichtert.

Am nächsten Morgen wartete ich am Empfang von Countenance Books. An den mit silberfarbener Tapete dekorierten Wänden hingen Regale mit den letzten Neuerscheinungen, Bestsellern, Kochbüchern und Kinderbüchern. Die Empfangsdame, eine relativ junge Frau mit gemusterter Seidenbluse, spähte mich über ihren riesigen, halbrunden Tresen an. Erleichtert stellte ich fest, dass sie ein kleines Nasenpiercing trug.

Lana und Colin holten mich ab, beide wirkten ernst. Sie führten mich über einen stillen Flur in ein kleines Besprechungszimmer. Colin ließ uns allein.

»Setzen wir uns«, sagte sie. Wir saßen einander gegenüber an einer langen, leeren Tafel. »Ich habe Gin gestern Abend eine lange Mail geschrieben und ihr mitgeteilt, dass du genug bestraft wurdest. Ich habe sogar angeboten, dein Honorar aus eigener Tasche zu ersetzen, falls der Verlag nicht mitzieht. Aber das werden sie schon. Es ist ihnen peinlich, sie wollen weder mein Geld noch die schlechte Presse, falls sie es von dir verlangen, glaub mir. Willst du die Mail sehen?«

»Echt jetzt?« Ich hätte mich nicht gewundert, wenn sie laut gelacht und mich gefragt hätte, ob ich mein Scheckheft mitgebracht hatte.

Aber sie zog nur ihr Handy aus der Tasche.

»Ist schon okay, ich glaube dir«, sagte ich. »Danke.«

»Was deine Arbeit für das Wahlkampfteam betrifft … Shirley will erstmal abwarten, wie sich das alles weiterentwickelt, aber wenn es nach Plan läuft und nichts Schlimmes mehr reingrätscht, ist sie mit einer einmonatigen Probezeit einverstanden. Sie hat gesagt: ›Wenn jemand deine Stimme kennt und weiß, wie du denkst und sprichst, dann Allison.‹«

Sogar jetzt noch, nachdem ich ihr Buch geschrieben hatte und sie ein Jahr lang kannte, war ich mir nicht sicher, ob sie die Wahrheit sagte. Auf der anderen Seite war die Vorstellung, für sie als Redenschreiberin zu arbeiten, erheblich attraktiver als jede Aushilfstätigkeit als Lehrerin oder Gärtnerin.

»Wir müssen diese Übereinkunft allerdings für uns behalten, zumindest momentan.«

»Klar. Ich werde es nicht mal meiner Mutter erzählen«, scherzte ich, aber Lana zuckte nur die Achseln. »Ich sollte dir trotzdem noch eine Frage stellen«, fuhr ich fort. »Das hast du mir schließlich selbst beigebracht: Wie viel werde ich in dieser Probezeit als Redenschreiberin verdienen?« Hoffentlich war das nicht zu vorschnell von mir gewesen, dachte ich ängstlich.

»Ich bin mir sicher, dass wir dich angemessen bezahlen können, aber du machst die Ansagen«, antwortete sie. »Ach, und bevor ich es vergesse: Hier ist *deine* Rede für heute. Mach dir keine Sorgen. Sie ist kurz, und wenn du fertig bist, verweist du die Reporter an Shirley.« Lana drückte mir einen Zettel in die Hand. Zwei Absätze.

Es war das erste Mal, dass jemand für mich etwas geschrieben hatte, ein absurdes Gefühl, als sollte ich eine Maske aufsetzen, die überhaupt nichts mit meinem Gesicht zu tun hatte. Es handelte sich um die nur wenig geänderte Version, die bereits bei unserem Treffen formuliert worden war: Ich hätte so sehr gewollt, dass Lana einen Wahlsieg davonträgt, besonders, um Frauen wie mir zu helfen. Ich hätte mir Sorgen gemacht, dass die Leserinnen negativ auf eine Nanny reagieren würden – »Frauen werden immer noch dafür kritisiert, dass sie Kinder und eine Karriere haben, sogar heutzutage noch« –, daher hatte ich in letzter Minute lauter Anekdoten aus meinem Leben ins Buch geschmuggelt. Wahrscheinlich hatte ich gedacht, dass auch andere von diesen Momenten erfahren sollten, würde ich sagen, denn die täglichen Sorgen einer Person wie mir waren ebenso wichtig wie die täglichen Sorgen einer Person wie Lana – sogar sie selbst hatte das stets propagiert. »Aber das war ein Fehler. Ich entschuldige mich von ganzem Herzen und übernehme die volle Verantwortung dafür, dass ich dieses Projekt unterwandert habe. Ich unterstütze Lana Breban ohne Wenn und Aber. Sie ist die richtige Kandidatin in diesen schwierigen Zeiten.«

Ich hatte eine Menge zu verarbeiten, nicht zuletzt Lanas unerwartete Güte, den möglichen Karrierewechsel, diese Umstellung von heimlichem, streng privatem Schreiben zu extrem öffentlichem – aber natürlich nur, wenn alles klappte. Ich versuchte mir vorzustellen, Reden zu schreiben statt Bücher, meine Worte aus Lanas Mund zu hören, und das vor Publikum.

Draußen vor dem großen Konferenzraum fragte Colin, ob ich noch etwas bräuchte. »Die Toilette?«, fragte ich.

»Klar! Da hinten.«

Hinter einer großen Tür befand sich die hellbraun geflieste Damentoilette. Ich vergewisserte mich, dass ich allein war, bevor ich vor den Spiegel trat, Lipgloss auftrug und mir zuflüsterte: »Du bist eine Kriegerin. Du bist eine Superheldin.« Es klang völlig lächerlich, also startete ich einen neuen Versuch, fühlte mich aber hinterher auch nicht stärker oder besser gewappnet.

In Wahrheit war ich keine Kriegerin. Und natürlich war ich sterblich. Wie sollte ich das nur durchstehen? Die Vorstellung, von so vielen Menschen gesehen und verurteilt zu werden, sich dermaßen entblößen zu müssen, ließ mich erschauern. Kurzerhand zog ich einen Stift aus der Tasche und strich sämtliche Stellen, die die Worte »Menschen wie ich« enthielten, denn es reichte doch, zu erklären, wie wichtig ich es fand, dass Lana Frauen half, und zwar *allen* Frauen. Danach fühlte ich mich besser, weniger verletzlich.

Ich versuchte, mich auf das Danach zu konzentrieren. Nach dieser Pressekonferenz, nach meinem Vortrag, wenn die Kameras abgeschaltet waren und sich alles wieder beruhigt hatte, andere Säue durchs Dorf getrieben wurden – dann bekäme ich vielleicht die Gelegenheit, darüber zu schreiben, wie wichtig Elternzeit und stärkere Gesetze gegen Diskriminierung und sexuelle Belästigung waren. Wenn alles klappte, würde ich nicht mehr über die Nachteile einer Vermögenssteuer oder Diäten von Supermodels oder Kosmetikprodukte schreiben müssen oder übergriffige Fragen eines abgehalfterten Schürzenjägers abwehren. Und noch besser: Ich müsste nicht mehr besorgt auf Colins nächsten Anruf warten.

»Du schaffst das schon«, sagte ich zu meinem Spiegelbild. »Es wird alles gut. Auf geht's!«

Es war, wie von einer hohen Klippe ins Wasser zu springen. Ich überlebte den Aufprall, mein Badeanzug blieb heil und es war sogar irgendwie aufregend. Ich las alles vom Zettel ab, versicherte den Reportern, dass Lana stets liebenswürdig zu mir gewesen sei und keine Ahnung von meinen Änderungen gehabt hätte. Es stieg mir regelrecht zu Kopf, vor diesen Leuten zu sprechen, und das Wissen darum, dass ich ihnen hier eine von anderen verfasste Lüge auftischte, vermittelte mir sogar ein gewisses Machtgefühl. Als ich fertig war, faltete ich den Zettel zusammen und bedankte mich.

Die Reporter stürzten sich wie die Geier auf Shirley. »Was ist jetzt mit Gloria?«, rief jemand. »Was passiert mit ihr? Wird Lana sich dazu äußern?«

Am Ende des Raums stand eine Frau und sah mich unverwandt an. Sie wirkte gehetzt, erschöpft, aber vor allem skeptisch.

Nach einer Weile erklärte Shirley die Konferenz für beendet und dankte allen für ihr Kommen. Die Frau am Ende des Raums wandte sich um und begann mit der Reporterin hinter ihr zu flüstern. Beide verrenkten sich den Hals, um mich besser sehen zu können. Am liebsten hätte ich ihnen gesagt, dass ich ihr Mitleid nicht brauchte. Ja, ich hatte mich geoutet, und in der Öffentlichkeit vorgeführt zu werden ist nichts, was ich anderen empfehlen würde, aber ich ging nicht mit leeren Händen aus diesem Schlamassel und fühlte mich auch nicht ausgebeutet. Im Gegenteil.

Shirley führte mich in den Flur. »Gut gemacht, Allie!«, sagte sie und tätschelte mir den Arm. »Hör zu, wegen dem Redenschreiben melde ich mich bald bei dir. Lana hat ein Helfersyndrom, musst du wissen. Aus diesem Grund wird sie eine wunderbare Senatorin abgeben!« Sie musterte mich. »Hey, ich habe noch eine Frage. Wie sieht es mit deinem Netzwerk aus? Kennst du Leute in New York? Hast du vielleicht alleinerziehende Freundinnen?«

Offensichtlich überlegte sie bereits, ob sie noch andere Akademikerinnen mit liberaler Einstellung rekrutieren könnte, die in prekären Verhältnissen lebten und für einen Hungerlohn arbeiten würden.

Kapitel 18

Trotz unserer Bemühungen, die schlechte Publicity einzudämmen, schlugen Lanas Gegner weiterhin aus der Geschichte Kapital. Sie nannten sie »Mutter des Jahres«, verpassten ihr auf Twitter eine Reihe von Spitznamen (»Vlana, die Schreckliche«) und generierten dumme Memes. Doch mit der Zeit formierte sich ein Backlash gegen den Backlash. Einige ereiferten sich in den sozialen Medien darüber, dass eine erfolgreiche Frau mit Migrationshintergrund auf diese Weise attackiert wurde. Die Stimmung schlug um. Selbst Patty Copeland retweetete einen Post, der die Sache auf den Punkt brachte: »Kein Mensch kann Vollzeitmutter sein und gleichzeitig die Welt retten. Unsere Erwartungen an Frauen sind wie immer völlig absurd.«

Einen Sieg trug das Wahlkampfteam um Remy Calhoun dennoch davon, denn Lana wurde als »verlogene Feministin« stilisiert, er selbst als der vertrauenswürdigere, zuverlässigere Kandidat. Er war der Golf spielende zweifache Vater und Großvater mit zig Enkeln, ein Staatsmann und Veteran, dessen politische Haltung viel mehr der Mitte entsprach als Lanas.

Seit der Pressekonferenz war ich ständig in Habachtstellung. Ich wusste nicht, welche Nachrichten mein Umfeld verfolgte, und fürchtete die Reaktionen. Jimmy nannte mich neuerdings »Mutter des Jahres«, obwohl dieser Titel ja Lana gehörte. Eine Frau in der Gärtnerei, bei der ich für meine Kunden Pflanzen bezog, war auf einmal unfreundlich zu mir und ließ mich wissen, dass sie »für Leute wie Lana nichts übrig« habe, was auch immer sie damit meinte. Bei meinem überfälligen Zahnreinigungs- und Kontrolltermin bemerkte Aaron: »Mensch, Allie, von deinem Leben wusste ich ja gar nichts! Hast du noch für andere berühmte Leute geschrieben? Ich wette, du könntest so richtig aus dem Nähkästchen plaudern. Wie ist Lana Breban denn so in echt? Ich wette, sie ist eine richtige Tyrannin.« Statt zu antworten, zeigte ich auf den Speichelsauger, und damit hatte sich die Fragerunde.

Zu meiner Überraschung teilte mir mein Auftraggeber mit, ich sollte meine Arbeit an *Unzivilisiert* fortsetzen, der abgehalfterte Schauspieler nahm die Nachrichten rund um Lana recht gelassen. »Deine Verflossenen sind mir egal«, sagte er. »Bei mir wirst du jetzt umso diskreter und mir treu ergeben sein, hab ich recht?«

»Natürlich«, sagte ich. Glücklicherweise folgten auf diesen anzüglichen Kommentar keine weiteren Anmachversuche.

Laut Umfragen holte Remy Calhoun zwar rasant auf, aber Lana lag immer noch ein paar Prozentpunkte vorn.

»Diese dümmlichen Wahlwerbespots funktionieren leider«, klagte Reggie, von dem ich mittlerweile wusste, dass er als Kommunikationschef für Lana arbeitete.

»Es ist einfach unglaublich«, fuhr er fort. »Da muss dieser Typ sich nur eine Jeanshose anziehen und mit seinen Hunden spazieren gehen, als wäre er der erste Kandidat, der sich auf diese Weise darstellt. Ich verliere echt den Glauben an die Intelligenz der Wählerschaft. Vielleicht hätten wir Lanas Hund auf das Cover *deines* Buches setzen sollen«, sagte er lachend. »Eine Schande, dass wir es einstampfen mussten. Ich glaube, es hätte ihr geholfen.«

Darauf wusste ich nichts zu sagen.

»Ich will kein Salz in deine Wunden streuen«, fuhr Reggie fort, der mich eigentlich angerufen hatte, um mir zu sagen, dass sie mich als Redenschreiberin engagieren wollten. Wie ironisch, dass mir gerade jetzt die Worte fehlten.

Dann, ein paar Tage später, traten zwei ehemalige Angestellte von Remy Calhoun mit dem Vorwurf der sexuellen Belästigung an die Öffentlichkeit. Ich schaute mir die Pressekonferenz auf dem Laptop an. Angeblich hatte er ihre Brüste berührt, als er die Hand nach einem Stift oder einer Tasse Tee ausgestreckt hatte. Eine fügte hinzu, er habe ihr die Hand zwischen die Schenkel geschoben, die andere beschrieb einen ähnlichen Vorfall auf einer Weihnachtsfeier. »Als das passierte, war ich einfach nicht in der Lage, zu reagieren. Der Mann hat mich völlig überrumpelt«, erklärte die zweite Frau. »Ich meine, wir reden hier von Remy Calhoun. Ich war wie gelähmt.« Ihre konservative blaue Bluse war bis obenhin zugeknöpft, die Brille mit Drahtgestell saß ihr auf der Nasenspitze. Sie musste schließlich glaubhaft wirken.

»Wohlan«, sagte ich zu meiner leeren Küche und klappte den Laptop zu. Ich fragte mich, ob er seine Kandidatur zurückziehen würde.

Reggie erzählte mir, das gesamte Wahlkampfteam sei bei der Nachricht über Remys Fehltritte in Jubelgeschrei ausgebrochen. »Natürlich freuen wir uns nicht über das, was den beiden Frauen passiert ist. Allie, könntest du bitte eine Verlautbarung für Lana verfassen? Sie soll ernst, besorgt und angewidert klingen.«

Shirleys Nichte Victoria, die für ein Unternehmen namens *character.org* arbeitete, wurde engagiert, um auch die letzten Tweets über »Vlana, die Schreckliche« zu tilgen, denn die kursierten immer noch im Netz, sogar nach dem Supergau für Calhoun. Colin erklärte mir, dass Unternehmen wie *character.org*, die sich auf Reputationsmanagement spezialisierten, mittlerweile wie Pilze aus dem Boden schossen. »Als öffentliche Person oder sogar als Privatmensch ohne Imagekontrolle ist man unheimlich angreifbar.«

»Es ist vermutlich besser, sich selbst ein Image zusammenzudichten, als es von anderen angedichtet zu bekommen«, bemerkte ich.

Victoria wollte von mir alles über meine Interessen und Skills wissen. Unter den Namen »BerkshireMama« und »GardenGal« erstellte sie für mich Profile auf Tumblr und Instagram. Sie wies mich an, diese mit Fotos von mir beim Laubrechen im Garten zu bestücken – mit dem Garten meinte sie allerdings den von Jessica, denn der sei, wie Victoria mir durch die Blume zu verstehen gab, etwas »gepflegter« als meiner. Außerdem wurde ein Foto von mir hochgeladen, wie ich verzückt auf ein gelborange gefärbtes Ahornblatt stierte, und ein weiteres, wie ich Cass auf einer Schaukel anschubste.

Countenance erklärte sich schließlich bereit, nur einen geringen Anteil meines Honorars zurückzufordern, und Colin verhandelte für mich, dass ich den Betrag über zwei Jahre in Raten zurückzahlen durfte. Es hätte schlimmer kommen können, aber auch besser. All das nur, weil meine Mutter bei Patty Copeland mit mir angegeben hatte? Weil Lana ihren Sohn nicht als Vollzeitmutter erzog? Ich schwor mir, nie wieder für andere den Sündenbock zu spielen.

Als meine Mutter und Ed schließlich zu Besuch kamen,

beschloss ich, dass es an der Zeit war, ihnen endlich Kurt vorzustellen. An einem Samstag besuchten Kurt, Cass und ich sie in ihrem Hotel in Pittsfield. Es war mindestens zehn Jahre her, dass ich ihnen das letzte Mal einen Partner vorgestellt hatte, daher war ich ziemlich nervös.

Zunächst schenkten die beiden Cass ihre volle Aufmerksamkeit. Sie drückten ihm eine Tüte Zitronenbonbons in die Hand, die sie in Florida erstanden hatten.

Irgendwann räusperte ich mich geräuschvoll. »Das ist Kurt«, sagte ich.

Kurt streckte die Hand aus, und ich war erleichtert, als meine Mutter mir nach ausgiebiger Musterung einen anerkennenden Blick zuwarf.

Auf dem Weg zum Hallenbad sah ich Ed zusammenzucken, als Kurt ihm freimütig erzählte, dass er seine Karriere an der Wall Street aufgegeben hatte. Einer aus der Finanzwirtschaft wäre sicher Eds Traumschwiegersohn gewesen. Am Ende kamen sie aber einigermaßen miteinander klar, schließlich hatte Kurt einschlägige Erfahrung im Umgang mit schwierigen Menschen. Er stellte meinen Eltern alle möglichen Fragen über Florida, ihr Lieblingsthema, lachte über Eds Witze und hielt den Mund, als Ed und ich uns über das Konzept der Bürgerversicherung stritten.

Cass und Kurt planschten im Wasser herum, während wir drei uns in eine Ecke des feuchtwarmen Hotel-Hallenbads verkrochen und plauderten.

Am nächsten Tag besuchten wir eine Farm mit Maislabyrinth. Irgendwer hatte die Idee, dass wir uns aufteilen sollten, wer zuerst am Ziel ankäme, hätte gewonnen. Ich schlug Cass vor, ein Team zu bilden, er und ich, aber er verschwand sofort im Labyrinth und reagierte auch nicht auf mein Rufen. Nach zehn Minuten stieg langsam Panik in mir auf. Ich rannte los, das Handy schon am Ohr, aber natürlich gab es hier mitten im riesigen Maisfeld keinen Empfang. Zwanzig Minuten verstrichen. Ich hielt mich nicht mehr an die Wegbegrenzungen, sondern zwängte mich einfach durch die Maisstauden hindurch, bedrängte sogar eine Familie, sich ein Foto von Cass anzusehen, aber die konnte mir auch nicht weiterhelfen. Schließlich traf ich am Eingang auf meine Mutter, die sich mit einer ehemaligen Bekannten unterhielt. Natürlich fingen wir innerhalb kürzester Zeit an zu streiten, schafften es aber schließlich doch, einen als Vogelscheuche verkleideten Mitarbeiter dazu zu bringen, uns bei der Suche zu helfen. Irgendwann fanden wir Cass in einer versteckten Ecke des Labyrinths. Er war in Tränen aufgelöst und schluchzte bitterlich. Nachdem wir ihn und uns wieder beruhigt hatten, machten wir uns auf die Suche nach Ed, der bereits am Kandisapfelstand wartete.

Auf der Rückfahrt dachte ich über die Symbolik dieses Nachmittags nach. Wir hatten viele Hürden überwinden und einiges an Wegstrecke hinter uns bringen müssen, doch am Ende fanden wir zusammen. Das Leben war wie ein Maislabyrinth. Klar, das war jetzt keine hohe Dichtkunst, aber für mich steckte in diesem Bild ein Körnchen Wahrheit, das mir hilfreich erschien.

Am folgenden Tag bekam ich eine Nachricht aufs Handy. *Mannomann. Ich hab von dir in der Zeitung gelesen. Willkommen im Land der Verarschten. Geht's dir gut?*

Als ich den Namen des Absenders las, lief es mir eiskalt über den Rücken. Saß der Mann nicht längst hinter Gittern? Seit sein Buch abgesagt wurde, hatte ich nichts mehr von ihm gehört.

Auf einmal kam alles wieder hoch – Colins Anruf, die

schrecklichen Anschuldigungen, aber auch die guten Seiten von Nick Felles, seine teuren Geschenke an mich und Cass, seine Wertschätzung meiner Arbeit als Alleinerziehende und seine ermutigenden Worte, dass niemand, auch keine Mutter, keine *Eltern* perfekt waren. Am liebsten hätte ich geantwortet: *Ist das nicht verrückt? Scheiß aufs Land der Verarschten. Ich will nach Hause!*

Ich schloss die Augen. Öffnete sie. Las die Nachricht erneut.

Und da erinnerte ich mich wieder an diesen schon so lange zurückliegenden Moment in New York. Einige meiner Kollegen und ich waren im Pub gewesen, ich hatte was getrunken, nicht viel, obwohl ich wünschte, ich könnte das, was ich danach getan hatte, mit einem Vollrausch entschuldigen. Die Jungs versuchten, die BH-Größe der Praktikantin zu raten, eine für den Sommer bei uns angestellte College-absolventin namens Chloe, attraktiv, selbstbewusst, durchtrainiert, also in allen Punkten besser als ich. Einer der Typen meinte: »Ich tippe auf Körbchengröße D. Und sie sind so gleichmäßig, obwohl sie ansonsten so dünn ist. Die Frau ist echt der schlimmste Albtraum ihrer besten Freundin.« Ein anderer sagte: »Hast du gehört? Sie steht auf die Knicks. Und hat den Boss sechsmal live gesehen.« »Bruce?« »Nein, deinen Boss. Natürlich Bruce.« »Scheiße. Sie ist perfekt!«, sagte der Erste. Ich kann mich noch an das Gefühl erinnern, das sich damals in mir breitmachte. Als würde mir etwas Kostbares genommen. »Mensch, Jungs!«, rief ich. »Ihr seid zu blöd, um eine Lesbe zu erkennen.« Einer von ihnen stöhnte auf. »Nein! Sag, dass das nicht stimmt!« Doch ich nickte. »Chloe hat eine feste Freundin. Sie spielt glasklar fürs andere Team. Euch hat sie vor Kurzem als ›große Kinder und Verbindungsstudenten‹ bezeichnet«, log ich.

Die drei Typen sahen mich verwirrt an. Einer sagte: »Hm. Ich meine, ich war in Florida tatsächlich in einer Studentenverbindung.« Ein anderer rief: »Hey! Sag ihr, sie soll beim nächsten Mal ihre Freundin mitbringen. Ich stehe auf flotte Dreier.« Jemand boxte ihn in den Arm, dann wurde das Thema gewechselt. Über die Praktikantin verloren sie kein Wort mehr. »Hey, Little Tiger«, sagte einer von ihnen zu mir. »Du bist auf einer einsamen Insel und musst dich entscheiden: er oder ich. Wen nimmst du?« Er zeigte auf den Junioranalysten neben sich. »Wie kommst du darauf, dass ich mit euch Losern irgendwas anfangen würde?« Ich flirtete. »Aber wenn Chloe auf der Insel wäre? Dann würde ich mich sofort für sie entscheiden.« »Ooooh, cool!«, jubelten sie begeistert, genau wie ich es erwartet hatte.

Am darauffolgenden Morgen brachte ich Chloe einen Becher Kaffee mit und bat sie, mir mit einer Marktforschungsstudie zu helfen. Sie war so gut gelaunt, so dankbar für den Kaffee, so eifrig, mir zu helfen, dass es mir die Kehle zuschnürte. Ich wollte weg, nicht nur von dem Job als ihre Vorgesetzte (sie hatte so viel mehr verdient), sondern auch von den langweiligen Newslettern über die Vorzüge von Anteilskapital und flexiblen Anlagestrategien. Weg von dieser Rolle, in die ich schlüpfte, wenn ich mit den Jungs zusammen war. Das Schicksal kam mir zu Hilfe, in Form eines Anrufs. Meine Mutter teilte mir mit, man habe Ed gerade ins Krankenhaus eingeliefert. Die Entscheidung fiel mir leicht: Ich kündigte fristlos und schlug meinem Chef vor, die freie Stelle mit Chloe zu besetzen. Danach hatte ich nie wieder Kontakt zu meinen Kollegen.

Jetzt, als ich neben Cass in seinem Zimmer stand, beschloss ich, Nick Felles' Nummer zu blockieren.

Im Oktober twitterte eine Schauspielerin namens Tarana Burke etwas über eine lange zurückliegende Begebenheit, und in kürzester Zeit explodierte der Hashtag MeToo. Ich dachte an Nick, an Professor McCoy, an Remy Calhouns ehemalige Angestellte. Fast jede Frau, die ich kannte, teilte ihre MeToo-Erlebnisse mit der breiten Öffentlichkeit. Die Welle der unerschrockenen, mutigen Enthüllungen beeindruckte mich zutiefst. Auch ich erinnerte mich an unangenehme Begegnungen aus meiner Jugend, einen anzüglichen Spanischlehrer in der Highschool, einen Exhibitionisten in New York. Die schiere Masse nahezu identischer Schilderungen zeigte, wie erschreckend groß das Ausmaß dieser streng gehüteten, schrecklichen Geheimisse war. Dabei dürfte uns Frauen das gar nicht überraschen: Die gesamte Weltgeschichte war ein Produkt von ungleicher Machtverteilung und Gier.

Nach reiflicher Überlegung beschloss ich, meine Stimme nicht zu erheben, und das nicht nur, weil ich mir bereits durch den Schlamassel mit Lana eine Blöße gegeben und mich dabei nicht gerade mit Ruhm bekleckert hatte, sondern auch, weil ich mich oft nicht klar abgegrenzt hatte. Natürlich war mir dieser Gedanke nicht besonders sympathisch. Ich redete mir ein, es in Zukunft besser zu machen, und hoffte, dass ich mit meiner neuen Tätigkeit als Redenschreiberin für Lana zumindest einen Schritt in die richtige Richtung gegangen war.

Lana solidarisierte sich in ihrer Kolumne mit der Bewegung und bekräftigte vor diesem Hintergrund ihre Sorge über Calhoun. Sie schrieb, dass eine echte, systematische Veränderung nur dann möglich sei, wenn wir unsere Gesetze in großem Umfang kritisch unter die Lupe nähmen, und das würde nur geschehen, wenn Wählerinnen und Wähler auch tatsächlich an die Urnen gingen und sich lautstark bemerkbar machten. Frauen und People of Color seien mit weniger als zwanzig Prozent im Kongress vertreten, und das würde schon mehr Diversität ausdrücken als je zuvor. Es klang, als beobachtete Lana die Bewegung aus der Distanz, sie schloss sich den Stimmen an, war aber nicht tonangebend. Auffällig war auch ihre Abwesenheit auf Twitter. Reggie und Glatze Everett hatten Lanas Account übernommen und posteten nur noch kurze Clips von ihren Reden, Empfehlungen und ständigen Aufforderungen, unbedingt wählen zu gehen.

Dank meiner neuen Rolle lernte ich Reggie und Everett bald schon besser kennen. Obwohl er gelegentlich schonungslos und immer leicht panisch rüberkam, erwies sich Reggie als guter, unterstützender Manager. Mir gefielen die kurzen Durchlaufzeiten beim Redenschreiben und das regelmäßige Gehalt, von dem aber leider immer noch ein Teil direkt an Countenance floss. Nicht so toll fand ich, dass Shirley einen Hang zu Euphemismen hatte und die Dinge gern vereinfacht sah. Reden zu verfassen war etwas völlig anderes, als Bücher zu schreiben, die Sätze waren knapper, die Sprache musste weniger beschreiben und viel direkter an Gefühle appellieren. Ich musste darauf achten, dass meine Wortwahl und mein Ton für ein sehr unterschiedliches Publikum funktionierten, es sollte intellektuell sein, aber auch volksnah, das politische Establishment genauso erreichen wie entrechtete Randgruppen.

Und dann trat Remy Calhouns Tochter plötzlich aus dem Schatten und beschloss, ihren Vater auf seiner Wahlkampftour zu begleiten. Manchmal hielt sie sogar Reden. Andrea Calhoun, Ende zwanzig, hatte eine Ausbildung zur Glasbläserin absolviert und sich bereits als Umweltaktivistin einen Namen gemacht. Tatsächlich hatte sie sich den

Kopf kahlgeschoren und trug ein Brauenpiercing. Sie hielt gut geschriebene, leidenschaftliche Reden über die Krise im Gesundheitssystem. Sie selbst war Diabetikerin und klagte über die unfassbar hohen Kosten für Insulin und die unheilige Allianz zwischen den großen Pharmakonzernen und der Regierung. Obwohl die beiden ein seltsames Paar abgaben, war offensichtlich, dass Remy Calhoun seine Tochter bewunderte. Sie besaß eine ganz eigene Präsenz und Leidenschaft, ein Charisma, das an die frühe Lana Breban erinnerte. Ich fand, dass sie Calhouns Kampagne das gewisse Etwas gab, und schon bald sollte sich das in seinen Werten niederschlagen. Neue Umfragen zeigten, dass Calhoun mittlerweile nur noch drei Prozentpunkte hinter Lana lag.

Als Remy dann auch noch eine Kehrtwende vollführte und verlautbaren ließ, die Gesetze rund um medizinisches Marihuana lockern zu wollen, machte Shirley sich langsam Sorgen. »Er wird uns immer ähnlicher«, sagte sie. »Wir können von Glück sagen, dass alte weiße Männer den meisten heutzutage so verhasst sind.«

»Ist das tatsächlich so?«, fragte ich, obwohl ich ihren Hang zur Generalisierung mittlerweile kannte.

»Die #MeToo-Bewegung? *Hallo?* Schon mal gehört?«

»Na, seine #MeToo-Geschichten haben ihm offenbar nicht besonders geschadet.«

»Stimmt. Wenn sich nur mehr Frauen aus der Deckung gewagt hätten und er … du weißt schon. Blöd, dass Remy neben Harvey Weinstein und den anderen aussieht wie ein Chorknabe.«

»Da hast du recht. Unfassbar, was mittlerweile salonfähig geworden ist!«, sagte ich.

Kapitel 19

Im November war es endlich so weit: Wahlabend. Ich zog Cass ein grün-kariertes Button-Down-Hemd und Chinos an. Die vielen Knöpfe überforderten ihn völlig, schließlich war er erheblich bequemere Kleidung gewohnt. »Wenn ich groß bin, ziehe ich nie wieder solche Sachen an«, sagte er. Ich stellte mir vor, wie Cass als Erwachsener in Jogginghose auf meinem Sofa vor der Glotze herumlümmelte und sich ein Happy Meal reinzog. »O doch, das wirst du!«, sagte ich. »Aber darüber müssen wir uns jetzt noch keine Gedanken machen.«

Kurt hatte in einem billigen Klamottenladen einen hübschen kaffeebraunen Anzug gefunden. »Bist du bereit für den großen Auftritt?«, fragte er.

»Nein«, murmelte ich. »Vielleicht.«

Und so fuhren wir nach New York. Zuerst ging es zu Lanas Party in Soho. Es war extrem wichtig, dass Lana heute Abend einen Sieg davontrug, denn davon hing meine finanzielle Zukunft ab. Unsere Schicksale waren miteinander verbunden, aber es ging natürlich auch um andere Dinge. Wir alle, die an ihrem Wahlkampf beteiligt gewesen waren – was redete ich, alle in New York! –, wollten endlich erleben, wie eine Frau, Mutter und Migrantin einen Mann wie Remy Calhoun schlug und seinen Sitz übernahm.

Unser Hotel lag nur zehn Minuten Fußmarsch von Lanas Party entfernt. In meinem neuen schwarzen Etuikleid mit

Absatzschuhen und mit meiner dank Jessica perfekt gestylten Frisur war ich mir selbst ziemlich fremd.

»Lana schafft das schon«, sagte Kurt auf dem Weg durch die Hotellobby.

»Was meinst du damit?«, fragte ich. »Hast du die Umfragewerte gestern nicht gesehen? Klarer Sieg sieht anders aus.«

»Hier stinkt's nach Klo!«, bemerkte Cass. Kinder hatten diese besondere Gabe, einen immer wieder auf den Boden der Tatsachen zurückzuholen.

»Canal Street Station«, sagte Kurt lachend. »Immer der Nase nach.«

Die Party fand in der Lobby eines hippen Hotels statt, das sich locker in einem anderen Universum hätte befinden können. Über der Decke schwebten Wolken – echte Wolken –, die Wände waren moosbedeckt. Eine wogende Menschenmenge amüsierte sich bei munteren Jazzklängen, wurde von Tabletts tragenden Kellnern und Kellnerinnen mit Köstlichkeiten auf Spießchen versorgt, viele trugen rosa Strickmützen. Lana selbst war nirgends zu sehen. Ich spürte Kurts Hand in meiner und versuchte mir klarzumachen, dass wir tatsächlich hier waren, in diesem schicken Hotel in Soho, auf einer Party für Lana Breban.

»Was Jimmy wohl dazu sagen würde?«, fragte ich.

Kurt verdrehte die Augen. »Verlogene Schnöselveranstaltung.«

Die Stimmung im knallvollen Saal war aufgekratzt, alle waren beschwingt von der Aussicht, sich »das Land wieder zurückzuholen«, ein Motto, das ich Lana ein paarmal in ihre Reden geschrieben hatte, auch in ihre Antrittsrede. Ich stellte mir vor, wie ich Cass irgendwann in der Zukunft ein

Video von ihr zeigen würde, bei einer Rede vor dem Kongress. »Diese Sätze habe ich geschrieben«, würde ich zu ihm sagen.

Dann überlegte ich, wie ich diese Party beschreiben würde, wenn ich noch immer als Ghostwriterin an Lanas Buch arbeiten würde. Wir standen kurz vor dem Moment, wenn all die harte Arbeit, dieses ständige Jonglieren von Kindererziehung und Karriere endlich Früchte tragen würde, wenn Lana den großen Durchbruch hätte und ihre neue Rolle als engagierte, progressive Senatorin antreten würde. Vielleicht würde ich die Atmosphäre genauer beschreiben, die moosbedeckten Wände, die Geräuschkulisse aus nervösen Unterhaltungen, Gelächter, Coltranes agiles Saxofonspiel.

Cass blieb an meiner Seite und fummelte ständig an seinem Kragen herum. Kurt holte uns Getränke.

Nach einer Weile kamen Shirley und Colin zu mir herüber. Colin umarmte mich und blickte auf Cass hinunter. »Hey, du siehst aber elegant aus«, sagte er zu ihm.

»Das ist unser Abend!«, sagte Shirley, die mich ebenfalls umarmte.

»Das hoffe ich«, sagte ich.

»Du weißt es«, erwiderte Shirley mit kontrolliertem Nicken.

Die Musik wurde so laut, dass wir uns kaum noch unterhalten konnten. Als Kurt zurückkehrte, stellte ich alle so gut es ging einander vor. Shirley drückte Cass einen von Lanas Wahlkampfbuttons in die Hand und schlenderte dann davon, um mit ein paar Schauspielerinnen zu plaudern, die mir vage bekannt vorkamen.

Cass hielt meine Hand, ich genoss den Gratis-Martini und bemühte mich, hoffnungsvoll in eine bessere Zukunft für Frauen und die Demokratie zu blicken. Immer, wenn ich daran dachte, rang ich mir ein Lächeln ab.

»Ach, das hätte ich fast vergessen«, sagte Shirley, als wir uns das nächste Mal über den Weg liefen. Sie gab mir einen Briefumschlag. »Von Lana.«

Im Umschlag steckten drei Eintrittskarten zu *König der Löwen* für den nächsten Tag, dazu eine Karte mit der Aufschrift: *Für Allie. Für alles. Egal, was passiert, ich hoffe, du findest stets die richtigen Worte für mich.*

»O Gott!«, rief ich und eilte zu Colin und Kurt zurück. »Das ist Broadway! Ist das ihr Ernst?«

»Scheint, als wollte sie dich behalten, auch wenn sie heute Abend nicht gewinnt«, bemerkte Colin.

»Sieht so aus. Wer weiß, wo sie landet, wenn die Sache nicht in ihrem Sinne ausgeht. Auch die Mächtigen fallen«, sagte ich.

»Ein neues Buch kann sie in nächster Zeit wohl nicht herausbringen. Ihre Kolumnen wird sie wahrscheinlich weiterschreiben ...« Colin schüttelte den Kopf. »Was rede ich hier eigentlich? Sie *wird* gewinnen. Und Allie hat eine gute, regelmäßige Arbeit. Das ist ein Grund zum Feiern.«

»Die ersten Ergebnisse kommen rein!«, rief jemand.

Menschen drängten sich vor den in zwei Ecken angebrachten Bildschirmen, wir gesellten uns zur kleineren Gruppe. Immer noch gerührt über die Eintrittskarten starrte ich auf den Bildschirm, wo jetzt Werbung für ein Arthritis-Mittel lief. Ich fragte den Mann neben mir, ob er schon Zahlen hätte, doch er schüttelte den Kopf.

Lana saß auf einem Ledersofa in der Nähe, eingerahmt von Lester und Shirley. Als sie mich ansah, hielt ich den Umschlag hoch und sagte tonlos: »Danke!«

Sie reckte die Daumen in die Höhe.

Weil auf den Bildschirmen weiter Werbung lief, zerrte Cass mich zu einer kleinen Tanzfläche. Statt Jazz lief jetzt Cindy Lauper, *Girls Just Want to Have Fun.* Kurt kam hinzu, und wir tanzten zu dritt, zogen Grimassen und lachten uns kaputt.

Plötzlich stoppte die Musik, im Saal herrschte schlagartig Stille.

»Ulster und Columbia, je drei Prozentpunkte in Führung«, sagte Shirley. Alle klatschten und pfiffen. Wir zogen uns in die Ecke des Saals zurück, wo auch Lana saß. Cass zerrte an meiner Hand, Kurt drückte mir einen Kuss aufs Haar. Da stand es schwarz auf weiß: Lana war in Führung, allerdings nur in zwei Bezirken. Die Musik ging wieder los, aber Shirley rief sofort: »Noch nicht!«, und es wurde wieder still.

Als erneut die Werbung für Arthritis-Tabletten über den Bildschirm flimmerte, beugte ich mich zu Cass hinunter und verriet ihm, dass wir am nächsten Tag *König der Löwen* sehen würden. Er machte große Augen. »Echt?«

»Echt!«

»Ich bin müde. Gehen wir bald?« Er hatte recht, es war bereits spät.

Putnam County ging an Calhoun. Shirley blieb stumm, manche der Gäste nickten betrübt. Reggie und ich tauschten Blicke im Vorbeigehen. »Wie erwartet«, sagte er.

Wieder zerrte Cass an meinem Arm, also begab ich mich auf die Suche nach Kurt. Vielleicht könnte er mit Cass ein bisschen spazieren gehen? Wo steckte er nur, verdammt? In mir stieg Panik auf. Was, wenn ich hier allein mit Cass zurückblieb und Lana verlor? Dann brauchte ich jemanden, der mich bemutterte.

Doch dann ging es Schlag auf Schlag, die Ergebnisse anderer Bezirke kamen nacheinander rein, kurz danach erklang eine Kuhglocke. Die Menge brach in Jubelgeschrei aus, Leute sprangen in die Luft, klatschten einander ab. Ich nahm Cass auf den Arm, und endlich kam auch Kurt zurück. Mein Herz sprang mir vor Freude fast aus der Brust. Lana war von einer Menschentraube umzingelt, ich konnte sie kaum sehen, aber dann erhaschte ich einen Blick: Sie rieb sich die Augen, schlug sich die Hände vors Gesicht, lachte und weinte. Noch nie hatte ich sie so befreit und authentisch erlebt.

Bald würde sie aufs Podium treten und die Rede halten, die ich für sie geschrieben hatte. »Meine Freundinnen und Freunde! Seht uns an«, würde sie sagen. »Seht, was wir erreicht haben. Ich bin so dankbar für alle, die hier und heute an meiner Seite stehen. Ihr habt hart gearbeitet. Ihr habt tapfer gekämpft für die Rechte der Frauen, die Rechte der People of Color, die Rechte der Migrantinnen und Migranten, der Arbeiterinnen und Arbeiter, die Rechte der LGBTQIA und die Rechte von Menschen mit Behinderungen. Um diese Menschen zu schützen, die unermüdlich Widerstand leisten und versuchen, dieses Land wieder zu unserer großartigen Heimat zu machen. Das ist richtig! *We will make America great again!* Aber für das Volk, nicht nur für die oberen Zehntausend. Nicht für die Korrupten. Und garantiert nicht für das gegenwärtige Regime.«

Ich würde mich erheben, mit meinem Sohn an der Hand, und voller Hoffnung der Zukunft unseres Landes entgegensehen, wieder an diese Zukunft glauben – und an meine eigene.

Mit dem Ende ihrer Rede war ich so vertraut wie mit dem Himmel über den Berkshires. Wie lange hatte ich daran herumgefeilt? So oder so ähnlich hatte ich mir diesen Höhepunkt vorgestellt, diesen Moment des Siegs.

Wenn ich jetzt die Augen schließe, kann ich mir den Rest vorstellen, wie im Buch und wie im Film: Lana, wie sie an ihrem Schreibtisch im Russell Senate Office Building sitzt, Norton in der Ecke bei seinen Hausaufgaben. »Kannst du dir vorstellen, dass deine alte Mom jetzt US-Senatorin ist?«, würde Lana sagen. »Ja, schön für dich«, würde Norton antworten und stolz grinsen.

Wäre das doch nur wirklich passiert. Könnten wir doch die Zukunft bestimmen, indem wir in der Gegenwart über sie schreiben.

Plötzlich stoppte die Musik, im Saal herrschte schlagartig Stille.

»Ulster und Columbia, je drei Prozentpunkte in Führung«, sagte Shirley. Alle klatschten und pfiffen. Wir zogen uns in die Ecke des Saals zurück, wo auch Lana saß. Cass zerrte an meiner Hand, Kurt drückte mir einen Kuss aufs Haar. Da stand es schwarz auf weiß: Lana war in Führung, allerdings nur in zwei Bezirken. Die Musik ging wieder los, aber Shirley rief sofort: »Noch nicht!«, und es wurde wieder still.

Als erneut die Werbung für Arthritis-Tabletten über den Bildschirm flimmerte, beugte ich mich zu Cass hinunter und verriet ihm, dass wir am nächsten Tag *König der Löwen* sehen würden. Er machte große Augen. »Echt?«

»Echt!«

»Ich bin müde. Gehen wir bald?« Er hatte recht, es war bereits spät.

Putnam County ging an Calhoun. Shirley blieb stumm, manche der Gäste nickten betrübt. Reggie und ich tauschten Blicke im Vorbeigehen. »Wie erwartet«, sagte er.

Wieder zerrte Cass an meinem Arm, also begab ich mich

auf die Suche nach Kurt. Vielleicht könnte er mit Cass ein bisschen spazieren gehen? Wo steckte er nur, verdammt? Orange und Schenectady waren gerade an Calhoun gegangen, als Kurt endlich auftauchte.

»Sieht nicht gut aus«, murmelte ich und zeigte auf ein paar Leute, die sich gerade verstohlen aus dem Staub machten. »Wo bist du gewesen?«

»Hab einen ehemaligen Nachbarn von mir getroffen. Wir haben uns draußen vor der Tür unterhalten. Ich wusste nicht, dass die Ergebnisse so schnell reinkommen.«

»Mom«, jammerte Cass.

Wenn wir jetzt gingen, würden sich die Dinge vielleicht noch fügen. Wäre ich nicht hier, um das Schlimmste mitanzusehen, würde es nicht passieren. Die irrationalen Händel, die wir abschließen, wenn das Schicksal uns zu enttäuschen droht.

»Lass uns gehen«, sagte ich.

Kurt sah mich überrascht an. »Sicher? Wir sind doch extra den ganzen Weg hergekommen.«

»Cass braucht seinen Schlaf.«

Lana saß immer noch in der Ecke, Shirley und ein paar andere an ihrer Seite. Als sie mich erblickte, ging ein Strahlen über ihr Gesicht, als wäre ihr gerade eingefallen, dass sie positiv wirken musste. »Immer optimistisch bleiben!«, sagte sie, als sie mir die Hand schüttelte.

»Du auch«, sagte ich.

Cass war eingeschlafen, kaum dass wir ihn ins Bett gelegt hatten. Kurt ging ins Bad.

Ich zog meinen Laptop hervor, setzte mich damit in einen Sessel in der Ecke und klappte ihn auf. Das Erste, was mir der Newsfeed zeigte, war ein Foto von Remy Calhoun, der seine Frau umarmte. Dann erst sah ich Schlagzeile.

»O nein!«, flüsterte ich. »Nein, nein, nein.« Mir blieb für einen Moment die Luft weg.

Als Kurt aus dem Bad kam und mein Gesicht sah, sagte er nur: »Oh!«

Ich nickte.

Er nahm mich in den Arm.

»Was soll ich nur Cass erzählen?«

»Die Wahrheit?«

»Kann ich ihn nicht einfach anschwindeln und ihn für eine kurze Zeit glauben lassen, dass wir gewonnen haben?«

»Er ist ein Kind und wird dich lieben, egal ob dein Team gewonnen oder verloren hat.«

»Darum geht es doch gar nicht«, sagte ich. In diesem Moment waren wir meilenweit voneinander entfernt: Kurt konnte nicht wissen, wie tief die Enttäuschung saß und wie wütend ich darüber war, dass Remy Calhoun Lana geschlagen hatte. Es war natürlich nicht Kurts Schuld, dass er von diesem Ergebnis nicht wie ich am Boden zerstört war. Aber mir fehlte einfach die Kraft, es ihm zu erklären.

Ungefähr ein Jahr zuvor hatten wir das Haus gewienert, Chips und Salsa aufgetischt, Bier und Wein. Pete und Sandra waren zuerst eingetroffen, danach Jimmy, im roten T-Shirt mit der Aufschrift: *Make America Great Again.* Dieser Anblick hatte mich tiefer erschüttert als erwartet. Kurt hatte mich zu dieser Party am Wahlabend überredet. »Dann wird die Sache ein bisschen leichter zu ertragen. Wir sind schließlich alle Freunde und Nachbarn und leben immer noch zusammen in diesem Land«, hatte er gesagt.

Ich war hinters Haus gegangen, um einen Joint zu rauchen und eine Art Stoßgebet gen Himmel zu schicken. *Mögen wir eine Frau zur Präsidentin bekommen!*

Bei meiner Rückkehr kamen gerade die ersten Ergebnisse rein: Er hatte Indiana und Kentucky gewonnen, sie Vermont. Die »Wahlnadel« auf der Website der *New York Times* zitterte über dem Bereich »unentschieden«.

Eine Stunde oder mehr verstrich, aber ich erinnere mich bis heute nicht, was ich während dieser Zeit gemacht habe.

Dann verloren wir Ohio. Jimmy, drüben auf dem Sofa, schaute zu Boden. Als er wieder aufsah, trafen sich unsere Blicke. Er lächelte, aber auf traurige Weise, es kam mir vor, als könnte er meine Gedanken lesen. Er wirkte fast verärgert. Ich stand auf, ging ins Schlafzimmer und verkroch mich ins Bett.

Nachdem auch North Carolina verloren war, kam Kurt herein, um mir die Nachricht zu überbringen. »Ist es sehr unhöflich, wenn wir unsere Gäste bitten, zu gehen?«, fragte ich.

»Schon irgendwie.«

Er ging wieder ins Wohnzimmer, kehrte aber kurz darauf zurück, um mir zu sagen, dass Utah und Iowa ebenfalls verloren waren, aber ich hatte mir die Decke bereits über den Kopf gezogen, drückte mir Cass' Hippo an die Brust und wollte nichts mehr hören. »Den haben wir überall gesucht, als Cass ins Bett gegangen ist!«, sagte Kurt.

»Sind die anderen noch da?« Ich hörte ein paar verhaltene Stimmen aus dem Wohnzimmer.

»Nur noch Pete und Sandra.«

Es war ziemlich klar, dass ich in jener Nacht kein Auge zudrücken würde. Gegen halb drei hieß es, Hillary Clinton habe ihm bereits gratuliert.

»Wow. Ich kann nicht glauben, dass er Präsident wird. Irgendwie bin ich wie betäubt«, sagte Kurt, der sich mit meinem Laptop neben mich aufs Bett gelegt hatte.

Ich hätte nicht beschreiben können, wie es mir in jenem

Moment gegangen war. Aufgekratzt und gleichzeitig wie gelähmt. Unter Strom, ohne Leitung.

Jetzt, in unserem Hotelzimmer in New York, murmelte Cass im Schlaf und strampelte sich die Decke weg.

Lana würde nicht Senatorin werden.

»Geh schlafen«, sagte ich zu Kurt.

»Sicher?«

Ich nickte. Aus unerfindlichen Gründen wollte ich jetzt allein sein. Als er sein Hemd auszog, ließ mich der Anblick seines nackten Oberkörpers seltsam kalt. Irgendwann würde er mich wieder erregen, aber nicht heute.

Er schlüpfte unter die Decke. »Das ist doch alles Scheiße, oder? Was heute Abend passiert ist? Sie hätte gewinnen müssen.«

»Totale Scheiße«, sagte ich.

Lana hatte sicher schon ihre Rede gehalten. »Meine Freundinnen und Freunde! Seht uns an. Seht, was wir erreicht haben. Ich bin so dankbar für alle, die hier und heute an meiner Seite stehen. Ihr habt hart gearbeitet. Ihr habt tapfer gekämpft für die Rechte der Frauen, die Rechte der People of Color, die Rechte der Migrantinnen und Migranten, der Arbeiterinnen und Arbeiter, die Rechte der LGBTQIA und die Rechte von Menschen mit Behinderungen. Um diese Menschen zu schützen, die unermüdlich Widerstand leisten und versuchen, dieses Land wieder zu unserer großartigen Heimat zu machen. Das ist richtig! *We will make America great again!* Aber für das Volk, nicht nur für die oberen Zehntausend. Nicht für die Korrupten. Und garantiert nicht für das gegenwärtige Regime. Wir werden den Kampf gemeinsam fortsetzen. Jeden Tag. Von nun an werden wir uns nur noch mehr anstrengen!«

Kapitel 20

Wir schritten über den roten Teppich im Minskoff Theatre und fanden unsere Plätze, nah an der Bühne. Wie groß der Saal war! Es hatten sicher tausend Leute Platz darin.

Mir fiel ein Junge auf, er war mit einer Gruppe Gleichaltriger zusammen und trug dasselbe Polohemd, das auch auf dem Buchcover zu sehen gewesen war. Die Gruppe blieb zwei Reihen vor uns stehen, drängte sich dann an einer Frau mit einem Kleinkind vorbei, überprüfte die Platznummern auf den Eintrittskarten. Ein Mädchen, vielleicht dreizehn oder vierzehn Jahre alt, schnipste mit den Fingern gegen Nortons Arm und bog sich dann vor Lachen. Er sagte etwas zu ihr, wandte sich ab. Unsere Blicke trafen sich. Man hatte uns einander nie offiziell vorgestellt. Ich wusste nicht, ob er mich erkannte, obwohl ich annahm, dass Lana ihm erzählt hatte, was mit dem Buch passiert war, und er im Internet Bilder von mir gesehen hatte.

Es kam mir fast vor wie eine freundliche Botschaft von Lana: *Hier ist mein Sohn. Hier ist er, ein Junge wie deiner. Denk daran, dass auch ich Mutter bin. Zwischen den erfundenen Zeilen unseres Buches gab es eine Wahrheit. Nicht alles war umsonst – sicherlich nicht für die Menschen, die es gelesen haben.*

Hätte sie mit blau gefärbtem Haar und Akzent bessere Chancen auf einen Sieg gehabt? Wäre die Wahl günstiger für sie ausgegangen, wenn sie sich mehr um Norton gekümmert hätte? Als sie ihr Image änderte, war es, als wollte sie sich für das entschuldigen, was sie war. Ich dachte zurück an den ersten Eindruck, den ich von ihr gehabt hatte, damals bei Stephen Colbert. »Ich wollte, dass die Leute die Welt aus Wandas Perspektive sehen. Wir betrachten Armut meist von außen, und zumindest einige von uns tun das aus einer privilegierten Position heraus. Wir sollten lernen, Armut aus der Innenperspektive zu betrachten.« Dieser Frau hätte ich ohne Zögern meine Stimme gegeben. Ich fand ihre klaren Ansagen ansteckend. Natürlich war sie als Mutter nicht so engagiert wie andere Frauen, aber das hätte ich von ihr auch nicht erwartet.

Ich beobachtete Norton einen Moment lang. Er schien Spaß mit seinen Freunden zu haben. Wie er wohl über den Ausgang der Wahl dachte? Natürlich war sie nicht Lana Breban für ihn, sondern seine Mutter. Wir sehen unsere Eltern nie, wie andere Menschen sie sehen, aber gelegentlich erhaschen wir einen kurzen Blick von außen.

Vielleicht würde auch Cass mich eines Tages kurz so sehen, von außen, wenn er ein altes Exemplar von *Worauf es ankommt* in die Hände bekam. Was er dann von mir denken würde?

Es hatten genügend Menschen das Buch gelesen, um es auf die Bestsellerliste der *New York Times* zu heben. Sie hatten von meinen Schwierigkeiten mit dem Geburtsplan gelesen, der überwältigenden ersten Begegnung mit meinem Sohn, meinen Problemen mit dem Stillen. Sie wussten, wie das Kiefermodell im Aquarium landete und wie peinlich mir das alles war, damals im Wartezimmer des Zahnarztes. Sie hatten von der Wehmut einer Mutter gelesen, die ihren Sohn heranwachsen sah. Vielleicht erkannten sich manche darin wieder, zogen Parallelen zu ihren eigenen Erfahrungen als Eltern. Wenigstens hatte ich ein Buch geschrieben, das ich selbst gern gelesen hätte.

Ich zeigte auf die Gruppe. »Mittelstufe, oder?«, sagte ich zu Kurt. Natürlich hätte ich ihm verraten können, dass sich Norton darunter befand, schließlich war diese Information nicht mehr vertraulich. Aber irgendwas hielt mich zurück.

»Sieht so aus«, sagte Kurt.

Ich beugte mich näher zu ihm. »Wie Cass wohl in dem Alter sein wird?«, flüsterte ich.

Kurt zuckte die Achseln.

Mein Sohn, links neben mir, rutschte tiefer in den Sitz und spielte am Reißverschluss seiner Jacke herum.

»Dein erstes Theaterstück«, sagte ich zu ihm. Er nickte eifrig. Wie viele Kinder konnten schon behaupten, ihr erstes Theaterstück sei eine Broadway-Vorstellung von *König der Löwen* gewesen?

Ich wandte mich wieder an Kurt. »Du hättest sagen sollen, dass er gutaussehend und selbstbewusst und umwerfend sein wird.«

»Er wird gutaussehend und selbstbewusst und umwerfend sein.«

»Er wird glücklich und interessant und kreativ sein.«

»Er wird mürrisch und pickelig und verklemmt sein.«

»Hey!«

»Komm schon! Das ist normal in dem Alter.«

Als Calhouns Wahlsieg festgestanden hatte, war mir kurz der Gedanke gekommen, Lana die Eintrittskarten zurückzugeben. Sich unter diesen Umständen eine Vorstellung am Broadway anzusehen, erschien mir unpassend. Die ernüchternde Erkenntnis des vergangenen Abends ging mir immer wieder durch den Kopf: *Nichts wird sich ändern in diesem*

Land, morgen nicht, übermorgen nicht und auch nicht an den darauffolgenden Tagen.

Ich sah mir in den Nachrichten an, wie Andrea Calhoun ihren Vater in die Arme schloss, und hoffte, dass sie etwas über ihn wusste, das mir verborgen geblieben war. Vielleicht war er ihr trotz allem ein liebender Vater gewesen, vielleicht könnte sie ihn dazu bewegen, eine etwas progressivere Politik zu machen. Ich dachte an die vielen Senatorinnen und Senatoren, die bereits für die gute Sache kämpften, an den riesigen Women's March und sogar an die Regenbogenflagge, die ein Nachbar erst gestern über seinen morschen Gartenzaun drapiert hatte. Ich dachte an Maggie, die bald aus Bolivien zurückkehren würde, an Luana und Carlos, die erst mal hierbleiben würden, und daran, dass ich weiterhin für Lana schreiben würde, in welcher Form auch immer. Cass hatte diese Vorstellung verdient. Er hatte alles verdient, was ich ihm geben konnte. Morgen würden wir zusammen frühstücken gehen, er bekäme seine heißgeliebten Pancakes mit Schokostückchen, danach wollten wir in den Central Park. Wir würden den Zoo besuchen, ein Modellboot fahren lassen, uns die Statue von Alice im Wunderland ansehen, vielleicht auch noch Strawberry Fields und das Imagine-Mosaik. Ein guter Tag, ein ganz großer, wunderbarer Tag.

Als die Lichter im Saal verloschen, ergriff ich Cass' Hand und versuchte mir vorzustellen, wie er sich wohl gerade fühlte. Aufgeregt war er sicher, vielleicht auch ein bisschen gespannt, auf das, was als Nächstes passieren würde? Die Bühne erstrahlte im gelben Licht, jemand stieß einen langen, lauten Ruf aus. Cass drückte meine Hand.

In einer seitlichen Loge trat ein Mann mit nacktem Oberkörper und Hörnern auf dem Kopf aus dem Schatten und antwortete. Mehr Lichter erstrahlten, auf der Bühne ging eine riesige Sonne auf. Mehr und mehr Rufe erschollen, vermischten sich zu einem Chor, dazu erklangen sanfte Trommelklänge. Menschen in raffinierten Hyänen- und Leopardenkostümen kamen über die Gänge nach vorn. Mehrere Frauen in weißen Vogelkostümen wirbelten herum. Cass verfolgte das Spektakel mit großen Augen.

Ich sah, wie Norton den Jungen neben sich in die Seite stieß, als eine Antilope an ihnen vorbeitänzelte.

Hier war die Savanne, ohrenbetäubend und harmonisch und voller Leben. Hier saß das große Publikum gebannt auf den Sitzen, während die Tiere über die Gänge marschierten, um sich auf der Bühne zu versammeln.

Danksagung

Mein Dank geht an Dan Kindlon, Ellen R. Malcom, Elizabeth Noble, Christia Spears Brown, Michael Thompson und Virginia Woolf. Danke, Neil Giordano für die Wischerblätter und natürlich für so vieles mehr. Mein Dank geht auch an das Hemingway House, wo ich einen Teil dieses Buches schreiben durfte, ebenso an Emily Franklin, Susan Shepherd und Wellspring House. Meiner unglaublich klugen, witzigen und gütigen Lektorin Kathy Pories möchte ich ebenfalls danken. Mein Dank geht darüber hinaus an Maria Massie, Margot Landsman, Bonnie Hearn Hill, Bret Anthony Johnston, Rachel Kadish, Catherine Knepper, Tova Mirvis, Asata Radcliffe, Joanna Rakoff, Jane Roper, Anna Salomon, Chris Stamey, Sylvia True (der großzügigste Mensch, der mir je begegnet ist), Annie Weatherwax, Roger Wieand, Marisa Wilson und Laura Zigman. Natürlich auch an Gareth Cook, an alle Mitarbeiter von The Mount (einschließlich den Geistern von Edith Wharton und ihrer Hunde), Jennifer 8. Lee und Yael Goldstein Love für die Erweiterung meines Horizonts.